Christa Eckert

Wenn so die Liebe wäre

Impressum

© 2022 Christa Eckert
Alle Rechte vorbehalten
ISBN 9783755785835
Herstellung und Verlag: BoD – Books on Demand, Norderstedt

Auflage 2, überarbeitet und neu tituliert 2/2022
Ersterscheinung 2019 bei Tredition
unter dem Titel »Mein ist die Liebe«
Imprint: Unabhängig veröffentlicht unter dem Label

Covergestaltung © 2022 Christa Eckert
Lektorat: Simone Philipp, Graz, Österreich
Co-Lektorat: Ursula Strohecker

Christa Eckert

Wenn so die Liebe wäre

Roman

... Denn Liebe, die etwas anderes erstrebt als die Offenbarung ihres eigenen Geheimnisses, ist keine Liebe, sondern ein ausgeworfenes Netz – und nur Wertloses verfängt sich darin.

(Khalil Gibran, Der Prophet)

Die Fähigkeit zu denken ist ein Geschenk des Schöpfers an dich. *Woran* du denkst, ist dein Geschenk an dich selbst.

(Prem Rawat, Words of Peace)

Teil I

Wenn der Wind kommt, singen die Bäume. Am schönsten klingen die Kiefern. Sie sind eingestimmt auf das unbändige Himmelsblau, und doch können sie singen wie das Meer, wie die Brandung, wie der Wellenschlag, wie das lange Ausrollen der Wellen im Sand.

Ein niedriges, rotes Holzhaus mit hellblauen Fensterläden mitten im Wald, dahinter nach Norden hin eine Reihe hochgewachsener Tannen, die einzigen hier. Im Lied der Bäume singen sie die zweite Stimme. Weit tiefer als die der Kiefern trägt und unterlegt sie deren Gesang. Und manchmal fällt die Birke mit ein. Sie steht im Osten nah am Steilweg, und durch ihren zweigeteilten Stamm sieht es aus, als würde sie tänzeln. Bewegt ein Wind die feinen Herzblätter, tuschelt und kichert es, und wenn der Wind es sich überlegt und noch einmal zurückkommt, fangen sie von neuem an zu murmeln, zu schwatzen, zu lachen, zu winken, und schließlich schüttelt die ganze Birke sich.

Aber die Kiefern mit ihren schiefgewehten Wipfeln klingen, wie Seegang klingt, wie knisterndes, gischtendes, schäumendes Meer, das Carla von klein auf gehört hat. Immer erinnert der Gesang sie, dass sie zum Meer will. Zu jenem weißen, unendlichen Meer, das sie einmal hinter den Augen eines Menschen gesehen hat.

1

Über den Wipfeln schreit ein Bussard, stürzt sich mit angelegten Flügeln in die Tiefe. Ich schaudere, als sei ich selbst im freien Fall. Und? Bin ich es nicht?

»Carla?«

Ach ja, Josepha hat mir eben eine Frage gestellt. Sie sieht mich an, das spüre ich. Trotzdem lasse ich meinen Kopf zurückgelegt, schaue in das unermessliche Blau dort oben zwischen den Kieferwipfeln. Es ist, als könnte mein Blick es trinken, und es ist eine Medizin, die das Herz weit macht und das Gemüt leicht und frei.

»Alt werden? Jetzt schon?«, murmele ich und lasse den Kopf so weit zurücksacken, dass er auf der Stuhllehne aufliegt. Leise sage ich in den Himmel: »Mein Leben hat mit Fünfzig erst richtig angefangen. Vor vier Jahren!«

Wie ein Echo klingt es in mir nach ›Vor vier Jahren.‹ Damals war ich endlich in meinem eigenen Leben gelandet. Vorher hatte ich tadellos funktioniert, war versiert, zupackend, erfolgreich und meistens zu müde für das, was ich eigentlich gern getan hätte. Bis der Burnout kam. Heute nenne ich es aufwachen. Ich hatte jahrelang zu sein versucht, was ich nicht war, und sehnte mich unendlich, die zu werden, die ich wirklich bin.

Etwas bewegt sich neben mir, aber mein Blick will immer noch nicht fort aus dem Unendlichen dort oben. Ich höre ja, dass Marie aufsteht, sich dreht und dabei mit ihrem breiten Hinterteil gegen den Tisch stößt. Die Gläser klirren aneinander. Sie schiebt ihren Stuhl neben meinen in den Schatten des Sonnenschirms, sinkt mit kehligem Stöhnen hinein und zupft an meinem Arm. Ich lasse meinen Kopf im Nacken, bin so durstig nach diesem Blau.

Marie schlürft einen tiefen Atemzug, was bei ihr bedeutet, dass sie etwas sagen will, das alle Aufmerksamkeit braucht. Im selben Moment stöhnt Josepha auf, als sei sie von einer Hornisse gestochen worden. Das holt meinen Blick nun doch zurück. Josephas Augen sind weit wie die ihrer Stute, wenn die vor dem Halfter scheut.

Sie zerrt sich das Sweatshirt über den Kopf, das T-Shirt gleich mit. »Hitzewallung«, presst sie raus, knüllt die Shirts zu einem Bündel, wischt sich damit das Gesicht und unter den Achseln und wieder das Gesicht, als tropfte sie wie ein überreifer Pfirsich. »Sorry, das muss auch noch aus!« Sie sieht mich mit einem ›Versteh es oder versteh es nicht‹-Blick an und zieht ihr Trägerhemd aus. Für ihren schmalen Körper unerwartet große Brüste schaukeln ins Freie. Ich linse zum Weg hin. Kommt womöglich doch jemand zu uns auf den Hügel gestiegen? Mir ist auch warm, aber ich ziehe nur die Jacke aus.

»Ich bin gerade fünfzig geworden, aber mein Leben fängt NICHT erst an!« Josepha lacht, dass ihre dunkle Stimme wie eine Woge durch den Wald rollt. Sie hebt erst ihre eine, dann ihre andere Brust und tupft sich den Schweiß darunter mit dem Hemd ab. »Im Gegenteil!« Sie stopft das Shirt-Knäuel als Kissen unter ihren Kopf und legt sich zurück. »Ich werde jetzt in aller Ruhe alt!« Sie lacht, dass ich nicht anders kann als mitzulachen.

Und sofort sehe ich sie wieder vor mir, wie sie neulich zum ersten Mal an meiner Haustür stand: leuchtend kobaltblaue, locker legere Kleidung, dazu rote Hollandclogs, in der Hand eine mindestens drei Zentimeter dicke Scheibe Brot. Sie hatte gerade davon abgebissen und sagte mit dem riesigen Bissen im Mund hinter vorgehaltener Hand etwas wie: »Hallo, ich bin die Neue!« Im nächsten Moment prusteten wir beide los.

Wir mochten uns sofort. Es ist anders als das Mögen mit Marie. Josepha und ich sind herzlich, ehrlich und ein klein wenig spröde miteinander, Marie und ich vorsichtig und sanft.

Wir trinken gerade darauf, dass Marie das letzte freie Haus von den dreien hier auf dem Hügel mitten im Wald gekauft hat, direkt unterhalb von meinem, und kürzlich eingezogen ist. Lange hatte es leer gestanden. Sie hat es besichtigt, mit dem Besitzer verhandelt, es wieder besichtigt, wieder verhandelt, und ich habe schon kommen sehen, dass dieser Jäger mit Jagdhund und »Sitz! Platz! Hierher!«-Gebrüll, der schon mehrmals durch Nachbarhaus und Garten getrampelt ist, mein neuer Nachbar werden würde. Mein Paradies wäre verloren gewesen. Ich brauche die Stille hier. Nichts brauche ich so sehr.

Josepha hält ihr Glas hoch. Der Holunderblütensaft mit Prosecco blinkt golden in der Sonne. »Willkommen bei uns im Wald, Marie! Schön, dass du hier bist!«

Ich hebe auch mein Glas. »Ja, auf dich! Und auf uns!«

Wir stoßen unsere drei Gläser aneinander, dass sie klirren. Marie zieht auch ihr Oberteil aus. Mein Blick lässt sich nicht davon abbringen, mal auf ihren, mal auf Josephas Brüsten zu landen. Mein Kopf nicht davon, Vergleiche mit meinen eigenen anzustellen.

»IST das schön hier«, stöhnt Josepha. Sie liegt mehr in ihrem Stuhl, als dass sie sitzt. »Was immer ihr beide vorhabt, ich jedenfalls werde jetzt in aller Ruhe alt. RUHE in Großbuchstaben geschrieben.« Sie schließt die Augen und spricht mit geschlossenen Lidern weiter: »Und dies hier ist der beste Platz der Welt dafür.«

»Und zum Schreiben«, rufe ich ins Blau des Himmels. Wie munter ich klinge. Bin ich von einem Schluck Sekt beschwipst?

Josepha blinzelt zu mir herüber. »Hast du das neue Buch angefangen?«

»Ich brüte noch, aber nicht mehr lange.«

Marie richtet sich auf. »Echt?«

»Und wie läuft das erste?«, fragt Josepha gleichzeitig.

»Ganz gut für den Erstling einer Namenlosen. Ich kann die Stromrechnung davon bezahlen und ab und zu eine edle Flasche Wein.« Ich grinse. Sie denken wahrscheinlich, dass es in Wirklichkeit mehr ist. In Wirklichkeit ist es weniger. »Aber diesmal habe ich ein angesagtes Thema: Eine Frau sucht bei einer Partneragentur im Internet die große Liebe. Was sie erlebt, ist ... Ähm – ja, das ist noch geheim.«

»Wie bist du denn auf *das* Thema gekommen?« Marie sieht von ihrem Tabakpaket hoch, auf dem sie sich eine Zigarette rollt.

»Das ist doch nicht das Thema, das ist nur das Milieu, in dem die Geschichte spielt. Es fing mit einem Zeitungsartikel über Partnersuche im Internet an. Die Agenturen dort haben einen Andrang, das glaubt ihr nicht. Was da passiert, darüber könnte man zig Bücher schreiben.

Aber mich interessiert, was die Menschen wollen. Guter Sex, das ist für manche schon Liebe.«

»Ist jedenfalls ein Wasserstandpegel«, feixt Josepha.

»Hm ...« Ich sehe sie mit hochgezogenen Brauen an und kann nicht mehr an mich halten: »Es ist der Gipfel des Irrsinns, so mit der Liebe umzugehen und sich auch noch zu wundern, dass sie so armselig bleibt oder schnell wieder versiegt, obwohl Liebe doch das Größte überhaupt sein soll. Und sie ist es.«

Marie legt mir sacht die Hand auf den Arm. »Kann man Liebe klein machen?«, fragt sie mit sanfter Stimme.

»Gute Frage! Genau die hab ich mir auch gestellt! Und noch einiges mehr. Es hat sofort gezündet und die Story war da.«

»Und?«, kommt von Marie und Josepha gleichzeitig.

»Meine Heldin Jolin verliert die Liebe ihres Lebens. Nachdem sie sich davon halbwegs erholt hat, beginnt sie verzweifelt, einen neuen Partner zu suchen. Sie landet beim Onlinedating. Aber sie merkt schnell, dass die meisten, die dort über Liebe schreiben, romantische Gefühle meinen. Für Jolin ist Liebe weit mehr als ein Gefühl, sie hat die wirkliche Liebe erfahren.«

»Aus einem Zeitungsartikel weißt du genug über das Milieu, um darin einen Roman spielen zu lassen?« Josepha schaut mich mehr als zweifelnd an.

»Nein, ich muss es natürlich durch und durch kennen. Also bin ich im Moment mehr im Onlinedating als irgendwo sonst.«

»Was?« Josepha lacht kurz auf. Im nächsten Moment ist ihre Stimme behutsam. »Dann bist du wieder offen für eine neue Liebe?«

Ich ziehe die Schultern hoch, lege den Kopf zurück und flüchte mich in das glühende Blau dort oben.

»Jolin ist offen dafür. Ich recherchiere.«

»Na komm, wie soll das denn gehen?«

2

Josephas Worte klingen in mir nach. Erst versuche ich, sie abzutun. Sie ist nicht ich, und obendrein bin ich nicht normal, auch wenn man das nicht gleich merkt. Ich bin sogar sehr unnormal.

Aber wie immer, wenn sie mir mit ihrer knalldirekten Art kommt, zerreißt mein schleierhaftes Gewebe aus Selbstbetrug sofort. Es sah so einfach aus: Ich schicke meine Romanfigur an meiner Stelle los, kann flirten und vielleicht noch viel mehr und bleibe immer schön in der sicheren Deckung. Wie blöd bin ich! Aber vielleicht bin ich nur vorübergehend durchgeknallt: Dieses Onlinedating hat mich die dritte Nacht den Schlaf gekostet. Und das ist mir mindestens genauso peinlich, aber noch peinlicher ist, was sich da teilweise abspielt. Ich hab mich natürlich gleich bei mehreren Agenturen angemeldet. Und bin entgeistert, auf welche Weise Menschen nach Liebe suchen. Der Gipfel ist »Inkognito«, wo man sogar seine sexuellen Vorlieben einträgt.

Eins ist immerhin jetzt klar: Die Suche fängt damit an, die richtige Partneragentur zu finden. Überall kann man kostenlos als Basismitglied teilnehmen, und man merkt schnell, was dort jeweils los ist. Also bin ich jetzt Premiummitglied bei Auserlesen.de. Da geht es wirklich um Partnersuche, nicht um Langeweilevertreiben, nicht um Abenteuer und nicht um erotische Spielereien. Ich habe mir ein Profil mit einer Selbstbeschreibung und zwei aktuellen Fotos angelegt, und damit war mein Mogeln und Mauscheln vorbei. Ich will zwar für meinen Roman recherchieren, aber in Wahrheit ist das nur Beifang.

Die Sehnsucht klopft schon seit einiger Zeit an eine bestimmte innere Tür, von der ich dachte, dass sie für immer verschlossen sei. Ja, ich weiß: Herzen sind viel größer, als wir uns vorstellen können. Aber sie sind auch empfindlich. Meins jedenfalls. Mich auf diese Bühne zu begeben, hat mich zwar in eine herrlich flirrende Aufregung versetzt – aber diese Aufregung ist zumindest zur Hälfte nichts als Angst. Und das hat seine guten Gründe.

3

»Marie, es wird ernst!« Ich stürme durch Maries offene Terrassentür, stelle den Laptop auf ihren Esstisch und fahre ihn hoch. Keine Viertelstunde ist es her, dass sich die erste ernsthafte Kontaktanfrage bei Auserlesen.de mit einem »Pling« gemeldet hat. »Du wolltest das ja alles mal in echt sehen. Passt es?«

Marie lacht und nickt, und ich rücke ganz ans Ende der kleinen Sitzbank, damit sie sich neben mich setzen kann. Wegen ihrer schlechten Augen berührt sie den Bildschirm fast mit der Nase. Ihr Lockenhaar kitzelt meinen Oberarm.

Mein Herz schlägt, als wäre ich gerannt, und ein Kribbeln und Wuseln in mir, dass ich mich plötzlich jung fühle, sehr jung. Ich muss über mich selbst lächeln, während Marie stumm liest und ich noch unruhiger werde. Wie immer in solchen Momenten betrachte ich sie. Ihr Profil mit der geraden Stirn unter der überbordenden, silberweißen Locke geht in eine breite, eher flache Nase über, deren Flügel den Lockenschwung aufzunehmen scheinen, ein Schwung wie die Wölbung eines Meeresschneckenhauses. Das graugrüne Auge liegt tief, ist groß und so genau gezeichnet wie auf einem mittelalterlichen Stich. Und die Lippen. Alles an Maries Gesicht ist besonders, und ich kann nicht entscheiden, ob diese bezaubernde, flache Oberlippe das Schönste an ihr ist. Jedenfalls ist sie anders als meine, die von der Seite gesehen ein bisschen an einen Vogelschnabel erinnert.

»Und wie kommt man an so eine Onlineagentur«, fragt Marie, ohne den Blick vom Bildschirm zu nehmen.

»Überall im Internet gibt es Werbung. Du brauchst nur drauf zu klicken. Einige sind sogar kostenlos. Die hab ich mir zuerst vorgenommen, hab unzählige Fotos von Männern angesehen, und du glaubst es nicht: Die meisten sind einfach Selfies mit dem Handy, also aus nächster Nähe, und entsprechend riesig ist die Nase und das Gesicht sieht verquollen wie von Alkoholmissbrauch aus, und im Hintergrund der Wäscheständer voll Socken und Unterhosen – Herrgott! Welche Frau sucht so was?«

Marie behält den Blick auf dem Display. »Und jetzt?«

»Jetzt bin ich bei Auserlesen.de. Da machst du zuerst einen psychologischen Test, der ausgewertet wird. Dann filtert das System alle männlichen Mitglieder heraus, die die höchste Übereinstimmung mit dir haben. Und schon hast du fünfundsiebzig Männer zur Auswahl.«

»Mit Foto und allem?«

»Ja, aber nur, wenn der andere es dir freigeschaltet hat. Man sieht zuerst nur den Namen bzw. das Pseudonym, den Beruf und eine kurze Selbstaussage.«

»So lernt man sich heutzutage kennen?« Marie hat immer noch den Blick auf dem Bildschirm. Für sie ist das Internet eine fremde Welt, und Partnervermittlung gab es bisher nur auf den Anzeigenseiten in Zeitungen. Das ginge mir auch so, wenn ich nicht von Berufs wegen von Anfang an dabei wäre. Marie hat keinen PC, und dass es jetzt Handys gibt, geht ihr auch erst allmählich auf. Josepha ist etwas besser ausgestattet, aber meinen Laptop sieht auch sie an, als sei er von einem Weltraumreisenden auf meiner Lichtung vergessen worden. Ich glaube, mit diesen Smartphones, die sich gerade verbreiten wie eine Seuche, wird sich noch einiges verändern, wovon meine beiden Freundinnen bislang keinen Schimmer haben.

»Ja, moderne Zeiten«, sage ich. »Es gibt da Männer wie Sand am Meer, die ich anders nie kennenlernen könnte.«

»Und weshalb bist du so aufgeregt?« Zum ersten Mal wendet Marie den Blick zu mir. Sie grinst.

»Weil mir dieser Typ geschrieben hat, auf dessen Profil du die ganze Zeit schon starrst!«

»Fünfundfünfzig Jahre alt, eins achtzig groß, blond, ledig, andere finden ihn attraktiv«, liest Marie langsam vor, und ich höre heraus, dass sie das überhaupt nicht aufregend findet. »Spontan, humorvoll, eine stattliche Erscheinung, kein Bierbauch, volle Haare und immer ein Lächeln im Gesicht. Beruf: Selfmademan. Klingt ja ganz gut.« Sie sagt das, als würde sie fragen: ›Und das genügt dir?‹ Sie liest weiter. »Ich suche hier keine Madonna, erst recht kein Topmodell, und es muss auch keine Akademikerin sein, sondern eine Lady mit Intelligenz, die zwischen den Zeilen lesen kann, die Stil und Klasse hat, aber sie sollte bitte nicht mehr breit als hoch sein, ich bin ein sportlicher Typ. Wenn's dann noch beim Blick in die Augen bitzelt ... let's go!«

»Klingt doch gut.« Marie grient.

»Ja, nur hat er mir kein Bild von sich freigeschaltet.«

»Wie stellst du ihn dir vor?«

»Hm ... Sonnenbank-gebräunt, Zähne wie aus der Zahncremewerbung, Goldkettchen, Tarzan-Haarschnitt, du weißt schon, vorne kurz, hinten lang. Jolin würde ihm jedenfalls antworten, sie würde wissen wollen, wer sich dahinter verbirgt und ob ...«

»Das ist deine Romanfigur?« Ich nicke. Marie sieht mich mit gesenktem Kopf an, als schaute sie über eine Lesebrille hinweg. »Und die bestimmt, wem du antwortest? «

»Na ja, wenn ich besondere Erfahrungen machen will, muss ich vielleicht mal raus aus dem Käfig meines Ichs. Und Jolin ist anders als ich.«

»Aber was sie denkt und wie sie sich entscheidet, das bestimmst doch du.«

»Ich denke mir ihre Charakterzüge aus, ich beschreibe ihr Äußeres und was in ihr vorgeht. Aber spätestens dann erwacht eine Figur zum Eigenleben. Ab da betrachte ich beim Schreiben die Welt mit ihren Augen und fühle ihre Gefühle, und das bedeutet, dass ich ihr nicht meine Entscheidungen aufdrücke, sondern in sie hineinhorche und sie entscheiden lasse. Das ist jetzt etwas technisch beschrieben. In Wirklichkeit ist es, als wenn ich sie wäre, sobald sie auftritt und redet und agiert.«

»Und du? Triffst du dich mit dem Selfmademan?«

»Erst mal muss ich ihm antworten.«

»Ich bin gespannt.«

»Und ich erst. Aber ich muss dir unbedingt noch einen zeigen. Hier. Er ist vierundfünfzig, eins neunundachtzig, sportlich, kräftig, charakterstark, natürlich und selbstbewusst. Macht neugierig, hm?«

Marie nickt.

»Und jetzt hör dir das an: Ich habe eine Leidenschaft, die ich zu Hause ausübe. Ich trage gern Damenwäsche. Nylons, Heels, Röcke, Blusen ...«

»Ausübe«, murmelt Marie. »Leidenschaft ausüben.«

Sie zieht die Schultern hoch, was eher aussieht, als würde sie den Kopf einziehen. »Aber manche sind bestimmt froh, dass sie überhaupt jemanden finden.«

»Du, dem schreib' ich!«

»Du bist verrückt, Carla!«

»Wieso? Was er sonst über sich schreibt, klingt doch gut. Ich möchte wissen, wie so jemand tickt. Hat man einen echten Knall, wenn man sich gern in Strapsen im Spiegel sieht? Oder ist das ein absolut heißes Spiel?«

»Carla! Da sind schon die miserabelsten Geschichten übers Internet passiert! Du weißt doch nie ...«

»Hey, das war Spaß. Es würde mich zwar interessieren, aber ich hab andere Prioritäten.«

»Ich dachte schon, es geht mal wieder mit dir durch.«

»Wäre kein Wunder nach der Nacht: Fünfzig Männer waren es bestimmt!«

Maries Lachen fährt hell in die Höhe. »Hey, erzähl mal: Wie ist deine Jolin?«

»Gefühlsbetont, lebendig, offen. Was sie mit mir gemeinsam hat, ist, dass sie mit einem außergewöhnlichen Mann eine außergewöhnliche Liebe erlebt und verloren hat.« Marie sieht mich mit ihrem Krankenschwester-Blick an. Ich klappe den Laptop zu. »Das ist genau die richtige Vorgeschichte für sie.«

»Und? Hast du schon zu schreiben angefangen?«

»Ich lese in meinen alten Tagebüchern und suche Stellen, die ich gebrauchen kann. Oder vielleicht kann man es so sagen: Ich versuche, wieder in diese Zeit hinein zu kommen. Gestern Abend habe ich mich in der Szene wiedergefunden, mit der alles angefangen hat. Es war ein halbes Jahr vor meinem fünfzigsten Geburtstag. Ich war auf einem Tanzfestival, an die sechzig Leute, drei Tage nur draußen oder im großen Zelt, drei Tage Sonne, Musik und Tanz. Ich habe mich nie so frei, so ausgelassen gefühlt. Da wusste ich plötzlich, dass ich mich endlich trennen muss.«

»Von dem, mit dem du so lange verheiratet warst?«

»Ja. Fünfzehn Jahre.« Ich lasse den Kopf nach hinten sacken, bis er gegen die Wand stößt. »Vierzehn davon haben wir wie Bruder und Schwester gelebt, nicht wie Mann und Frau.« Ich drehe mich zu Marie hin. Ihr Blick hüllt mich ein wie in ein warmes Tuch. Es ist aufrichtige Anteilnahme. Trotzdem muss ich wegsehen. Weil es so nicht stimmt, wie ich es erzählt habe.

»Wie hast du das ausgehalten?«, fragt sie prompt.

»Dankbarkeit«, sage ich und korrigiere mich sofort. »Nein. Es war Liebe. Aus Dankbarkeit ist Liebe geworden. Er war da, als ich vollkommen am Boden lag. Frag mich jetzt bitte nicht, warum. Vielleicht erzähl ich es später mal. Mit meiner Trauer und meinem Schmerz musste ich selbst fertigwerden, aber wenn du dabei jemanden an deiner Seite hast, er braucht nur da zu sein, das ist so viel wert! Und obendrein hat er mich aufs Meer mitgenommen mit seinem Segelschiff und mir ein neues, ein anderes Leben gezeigt und geschenkt – nichts brauchte ich damals dringender als das. Ich hab ihn sehr geliebt und ich tue es noch.«

Marie nickt. »Aber Liebe ist nicht gleich Liebe«, sagt sie, und wie so oft bin ich baff, wie sie genau das ausspricht, was zwar schon in mir bereitliegt, aber wofür ich noch keine Worte habe.

»Ja, wir waren die allerbesten Gefährten, aber kein Paar. Vielleicht war unsere Liebe sogar reiner und echter als bei manch anderen Paaren. Schon, weil wir sie nicht mit erotischer Anziehung verwechseln konnten. Sie musste sich immer wieder beweisen, und das hat sie. Es tat weh, dieses Gefühl, ihn im Stich zu lassen, und all das Gute, das zwischen uns war, einfach wegzuwerfen. Hätten wir es anders hingekriegt, ich wäre noch bei ihm. Aber ich bin kein Neutrum! Ich bin eine Frau.«

»Möchtest du einen Tee?« Ohne meine Antwort abzuwarten, steht Marie auf und zwängt sich zwischen Bank und Tisch hinaus, umrundet mit ihrem seltsamen Gang, der fast ohne jedes Auf und Ab auskommt, die Sitzgruppe und geht die wenigen Schritte in die offene Küche.

Durch mein Erzählen habe ich etwas berührt, das nicht so schnell wieder verblasst, im Gegenteil: Bilder von jenem Tanzfest damals schieben sich vor meinen inneren Blick, die vielen vom Tanzen glühenden, frohen Gesichter, Begegnungen in den Pausen, Blicke, Gespräche, Spaziergänge. Am zweiten Abend habe ich Ragnar zum ersten Mal wahrgenommen. Er hat mich angelächelt, und ich war verunsichert wie ein Teenager.

Ich höre, wie Marie die Thermoskanne öffnet und Tee in zwei Becher gießt, aber ich bin woanders. Dieses losgelöste Gefühl von damals ist wieder da. Und ganz von selbst fange ich erneut an zu erzählen. »Wir haben den ganzen Tag getanzt, kein Gesellschaftstanz oder so was, frei im Raum bewegen, nur dem folgen, was Musik und Rhythmus auslösen. Zuletzt war nichts mehr steif an mir. Als ich mich abends im Badezimmerspiegel gesehen hab, konnte ich es nicht glauben: Meine Augen haben gelächelt, mein Gesicht hat sich angefühlt wie neu, und es hat auch so ausgesehen: frisch, lebendig, fröhlich. Da erst hab ich begriffen, wie ich jahrelang gelebt hatte: mit einem Körper aus Holz.«

Marie balanciert die Becher herüber. »Ist dir ja auch nichts anderes übriggeblieben.«

Der Duft frischer Minze steigt mir in die Nase. »Da bin ich mir nicht sicher. Hab ich in einem Käfig gesessen? War ich finanziell abhängig? Nein. Ich hab mich immer wieder kriegen lassen von neuen Vorhaben, die wir uns ausgedacht haben. Wir waren ein gutes Team, wir haben tolle Projekte gemacht, aber Erotik, in welcher Form auch immer, gab es zwischen uns nicht.«

Ich ziehe den Minzeduft ein, greife den Becher und stelle ihn gleich wieder hin. Plötzlich will es raus aus mir, alles auf einmal und sofort: »Als ich mich damals im Spiegel sah, als ich erkannte, dass das die eigentliche Carla ist und dass ich ab jetzt nichts mehr wegdrängen, nichts mehr unterdrücken will, da war es mir von einem Moment zum anderen unerbittlich klar: Ich hatte mich in dieser Beziehung versteckt. Und weißt du, wovor? Vor meinem eigenen Leben!«

Marie zieht nur die Brauen hoch und schaut mich an.

Ich kämme mir mit den Fingern durchs Haar, spüre, wie die Kopfhaut kribbelt und wie der Kopf frei wird, frei genug, damit ich selbst begreifen kann, was ich da gerade gesagt habe. Matt füge ich hinzu: »Ich war fast fünfzig und hatte noch nicht erfahren, was Erotik sein kann.«

Maries Blick verschwindet im Nirgendwo und bleibt eine Weile verschwunden, als suchte sie dort etwas. Wie von weit her sagt sie: »Und Jolin in deinem Roman ist die Carla, die damals geboren wurde, nicht?«

»Nein, Jolin ist ganz anders als ich.«

»Und wie?«

»Romantisch, zärtlich, liebevoll und sie steckt voller Einfälle.«

Marie legt den Kopf auf die Seite. »Du nicht?«

»Längst nicht so wie sie«, beharre ich. »Aber vor allem ist sie einer der wenigen Menschen, die sich nicht verbiegen und auch nicht verbiegen lassen.« Ich lache leise. »Das ist aber nur die eine Seite. Die andere: Ihre Stimmungen ändern sich schneller als das Wetter im April.«

»Wie alt ist sie?«

»Wie ich: Vierundfünfzig. Das ist aber auch das Einzige, was wir gemeinsam haben. Es war komisch, ich konnte sie vom ersten Moment an vor mir sehen, als ob es sie wirklich geben würde. Sie ist etwa eins fünfundsechzig, ihre Figur ist sehr weiblich: enge Taille, ausgeprägte Hüften, schöner Busen.« Ich schließe die Augen, um Jolins Bild noch deutlicher vor mich zu holen. »Ihr halblanges, leicht gewelltes Haar ist dunkel. Sie hebt gern die Augenbrauen ein bisschen an und senkt gleichzeitig die Lider. So ein halboffener Blick, geheimnisvoll und sinnlich. Wenn sie sie ganz öffnet, taucht man in Lapislazuli-blaue Augen ein. Verrückt! Wenn ich so von ihr erzähle, sehe ich sie hier zur Tür reinkommen. Mit diesem ganz besonderen Gang. Sie wiegt sich in ihren Schritten. Manchmal tänzelt sie. Je nachdem, wie ihr gerade ist. So lebt sie auch: Immer genau das, wonach ihr ist.«

»Du wärst gerne wie sie, hm?«, sagt Marie mit einem ›Na komm, sei ehrlich‹-Lächeln.

»Ich? Das wäre mir viel zu anstrengend. Sie ist ihren Gefühlen ausgeliefert wie ein Herbstblatt dem Wind.«

»Naja, ich bin jedenfalls gespannt.« Marie lächelt mich an und beginnt, sich leise stöhnend aus der engen Bank auf die Beine zu rappeln. »Carlchen, mein Garten ruft nach mir.«

»Und mich ruft der Selfmademan.«

*

Oben bei mir unterm Sonnendach habe ich zwar den Laptop schon startklar auf dem Schoß, aber ich kann nicht schreiben. Ich muss immerzu an früher denken, an verschiedene »Frühers«, die mich alle auf ihre Weise aufwühlen oder berühren. Ich muss in den Wald, sonst komme ich da nicht raus. Ich bin zwar im Wald, mittendrin sogar, mein Haus steht auf einer Lichtung, und wenn ich nach oben sehe, ist das berückend blaue Himmelsrund gesäumt von grünen Wipfeln, aber in den Wald hineinzugehen, in die Welt der Bäume, das ist erst wirklich im Wald sein – in einem Innen, wo es nirgends eng ist und wo der Frieden wohnt.

Ich brauche nur aus der Pforte zu treten, dann beginnt mein Spaziergang, und die Wehmut, die ich schon kommen gespürt hatte, geht neben mir. Für ein neues Leben muss man ein altes aufgeben, muss abspringen und weiß genau, was man verliert, und das tut weh. Loslassen ist in diesen Zeiten das große Zauberwort, aber es kann eine böse Falle sein. Das hat mir das Leben beigebracht: Was man im Zorn oder im Schmerz loszuwerden versucht, das bleibt erst recht an einem kleben.

Viel lieber als Zauberworte und Ratschläge ist mir der Wald. Ich bin dort allein, und trotzdem erzähle ich den Bäumen lautlos, was mich drückt. Es ist, als würden sie es mir von den Schultern heben und es oben zwischen ihren Zweige aufhängen wie Wäsche, die trocknen soll. Mit viel leichteren Schritten komme ich in »mein« Tal. Es ist so unberührt, als sei es eben erschaffen worden, und so schön, dass ich still werde und schaue und schaue. Mit dem Rücken an einen Baumstamm gelehnt sitze ich im Moos, und in dem Frieden hier kommt eine Milde in mich hinein, ein Wohlwollen, und ich kann niemandem mehr böse sein und Verletzungen, die eben noch wehgetan haben, schmelzen dahin. Mir fließen die Tränen, und ich kann gar nicht auseinanderhalten, ob es Erleichterung ist oder die Schönheit, die das Sonnenlicht auf dem Waldboden immer neu hervorzaubert, schimmernde Blätter, golden leuchtende Gräser, wie im Tanz leicht geneigt, flirrendes, glimmendes Insektenspiel im langen Sonnenfaden. Und alles ist wieder gut.

Es ist schon Abend und immer noch hab ich kein Wort an den Selfmademan geschrieben. Aber jetzt sitzt eine andere Carla hier auf der Couch, den Laptop auf dem Schoß, eine, die seine Selbstbeschreibung lächelnd noch einmal liest. Ich trinke einen langen Schluck Wein, reibe meine Hände und flimmere mit den Fingern, grinse über mich selbst und glaube trotzdem, dass sie davon in die allerbeste Schreibstimmung kommen.

»Lieber Bertram«

Es stimmt leider nicht. Oder jedenfalls fühlt ›Schreib-stimmung‹ sich anders an. Ich lösche »Lieber Bertram«, schreibe »Hallo Bertram«, ziehe die Schultern hoch und lese weiter in seinen Text hinein.

»Ich wünsche mir, dass du neben mir aufwachst, dein warmer Körper an meinem, und ich das Frühstück machen darf. Dass ich die Seele baumeln lassen kann, Füße hoch, Fernseher aus, ebenso das Telefon. Du, Champagner oder Rotwein und irgendwann – du weißt schon. (Die Reihenfolge kann auch anders sein.) Und sehr gern ab und zu ein gutes Buch gemeinsam lesen ...«

Es gefällt mir. Wie mag der Mann sein, der das geschrieben hat? Ich sehe ihn jetzt anders: Sportlich, aber kein Bodybuilding-Typ, nicht unbedingt gutaussehend nach herkömmlicher Sichtweise, eher auf die Art wie dieser französische Schauspieler mit Knollennase und männlich erotischer Ausstrahlung, dem man ansieht, dass er geradeaus und warmherzig ist.

Ich lösche »Hallo Bertram« und schreibe »Lieber Bertram, danke für die netten Zeilen!«

Und merke, dass ich alles Mögliche in ihn hinein fantasiere, Wunschvorstellungen abwechselnd mit Befürchtungen. Im Spiegel der Terrassentür schaue ich mir beim Überlegen zu: Eine schlanke Gestalt mit kinnlangem Haar, dessen Blond durch das erste Grau heller wirkt. Und die blöde, alte Frage ist auch schon da: Bin ich noch attraktiv genug, werde ich ihm gefallen? Geht's noch, Carla? Ich stehe auf und schalte das Gartenlicht ein. Ich halte es nicht aus, wenn ich nicht sehen kann, was draußen vor sich geht, gerade im Dunkeln.

Jolin sitzt in Gedanken schon neben dem Selfmademan. Sie spürt seine streichelnden Finger im Nacken, spürt sein Kraulen. Es rinnt ihr die Wirbelsäule hinunter wie eine warme Flüssigkeit und weckt jede ihrer Haarwurzeln.

»Lieber Bertram,
du schreibst angenehm anders über dich, als es hier üblich ist, und das gefällt mir. Auch ich suche nicht nach dem Arzt, dem Rechtsanwalt oder dem Millionär. Zu mir passt eher jemand Unkonventionelles. Und natürlich muss ein Funke überspringen, das sehe ich genau wie du, und ob er das tut oder nicht, kann man nur probieren. Ich gebe dir schon mal meine Fotos frei und bin gespannt auf deine Antwort.
Liebe Grüße, Jolin«

Es sind meine Fotos – und Jolin ist nur mein Pseudonym. Wenn er antwortet, werde ich natürlich meinen richtigen Namen verraten. Man bleibt zuerst noch in der Deckung, das ist im Onlinedating üblich. Aber ich könnte mir ja einfach vorstellen, ich wäre Jolin. Der Einstieg wäre viel einfacher: Sie zögert und zaudert nicht, fragt sich nicht dauernd, ob es passen könnte. Sie will ihn anschauen, ihm in die Augen sehen, dann kann sie spüren, wie sie sich mit ihm fühlt. Am liebsten würde sie sofort ins Auto steigen und zu ihm brausen. Und dann? Spazierengehen? Kaffeetrinken? Ja, zuerst ...

Plötzlich möchte ich durchstarten, möchte wissen, wie es ist mit diesem Mann, bin die pure Abenteuerlust. Und wenn der Funke springt, dann soll er! Was ist das überhaupt, dieser berühmte Funke? Wählt die Liebe aus, auf wen sie ihren Lichtstrahl richtet und wird man dann von dieser Person angezogen wie ein Insekt von einer Laterne? Oder wählt man, ohne es zu merken, selbst, ob man liebt und wen? Wahrscheinlich ist es immer etwas anderes, mal das Äußere, mal Eigenschaften, die einen anziehen. Ich muss das alles erfahren, hautnah, sonst wäre es nur totes, angelerntes Wissen und nichts wert.

4

Die Augen noch geschlossen, spüre ich dennoch, dass die Sonne scheint. Ich räkele mich, schiebe die Bettdecke ein wenig von mir und hebe die Lider. Ich bin wach. Eindeutig. Ich wende den Kopf zur Seite, will sehen, was für ein Bild sich mir heute zeigt. Die unteren Ränder der Wolken tragen rosa Borten. Zwischen ihnen das helle Blau saugt meinen Blick in die Unendlichkeit. Zum Glück hält er sich an einem der schief gewehten Kiefernwipfel fest und klettert nach einer Weile daran herunter. Zurück auf meine Lichtung. Zurück zu mir.

Ein leises Ziehen kribbelt von den Hüften her meine beiden Leisten hinab. So leise, dass ich es nur spüre, weil ich es spüren will. Ist diese zarte Lust aus einem Traum mit herübergekommen? In allerfeinsten Wellen schwingt und vibriert sie meine Beine entlang bis in die Zehen und andersherum durch meinen Bauch hindurch aufwärts zu meinen Brüsten, und sie wachen auf, als seien sie gestreichelt worden, als sei die streichelnde Hand nur für einen Moment woanders hin gehuscht.

Nein! Es werden Bilder kommen! Erinnerungen. Lieber aufstehen, duschen, raus ...

Und wenn es gar nicht *meine* Lust ist? Es kann gar nicht meine Lust sein! Die ist tot und gestorben. Damals, in jener Nacht im Februar, als der Vollmond über den Kiefern am eisigen Himmel stand.

Ich muss von Jolin geträumt haben. Sie ist beim Selfmademan oder bei wem auch immer. Einem, der ihr gefällt. Einem, der sie so berührt, dass sie gar nicht anders kann als sich an ihn zu schmiegen. Körper an Körper. Haut an Haut.

Ihre Knospen recken sich, berühren die Bettdecke, tun, als sei das die streichelnde Hand, nach der sie sich so sehnen. Und sofort lodert es in ihren Leisten. Tausende kleiner, eifriger Kräuselwellen laufen durch sie hindurch. Rennen flink. Rennen, als müssten sie im selben Moment überall gleichzeitig hingelangen. Ein leises Ziehen folgt den Wellen bis in die Zehen, bis in die Fingerspitzen, die Brüste, den Hals. Bringt mein Gesicht zum Lächeln. Zum Glühen. Jolins Gesicht ...

Und Jolin ist es, die ihre Brüste berührt. Beide zugleich. Mit den Händen zu zwei Schalen geformt von unten her. Jolin ist es, die leise stöhnt unter der unendlich liebkosenden Berührung. Jolin, die sich windet. Jolin, die sich hochbäumt. Ihre Knospen mit der Bettdecke spielen lässt. Während ihre Hände abwärts wandern. Sacht die Seiten entlang. Feines Prickeln. Feiner als fein. Umso intensiver. Jolin ist es, deren Becken sich ihren Händen entgegensehnt. Jolins Beckenknochen sind es, die mit einem Brennen den Händen antworten, als sie sie erreichen, sich in ihre innere Höhlung legen, darin kitzeln und spielen wie zwei übermütige kleine Tiere. Jolins Becken, das sich unwillkürlich nach rechts, nach links zu drehen beginnt wie im Tanz. Jolins Leisten, aus denen es sich erneut in feinen Kräuselwellen ergießt. Jolin ist es, die den Kopf weit zurückbiegt, mit offenem Mund tief die Luft einzieht. Jolins Hände. Jolins Lodern. Jolins Bilder. Zuckend schnelle Einblendungen. Haut. Goldfarben. Haare. Blond. Über sie gebeugt. Küsse. Der blonde Mann küsst Jolins Ohr. Flüstert hinein. Warme, tiefe Töne rieseln über ihren Rücken. Sein Atem streicht ihr seitlich den Hals hinunter wie das Streicheln mit einer Straußenfeder. Seine Lippen versinken in der zarten Kuhle zwischen ihrem Schlüsselbein und ihrem Hals. Liegen dort. Helles Stöhnen. Weiches Haar fällt zwischen ihre Lippen. Blondes Haar. Er saugt. Küsst. Beißt ihren Hals. Sie windet sich. Erfahrene Hände. Mit vollendeter Ehrfurcht berühren sie ihre Mitte, wissen von allein, wie die Knospe aufzublühen vermag.

Und eine Welle, die an den Strand leckt, sanft zuerst, dann übermächtig, die all das, was sie beschwemmt, aus langem Schlaf erweckt, dass es knistert tief aus dem Sand, dass sich Blasen bilden und alte Fußspuren weggespült vor den Augen verschwinden. Und die Woge kommt. Kommt gelaufen. Kommt gerannt. Wirft sich dem Strand in die Arme und explodiert im hellen Lied der Lust.

*

Im Garten unterm Zeltdach, den aufgeklappten Laptop auf dem Schoß, fröstelt die Morgenkühle mir die Beine hoch, auch wenn die Sonne die Kiefernstämme schon rotgolden färbt. Hangabwärts stehen sie um Maries Haus und überragen es. Jede Kiefer hat ihren ganz eigenen Wuchs, jede ist wie eine Person für mich, die ich morgens mit meinem ersten Blick begrüße, und jeder weitere Blick zwischendurch beim Schreiben ist wie ein stummer Austausch, wie es bei einem Menschen vielleicht ein Zunicken wäre.

Es ist so still, als wäre die Welt stehengeblieben. Und dann das seltsame Schnalzen des Eichhörnchens. Irgendwo raschelt es, ich kann es nicht sehen – bis es plötzlich mit einem gewaltigen Satz von einem der windschiefen Kiefernwipfel hinüber auf die Birke fliegt.

Das ist der Startschuss. Meine Finger liegen schreibbereit auf der Tastatur. Jolin braucht eine Vergangenheit, und sie bekommt meine. Ich schüttele mich. Weiter! Bloß nicht aufhören. Es ist gut, all das aufzuschreiben. Dann ist es eine Geschichte. Sie wird viel in mir auslösen. Aber auf der letzten Seite ist sie – *vorbei*.

Nur leider zittern mir die Finger und noch mehr zittert mein Herz. So vorsichtig, als könnte man sich daran verletzen, nehme ich das blaue Schreibbuch, schlage es auf und blättere durch eng beschriebene Seiten bis an die richtige Stelle. Schon die ersten Worte ziehen mich zurück in die Zeit meines Lebens, an die ich mich nie mehr erinnern wollte. Und etwas geschieht, etwas, das ich mir gewünscht habe und das unsagbar wichtig für mein Vorhaben ist: Ich lese in meine Tagebuchaufzeichnungen hinein, sehr schnell, fast fluchtartig, dann liegt es schon wieder auf dem Tisch und ich schreibe, und während ich die Worte in den Laptop tippe, nehmen sie eine neue Aufstellung an, ohne dass sich das Geschehene selbst verändert. Mit jedem Satz versammeln sie sich mehr und deutlicher unter einem eigenen, lebendigen Rhythmus und in einer seltsam quirligen und zugleich ruhigen Melodie. Jolins Melodie. Jolins früheres Leben. Eine neue Geschichte.

*

Ich bin allein hier. Aber abends in meinem Zimmer bin ich zu müde, um mich mit Alleinsein aufzuhalten, und tagsüber und bis spät bin ich in einem Traum. Sobald die Musik anfängt, tanze ich. Es ist, als gäbe es keine Schwerkraft, ich tanze mit Frauen, mit Männern oder allein. Hier gibt es keine Vorgaben, keine Schritte, keine Regeln außer der einen: Tanze dich!

Dieses Fest ist wie ein Meer, in das ich eintauche.

Ich bin leichtfüßig, als könnte ich wie auf dem Mond mit einem Hüpfer zwölf Meter überwinden, ich bin frei wie eine Möwe, die auf den Aufwinden der Steilküste reitet, ich bin lebendig wie ein schäumender Bach. Wenn die Musik aufhört, bleibe ich stehen, schließe die Augen und zittere, so sehr spüre ich dieses Gefühl: Es ist in der Brust, ganz oben, wie Sehnsucht fühlt es sich an, wie Schmerz, wie glückselige Freude, alles auf einmal, und ein Gedanke, so erlösend wie Sommerregen auf verdorrten Feldern: Was du da fühlst, das bist du!

Keine sechs Monate ist es her, dass ich mich getrennt habe. Es kommt mir vor, als lägen Jahre dazwischen. Zuerst nur Schmerz. Dann erste neue Impulse. Schließlich der Mut, hierher zu kommen. Ich kenne niemanden – und fühle mich schon nach einem Tag, als wäre ich mit allen seit langem vertraut.

Ich muss mich einen Moment verpusten und merke, wie durstig ich bin. An der Bar steht er plötzlich neben mir: Der Mann, dessen Blicke ich schon bemerkt habe. Er war mir schon zu Anfang aufgefallen: sein indianisches Aussehen mit den sehr langen Haaren, gerader Stirn und ebenso gerader, edler Nase, sein gelöster Gang, sein außergewöhnlich leichter, natürlich schöner Tanz. Ein paar Mal hat er mich angesehen, jedes Mal ein bisschen zu lang. Auch wenn ich nicht zu ihm gewandt war, habe ich seinen Blick gespürt. Jetzt lächelt er mir entgegen, als hätte er auf mich gewartet. Ich lächele zurück ...

... und schaue in leicht schrägstehende Augen im irritierenden Gelbgrün junger Eichenblätter. ›Wolfsaugen‹ geht es wie ein Flüstern durch mich hindurch, und es ist, als ob etwas mich packt und lähmt. Vor Schreck lache ich.

29

»Möchtest du?« Er hebt die Sektflasche.

Ich bringe mein »Ja« nur als winziges Flüstern heraus. Schicke ein Nicken hinterher.

Er schenkt zwei Gläser voll bis zum Rand. Während er sie hochnimmt und mir eins reicht, fällt der Schaum in sich zusammen und es ist nur noch ein einziger Schluck. Er zieht mit einem Grinsen die Schultern hoch. Ich nehme das Glas schnell an die Lippen, trinke es leer und stelle es zurück, damit er nicht merkt, wie sehr meine Hände zittern. Was ist denn? Ich muss mich das nicht fragen, ich weiß es genau, aber ich begreife es nicht. Als ich aufblicke, schaut er mir wieder direkt in die Augen. Es ist wie nicht mehr weg können, aber auch nicht mehr weg wollen.

»Dein Lächeln leuchtet.«

Ich versuche zu verbergen, wie dieser Satz mich berührt, was für ein Aufruhr in mir ist. »Danke.«

Er fragt nach meinem Namen. Ich nach seinem.

»Ragnar.« Er spricht es, wie man es in Norwegen spricht: Raunar. Es klingt wie ein kurzes Lied.

Und plötzlich können unsere Blicke nicht für einen Wimpernschlag mehr auseinander. Wir reden darüber hin. Er fragt, ob es mir hier gefällt, ob ich die Musik mag, ob ich noch weiter tanzen möchte. Er schenkt mir nach. Ich verschütte den Sekt, lache zu laut. Und mir ist, als würde ich durch seine schrägen Wolfsaugen hindurch sehen und in etwas hinein, etwas Weißes, sehr, sehr Helles – aber es ist kein Bild, kein wirkliches Sehen, es ist wie sichtbar gewordenes Fühlen, und dieses Gefühl macht noch mehr Aufruhr, macht mich hilflos – und dann spüre ich, dass ich berührt bin, ich weiß nicht, wovon, so berührt, dass mir die Augen feucht werden.

Ragnar legt die Arme um mich zu einer freundschaftlich herzlichen Umarmung, drückt mich einmal kurz, einfach so, und lässt mich gleich wieder los. Ich muss tief einatmen, und er tut es mir nach und schaut mich dabei wissend an. Er hat es bemerkt.

Ich wende den Blick zur Tanzfläche hin. Er nimmt meine Hand, zieht kurz daran wie eine wortlose Frage. Ich lache, blinkere mir die Augen frei, während wir schon dorthin streben, wo der Tanz wogt. Vielleicht geht er da gleich mitten hinein, verschwindet in der Masse, dann war es nur *diese Begegnung, mehr nicht, denke ich, aber er bleibt außen, so wie ich, schaut mich an und lässt mich nicht mehr aus den Augen. Blick in Blick beginnen wir einen Tanz, der sich selbst erschafft, und während wir mehr und mehr in gleitenden, weit ausholenden Bewegungen umeinander kreisen, aufeinander zu streben und wieder voneinander weg, sind wir, ohne einander zu berühren, doch immerzu durch das unsichtbare Band unserer Blicke verbunden.*

*

Wir stehen wieder an der Bar, diesmal trinken wir Saft. Ich fühle mich so schon wie betrunken. Die Unsicherheit, den Aufruhr habe ich aus mir heraus getanzt, und dennoch ist mir, als sei ich auf schwankenden Planken unterwegs.

Wir reden ohne Pause. Ragnar fragt und fragt, und ich erzähle von der Trennung und dass ich jetzt langsam in mein eigenes Leben finde, es ist wie tasten, höre ich mich sagen und denke: Ja, genau. Ich beschreibe ihm, wie und wo ich wohne und dass es mich trägt und hält, einen so schönen Platz zu haben, vielleicht nicht mehr lange, aber jetzt, da ich es so sehr brauche, bin ich jeden Tag dankbar dafür. Und du, wo kommst du her?

Ragnars Stimme ist weich, sie fließt, sie rinnt. Ich höre gerne zu, sehr gerne. Er lebt auf dem Land in einem großen alten Bauernhaus, er hat es mit eigener Hand vor dem Verfall gerettet und zu seinem Familienhaus ausgebaut, aber die Familie ist vor kurzem auseinandergebrochen, er hat es lange zu verhindern versucht. Nun ist er allein. Jedenfalls, wenn sein Sohn nicht bei ihm ist.

Wie alt ist er, frage ich, wie heißt er.

Ragnar ist woanders, die warmgrünen Augen suchen nebenan im Saal das Meer der Tanzenden ab. »Es ist das Schlimmste überhaupt«, sagt er plötzlich und schaut, als suchte er etwas Wichtiges dort hinten.

»Was?«

»Wenn man ein Kind verliert. Das ist mir schon einmal passiert. Darum habe ich es diesmal mit allen Mitteln zu verhindern versucht. Aber vielleicht war gerade das falsch.«

Hinten im Saal wird die Musik leiser, blendet sich aus und ein neues Stück mit sehr sanfte Klängen lässt den Tanz zu zartem Wiegen werden.

»Ich habe noch einen Sohn, weißt du.« Jetzt schaut er mich an. »Er ist jetzt zwanzig. Ich hab ihn seit seinem dritten Lebensjahr nicht mehr gesehen.« Er nimmt einen tiefen Atemzug, sein Blick wird forschend, prüfend – dann schaut er sich um im Raum, nickt zu dem letzten noch leeren Sofa hin, die ein gutes Stück weg von der Bar an der Wand stehen. Während wir noch darauf zu gehen, nimmt es ein Trupp schnatternder, glühender Mädchen in Besitz.

Wir bleiben nicht einmal stehen, schauen einander an, Ragnar senkt den Kopf zum Saal hin und hebt die Brauen. Ich nicke und wir lachen beide. Während wir zur Tanzfläche gehen, tanzen wir schon, erst weit ausschweifend und im Saal so wie fast alle dort: Arm in Arm.

*

Irgendwann sehr spät stehen wir beide draußen. Es ist bewölkt, aber dort oben in dem Schwarz muss ein Wolkenloch sein: Ein einzelner, sehr heller Stern blinkt zu uns herunter. Wir stehen still da, einander gegenüber, die Köpfe im Nacken, und schauen zu ihm hoch.

»Es war schön mit dir«, sagt Ragnar leise.

»Wunderschön«, flüstere ich.

Wir steuern auf den Hotelteil des Seminarhauses zu; sein Zimmer liegt in einem anderen Flügel als meins. Ich bleibe plötzlich stehen, sage, dass ich gar nicht auseinandergehen mag, wir haben uns viel zu erzählen und auch unser Schweigen ist angefüllt. Vielleicht könnten wir noch ein wenig im Ruheraum sein, es uns auf dem Matratzenlager dort gemütlich machen und all das Aufgerührte sich langsam wieder in die inneren Orte zurücklegen lassen.

»Dann würde ich mehr wollen«, flüstert er. »Und dafür ist es noch zu früh.«

Er beugt sich zu mir herunter, und unsere Lippen suchen einander. Zart und vorsichtig sind wir wie zwei Libellen, die fliegend zusammenfinden.

*

Ein weicher Wind streicht durch die Kiefern, dass es wie Brandungsgeflüster ist mitten im Wald. Mit emsigem Blätterrascheln spenden die Birken mir Beifall. ›Du hast es geschafft! Du bist im Schreiben, mach weiter!‹

Ich wollte das nicht so ausführlich schreiben. Nur bis zum ersten Glas Sekt, bis zum ersten Eintauchen in seinen Blick. Ich bin wie betäubt von meiner eigenen Geschichte. Etwas wie Verzweiflung greift nach mir.

»Pling!«, macht der Laptop. Ein Banner meldet: »Bei Auserlesen.de ist eine Nachricht für Sie eingegangen!«

Ich klicke viel zu schnell, merke selbst, dass ich mich aus den Gefühlen heraus in die Nachricht retten will, bekomme sie erst beim dritten Versuch geöffnet:

»Liebes Mitglied, vielen Dank für den netten Kontakt. Ich bin jedoch zu der Ansicht gelangt, dass wir nicht gut zueinander passen. Ich wünsche Ihnen weiterhin viel Erfolg bei der Partnersuche und eine glückliche Partnerschaft und verabschiede mich mit freundlichen Grüßen!«

Jedes Wort ist wie ein Faustschlag in den Bauch. Der sieht mein Foto und sortiert mich einfach aus! Bin ich ein Gegenstand, der zum Verkauf angeboten ist? Kann er nicht mal ein paar persönliche Worte finden? Nein, nur ein Klick, und ich bekomme den vorgefertigten Standardtext für Absagen geschickt. Ich fasse es nicht: Selfmademan sein wollen und nicht einmal einen Selfmade-Abschied hinbekommen?

Ich bin schon unterwegs zu Marie. Auf der ersten Rasenstufe bleibe ich so abrupt stehen, dass ich fast vornüberfalle. Wut, Enttäuschung, solche Gefühle? In einer Intensität, als wäre er mein Liebster, dabei kenne ich den Mann nicht mal! Wie kann es sein, dass mich das so trifft? Ja, meine Wut und Enttäuschung sind berechtigt. Aber da ist mehr. Es tut weh. Es tut weh bis ins Mark.

Ich muss in den Wald, nicht zu Marie. Ich muss laufen oder schnell gehen, bis ich vielleicht irgendwo meine Gleichmut wiederfinde.

Heute gebe ich mir frei vom Internet, vom Schreiben, vom Denken, vom Erinnern, von allem. Heute feiern wir meinen Geburtstag nach. Im Winter hatte ich es mir und meinen Gästen versprochen: das Sommerfest, das ich mir damals noch nicht mal vorstellen konnte.

Es ist ein guter Tag dafür: warm, aber nicht zu heiß. Ich habe unterm Zeltdach eine Tafel für vier gedeckt und mit Blumen geschmückt. Zwei Fliegenhauben aus weißer Spitze, unter der einen eine Obsttorte, unter der anderen duftet mein berühmter Käsekuchen. So muss er sein: frisch aus dem Ofen, noch warm. Tee und Kaffee in großen Thermoskannen, alles soll fertig und bereit sein. Ich möchte meine Gäste genießen und nicht ständig bedienen. Jetzt nur noch den Schweiß abwaschen, zuletzt bin ich doch ins Hetzen geraten. Ein frisches T-Shirt, hellblau wie die Hose. Das weiße Tunika-Oberteil darüber. Einmal mit der Bürste durchs Haar. Meine Augen leuchten wie die Ostsee an ihren allerbesten Tagen.

Ich bin gerade wieder draußen, da kommen sie schon den Waldpfad hoch. Josepha stapft mit großen Schritten in roten Gartenclogs vorneweg. Passt zwar nicht ganz, setzt aber einen frechen Kontrapunkt zu ihrem schulterfreien, kobaltblauen Kleid mit leicht ausgestellten Schnitt in wunderschönem balinesischem Batikstoff mit schwarzen Fantasietieren darauf. Hinterher kommt Marie, klein und rundlich und mit diesem Gang ohne jedes Auf und Ab, als hätte sie statt Beinen Räder und in einem schönen, maigrünen Kleid. Am Ende der Prozession Tims große, kraftvolle Handwerkerstatur, Haare bis auf die Schultern, offenes Geradeheraus-Gesicht. Die Drei sehen aus, als kämen sie direkt aus einem dieser Gartenidylle-Bilder von Carl Larsson, dem schwedischen Maler der Jahrhundertwende, spaziert: alle in leichter Sommerkleidung, Marie sogar mit Strohhut, Tim in weißem Hemd mit weiten Ärmeln und bestickter Weste. Wie der Sommer selbst kommen sie den knisternden Pfad durchs trockene Gras zu mir hochgezogen, ein kleiner Flötenspieler mit einem lustigen hellen Lied könnte ihnen voranlaufen und ein frohes Lied spielen. Die Vögel sind für einen Moment stumm, als staunten sie wie ich: Meine Welt ist doch heil – ein bisschen jedenfalls, und der Rest kommt noch. Eine Frau im Wald mit lieben Freunden als nächste Nachbarn, in diesem Augenblick sogar eine Frau, die sich seit heute Morgen um nichts weiter Gedanken macht als um ihren Kuchen, der ihr gelingen soll, und darum, ob das Bad geputzt ist und die Sektgläser glänzen. Wie viel einfacher wäre alles, wenn ich immer so wäre ...

Josepha steigt als erste zu mir auf mein Plateau, das die Natur genauso groß gemacht hat, dass Haus, Gartenlaube, Terrasse und zwei Blumenbeete Platz haben.

»Herzlichen Glückwunsch, Engel!« Sie drückt mich und hält mich dann mit ausgestreckten Armen von sich weg. »Mein Geschenk konnte ich leider nicht mitbringen.« Sie sieht mich mit gespielter Zerknirschtheit an, zieht die Kunstpause so lang, dass ich schon nach den anderen schiele. Da grient sie: »Du darfst dir in meiner Werkstatt ein Ungeheuer aussuchen!«

»Ehrlich?«

Das sind verrückte Dinger. Josepha stellt sie aus allem her, aus Ton, Holz, knorrigen Baumwurzeln, Stoff, Schrott, Draht, Papier, aus Pappe und Bindfaden, Schuhen, Geschirr, Lampen, Kämmen, Zahnbürsten, Klorollen und wahrscheinlich auch Dingen, von denen man lieber nicht wissen möchte, was es ist. Jedes dieser seltsamen Wesen bekommt einen Namen, besitzt einen eigenen Charakter und eine eigene Lebensgeschichte. Josepha sagt, nur deshalb verkaufe sie sie so gut, wenn sie mit ihnen zu Kunsthandwerkermärkten zieht. Die Geschichten sind es, das Lachen, das Staunen. Die Leute kauften sich ein Stück Besonderheit, ein Stück von ihrer Kreativität – etwas, das sie selbst meinen nicht zu haben. Und dafür bezahlten sie einen guten Preis. Ich kann das verstehen, und wenn ich mehr Geld hätte, würde ich mir auch eins kaufen. Diese Ungeheuer sind so unterschiedlich wie genial, so erstaunlich wie anrührend. Es wird schwierig werden, eins auszusuchen.

Marie kommt auf mich zu, breitet die Arme aus und strahlt mich an. Schön ist sie im maigrünen Leinenkleid, das mit dem Silber ihrer üppigen Locken edel harmoniert. Sie hat mir ihr Geschenk schon im Februar an meinem wirklichen Geburtstag übergeben: einen Gutschein für eine Reise ans Meer. »Du weißt ja, nur wir zwei, du und ich«, flüstert sie mir mit verruchter Stimme ins Ohr und lässt mich lachend los, um sich einen Platz am Tisch auszusuchen.

Tim drückt mich kurz, übergibt mir seinen Blumenstrauß und grinst dabei wie ein Junge, der die Blumen stibitzt hat. »Schön hast du's hier«, sagt er. Seit er mir die Lampe im Badezimmer angebracht hat, ist er nicht mehr hier gewesen. Inzwischen ist der Sommer hereingeweht. Ich habe gelichtet, gepflanzt, gestrichen, geordnet, gestaltet. Tims Blick geht über das rote Haus mit den hellblauen Fensterläden, hinter dem die einzigen Tannen hier im Kiefernwald wie eine schützende Wand aufragen. Vor dem dunklen Tannengrün leuchten das Holzhaus-Rot noch roter und das bunte Mosaik rund um die Terrassentür noch bunter.

*

Wir sitzen und plaudern, trinken Kaffee und essen Kuchen. Sonnenschein ruht auf dem Zeltdach über uns und legt sich uns zu Füßen. Mir ist, als hörte ich den Flötenspieler immer noch durch den Wald ziehen, weit weg und doch ganz nah. Wie in Kirchen verteilt sich der Schall zwischen den Säulen der Bäume schnell überall hin und wird dabei vielfach verstärkt.

Ich höre den anderen zu und doch nicht zu, bin wie in einem milden Traum. Hell kommt mir alles vor, und ich atme tief ein und spüre, dass ich lächele, und zugleich bin ich eine Zuschauerin, schaue mir die Szene im Pavillon vor dem roten Holzhaus an, auch mich selbst. Solange ich nur zuhöre, kann ich nicht nur die anderen, sondern auch mich dasitzen sehen, ein entspanntes Lächeln um meinen Mund, der gerade einen Bissen vom köstlichsten Käsekuchen der Welt genießt.

Ausgerechnet da beugt Tim sich über den Tisch vor zu mir und fragt: »War dir nachts nicht unheimlich, als wir noch nicht hier gewohnt haben – so ganz allein im Wald?«

»Und das im Winter!«, ruft Josepha. »Ewig dunkel! Und hier heißt das: Dunkel wie ein Kuhfladen von unten!« Noch während sie spricht, prustet sie los.

Ich kenne die Frage schon. Als das Lachen sich gelegt hat, antworte ich, was ich immer dazu gesagt habe: »Wer soll sich hierher verirren? Mitten in den Wald, wo es nur einen Waldweg gibt? Das ahnt doch kein Fremder, dass hier Häuser sind.«

Tim zieht eine Braue hoch. »Na ja, als Frau ganz allein, auch nachts und bei Sturm, wenn der Wald rauscht und knackt ...«

»Ich liebe Sturm!«, falle ich ihm ins Wort. »Dann hört es sich hier an wie früher zu Hause an der See. Die Bäume rauschen wie Brandung. Mit diesem Geräusch bin ich als Kind abends eingeschlafen und morgens aufgewacht. Dieser ewige Brandungsgesang ist das Allerschönste hier.«

Tim schaut mich weiter zweifelnd an mit seinen rehsanften Augen, nickt gleichzeitig, als würde er sagen: ›Trotzdem mutig.‹

Ich lache auf. Öffne schon den Mund – und bleibe stumm. Früher habe ich es jedes Mal erzählt, wenn diese Frage kam: Ich habe eine große Axt im Schrank, für alle Fälle. Jemand hat das sogar mal ernst genommen und mir besorgt erklärt, dass das im Ernstfall erst recht gefährlich werden kann. Ich musste lang und breit erklären, dass es nur Spaß war, zwar gab es die Axt wirklich, aber es war nicht meine und ich wäre auch nie auf die Idee gekommen, sie da hin zu stellen. Als ich hier eingezogen bin, waren eine Menge Sachen von den Vorbesitzern dageblieben. Sogar Kleidung hing noch in dem Einbauschrank in meinem winzigen Schlafzimmer. Erst beim Ausräumen habe ich die Axt entdeckt, sie stand ganz an der Seite hinter den Kleidern verborgen. Haben die Vorbesitzer doch Angst vor Einbrechern gehabt, obwohl sie mir erzählt haben, dass sie sich hier sicher und wohl gefühlt hätten? Ich habe die Axt stehenlassen und vergessen. Bis zu dieser Nacht im Februar ...

Tim schaut verwirrt, Josepha räuspert sich übertrieben. Ich spüre Maries Blick. Krankenschwester-Besorgnis. Habe ich zu beredt geschwiegen? Oder zu lange?

»Ich weiß nicht«, hebt Marie an. »Manchmal, wenn ich mitten in der Nacht plötzlich hochschrecke, wenn dann das Mondlicht zwischen den Stämmen geistert, kann ich mir tausendmal sagen, dass da draußen kein Schatten herumschleicht, dann nützt das wenig.«

Was redet sie da? Sie weiß doch genau, was damals ...

Marie macht weiter: »Meistens merke ich dann: Da ist gar nichts, ich bin hochgeschreckt, weil es so absolut still ist!«

»So still wird es bei mir nie!«, ruft Josepha, während sie mir ihren leeren Kuchenteller hinhält und beredt mit den Augen rollend zum Käsekuchen hin nickt. Wie ein Roboter greife ich nach dem Tortenheber, hebe mit der anderen Hand die Fliegenhaube an und hangele nach einem Tortenstück. »Ich hab nämlich den lautesten Kühlschrank des ganzen Landkreises«.

Ich nutze ihre Vorlage, will nur weg von Nacht und Vollmond, rufe: »Hast du nicht! Den habe ich! Wenn meiner anspringt, schüttelt sich das ganze Haus!«

»Dann brauchen wir also beide keine Gänsehaut zu kriegen!« Josepha schiebt sich eine Gabel übervoll mit Käsetorte in den Mund.

»Doch, die krieg ich trotzdem! *Mein* Kühlschrank scheppert nämlich ganz ekelhaft, wenn er anspringt, wie ein umkippender Geschirrschrank. Gegen Klirren bin ich allergisch.« Ich lache, aber niemand lacht mit.

Tim sieht mich an mit einem Blick, dass ich seine Gedanken fast hören kann: Gott, bist du empfindlich!

Ja, bin ich. Überempfindlich. War ich schon immer. Wie ein kalter Hauch bekommt es mich im Nacken zu fassen, dieses Gefühl, anders zu sein, fremd mitten unter meinen Freunden. Alle denken, dass ich kühl bin und verschlossen wie eine Muschel. An manchen Tagen fühle ich mich eher wie eine Qualle. Kühl, ja. Aber wenn man drauftritt, ist es sofort um sie geschehen.

»Was macht eigentlich deine Recherche, Carlchen?« Josepha hält die Hand vor den halbvollen Mund, aus dem ein Kuchenkrümel gehüpft ist, und blinkert ein »Sorry!« zu mir herüber.

»Ich sehe mir bis tief in die Nacht Männer im Onlinedating an. Erst ist es spannend und interessant – und dann mit der Zeit ähneln sich die einzelnen Profile immer mehr, du kannst aber auch nicht aufhören, du guckst wie ein Automat den nächsten und den nächsten an, du kommst in eine Art Verwirrungslethargie. Du klickst weiter und weiter, liest und liest ... «

»Wie im Katalog?«, kreischt Josepha. »Und?«

»Immerhin habe ich meine zweite Anfrage bekommen.«

»War das dieser Arzt?«, fragt Marie.

»Ja.«

»Der mit diesem tollen Satz über sich selbst? Wie war der noch?«

»Wenn ich mir einen Traum erfüllen könnte, dann würde ich immer das können, was ich will oder das wollen, was ich kann.«

»Ganz schön banal, und das als Arzt«, grunzt Tim.

»Und? Trefft ihr euch?«, fragt Josepha.

»Erst mal wohl nicht. Ich hab ihm geantwortet und mein Foto freigeschaltet, und weil er nicht so weit weg wohnt, hab ich gleich gefragt, ob wir uns nicht zu einem Kaffee treffen wollen. Da kam von ihm, dass er gerade beruflich sehr unter Druck sei. Ob ich mich noch ein bisschen gedulden könne.«

Tim lacht auf. »Alles klar, der hat eine andere, die gerade viel interessanter ist. Aber dich will er in der Hinterhand behalten.«

Ich nicke. Genau das habe ich mir auch gedacht, bestimmt interessant für den Roman, Dating-Alltag eben, aber es hat mir genauso einen Stich in die Brust gegeben wie die Standardabsage vom Selfmademan. Beide spüre ich jetzt noch. Ich hab mich zigmal gefragt, ob ich mich von so etwas etwa abwerten lasse. Nein, es ist eher Empörung. Was ist das aber auch für eine Art? Klar wird man in einem solchen Forum dazu verführt: So wie ich fünfundsiebzig Männer habe, hat er natürlich fünfundsiebzig Frauen. Da wird man wählerisch. Und gleichzeitig will man sich nichts entgehen lassen – und schon ist der andere nichts als eine Ware. Aber sowas merkt man doch! Und man darf es nicht geschehen lassen! Es gibt viele Situationen, die sehr geeignet sind, dass man alles Gute, Richtige, alle Moral, alle Gewissensbisse sausen lässt und sich verhält wie ein Arschloch. Man kann es immer irgendwie begründen oder rechtfertigen – aber das setzt dem Ganzen dann doch bloß noch die Krone auf! Und die Ehrlichkeit wird noch einmal mehr mit Füßen getreten.

»Kann man nicht einfach schreiben, dass gerade ein anderer Kontakt im Vordergrund ist und dass man sich gegebenenfalls wieder meldet?«, rufe ich. »Was ist daran schlimm? Dass man etwas verlieren könnte, klar. In den Tipps bei Auserlesen.de steht, dass das tausendfach passiert. Dort wird es »Benching« genannt, von »bench«, also Bank. Man setzt jemanden auf die Reservebank. Das ist eine der größten Online-Dating-Sünden, und natürlich ist es gegen die Regeln. Es gibt Vorschläge, wie man damit umgehen soll, man soll es sich nicht lange gefallen lassen und so weiter. Aber wenn es passiert, passiert es – verhindern kann man es mit noch so tollen Vorschlägen nicht. Und darum geht es doch! Wie kann man sowas tun?«

Josepha räuspert sich, nickt mir zu, wohl, um mir Recht zu geben, und erzählt: »Neulich habe ich eine Talkshow gesehen. Es ging um Süchte. Eine Frau dort war süchtig nach ihrer Online-Partnersuche. Sie ist Anfang vierzig, sehr attraktiv, und morgens stürzt sie gleich an den PC und guckt, ob jemand geschrieben hat. Wenn nicht, ist der Tag für sie gelaufen. Sie hat immer ein paar Flirts gleichzeitig, geht auch mal mit einem ins Bett, aber was Festes will sie nicht. Das Tolle ist dieser Flash, wenn einer anbeißt, sagt sie. Dieser Kitzel, ob es etwas wird oder nicht. Und sobald es etwas wird, ist es entweder gleich wieder uninteressant – oder aber sie trifft sich sehr schnell mit ihnen. Kein langes Schreiben oder Telefonieren, das sei wichtig.«

»Aber du triffst dich nicht gleich mit denen, oder?«, fragt Marie.

Josepha schlägt die Augen zum Himmel. »Das gehört doch dazu!«

»Da sind 'ne Menge schräge Typen dabei«, beharrt Marie. »Und du weißt nichts von ihnen!«

»Warum sollte es da anders sein als im richtigen Leben?«, grummelt Josepha. »Aber dazwischen ist vielleicht das eine Goldstück!«

»Und im Internet gibt's Suchmaschinen, im wirklichen Leben nicht!«, feixt Tim.

»Das Goldstück, das ich da finden will, ist eine Story!«, sage ich mit einer Bestimmtheit, die mich zusammenzucken lässt. Was rede ich da? Ich weiß doch, dass mir das eh niemand glaubt, und obendrein hab ich mir selbst dazu längst Rede und Antwort gestanden. Das Wort Sehnsucht ist wieder da. Und im nächsten Moment ist es kein Wort mehr, sondern ein Stich in die Eingeweide.

Ich muss wieder an den Selfmademan denken und an die Stunde im Wald, die ich nach seiner Absage gebraucht habe, um wieder ich selbst zu sein. Danach war ich stärker als vorher. Und wie von jenem Waldbesuch hab ich etwas mitgebracht, und das gebe ich nicht wieder her: Es gibt keine Ausrede und keine Entschuldigung für Unfreundlichkeit, für Selbstsucht, für Egoismus. Man wird dort verleitet, aber auch das Internet kann einen nicht zwingen, jemand anderen so zu behandeln, wie man selbst auch nicht behandelt werden will. Das Medium ist noch jung, und es hat einen unglaublichen Zulauf. Mit Sicherheit wird irgendwann so gut wie jeder damit zu tun haben. Wir dürfen es nicht von Anfang an schon verderben. Ich jedenfalls werde aufpassen, dass ich mich nicht kriegen lasse.

*

Wir sind lange spazieren gegangen. Eine plaudernde Sommernachmittagsgesellschaft im lichtdurchströmten Wald. Josepha hat mit ihrer angenehmen Altstimme von ihrer argentinischen Großmutter erzählt, die mit ihrem Temperament in der damaligen Hamburger Gesellschaft mehr als angeeckt ist, kleine Begebenheiten wie die mit dem roten Schuh, den sie einem ihrer Anbeter zuliebe statt ein Taschentuch fallen zu lassen, einfach auf der Straße »verloren« hat, und schon am Anfang der Geschichte lacht Josepha mehr als dass sie erzählt, dieses dunkle, warme Lachen, das durch den Wald rollt wie eine Woge an den Strand.

»Und dann?«, fragen Marie und ich abwechselnd, und Josepha versteht es, jedes Detail zu einem spannenden

Extra werden zu lassen, natürlich hat irgendeine giftige Hausfrau das mit dem Schuh hinter der Küchengardine beobachtet, natürlich gab es deshalb heftige Szenen, und noch oft Gründe für noch mehr Szenen: die junge, glühende Argentinierin war nicht zu verpflanzen in ein Land, das für ihr Empfinden ständig unter einer dicken Wolkenglocke lag. Josepha sagt das fast empört, es scheint auch ihr Empfinden zu sein. Ebenso empört beschreibt sie ihren Großvater mit nur einem einzigen Wort: Banker. Sie spuckt das Wort heraus und rollt die großen, dunklen Augen, und nichts ist wirklich so ernst, wie es sich anhören könnte: Schon wieder rollt eine Lachwoge durch die waldigen Hügel.

»Was ist aus deiner Großmutter geworden?«, frage ich, und Josepha zieht die Schultern hoch. »Ja, was ist aus ihr geworden?« Eine Weile kommt nichts, wir bleiben außer Atem am Ende einer langen Steigung stehen, schauen hinunter, und ich möchte die stille Schönheit des einfachen Kiefernwaldes am liebsten in mir aufbewahren, der Waldboden getupft vom sprenkelnden Sonnenlicht voll Gräser, voll Blaubeersträucher und Moos, voll summenden Lebens.

»Als sie verwitwet war, ist sie zurück in ihre Heimat gegangen, sie hat es nicht ausgehalten hier bei uns oder vielleicht auch eher mit uns. Da ist sie dann gestorben. Ich hab sie nicht gekannt und nichts von ihr gewusst. Meine Mutter hat mir nichts dazu sagen können, sie ist früh gestorben, und ich war noch nicht in dem Alter, in dem man nach so etwas fragt.« Josephas Blick kehrt sich um, scheint sich nach innen oder in die Vergangenheit zu richten. Schweigend ziehen wir weiter.

Als wir zurückkommen, bringen wir einen Korb voll trockener Kieferzapfen mit und auch noch eine Geschichte über Maries Großmutter, die aus dem Elsass kam, französisches Blut hatte und an einen erdschweren Schwarzwaldbauern geraten war. Marie hat mit seltsam wackelnder Stimme erzählt, den Blick starr nach vorn auf den Weg, und ich ahne, dass ihr vielleicht gerade der Gedanke kommt, ihre wahrhaftig nicht einfache Familiengeschichte könnte dort ihren Anfang genommen haben.

Wir schichten die Zapfen unten auf meiner Lichtung in die Lagerfeuerkuhle, stopfen Papier dazwischen, und Tim und Josepha holen Holz von meinem Holzlager. Marie und ich tragen den Gartentisch und die Korbstühle zum Feuerplatz hinunter, dann Käse, Brot, Rotwein, die Suppe, das Geschirr. Tim und Josepha machen Feuer. Wir stellen die Stühle im Halbkreis darum, essen, plaudern, erzählen weiter von früher.

»Und? Ist deine französische Großmutter auch irgendwann ausgerissen?«, fragt Josepha.

Marie ist nicht ganz da, das ist jetzt deutlich. Sie braucht ein bisschen, um aus ihren Gedanken zu erwachen, richtet den Blick langsam vom Feuer auf Josepha und sagt eher beiläufig: »Nein, sie ist dageblieben. Ein Glück.« Sie stößt ein hölzernes Lachen aus und erklärt kurz: »Sie war der Lichtblick meiner Kindheit.« Eine Weile kommt nichts mehr, Marie löffelt ihre Suppe, hält den Teller dabei mit zierlicher Geste vor sich auf der schalenförmig geöffneten Hand. Erst als sie zu Ende gegessen hat, lacht sie wieder so eigenartig auf und sagt: »Das Französische ist beim Vererben wohl vom schweren Schwarzwaldblut ganz und gar überstimmt worden. Meine Mutter hatte jedenfalls das Temperament einer Schildkröte. Sonst wäre sie nie bei meinem Vater geblieben.«

»Oder sie hatte Angst«, sagt Josepha.

Marie scheint gar nicht richtig zugehört zu haben, ihr Blick ist immer noch beim Feuer. Verloren sieht sie jetzt aus. »Kann sein«, sagt sie plötzlich, »und obendrein ist ihr wohl ihr Mutterinstinkt abhandengekommen. Jedes Tier beschützt seine Jungen!«

Ich weiß, was sie meint. Sie hat mir einige Szenen geschildert, die ihr mit einer Plötzlichkeit und Wucht in Erinnerung gekommen waren, als sie mir von ihrem Job erzählt hatte, davon, dass sie auf der Kinderstation nachts einen kleinen Jungen eingeliefert bekommen hätten, der offenkundig misshandelt worden war. ›Die Beine, der Rücken, alles voller Blutergüsse‹, hatte sie gesagt, aber sie war so kühl dabei geblieben, merkte auch nicht, als sie mehr erzählte, dass mir längst die Tränen in den Augen standen, bis sie plötzlich innehielt und vor sich hin starrte. Etliche Minuten später kam es aus ihr heraus, immer noch merkwürdig sachlich, fast hart, erzählte sie, wie sie allein in ihrem Bettchen lag, krank, und niemand kam, wie sie dann abgeschoben wurde zu einer Nachbarin. »War deine Mutter selbst krank?«, hatte ich gefragt, und sie mit einer Bestimmtheit und einer Wucht: »Nein! Die wollte mich los sein! Glaub nicht, dass das nur einmal passiert ist! Und wenn er ausgerastet ist, hat sie auch nichts gemacht.« Und in wenigen Worten schilderte sie, wie die kleine Marie auf dem Boden hockte und spielte, ich sehe sie noch vor mir, noch mit Babyspeck, den großen, fragenden Augen und dem hellen, üppigen Lockenkopf, als ihr Vater brüllend hereinplatzt kommt, und bevor sie wusste, was geschah, der Schlag, der Stoß. »An die Wand bin ich geflogen, und dann lag ich da und hab nichts verstanden.«

Ich sah das alles überdeutlich, mir liefen die Tränen, aber mir war, als wenn es nicht *nur* meine wären, sondern auch ihre, die in ihr festsaßen hinter Schutzmauern und Trutztürmen wie eingesargt.

Nüchtern, sachlich und äußerst knapp hatte Marie mir das berichtet. Bis heute hat sie das Schlimme hinter einer Unbeteiligtheit verborgen, vor der ich mich gruseln würde, wüsste ich nicht, dass wir alle das Unerträgliche auf diese Weise von uns fernzuhalten versuchen, aus der furchtbaren Angst, dass es uns sonst wie damals, als wir es erlebt haben, wieder zu Boden schmettern und womöglich nicht mehr aufstehen lassen wird.

Ich lehne mich zurück, schaue hoch in die Wipfel, zwischen die die Dämmerung schon ihre Schleier hängt. Da beginnt Marie zu summen, eine kleine, melancholische Melodie, die ein Kinderlied sein könnte. Josepha stimmt mit ein, zwei zärtlich tiefe Stimmen, unterlegt vom Feuergeräusch. Und plötzlich fühlt sich alles so gut, so richtig an, mit allen Schattierungen, die das Leben nun mal hat, und ich schicke ein kleines Dankgebet zum Himmel für diesen Ort hier und diese lieben Menschen.

›Vorhin hast du dich mit genau diesen Menschen noch fremd gefühlt‹, antwortet diese leise Stimme in mir, die ich gut kenne. Genauso gut wie das Fremdsein. Sogar als Kind in meiner Familie war mir so zumute. Vertraut und gleichzeitig fremd, ein Zustand, den man niemandem beschreiben kann, der ihn nicht kennt. Aber solche Gefühle habe ich nie in der Natur, noch nie ist ein Baum mir fremd gewesen oder eine Wiese, noch nie hatte ich im Wald oder am Meer das Gefühl, so anders zu sein, dass ich nicht dazugehöre.

Die Stimme, die so leise ist, dass ich sie nur in stillen Momenten wie diesem hören kann, spricht weiter: ›Du weißt doch eigentlich, dass nicht die anderen fremd sind, das Fremdheitsgefühl ist in dir. Je verschlossener du bist, je weniger du dich zeigst, desto größer wird es.‹

Ich weiß das, ja. Es würde den Abend vielleicht rund machen, würde ich auch etwas von mir erzählen. Es fällt mir schwer, vor allem, wenn niemand mich fragt.

Bin ich ein Beziehungskrüppel?

›Nein. Wenn du deine inneren Türen öffnest, dann tust du es ganz und gar. Du hast doch schon manchen Moment tiefer Nähe erlebt – nicht nur mit Ragnar.‹

Ja, und irgendetwas dazwischen fällt mir schwer. Auf oder zu, nur einen Spalt weit offen kommt mir so – so falsch, so unsinnig vor. Ich möchte Offenheit, ich möchte Tiefe, ich kann es selbst nicht immer, aber ich bin lieber still, als dass ich irgendwelche konventionellen Smalltalk-Sätze abspule. Ich muss verrückt sein, dass ich glaube, ich könnte einen Mann finden, der mindestens so gut zu mir passt, wie Ragnar zu mir gepasst hat, und das auch noch im Internet!

Die Stimme sagt:

›Verrückt ist, dir etwas zu wünschen, was du nicht wirklich willst. Verrückt ist, etwas zu tun, woran du nicht glaubst.‹

*

Es ist still geworden, das Feuer macht kaum ein Geräusch und selbst das immerwährende Rauschen des Waldes ist nur äußerst leise und wie von sehr fern.

Josepha hängt immer noch wie abgelegt in ihrem Stuhl: weit zurückgelehnt, fast liegend mit ausgestreckten Beinen, die Füße mit den roten Clogs zu beiden Seiten gekippt. Sie hat die Augen geschlossen, während Tim und Marie mit diesem geweiteten Lagerfeuerblick in die klein gewordenen Flammen schauen, so wie vielleicht schon die allerersten Menschen, die das Feuer zu beherrschen gelernt hatten, es angeschaut haben, andächtig, abwesend und fasziniert.

Ob sie sich langweilen, ob ich noch etwas anbieten soll, mehr Wein oder irgendwas? Nein. Sie sind nicht hier, um gefüttert zu werden. Ich könnte lieber auch eine Geschichte aus meinem Leben beitragen. Mir fällt etwas anderes ein. »Ich möchte euch mal ein großes Danke sagen«, fange ich leise an. »Dieser Tag heute wird mich noch lange nähren, und das verdanke ich euch.«

Die Gesichter im Feuerschein sind in sich gekehrt. Marie sieht mich kurz an und nickt vor sich hin. Ich stehe auf und stochere zwischen den Holzscheiten. Die Flammen sind müde geworden. Während ich zwei Scheite nachlege, kriecht mir ein Gedanke den Nacken hoch: Wenn wir noch mal bei dieser Vollmondnacht landen sollten – was mach ich dann? Wieder vom Thema ablenken? Oder spreche ich es endlich aus? Niemand weiß genau, was passiert ist …

Mitten in die Stille hinein fange ich an zu reden. »Das sieht verrückt aus, wie die Flammen um sich lecken! Als ob sie nach etwas suchen, was sich fressen lässt.« Komische Einleitung, denke ich, völlig unpassend.

»Ja, sie tasten umher wie blind! Aber sie finden immer was, wo sie reinbeißen können!«, ruft Josepha.

»Als ob sie etwas wahrnehmen können«, ergänzt Marie leise.

»Fühler«, brummt Tim vor sich hin.

»Ja, vielleicht haben sie einen ganz eigenen Sinn dafür, nicht sehen, nicht riechen, nicht schmecken – etwas, das wir uns gar nicht vorstellen können.« Ich stochere ein wenig mit meinem langen Stock, der immer bei der Feuerstelle liegt. Luft kommt unter die Glut, Funken springen hoch und neue Flammen machen sich auf die Suche nach noch mehr Futter. Eine leckt ganz gezielt nach oben, wo ich gerade ein wenig dünnes Geäst auftürme, bekommt es zu fassen, springt im Nu durch das ganze kleine Gezweig, dass es wild knisternd an allen Enden zugleich zu brennen beginnt. Nur kurz. Aber die

Flamme hat ihren Schmaus gehabt und kaut glimmend nach.

»Bestimmt entdeckt die Wissenschaft irgendwann auch mal diesen Flammen-Tastsinn«, sagt Tim mit einer Stimme, als käme er gerade mitten aus einem Traum.

»Genau, eines Tages wird man uns mächtig stolz die große Entdeckung mitteilen«, ruft Josepha und macht eine weit ausholende Handbewegung, »dass jede Flamme eine Art Sensor in sich hat, mit der sie Brennbares findet. Dass sie sich darum so zielsicher in eine bestimmte Richtung reckt, jedenfalls wenn kein Wind ist.« Sie lacht, dass es laut durch den Wald schallt. »Und dann preisen sie als neueste Entdeckung an, was schon der Urmensch an seinem Lagerfeuer tagtäglich beobachtet hat. Klar können Flammen das, hätte der gesagt. Sieht man doch. Man braucht bloß *hinzugucken*!« Sie lacht für uns alle, bis irgendein Nachtvogel uns mit einem krächzenden Schrei zur Ordnung ruft. Marie, weit nach vorn gebeugt mit aufgestützten Armen und von der Lehne hängenden Händen, studiert gebannt das Feuer, zieht einen ihrer langen Schlürfatemzüge ein, hält kurz inne, als überlegte sie noch einmal, und sagt: »Der Urmensch hat daraus den Schluss gezogen, dass alles, auch die Flamme, lebt. Mich hat das Gespräch auf etwas anderes gebracht. Das hat nichts mit den Flammen zu tun, sondern damit, dass offenbar heute viele einen Partner übers Internet suchen, und nach allem, was ich bisher von dir gehört hab, Carla, und was ich gesehen habe, wird da etwas mit dem Verstand entschieden, was nur das Herz wissen kann.«

»Die Versuchung ist bestimmt groß«, meint Josepha, »aber so allgemein kann man das deshalb nicht sagen. Jeder ist anders, jeder geht anders mit den Gegebenheiten um.« Sie spricht ruhig und nachdenklich, aber in dem Schweigen, das folgt, meine ich zu spüren, dass die Stimmung sich verändert. Oder ist es nur meine Stimmungs-Stimme, die plötzlich falsch klingt?

Ich spüre einen Seitenblick von Marie, strecke die Hand zu ihr hinüber und lege sie auf ihren Arm. Sie legt ihre Hand auf meine und lässt sie da, und ich bin wieder in dieser warmen Geborgenheit, die nicht allein von der Lagerfeuer-Romantik herrührt.

Unser Plaudern wird spärlicher. Wir hören den Knisterstimmen des Waldes zu, lachen hier und da über einen unerwarteten Scherz von Josepha, und plötzlich wird es heller. Ein zart-weißer Mond klettert über die Wipfel, erst halb voll, und leuchtet in unsere Lichtung hinein. Marie beginnt, und wir stimmen alle ein und singen dem großen Zaungast sein Lied: »Der Mond ist aufgegangen ...«

*

Der Himmel ist fast noch hell. Ich liebe diese Juninächte, kann mich nicht sattsehen an dem glimmenden Grauweiß, an dem nebelartigen Schein dort oben und zwischen den Bäumen. Deshalb sitze ich immer noch hier. Inzwischen allein. Und am glühenden Feuer friere ich wie ein Nackthund im Schnee.

Haben Josepha und Tim etwas in mir angerührt, weil sie es so gut getroffen haben miteinander? Das kann ich sehen und spüren, und sie drücken es auch aus: Tim, der selten mehr als zwei Sätze hintereinander spricht, lauscht Josepha völlig hingegeben und schaut ihr fasziniert zu, wenn sie redet und mit den Augen kullert und gestikuliert und witzig und lebendig und scharfsinnig ist. Sie wiederum sendet eine Wärme zu ihm hinüber, die ich spüren kann. Zwischen ihnen scheint beständig ein stiller Strom zu fließen, auch dann, wenn sie sich mal nicht mit Blicken miteinander abgleichen.

Es ist schön zu sehen – und es macht traurig.

Mit einem Ruck stehe ich auf. Das Feuer ist so weit niedergebrannt, dass ich es alleinlassen kann. Am liebsten würde ich die restliche Glut mitnehmen, so kalt ist mir jetzt. Im Haus schlinge ich mir eine Wolldecke wie einen langen Rock um die Hüften. Ein paar Stücke Holz liegen noch neben dem Ofen. Ich mache Knüll-Papier aus dem, was der Altpapierkorb hergibt, lege es in den Brennraum, schichte Pappe und dünneres Holz und zwei dickere Stücke darauf und zünde das Papier an. Es knistert sofort, die Flammen werden schnell groß, und ich kuschele mich auf der Couch direkt neben den Ofen, in dem es bereits prasselt. Große Flammen fackeln hinter dem Ofenglas. Ich ziehe den Laptop vom Couchtisch auf meinen Schoß. Kaum dass ich ihn aus dem Standby geweckt habe, macht es »Pling!«. »Sie haben zwei neue Mitteilungen«, lese ich. Die eine ist von Stine. Hoffentlich fragt sie nicht wieder, wann ich denn endlich nach Berlin komme, mir ist gerade so gar nicht danach, obwohl ich eigentlich gern würde, hin und her gerissen zwischen wollen und können wie so oft.

»Das ist der Hammer!«, lautete der Betreff ihrer Mail, die sie außer mir auch zahllosen anderen Leuten weitergeleitet hat. Eine Datei ist angehängt, ein Buch im E-Book-Format mit dem Titel: »*Gedanken lenken*«. Dass das wohl wirklich »der Hammer« ist, ahne ich, als ich die erste Kapitelüberschrift lese: »Ändere deine Gedanken, und die Welt wird sich ändern«.

Bestimmt spannend, aber jetzt bin ich viel zu zappelig, denn die zweite Nachricht in meinem Posteingang ist von »Auserlesen.de« gemeldet worden. Mit fliegenden Fingern klicke ich sie auf.

»... wenn ich dir gefallen sollte, lass es mich wissen ... Mike«

Schon bin ich in Mikes Profil und verschlinge, was er über sich schreibt: Fünfzig Jahre alt, eins achtzig groß, geschieden. Lebhafte Augen, sinnlicher Mund, schlank, neugierig. Fantasievoll. Zärtlich, natürlich, einfühlsam, gutaussehend, lebt in der Nähe von Hamburg, also nicht allzu weit weg, aber auch nicht um die Ecke. Die Punkte Hobbies, Freizeit, sportliche Aktivitäten, Musikgeschmack überfliege ich nur. Viel interessanter sind die angefangenen Sätze, die man dann mit etwas Eigenem fortsetzt:

Ein Tag ist für mich perfekt, wenn ...
... ich neben dir aufwache ... und dich fühle ...
Die Pünktchen, die Auserlesen.de an die Enden der Sätze setzt, haben sich ihm wohl an die Finger geheftet. Ich grinse und lese weiter.

Drei Dinge, die für mich wichtig sind ...
... mein Partner ... Zeit ... Gesundheit ...
Ein Ort, an dem ich mich besonders wohlfühle ...

... am Meer ... und vor dem Kamin ...
Wenn ich nichts zu tun habe, mache ich Folgendes ...
... träume vor mich hin ... und genieße ...
Ich halte inne. Etwas hat in mir zu klingen begonnen.
Wie oft sitze ich vorm Feuer und träume vor mich hin.
Wie gern bin ich am Meer. Wie unendlich gern würde ich
neben jemandem aufwachen, der das alles auch mag,
der still sein kann mit mir, aber auch lange, tiefe Gespräche liebt. Weiter.
Ich reagiere allergisch auf ...
Unhöflichkeit, Überheblichkeit
Ich wünschte, ich könnte ...
... mit dir glücklich werden ...
Was meine Partnerin über mich wissen sollte ...
... ich mag Frauen auf Augenhöhe ...
Bei jedem Punkt habe ich innerlich genickt. Ja, so geht
es mir auch ... Plötzlich bin ich aufgeregt, dass mir
schwindelt, und bevor ich mich wieder einkriegen kann,
habe ich schon eine Antwort abgeschickt.

»Hi Mike,
danke für die Zuschrift. Dein Profil gefällt mir! Und ganz
besonders dies: ... ich mag Frauen auf Augenhöhe. Ich
mag auch, wie du dein Äußeres beschreibst. Sehen konnte
ich nicht viel von dir, aber ein Bild kommt ja vielleicht
noch? Ich gebe jetzt mal meine Fotos für dich frei und
warte gespannt auf deine Antwort!
Liebe Grüße, Jolin«

Und jetzt ist Schluss für heute! Ab ins Bett, sagt die
Vernünftige in mir. Im nächsten Moment erscheint mit
lautem »Pling!« ein neues Briefumschlagsymbol in meinem Posteingang.

»... du gefällst mir total ... sehr ... sehr sympathisch ... wo
lebst du ...? ... würde dich gerne im realen Leben kennen
lernen ... auf einen Wein ... wo bist du jetzt ...? Mike«

»Ich sitze am Ofen bei Kerzenschein, schaue in die Flam-
men, habe Feuer gemacht. Hier ist es heute Abend kalt.
Dieses Hier ist mitten im Wald ziemlich weit weg von dir,

ich schätze, ungefähr siebzig Kilometer. Wo lebst du ge-
nau? Und wo ist dein Foto? Bekomme ich es nur nicht ge-
öffnet oder ist keines da?«

Obwohl der Ofen neben mir sein Lied singt und die
rötlichen Flammen hinter der Ofenscheibe tänzeln und
meine Wangen glühen, schauert es mir den Rücken hinunter. Was mach ich, wenn er sich jetzt noch treffen will?
Es ist gerade mal halb zehn Uhr, in den Städten fängt
der Abend erst an.
Der Rechner piept. Ich ziehe ihn zu mir auf den Schoß,
stoße dabei beinahe das Tischchen um. Das fast leere
Rotweinglas schwankt. Ich greife und besänftige es, ohne
wirklich hinzusehen. Wie aufgescheucht flattert meine
andere Hand zum Laptop.

»... ich lebe am Lütjensee östlich von Hamburg. Es ist dicht
am Wald und hier sagen sich die Füchse auch gute Nacht.
Mein Bild kann ich dir morgen senden ... Siebzig Kilometer
von mir ... Aber ... lächel ... mein Navi wird dich finden ...
hinter dem großen Fliegenpilz ... Mike«

Ich bin aufgeregt wie eine Fünfzehnjährige vor ihrem
ersten Date.

»Wie machst du diese ganzen Pünktchen? Hast du eine
Pünktchenmaschine oder sind die alle handgemacht?«

»... mein Geheimnis ... lächel ... lebst du weit und breit
ganz allein im großen Wald?«

»Nicht ganz, aber ziemlich. Und du?«

»... kann ich genauso beantworten ... es ist spät geworden
... muss morgen wieder früh hoch ... bin nach wie vor ge-
spannt ...«

»Gute Nacht, sagt die Füchsin. Das woll'n wir doch mal
sehen, denkt der Jäger. Schlaf schön, sagt Jolin«

7

Graublaue Wolken mit rosa Saum treiben über einen Morgenhimmel, der noch nicht in sein tiefes Blau gefunden hat. Es muss früh sein, aber ich weiß gleich beim ersten Augenöffnen, dass an schlafen nicht mehr zu denken ist. Denn alles ist wieder da, die Mails von Mike – das Herzklopfen und auch ein dumpfes Gefühl im Bauch.

Ich springe aus dem Bett. Pinkeln, schnell ein bisschen Wasser ins Gesicht und etwas Creme, dann in die Sportsachen, in die Turnschuhe und schon bin ich im Laufschritt aus der Pforte. Die frühe Stunde hält noch ihre kühle Hand über den Wald, nur hier und da ein zaghafter Meisenruf. Der halbwache Wind entlockt den Kiefern dennoch mein geliebtes Meeresgeräusch, leise zwar, noch flüstert die Brandung, so ist es morgens oft am Strand. Dumpf tönen meine Schritte auf dem Waldweg hinterm Haus. Ich überquere ihn und nehme die Abkürzung, klettere den steilen Hang hoch auf das Plateau, wo ein halb verfallener Wohnwagen von den Zeiten träumt, als darin ein Eremit gelebt haben soll und unsere kleine Siedlung noch nicht einmal als Idee existierte.

Ich ducke mich unter einem halb umgestürzten Baum hindurch, dem längst die Rinde fehlt. Ein Stück geht es wieder bergab. Ich fange mich gerade noch im schnellen Lauf, lande auf dem sandigen Hauptweg und spurte bergauf. Trockene Kiefernnadeln knistern. Oben auf dem geraden Stück, wo das Gras grün ist und oft Feuchtigkeit steht, werde ich langsamer. Verpuste im schnellen Gehen und laufe dann wieder. Plötzlich klingen Worte in mir nach. Aus einem Traum? Worte, die ich kenne.

Was du über mich denkst, ist deine Wahrheit, nicht meine!

Ragnar hat das gesagt. Genau hier an dieser Stelle bei einem Spaziergang. Unsere Gedanken sind es, die alles einfärben, was uns geschieht – darüber haben wir oft gesprochen.

Ich laufe aus dem Wald und weiter auf dem sandigen Weg zwischen den Feldern, schnell jetzt, aber das schräge Gefühl kommt mit. Der Blick blendet auf, wird in der Weite frei. Wenig später tauche ich ein in das nächste Stück Wald. Riesige Buchen, die glatten Stämme wie Säulen, das Laub weit oben frischgrün, der Boden rotbraun vom raschelnden Vorjahreslaub.

Es geht bergab. Vom vielen Wippen ist mein Pferdeschwanz verrutscht. Unten im Tal halte ich inne, binde ihn wieder hoch und ziehe das Stirnband ab. Langsam gehe ich weiter. Mein Tal, mein heiliger Ort. Immer werde ich hier still. Heute nicht. Ich wechsele wieder ins Laufen, als ob sich etwas in mir austoben muss, nehme sogar den längeren Weg zurück. Ein unbändiger Drang nach Bewegung und danach, mich anzustrengen und auch noch das Letzte aus mir raus zu powern. Links durch die Stämme hindurch hügeliges Land. Ein Dorf. Roter Backstein. Rote Ziegeldächer. Ich laufe. Laufe. Das dumpfe Gefühl im Bauch wird mehr und mehr zum Kribbeln.

Erst unten bei den Pferdeweiden, als ich aus dem Wald herauskomme, wird mir die Luft knapp. Die beiden Braunen von Josepha sehen kurz auf. Zucken mit den Ohren die Fliegen weg. Senken wieder die Hälse zum Grasen. Eine Minute später klimmt mein Blick die vom Regen ausgewaschenen Fahrspuren zu Maries und meinem Haus empor. Wie zwei trockene Bachbetten, ein Gras- und Blümchenstreifen in der Mitte. Noch nie bin ich den Steilweg so schnell hochgestiegen, an Maries Haus vorbei ohne einen Blick. Japsend öffne ich meine Pforte, bin schon im Haus, greife nach dem Laptop, lasse mich draußen unterm Zeltdach in den Korbsessel fallen und stelle ihn auf den runden Tisch. Lichtpunkte tanzen mir vor Augen, Schweiß kitzelt im Gesicht und auf Armen und Beinen, aber ich bin gelöst und fröhlich. Ich wecke den Laptop aus dem Standby. Mike hat schon vor zwei Stunden geschrieben.

»Guten Morgen liebe Füchsin,
konnte dich leider heute Nacht noch nicht erlegen ... lach
... Setze meine besten Waffen erst ein, wenn ich dich in

meinen Armen spüre: unendlich viele und lange Küsse.
Sie werden dir gefallen.
Liebe Grüße, dein Jäger«

Es rieselt mir über die Haut wie frischer Seewind voller Salz. Du lieber Gott, krieg dich wieder ein, Carla! Wer so schreibt, der ...

Oh, da ist ja ein Foto! Wow! Dieser Mund ... Der ist wirklich sinnlich. Auch sein Blick ist sinnlich, mehr noch: verlockend!

»Hey, danke für das Foto! Da kann ich nur mit deinen Worten antworten: Sympathisch, sehr sympathisch! Das mit dem sinnlichen Mund stimmt! Was hast du für eine Augenfarbe? Auf dem Bild sehen sie dunkel aus. Wenn ich mich mal bloß nicht vergucke ... Aus dem Fliegenpilz einen lieben Gruß, Jolin«

Die Nachricht ist abgeschickt, bevor ich sie noch einmal gelesen habe. Genauso hätte Jolin es gemacht, und irgendwie ist mir auch, als wäre dies eine Szene in dem Roman, den ich erst noch schreiben werde, als dass das mein Leben wäre. Aber die Aufregung im Bauch, die Kräuselwellen, die mir über den Nacken laufen und über die Schultern säuseln sind echt.

*

Ich habe geduscht, mir einen großen Becher Kaffee mit viel aufgeschäumter Milch gemacht, mich draußen im Korbsessel zurechtgeruckelt, die Beine hochgelegt, den Laptop gestartet, und wieder vergucke ich mich in Mikes Bild. Und es zieht schon wieder in mir hoch, ein Fiebern auf Antwort, eine Spannung, dass ich kaum stillsitzen kann. Vielleicht bringt Stines Buch mich zur Ruhe. Zumindest hineinlesen ...

Ändere deine Gedanken, und die Welt wird sich ändern

Ja, das geht!
Weißt du, dass deine eigenen Gedanken das Glück oder das Unglück deines Lebens bestimmen? Weißt du, dass das nicht nur deshalb so ist, weil ein Sprichwort sehr richtig sagt, dass es aus dem Wald genauso herausschallt, wie man hineingerufen hat? Gedanken sind pure Energie und freigesetzte Energie hat in dieser Welt nun einmal eine Wirkung. Auf gut Deutsch: Du kannst mit deinen Gedanken etwas bewirken, und ob du das nun merkst oder nicht, du tust es tagtäglich, du tust es, seit du denkst.

Wenn dir also nicht gefällt, was dir in deinem Leben widerfährt, denke anders, und deine Welt wird eine andere werden. Sie kann gar nicht anders. Im Kleinen hast du das mit Sicherheit schon erlebt, und mit Sicherheit hast du schon vom positiven Denken gehört und den positiven Auswirkungen, die es haben soll.

Das ist grundsätzlich nicht verkehrt, aber da gibt es einen Haken. Den schauen wir uns später an. Jetzt geht es erst mal darum: Wie denke ich, was ich denken will?

Du wolltest vielleicht schon probieren, positiv zu denken. Und dann zeigte sich, was sich zeigen musste: Die Gedanken kommen und gehen, aber nicht so, wie du es willst, sondern wie es ihnen gefällt. Und manchmal kommen graue Gedanken und manchmal werden sie immer düsterer, bis sie vollkommen schwarz sind, und du glaubst auch noch an das, was sie dir erzählen. Du hältst es für die Wirklichkeit und machst dir nicht klar, dass diese Gedanken einfach gekommen sind. Du weißt nicht einmal wirklich, woher. Weil du sie für deine Gedanken hältst, glaubst du ihnen und handelst so, wie sie es dir vorgeben.

Aber schau doch mal hin: Hast du sie wirklich bewusst und willentlich gedacht?

Sind das DEINE Gedanken? Ist es nicht genau umgekehrt: Nicht du hast Gedanken, sondern sie haben dich!

Besetzt haben sie dich, tummeln sich in deinem Bewusstsein, richten eine Menge Unheil an, manchmal auch anderes, und tun so, als gehörte ihnen die Welt.

Dabei gehören sie dir. Du musst allerdings lernen, sie zu lenken.

Daran, wie schmal dieses Buch ist oder wie kurz, wenn du das E-Book hast, kannst du sehen, dass das mit dem Lenken nicht allzu schwierig sein kann.

Das war die gute Nachricht. Jetzt kommt die noch bessere: Fang sofort an, dann bist du morgen schon am Ziel.

*

Ich glaube, dieses Buch kann ich gerade sehr gut gebrauchen. Ein kurzer Blick, ob sich in meinem Postfach etwas getan hat – auch wenn es keinen Ton gegeben hat, ich muss einfach nachschauen – und weiter zum nächsten Kapitel.

*

Gedanken machen Gefühle

Stell dir vor, du gehst die Straße entlang, jemand kommt dir mit grimmigem Gesichtsausdruck entgegen, ausgerechnet an einer engen Stelle begegnet ihr euch, er rempelt dich an, entschuldigt sich noch nicht einmal, sondern rennt weiter. Du aber bist mit dem Knie gegen einen Hydranten gestoßen, es tut richtig weg. Du bist sauer und wütend und humpelst nun nicht nur mit dem Schmerz im Bein, sondern auch noch mit einer heftigen Ladung im Gemüt weiter.

Andere Gedanken könnten deine Situation verändern, denn wahrscheinlich würdest du dich besser fühlen, wenn du nicht mehr sauer und wütend und obendrein ein hilfloses Opfer sein müsstest. Aber sollst du dich selbst belügen? Diese Gefühle sind da und sie sind berechtig.

Was wäre, wenn der Verursacher zurückkäme und sich entschuldigte und dich fragte, ob du Hilfe brauchst? Würde dir das helfen? Wahrscheinlich ja. Und was hilft dir daran? Die Entschuldigung? Nicht als solche, sondern sie löst etwas aus. Was dann nämlich in dir passiert, ist ein Gefühl, wahrscheinlich sogar mehrere Gefühle, und wenn du Glück hast, reicht das schon, um dich aus dem Zorn, der Enttäuschung und dem Jammer zu erlösen. Wenn er dir Hilfe anbietet, musst du dich auch nicht mehr im Stich gelassen fühlen.

Nun pass auf: Das alles geschieht in dir, der andere löst es nur aus. Deine Gedanken werden heller, dadurch bekommst du hellere Gefühle, und das kann so weit führen, dass sogar der Schmerz nachlässt.

Und wie wird deine Welt heller, wenn der andere nicht zurückkommt? Du sollst dich nicht belügen, aber in dem Wissen, dass andere Gedanken dir guttun werden, kannst du diese Gedanken finden und sie absichtlich und bewusst denken. Wie können die sein?

Du hast mit Sicherheit schon oft von Empathie gehört, von Mitgefühl also. Aber verwechsele das bitte nicht mit Mitleid. Mitgefühl ist der Schlüssel, damit dir eine solche Situation möglichst wenig anhaben kann. Nein, du sollst jetzt nicht versuchen, den anderen zu verstehen, der vielleicht gerade etwas sehr Schlimmes erlebt hat, viel schlimmer als du, und deshalb so abwesend und rücksichtslos war.

Du brauchst jetzt erst mal selbst deine Empathie! Gib sie dir. Denke Gedanken, die dir Verständnis schenken – aber Vorsicht! Nicht, indem du auf den anderen schimpfst. Außer, dass du dir damit Luft machst, ist es nicht sehr förderlich. Heller wird deine Welt davon nicht. Mach dir trotzdem zuerst Luft, es gehört dazu und tut dir gut. Aber lass das nicht alles sein. Du brauchst jetzt etwas, und wenn kein anderer da ist, dann kümmere du dich um dich. Dein Trost, dein Verständnis, all das Gute in dir ist nicht nur für andere, es ist auch für dich da.

Finde Worte für dich, die dir guttun und dich trösten. Dadurch bist du automatisch schon in anderen Gedanken. Und: Du hast die Blickrichtung geändert. Du bist nämlich bei dir und nicht beim anderen, und das brauchst du gerade sehr: Beistand.

Nun hast du ein Beispiel, an dem du siehst, wie es gehen kann. So kannst du dein Denken lenken.

*

Die Gartenpforte klappt. Marie, ganz in Orange und Rot, kommt um die Hausecke, hebt ihren knöchellangen Rock und steigt betont vorsichtig über das Abflussrohr der Dachrinne. Man braucht nur leicht dagegen zu stoßen, und das ganze Fallrohr kommt herunter. Auch etwas, das endlich in Ordnung gebracht werden muss ...

»Klopf, klopf!«, ruft sie.

Ich lache. »Herein!«

Marie kommt unters Sonnendach, beugt sich zu mir herunter und nimmt mich in die Arme. »Hey du!« Ihr Haar streichelt mir die Wange. Es duftet nach Meer, nach frischem Wind, nach hellen Möwenschreien. Ich küsse sie auf die Wange.

»Und? Wie geht es der Schönen vom Berg heute Morgen?« Marie setzt sich in den anderen Korbsessel und streckt die Füße unter dem Sonnendach hervor in die Morgensonne.

»Also: Ich bin eine Riesenrunde gejoggt und gleich schreibe ich eine tolle Szene für meinen Bestseller!«

»Mensch, Carlchen!« Marie nickt mir zu und gluckst ihr Sektperlenlachen.

Eigentlich würde ich diesen Text von Stine gern mit Marie teilen, aber ich schaue zu ihr hinüber und sehe plötzlich, dass sie etwas bedrückt.

»Und du, wie hast du geschlafen?«, frage ich vorsichtig.

Marie schüttelt den Kopf. »Ich hab wieder stundenlang wach gelegen. Allmählich komme ich mir vor wie ein Zombie!« Marie spricht zu den Kiefernwipfeln hoch. Ihre Stimme klingt, als säße ihr das Weinen direkt unterm Kehlkopf. Ihre Augen sind groß vor Traurigkeit.

Ich strecke die Hand nach ihr aus. »Hey Süße, du hast am Wochenende Nachtdienst gehabt. Können das nicht einfach Umstellungsschwierigkeiten sein?«

Sie schüttelt nur den Kopf.

»Was ist denn passiert?«

»Nichts«, murmelt sie. »Das ist es ja gerade.« Sie wendet sich weg, als würde es ihren Blick nach dort unten ziehen, wo das Dach ihres Hauses aus dem Grün ragt.

»Komm, erzähl!«, sage ich so sanft ich kann.

»Ach – ich sehne mich so nach Berührung! Nach Nähe! Und na klar wacht diese Sehnsucht jetzt wieder richtig auf, wo ich bei dir sehe, dass du einfach die Initiative ergreifst. Aber wenn ich mir vorstelle, ich soll mich wieder auf einen Mann einlassen ...« Sie dreht sich abrupt zu mir herum. »Da ist kein einziges Gefühl! Wie abgestorben. Vertrocknet!« Sie greift sich meinen Becher mit Milchkaffee und trinkt einen langen Schluck. »Ich hab so viel geliebt, Carlchen! Zwischen meinen Beziehungen hat es nie lange Zeiten gegeben, ohne dass ich mich wieder neu verliebt hätte. Klar, wenn etwas zu Ende geht, tut das weh. Ich hab oft Liebeskummer gehabt. Trotzdem ist immer etwas Neues aufgeblüht. Aber seit der Trennung von Gernot bin ich wie tot. Bei ihm hab ich mir eine Verletzung eingefangen, über die komme ich nicht weg. Ich hab noch nie so lange ohne mein überströmendes Herz gelebt. Und ohne Erotik. Bis jetzt war die Sehnsucht wohl auch tot, jedenfalls hab ich das gar nicht gemerkt – nur ganz unterschwellig, und das konnte ich gut wegdrängen. Aber jetzt ...«

»Dass es so schlimm mit ihm war, hast du mir gar nicht erzählt. Du warst sauer, du fandst ihn richtig blöd, aber das jetzt klingt ganz anders.«

»Ist mir auch erst allmählich klar geworden. Ich bin bei ihm so bedürftig geworden! Wie ein kleines Kind. Und weißt du, was ich glaube, woran das lag? Wenn jemand emotional etwas zurückhält, wenn er dem anderen etwas nicht geben will – und damit meine ich nicht Sachen – dann kommen beim anderen automatisch Mangelgefühle auf. Das ist jetzt nicht meine schlaue Erkenntnis, das hab ich gelesen. Man würde den Mangel des anderen aufsaugen wie ein Schwamm. Dessen Mangel ist, dass er sich immer bedeckt hält, auch in den innigsten Momenten, er hält immer etwas zurück, weil der glaubt, wenn er zu viel gibt, bekommt er selbst nicht genug. Wie auch immer: Genauso war es, und ich hab gedacht, es liegt an mir. Ich hab gedacht, dass ich zu viel brauche und zu viel haben will. Und dieses ganze verquere Miteinander, immer vorsichtig sein, immer zurückstecken, um ja nicht zu viel von ihm zu wollen, immer dieses Gefühl, zurückgewiesen zu werden – das hat riesige Angst bei mir hinterlassen.«

»Wovor?«

»Na ja, das mit Gernot war nur der Gipfel, ich kenne das in milderer Form auch schon von früher. Und ich hab mir das angeguckt heute Nacht, und da ist es mir sonnenklar geworden: Je mehr mich ein Mann abweist, desto mehr renne ich ihm hinterher.«

»Echt?«

Marie nickt.

»Wenn ich dich so höre«, sage ich, »dann ist es vielleicht sogar gut, dass du dich im Moment zurückziehst. Gerade sind doch auch ganz andere Sachen wichtig. Du arbeitest an deinem Haus, legst dir einen Garten an, ganz nebenbei hast du deinen Job«, zähle ich auf. »Kann es sein, dass du dir erst mal ein Nest baust, wo du dich sicher fühlen kannst? Solange fließt deine Liebe eben da hin!«

Marie zieht die Schultern hoch. »Das hab ich mir auch gesagt.« Ein winziges Lächeln stiehlt sich um ihre Augen. »Weißt du, heute Morgen vorm Spiegel hab ich mir was versprochen: Die Liebesaffäre, die jetzt läuft, die habe ich mit mir selbst!« Sie kreuzt die Arme vor der Brust und umfasst ihre Schultern, als umarmte sie sich, beugt sich in dieser Haltung vor und lächelt mich mit geneigtem Kopf an. Mädchenlächeln und Mädchenschalk. »Kann man jemand anderen lieben, ohne sich selbst zu lieben?«, fragt sie, was wir uns schon so oft gefragt haben. »Ab jetzt schaue ich mir jeden Morgen selbst in die Augen und sage: Ich liebe dich!« Sie lacht leise auf. »Ja!«, schiebt sie nach, als müsste sich noch ermuntern. Vielleicht macht mein Schweigen sie unsicher – ich habe so schnell keine Worte – dass sie noch dies nachschickt: »Das hab ich vorhin beschlossen. Und manchmal denke ich sogar etwas ganz Ketzerisches: Ich bin wertvoll!«

Klar, das ist Spaß, aber ich weiß, wieviel Ernst dahinter steckt. Ich flüstere: »Wie ist das bloß in uns reingekommen? Natürlich sind wir liebenswert, natürlich sind wir wertvoll! Wenn ich mich bei billigen Standardabsagen im Internet fühle, als sei ich nicht gut genug, um etwas Besseres zu kriegen – das ist doch einer reifen, erwachsenen Frau unwürdig!«

»Was bedeutet der Ausdruck reife Frau denn?«, knallt Marie los. »Eine Frau, die alt wird! Eine Frau, die keinen

Mann mehr interessiert. Da kann ich noch so viel Selbstannahme üben, das ist eine Tatsache!« Ihr Blick flüchtet
in den schmerzhaft blauen Himmel. Das ist es also: die
Angst, dass es vorbei ist. Endgültig vorbei. Die kenne ich
gut. Wenn ich in den falschen Spiegel schaue, hockt sie
mir sofort im Bauch.

Ein Zaunkönig kommt aus dem Ginstergebüsch, das
den Sitzplatz unterm Sonnendach umsäumt, lässt sich
auf dem Rand der Wasserschale in dem runden Steinbeet zu unseren Füßen nieder, trinkt und hüpft dann ins
Wasser, duckt sich und spritzt sich selbst nass, plustert
zwischendurch sein Gefieder und schüttelt viele winzige
Tropfen von sich, ohne dabei sein hochgestelltes
Schwänzchen auch nur einmal zu senken.

»Schau ihn dir an«, flüstere ich. »Er fragt sich nicht, ob
ihn jemand will oder nicht will.« Der kleine Kerl plustert
sich ein letztes Mal und fliegt davon. »Wir bräuchten so
was auch nicht, wenn wir so unschuldig aufgewachsen
wären wie er. Wenn es nicht das Denken gäbe, das allem
und jedem eine Bedeutung gibt, meist auch ein Urteil,
schwarz oder weiß, gut oder schlecht. Und das machen
wir nicht nur mit der Welt, das machen wir auch mit uns
selbst.«

Marie sieht unter halb gesenkten Lidern zu mir herüber und gähnt. Anscheinend springt sie plötzlich die
Müdigkeit der schlaflosen Nacht an.

»Und weißt du was?«, lege ich trotzdem los. »Das kann
man ändern, und das werde ich ändern!«

Sie scheint mich nicht gehört zu haben. »Ausgerechnet
heute hab ich Spätschicht«, murmelt sie und stemmt
sich aus dem Korbsessel hoch. »Und vorher hab ich noch
eine Menge zu tun. Tschüss, Süße! Hab einen schönen
Tag!«

»Du auch! Und hör auf mit dem Quatsch, zu alt zu
sein!«

Marie ist schon im Gehen. Sie macht nur eine wegwer-
fende Handbewegung, ohne sich noch umzusehen.

Ich fahre mir mit den Fingern beider Hände durchs
Haar, von der Stirn zur Kopfmitte und vom Nacken aus
auch dorthin, so kräftig, dass mir die Kopfhaut kribbelt.
Sonst hilft das, wenn ich mir selbst verlorengegangen

bin. Jetzt nicht. Ein Wort taucht immer wieder in mir auf: wertlos.

Ragnar hat mir etwas dazu gesagt, und nicht nur einmal. »Ich glaube, du bist insgeheim überzeugt, nichts wert zu sein. Ich finde das nicht. Absolut nicht. Wenn ich mich einmal von dir abwende, dann heißt das doch nicht, dass du mir weniger wert bist! Und schon gar nicht, dass ich dich nicht mehr liebe!«

Dieses Gefühl in mir, hat er gesagt, das komme aus einem uralten Glaubenssatz, den ich wahrscheinlich schon früh in meiner Kindheit hatte und den ich so oft gedacht habe, bis er sich in mich hineingefräst hat. Jetzt gehört er zu meinen Überzeugungen. Ja, ich habe darüber gelesen: Solche Glaubenssätze bestimmen unsere Gedanken, unsere Vorstellungen, unsere Sichtweisen. Aber man kommt ihnen nicht so leicht auf die Schliche.

Und nun ist mir dieses E-Book »Gedanken lenken« ins Haus geflattert. Ich muss unbedingt weiterlesen.

»Pling!«, macht der Laptop, und mein Auserlesen.de-Postfach blinkt. Sofort klopft mir das Herz.

»... du lockst mich ... komme sofort ... Mike«

Ein lautes Lachen platzt aus mir heraus. Und zugleich klopft mein Herz noch mehr und es braust mir in den Ohren, als wenn plötzlich ein Sturm die Wipfel peitschte. Meine Finger liegen schon schreibbereit auf der Tastatur. Aber zuerst muss ich mir noch mal sein Foto ansehen. Ich brauche ein Gegenüber.

Ich komme nicht zum Antworten. Es tönt durch den Wald, als stapfte ein Riese zu mir hoch. In leuchtend blauem T-Shirt und roter Pumphose kommt Josepha zu meinem Plateau hoch und ruft: »Hallo Carlchen, guten Morgen!«

»Guten Morgen!« Ich stehe auf und gehe ihr entgegen.

»Hast du ein bisschen Milch für mich?« Josepha bleibt vor mir stehen, hält mir den Krug entgegen, dreht die Füße nach innen wie ein Kind und blinkert bettelnd mit den Lidern. Sie lacht ihr dunkel-warmes Lachen und ich lache mit.

»Ja, hab ich. Den ganzen Krug voll?«

»Wäre schön. Hast du so viel? Kriegst du nachher wieder.«

»Ja-ha!« Ich nehme ihr den Krug aus der Hand und gehe ins Haus. Josepha folgt mir bis an die Terrassentür. Ruft hinter mir her: »Kannst du nachher rüberkommen?«

»Äh ... Wieso?«

»Weil du dir dein Ungeheuer aussuchen musst. Nachher packe ich für den Markt am Wochenende. Wer weiß, was noch übrig ist, wenn ich wiederkomme.«

»Ich ... bin in einer halben Stunde bei dir, okay?«

»Ja, gut.«

Als ich wiederkomme, steht Josepha unterm Sonnendach. Ihr Blick scheint sich am Laptop-Display festgesaugt zu haben. »Das sieht nach deiner Partnersuche aus! Ähm – sorry, dass ich da so ungefragt drauf gucke.«

Auf dem Display prangt Mike in Vollbildgröße.

»*Der* hat es nötig, im Internet nach einer Frau zu suchen?« Josephas Lachen klingt wie eine kleine Melodie in Moll-Tonart. »Also – wenn der wirklich so aussieht – und wenn er nicht stottert oder unerträglichen Mundgeruch hat, müssen ihm die Frauen doch *nachlaufen*! Wozu braucht der das Internet? Bist du sicher, dass das kein Fake ist?«

»Du meinst, es ist vielleicht gar nicht von ihm?« Ist mein Gehirn außer Betrieb? Natürlich meint Josepha das!

»Sag nicht, darauf bist du noch nicht gekommen?«

»Doch ... Nein. Äh – ich glaube, die Vorstellung ist zu ekelhaft. Stell dir das vor. Mit einem fremden Bild, und dann begegnet man sich!«

»Das wird doch reihenweise gemacht. Auf jeden Fall wählen etliche Bilder aus, auf denen sie viel jünger sind. Und wer sagt denn, dass der sich wirklich treffen will?« Josepha steigt schon den Rasenpfad wieder hinunter.

»Warum sollte er denn dann das Geld für die Agentur ausgeben?«, rufe ich hinter ihr her.

Zwischen den Stämmen dreht Josepha sich um. »Weil flirten schön ist. Besonders, wenn man es völlig stressfrei haben kann. Und völlig unverbindlich!«

8

Vorbei. An Schreiben ist nicht mehr zu denken. Erstmal zumindest nicht. Meine Stimmung ist noch unter der Rasensohle, mein Einfallsreichtum hat sich in Armut umgekehrt. Das Spiel spiel' ich nicht mit!

Und nun? Dazuhocken, das Kinn in die Hände gestützt, und den Buddha im Steinbeet neben seiner Rose zu bestaunen, hilft auch nicht weiter – oder jedenfalls nicht aus dem Tief raus.

Nimm dir doch nicht immer alles derartig zu Herzen, Carla! Geht's nicht auch mal mit ein bisschen Leichtigkeit? Spielen ist keine Sünde, kann sogar ganz amüsant sein, und das Mike bloß spielen will, ist doch klar.

Ja, ja, ja ...

Gut, dass ich schon mal so weit bin, das zu denken – angekommen ist es noch nicht bei mir. Das braucht noch Zeit. Und solange hab ich etwas Besseres zu tun als zu grübeln.

*

Es ist Übung und Aufmerksamkeit

Wenn du wachsam bist und auf deine Gedanken achtest, dann merkst du es, sobald du über andere oder dich selbst ein Urteil verhängst.

Denn damit fängt es an: Sei dir bewusst, dass wir allem, was uns begegnet, eine Bedeutung geben.

Stell dir eine dicke, dunkle Wolke am Himmel über dir vor. Eigentlich kann sie dir egal sein, sie ist weit weg und macht da oben ihr eigenes Ding. Und trotzdem gibst du ihr eine Bedeutung. Sie verbirgt vielleicht die Sonne hinter sich, und das macht deinen Ausschnitt der Welt für einen Moment dunkler. Statt das einfach nur zu registrieren, wirst du aber mit Sicherheit von einem alten Programm in dir geleitet, und das geht so: dunkel = schlecht, hell = gut. Es kann auch eine Abwandlung davon in Aktion treten: dunkel = kalt, hell = warm. Dieses Programm steckt in dir, weil du irgendwann gefroren hast, als eine Wolke die Sonne verborgen hat. Und sicher hast du auch schon erlebt, dass sie Regen oder Gewitter mitgebracht hat.

Du siehst, dass eine Menge in dir geschieht oder geschehen kann, wenn du nur eine Wolke anschaust.

Aber die Wolke ist die Wolke!

Nichts von alldem, was in dir abläuft, hat direkt mit ihr zu tun, sondern einzig mit dir und deinen Erfahrungen, deinen Prägungen, also deinen Gedanken.

Dass das so ist, wird einerseits zum Leben und Überleben gebraucht. Kein Bauer macht Heu, wenn ein Gewitter droht, kein Kapitän lässt alle Segel setzen, wenn solch ein schwarzes Ding den Himmel in Besitz nimmt. Beiden hilft es, aus der dunklen Wolke etwas lesen zu können.

Ebenso hilft es, wenn man in einem Gesicht lesen kann. Was aber nicht hilft, ist, überzeugt zu sein, dass das, was ich in dem Gesicht lese, auch so IST. Nur das Herz kann sich in den anderen hineinversetzen und erfühlen, wie es um ihn steht. Aber das Herz macht niemals ein Urteil daraus. Das Denken dagegen ist sich nicht klar, dass es auf deinen Erfahrungen basiert, und die haben mit dem anderen nichts zu tun. Die Wolke ist die Wolke und nur die Wolke. Der andere ist der andere und nichts als der andere. Aber was immer du über die Wolke oder den anderen denkst, macht etwas mit dir und somit auch mit der Welt. Denn was du in die Welt bringst, das ist in der Welt – und zwar in deiner!

Noch einmal: Es sind DEINE Gedanken und DU musst ihre Folgen tragen.

Wäre es da nicht klug, wenn du das denkst, was du auch wirklich denken willst?

Bevor du jetzt weiterliest, setz dich still hin, wenn du irgend kannst, und lass die Worte dieses Kapitels in dich hineinsinken. Denke an Wolken oder an gar nichts, das ist egal. Lass die Worte in dich fallen und bitte darum, dass sie wirklich bei dir ankommen mögen. Wen oder was du bittest, ist deine Sache. Bitte darum.

*

Ich habe wirklich eine Weile still dagesessen, und ich habe mir wirklich, wirklich gewünscht, dass das, was ich da gelesen habe, bei mir ankommen möge. Es ist so wichtig! Ich weiß, was Gedanken anrichten können! Vorhin erst habe ich es in Maries Gesicht gesehen.

Plötzlich bin ich sehr traurig.

Ich fahre mit allen zehn Fingern von vorn nach hinten über meine Kopfhaut, konzentriere mich nur auf das Kribbeln, auf das belebende Gefühl, und ein anderer Gedanke ist da:

Es kann nicht darum gehen, im Luftstrom meiner Empfindungen zu flattern wie ein Fähnchen im Wind. So ist Jolin, und es ist gut, eine Kostprobe davon zu bekommen oder meinetwegen auch noch mehr. Aber auch ohne das kann ich authentisch darüber schreiben, ich kenne solche Anwandlungen ja selbst sehr gut.

Ja, aber anders als ich nimmst du jeden Luftstrom und jede Reaktion darauf überwichtig! Sei doch froh, dass Mike so spielerisch ist. Ich jedenfalls bin es.

Jolin?

Ja, ich. Sei doch froh, dass einer wie Mike in dein Leben kommt! Das ist endlich mal eine Story, in der ich Lust hab mitzuspielen.

Wirklich? Obwohl du die wirkliche Liebe suchst?

Genau deshalb. Je wertvoller das ist, was man finden möchte, desto offener muss man seinen Blick halten.

Mit einem Mal ist das Herzklopfen wieder da. Spannung. Aufregung.

Ich kopiere Mikes Profil und alles, was wir uns bisher geschrieben haben, in eine Datei. Für den Roman.

»... du lockst mich ... komme sofort ...«

Wieder und wieder höre ich diese Worte. Ein Flirter. Aber doch ganz offen. Es war vom ersten Satz an klar. Mir nur nicht. Jolin hat Recht: Ich bin offenbar schon nach den wenigen Zeilen, die wir ausgetauscht haben, in Gefühlen, in denen andere nicht mal landen, wenn sie verliebt sind. Na gut, das ist vielleicht übertrieben, aber irgendwie muss ich mir das erklären.

Wäre angesichts dessen das, was mir am Anfang so genial und dann als fixe Idee vorgekommen ist, nicht doch die richtige, sogar die einzig mögliche Lösung? Ich versetze mich in Jolin hinein, am besten *bin* ich Jolin, mit Haut und Haar. Sie liest die Mails, sie schreibt die Antworten, und sie erlebt auch alles, was vielleicht noch kommt.

Ich schließe die Augen und lausche in Jolins Gedanken hinein. Ja, es ist, wie ich es geahnt habe: Für sie ist Mike ein lockerer Flirt, und auch wenn sie etwas anderes sucht, macht es ihr Spaß, darauf einzugehen. Warum nicht einen Umweg machen, sagt sie sich, wenn er so sexy ist?

Als ich endlich schreibe, ist sie es, die Mike antwortet.

»Du bist ziemlich direkt! Das mag ich! Das mag ich sehr! Jolin«

Kaum habe ich die Mail abgesendet, ist alles anders: Die Luft knistert wie Seeluft vom Salz, sie schmeckt wie der Wind an einem Schönwettertag, wenn das Herz mit den Möwen aufsteigt und sich zusammen mit ihren Schreien ins Überall verweht. »Pling!«, macht der Laptop.

»Einen lieben Kuss ... würde dich gerne mit ganzer Figur sehen ... ohne sexistisch zu sein ... Mike«

Ich fasse es nicht! Klar, der schreibt reihenweise Frauen an, vergleicht sie und sucht sich die beste aus. Da braucht er natürlich Daten. Widerlich!

Ja, ja, ja, Carla. Begreife es endlich: Dafür gibt es Onlinedating. Heute kann man alles übers Internet bestellen, auch einen Partner. Und natürlich, wenn ich mir einen neuen Pulli aussuche, schaue ich alle an, einen nach dem anderen, und zum Schluss wähle ich den schicksten.

Aber hier geht es um Liebe! Die lässt sich nicht von diesen bescheuerten Selbstauskünften in einem Profil beeindrucken, von einem Foto, von ein paar Flirt-Mails!

Ich knalle den Deckel des Laptops zu. Mag ja sein, dass das nur ein nettes Spiel ist – aber nicht meins!

9

Der Tretpfad von mir zu Josepha schlängelt sich zwischen den hochgewachsenen Kiefern zuerst durch den hinteren Teil meines und dann den von Maries Grundstück. Hier ist Maries Wäscheleine kreuz und quer von Stamm zu Stamm um die rötlich braunen Kiefern gespannt. Rosa Unterhosen, wirkliche Unterhosen, nicht etwa Slips, ein Nachthemd, rot geblümt, Bettwäsche, weiße Kniestrümpfe. Ich kann nicht anders: ich muss lächeln. Solche Wäsche kann nur Marie haben.

Im nächsten Moment stapfe ich wieder wie Josepha. Eine sehr wütende Josepha. Unter meinen Füßen knacken und bersten die Kiefernzapfen.

»... würde dich gern mit ganzer Figur sehen ...«

So etwas *darf* ich nicht mitmachen! Und wenn es bisher noch so viel Spaß gemacht hat, an genau diesem Punkt ist Schluss!

Immer wieder hämmern diese Gedanken auf mich ein. Inzwischen nerven sie mich eigentlich nur noch, aber abstellen lassen sie sich nicht. Wie das geht, hat das kleine Buch noch nicht verraten ...

Unvermittelt bleibe ich stehen, schließe die Augen, drücke sogar die Fingerspitzen auf meine Lider. Ich muss zur Ruhe kommen. Ruhe!

›Kann es sein, dass du dich missachtet fühlst und das nicht wahrhaben willst?‹, sagt die leise Stimme in mir.

Ja, ja, ich bin immer viel zu schnell und viel zu sehr beleidigt, ich sollte mich besser noch mehr verkriechen in meinem Waldhaus, die Bettdecke über den Kopf ziehen und ganz für mich bleiben ...

Ich stürme weiter, stoße die hintere Pforte zu Josephas Grundstück auf – und bleibe wieder stehen, geblendet vom hellen Grün der Buchenhecke, die Maries und Josephas Grundstücke voneinander trennt.

Ich muss mir meine Empfindlichkeit also verkneifen, wenn ich klarkommen will, oder? Allein schon das Wort. Für mich ist es ein Schimpfwort, so jedenfalls hab ich es zu hören bekommen. »Du bist aber auch empfindlich!« Als würde ich etwas fühlen, was gar nicht da ist, beleidigt sein über Dinge, die gar nicht geschehen sind, anderen etwas ankreiden, was sie gar nicht getan haben.

Ich schüttele mich ...

›Gefühle lügen nicht‹, sagt die Stimme.

Da bin ich plötzlich sehr klar: Ich bin nicht empfindlich, nicht so jedenfalls, wie es oft gemeint wird. Was ich bin, das nenne ich empfindsam. Und ja, das ist etwas anderes. Auch nicht leicht, damit zu leben, aber es ist nicht krank, es ist nicht falsch und es hat nichts, aber auch gar nichts von Vorwurf. Und: Man kann etwas damit machen. Zum Beispiel Jolin erfinden und ihre Gefühle fühlen. Das macht sie lebendig – und wer kann das schon – etwas Lebendiges erschaffen? Mit Empfindsamkeit kann man auch gut zuhören, kann mitschwingen und mitschweigen. Ich weiß selbst, wie gut das tut.

Langsam steige ich das letzte Stück des steilen Pfads zu Josephas Bungalow bergab, achte dabei darauf, wohin ich meine Füße setze, nicht auf die winzigen Blumen, die mir zwischen den Gräsern und neben den Trittsteinen zulächeln. Ich lächele zurück.

Josephas Haustür steht offen. Ich bleibe stehen und atme noch einmal tief durch. Atme es hinein in mich, was da eben ganz von selbst zu mir gekommen ist. Gefühle lügen nicht. Darüber muss ich später noch mal nachdenken, das hab ich auch schon ganz anders gehört oder jedenfalls so, dass Gefühle manchmal nicht berechtigt oder zumindest übertrieben sind. Aber wer soll darüber entscheiden?

Ich schließe die Augen, nehme einen extratiefen Atemzug und trete ein. Gleich der erste Raum von Josephas Haus ist ihre Werkstatt, neben mir das große Regal mit Josephas Ungeheuern: Zwei, die mit gespielter Unschuld Wasser in einen Miniteich speien, andere, die ihre Tentakeln als Kleiderhaken anbieten, aber aussehen, als würden sie die Kleider auffressen, sobald man ihnen den Rücken kehrt. Ungeheuer als Türklopfer, die unverhohlen das Maul aufreißen, als warteten sie nur darauf, einem die Finger abzubeißen. Ungeheuer als Fußabtreter, als Stiefelknecht, als Seifenablage: jedes ein Individuum, jedes auf seine Weise halb witzig, halb gruselig und immer besonders, aus Stein, aus Holz, aus Wolle, aus Plastik, aus Draht, aus Knöpfen, leeren Zahncremetuben und manche aus allem gleichzeitig.

Ich weiß sofort: Wenn ich ins Überlegen komme, bin ich bis zum Abend nicht fertig.

Die Ungeheuer im mittleren Regal scheinen gar keine Dienste anzubieten. Mein Blick landet bei einem vogelhaften Wesen in dunklem Blau, das geheimnisvoll leuchtet. Das ganze Ding ist etwa achtzehn Zentimeter hoch, aus winzigen Zweigabschnitten zusammengesetzt und in dunkel glühenden Ultramarinblau angemalt. Es hockt auf einem kugelrunden Feldstein. Ich greife danach. Der Stein passt genau in die Schale meiner Hand. Er liegt gut darin. Ich schütze das blaue Wesen beim Gehen mit der freien Hand wie eine Kerzenflamme, so zerbrechlich sieht es aus, und drücke mit der Schulter die Tür zur Wohnung auf.

»Josepha? Ich bin's, Carla!«

»Hallo Engel! Komm rein!«

Ich trage mein Ungeheuer durch den knallgelb gestrichenen Flur. Im Wohnzimmer sitzt Josepha mit hochgelegten Beinen im Sessel.

»Ich hab mir gleich eins ausgesucht«, sage ich und nicke auf das Ungeheuer in meiner ausgestreckten Hand hinunter. Sie beugt sich etwas vor, um besser sehen zu können und lacht auf. »Ah, du hast den Andersvogel!«

»Ist das okay?«

»Klar! Einer von denen, der scheinbar zu nichts zu gebrauchen ist.«

Ich setze mich an die andere Seite des Tischs und stelle mein Ungeheuer vorsichtig vor mich hin.

»Wieso scheinbar?«

Josepha sieht mich über den Rand ihrer Lesebrille hinweg an. Sie hebt den rechten Zeigefinger und doziert: »Das sind die einzigen Ungeheuer, die man wirklich gebrauchen kann.« Sie grient, dass ich nicht weiß, ob sie das ernst oder im Spaß gemeint hat.

Ich muss das zarte Wesen vor mir immerzu betrachten. Es ist in ein silbriges Netzgewebe gehüllt, als wenn es einen Schleier umgelegt hätte. Fäden stehen daraus hervor wie wirres Greisenhaar.

»Möchtest du einen Tee?«

Ich nicke und halte ihr den Becher, der vor mir steht, entgegen. Josepha schenkt mir aus der bauchigen Kanne, die immer auf einem Stövchen bereitsteht, hellgelben Fencheltee in einen Tonbecher.

»Und wozu kann man den hier gebrauchen?«

Sie lacht leise. »Na ja, jeder sucht sich das Ungeheuer aus, das mit ihm etwas zu tun hat. Darum haben sie ja alle einen Namen und eine Geschichte. Soll ich dir seine erzählen?«

»Na klar, unbedingt!«

»Der Andersvogel ist in Franziska von Unruh verliebt. Sie steht auf demselben Regal. Die mit dem Reifrock aus verrosteten Nägeln und den Lockenwicklern aus Lakritzrollen. Hast du sie gesehen?«

Ich schüttele den Kopf. »Nein, es sind so viele.«

»Sie hat sagenhaft lange Fingernägel aus abgerollten Lakritzschnecken, und die Reste von den Lakritzschnecken sind ihre Haare. Der Andersvogel würde so gern fliegen können! Er will unbedingt zu Franziska hinüber, die ihn noch nicht ein einziges Mal angesehen hat.« Josepha macht ein sehr bekümmertes Gesicht, und auch ihre Stimme klingt bekümmert. »Er will sich in die Luft erheben, eine elegante Schleife unter der Werkstattdecke drehen – und Franziska von Unruh soll aufblicken und ihn da oben entdecken. Und natürlich soll ihr die Luft wegbleiben! Und dann will er seine Schleife sacht ausschwingen lassen und genau vor ihr landen.« Josepha kollert ihr dröhnendes Lachen.

Ich finde Josephas gesten- und mimikreichen Vortrag witzig, aber mehr als ein Grienen bekomme ich nicht hin. »Ja, er strebt nach vorn, als ob er gleich abfliegen will«, murmele ich. »Aber warum heißt er Andersvogel?«

»Weil er sich unter den anderen immer so fremd fühlt. Er glaubt, dass ihn niemand versteht. Er ist eben sehr zerbrechlich, das macht einen natürlich vorsichtig.«

Ich muss schlucken, muss mich einen Moment lang erst fangen, sage: »Ja, man mag ihn kaum berühren ...« Sacht lege ich den Zeigefinger auf die Silbergaze. Sie ist unerwartet fest.

Josepha betrachtet den Andersvogel mit schief gelegtem Kopf. »Trotzdem sieht er energiegeladen aus, nicht?«

»Stimmt. Oder unbezähmbar, das passt besser. Vielleicht, weil er so unbedingt fliegen will.«

Josepha sieht mich bedeutsam an. »Ich sag ja, jeder sucht sich das Ungeheuer aus, das mit ihm zu tun hat.«

»Fliegen? Ich? Das mit dem Fremdheitsgefühl, das kommt eher hin.«

Josephas dunkelgraue Augen begegnen meinen und bleiben einen Moment zu lange. Ihr Nicken scheint eher eine Zustimmung zu ihren eigenen Gedanken zu sein als zu dem, was ich gesagt habe.

Fliegen ... Jetzt auch noch fliegen?

Na gut, ich könnte ein klein bisschen mehr an der Welt teilnehmen, als nur den Himmel anzuhimmeln und den Bäumen mein Herz auszuschütten. Es gibt auch so etwas wie tanzen, wie lachen, wie Fröhlichkeit. Und vor allem gibt es die Liebe. Für die braucht man Flügel, aber die bekommt man durch sie geschenkt, da muss ich mir keine Sorgen machen.

*

Wie ein rohes Ei trage ich mein blauschimmerndes Ungeheuer den Knisterpfad zwischen den Bäumen entlang zu mir nach Hause. Schiebe mit der freien Hand die Gardine vor der offene Terrassentür beiseite. Der einzige angemessene Platz für den neuen Hausgenossen scheint mir der Kachelofen. Weiß und rund und hoch und ein bisschen zu groß für mein Häuschen, ist er wie ein Aussichtsturm und ein erstklassiger Flugübungsplatz. »Solange Sommer ist, kannst du hier stehen«, sage ich ihm. »Und wer weiß, vielleicht überkommt es dich ja und du startest wirklich ein paar Flugversuche. Irgendwann schaffst du es, dann hebst du ab und segelst zu deiner Liebsten.« Ich kichere, komme mir verrückt vor – aber wirklich Verrückte merken nicht, dass sie mit sich selbst reden, oder?

Im nächsten Moment bin ich schon wieder draußen, wecke den Laptop aus dem Standby, öffne mein Postfach und lese Mikes letzte Nachricht noch einmal.

»... *würde dich gerne mit ganzer Figur sehen ... ohne sexistisch zu sein...*«

Natürlich möchte er das! Ich weiß, dass mein Körper immer noch okay ist. Aber das weiß er nicht! Ich möchte auch wissen, ob er einen Bierbauch hat. Hätten wir uns anders kennengelernt, wüssten wir das schon, jedenfalls, soweit man es im angekleideten Zustand sehen kann. Beim Onlinedating macht man es eben per Foto. Na und?

Sofort fängt es mir wieder unter der Haut zu prickeln an. Bis in die Fußnägel. Bis in die Haarspitzen.

Okay. Er bekommt sein Foto!

*

Es ist diese stille Stunde, die wie eine reife Frucht leuchtet, wenn der frühe Nachmittag fast unbemerkt zum Spätnachmittag wird. Noch immer ist die Hitze fast zum Ersticken. Ich liege im Liegestuhl weiter unten im Garten, nicht weit von der Feuerstelle. Hier unten ist der Rasen spärlich und völlig vermoost, weil die hohen Bäume ringsum stets Schatten geben.

Ich habe sogar vergessen zu Mittag zu essen, habe Ewigkeiten damit verbracht, mich selbst zu fotografieren: mit ganzer Figur, wie gewünscht. Als ich mir für die Fotosession die Lippen nachgezogen habe, ist es mir wie ein Fausthieb in den Bauch geschlagen: Sonnenschein, Mittagszeit und auch noch Seitenlicht, da zieht sich jedes noch so kleine Fältchen wie ein ausgetrocknetes Flussbett durchs Gesicht. Ja. Wenn ich mich mit Lupenblick anstarre, dann ja. Wenn ich das Ganze betrachte, dann steht da auf den Fotos eine hübsche Frau in einem geblümten, sommerlichen Shirt und lächelt mit blitzenden Augen. Die drei Bilder, auf denen ich das Telefon am Ohr habe und rede – Josepha hat zwischendrin angerufen, ich habe trotzdem den Selbstauslöser weiterlaufen lassen – sind am lebendigsten. Falten sind keine zu sehen.

Mike dagegen ist ziemlich angekraust für fünfzig. Vor allem seine Stirn. Er zieht sie leicht zusammen und auch ein bisschen hoch, als hätte er auf dem Foto verführerisch gucken geübt.

Ich schließe die Augen und atme den Waldduft tief ein. Es ist noch stiller als sonst. Den Vögeln macht die Hitze auch zu schaffen. Selbst der Wind hat sein ewiges Flüstern mit den Blättern vergessen. Als wenn alles und jeder lauscht. Sind sie alle neugierig, wie es weitergeht mit mir und diesem Flirter?

Das Eichhörnchen keckert. Es sitzt ganz nah auf einem langen Kieferzweig, der sich zu mir herunterbiegt und klimpert mit dem einen Lid, als wollte es sagen: Na? Machst du dir selbst Angst? Oder legst du endlich los?

So weit weg vom Haus gehorcht das Internet nur träge. Es dauert, bis mein Postfach offen ist. Etwas liegt darin, etwas von Mike: ein Bild. »Hol mich!« steht darunter.

Ich versuche es zu öffnen und merke schon: das hält meine Neugier nicht aus. Ich rappele mich aus der Saunaliege auf die Füße und trage den Laptop hoch zum Sonnendach. Auf dem Weg baut das Foto sich auf, oben angekommen sehe ich Mike halb von der Seite dastehen: hellblaues Sweatshirt, vorsichtiges Lächeln, eine Hand an die Wange gelegt, als würde er sich fragen, was er da eigentlich macht. Offenbar hat er sich auch selbst fotografiert. Er sieht anders aus als auf dem ersten Bild, scheint in ganz anderer Stimmung zu sein, ausgelassen, fast albern. Und: nicht so verführerisch. Gott sei Dank hat er keinen Bierbauch – aber das wichtigste: Es wirkt echt.

Ich schicke ihm als Antwort mein schönstes Foto mit ganzer Figur. Und dann sprudelt es aus mir heraus.

»Hi Mike,
was möchtest du? Nur ein bisschen tändeln? Eine Füchsin ist scheu, das muss sie sein, aber Versteckspielen ist nichts für sie.
Tüscher
P.S.: Weißt du, was ein Tüscher ist?«

10

Keinen Moment will ich dasitzen und auf eine Antwort warten. In dieser aufgeregt flirrenden Stimmung kann ich bestimmt gut an Jolins Vergangenheit weiterschreiben, auch wenn ich dafür wieder in mein altes Tagebuch schauen muss. Die lebendige, fröhliche Carla von damals ist mir plötzlich so nah, dass ich am liebsten sofort wieder sie sein würde – wüsste ich nicht, dass es die eine Carla nicht ohne die andere gibt ...

Vielleicht findet der neue Text noch mehr seine Sprache und seinen Ton, und während meine eigene Geschichte immer mehr in die Vergangenheit sinkt, formt sich daraus Jolins Gegenwart. Ihre Klangfarben sind längst in mir, was einmal meine Geschichte war, komponiert sich fast von selbst zu ihrer, in ihrer ganz eigenen Melodie.

*

März 2004

Zurück vom Tanzfestival. Nie werde ich Ragnars Augen vergessen, nie dieses Gefühl, das mich fast zum Weinen gebracht hat – ohne jeden Grund, nur, weil wir uns angeschaut haben. Ist das wirklich erst vorgestern gewesen?

Mein Leben ist wie umgestülpt seitdem. Alles will anders, will neu werden. Mein Herz wummert, dass ich es hören kann, und ich bekomme es nicht beruhigt.

Halb liege, halb sitze ich auf der Couch und kann nichts anderes als schauen: hinaus auf den See, wo der kräftige Wind das dunkelblaue Wasser aufwühlt, dass die Blässhühner, die Enten, die Haubentaucher durch und durch geschaukelt werden. Dass sie nicht längst seekrank sind!

Nach all den Begegnungen, dem Tanz, dem Trubel erscheint mir mein Haus noch leerer als vor dem Fest. Aber ich bin keinen Moment allein. Bei jedem Schritt geht Ragnar neben mir. Bei jedem Handgriff sieht er mir zu. Jeden meiner Gedanken erzähle ich ihm, höre ihn antworten, höre seine Stimme, die mir über die Haut geht wie warmes

Öl. Und ich spüre noch immer seinen Kuss. »Die Weiden am Ufer tanzen«, flüstere ich ihm zu. »Der Frühling ist da!«

*

Der Himmel kann sich nicht entschließen, ob es regnen soll. Zwischen den laubnackten Eschen und Schwarzerlen liegt matt der See. Vielleicht ist er angewidert davon, dass er den verhangenen Himmel abbilden muss, wie es nun mal seine Aufgabe ist. Und das Twik, Twik der Blässhühner und der schrille Pfeifton irgendeines anderen Wasservogels scheinen nichts als ein Versuch, die Last dieses schweren Himmels abzustreifen.

Ich sehe alldem zu und glühe vor Freude: Heute Abend ruft Ragnar an!

*

Das frühe Licht kommt so spärlich hereingerieselt wie meine ersten Gedanken.

›Liebes Leben, du hast ein halbes Jahrhundert auf mich gewartet. Jetzt bin ich da …‹ Wie oft habe ich das gedacht, wie oft gesagt: ›Mit fünfzig fängt mein Leben an!‹

Dieser Satz war wie ein Baumstamm, an den ich mich geklammert habe, während ich durch die Stromschnellen gerissen worden bin. Fort aus meinem alten Leben.

Ich spüre mein Herz. Es ist ihm viel zu eng in mir, es will wachsen. Und etwas ist mit meinem Gesicht passiert: Ich lächele. Ich höre gar nicht auf zu lächeln.

*

Wir telefonieren jeden Abend. Zwei Stunden, drei Stunden vergehen wie nichts. Wir haben uns so viel zu erzählen. Aber manchmal will ich nur zuhören, nur seine Stimme hören, damit sie mich liebkost, damit jede meiner Zellen sich von ihr berührt und gestreichelt fühlt.

Wir wollen uns treffen. Er hat gesagt, er kommt zu mir. Für ihn als Mann sei es leichter, beim ersten Mal in einer fremden Umgebung zu sein.

Ich freue mich so!

Ich berste fast vor Freude – und habe zugleich Angst.
Mein Körper ist nicht mehr jung. Und es hilft mir nicht,
dass ich weiß, die Liebe stört das nicht. Ich weiß ja nicht,
ob es wirklich Liebe ist.

*

Ich halte inne, presse die Hand auf mein Herz – aber ich
kann es nicht beschützen. Die Erinnerung reißt und
zerrt daran. Das ist doch absurd: Es sind schöne Erinnerungen, die schönsten meines Lebens.

›Geh noch mal in den Wald, Carlchen‹, rede ich mir zu.
›Lauf, bis du meinst, ein Reh zu sein. Der Wald versteckt
dich vor allem, was Jagd auf dich macht – auch wenn es
deine eigenen Gefühle sind.‹

Will ich mich vor ihnen verstecken? Das habe ich so
lange getan. Und vielleicht ist genau das der Grund, warum sie mich immer noch so sehr kriegen.

Dieser Satz ist wieder da: ›Gefühle lügen nicht.‹

Und was heißt das? Jedenfalls nicht, dass sie unab-
änderlich sind ...

Ich muss nicht in den Wald. Ich muss weitermachen.
Auch wenn ich dadurch alles noch einmal erlebe – ich
habe so eine Ahnung, dass sich das Damals genau
dadurch aus dem Griff der Traurigkeit befreit.

*

Mai 2004

Der See ist so lebendig an jenem Tag, sein Blau hat eine
schwindelerregende Tiefe und die Frühlingssonne ist glei-
ßend wie nie, als Ragnar zu mir kommt, als es endlich
klopft und er vor mir steht an der Tür. Mein Herz schlägt,
dass ich es höre. Meine Knie wollen nachgeben.

»Du bist da!«, kann ich nur flüstern.

»Ja.« Er lacht. Halb erleichtert, halb entschuldigend. »Es
hat länger gedauert.«

Wir liegen uns in den Armem, müssen uns loslassen
und anschauen, als könnten wir es nicht glauben, müssen

uns wieder umarmen und spüren und riechen und den Atem des anderen hören und versinken darin.

»Komm, ich zeig dir alles«, sage ich, als ich endlich begriffen habe, dass er da ist, hier bei mir, und dass es sich wirklich so schön anfühlt, wie ich es mir erträumt habe. Ich zeige ihm das Haus. Am Ende der Runde stehen wir vor der großen Glastür, Ragnar hinter mir, und schauen in den Garten, schauen hinunter auf den See. Mein Körper ist elektrisch. Ein Strömen, wie wenn eine geheime Energie durch meine Adern ginge.

»Schön ist es hier!« Seine Stimme schmiegt sich in meinen Nacken, und doch klingt sie ein wenig fern, ein wenig fremd, und ich ahne, dass er noch nicht ganz angekommen ist. Ich öffne die Schiebetür, reiche nach hinten und fasse ihn bei der Hand. Wir gehen durch den oberen Garten, steigen den gewundenen Weg hinunter in den unteren, und Ragnar bleibt stehen und betrachtet still den großen Teich, bevor wir weitergehen zur Pforte. Der Weg am See entlang ist feucht, ein wenig glitschig sogar, darum fasse ich Ragnar an der Hand. Hier unten sieht man das Wasser nur dort, wo das Gebüsch zwischen dem Weg und dem Wasser etwas lichter ist. An der Wiese dann öffnet sich das Gebüsch, und wir fangen an zu laufen, lachen und laufen zum Ufer, klettern von Stein zu Stein hinüber auf den brüchigen Steg, dem ein Sturm das Verbindungsstück zum Land weggerissen hat. Über dem grau aufgewühlten Wasser stehen wir auf der kleinen Plattform, stehen eng aneinander, und der Wind bläst uns unter die Jacken. Wir schauen hinüber zum anderen Ufer. Ich sage ihm die Namen der Dörfer dort. Und wie auf ein geheimes Zeichen fängt die alte Windmühle drüben auf dem Hügel an ihre Flügel zu drehen.

*

Abendessen auf der Terrasse. Noch immer brauchen wir Zeit. Ich spüre es. Er spürt es. Es ist ein bisschen kühl, aber noch ist Licht, noch blinkt der See, und eine Nachtigall in den hohen Eschen schwärmt uns von der Nachtigallenliebe vor. Wasser gluckst ab und an und manchmal meine ich, unter uns im Teich das »Plipp!« und »Plupp!« zu hören, wenn die Frösche sich im Kopfsprung üben. Wir lachen über diese kleinen Dinge, und wir reden. So viel haben wir einander zu erzählen. Wir trinken Rotwein, unsere Gläser nur halbvoll, wir werden andächtig und schließlich still. Es ist fast dunkel. Fern hören wir das ewige Twik, Twik der Wasservögel und manchmal ein Twak. Die Nachtigall ist nun weit weg, und doch klingen ihre Strophen immer noch bis zu uns. Wir sitzen in Decken gehüllt; das letzte Licht wie ein Silberhauch am Himmel, Ragnar ist neben mich gerückt, seine Hand liegt unter meiner Decke in meinen Händen.

Endlich ziehen wir um nach drinnen, setzen uns auf die Couch, schauen einander an. Wir spüren beide, wie befangen wir plötzlich sind, müssen darüber lachen, halten inne wie zum Atemholen, die Blicke ineinander – und ohne Absicht, ganz von allein küssen wir uns, so behutsam und forschend, als lernten wir das Küssen eben erst kennen.

»Sollen wir das Bett aufbauen?«, frage ich.

Er begreift, dass wir hier oben auf der Couch schlafen werden. Gemeinsam klappen wir sie auseinander, legen das Bettlaken auf, müssen wieder lachen, diesmal über unsere Stummheit. Wir knien auf dem Bett, und mitten in diesem Lachen ist es plötzlich ganz leicht. Wir helfen einander aus den Kleidern, sehen uns zum ersten Mal nackt, schauen uns an, und plötzlich packt es mich, dass mir kalt wird: Ich bin nicht mehr jung. Mein Körper war immer hübsch, aber jetzt ist er fünfzig.

Unsere Blicke berühren einander, und in seinen Augen sehe ich, was wirklich ist: Ja, ich bin nicht mehr jung. Aber der Mann, der vor mir kniet, wickelt gerade meine Schönheit unendlich behutsam aus meiner Ängstlichkeit aus.

Wir umarmen uns und spüren einander zum ersten Mal Haut an Haut, und es überläuft mich, als stünde ich nackt draußen in der Kühle der Nacht, und weiß doch, als wir uns anschauen, uns in die Augen lächeln, dass alles gut ist und gut wird. Wir legen uns nebeneinander. Meine Hände und Füße sind kalt. Ich möchte Ragnar streicheln, ihn liebkosen, aber nicht mit diesen Eishänden. Seine warmen Finger beginnen mich zu berühren. Gleiten meine Haut entlang, als wollten sie mich schmecken, als wollten sie jeden Millimeter von mir schmecken, wie wenn ich eine

Köstlichkeit wäre, von der man nur vorsichtig zu kosten wagt. In mir schluchzt es tief auf. Wie viele Ewigkeiten hat mich kein Mann mehr berührt? Und hat mich je einer – so berührt? Jedes meiner Gänsehaut-Pickelchen jauchzt.

Verloren im Staunen, im Entzücken liegen wir in enger Umarmung, und ich bin aufgeregt, unendlich aufgeregt, möchte wissen, wie es sein wird, und zugleich möchte ich, dass es bleibt, wie es ist, möchte nur daliegen und fühlen. Unsere Atemzüge suchen sich. Finden sich. Scheinen sich miteinander zu verweben. Schlafen wir? Dann ist es ein wacher Schlaf. Wir schweben auf unserem gemeinsamen Ein- und Aus, schweben sacht davon. Mein Herzschlag wird ruhiger.

Irgendwann ist mir, als würde ich wieder wach aus eben begonnenem Schlaf. Mit geschlossenen Augen sehe ich Licht. Ein sehr helles, sehr weißes Strahlen. Verwundert öffne ich die Lider. Ich sehe nichts anderes, nur Licht. Es hat etwas an sich, dass ich sofort zu lächeln beginne, eine Art Wärme, die nicht äußerlich wärmt, die mich dennoch durchdringt und mich mit einem so unendlichen Wohlgefühl anfüllt, dass ich tief atme, immer tiefer, und mir ist, als würde mich diese Wohligkeit dadurch noch mehr und noch mehr ergreifen.

Es ist mehr als Licht, es ist auch mehr als Wohlgefühl, es ist, als würde ich genährt, als würde ich wachsen, nicht körperlich, mein Menschsein wächst und wird größer, wird besser, wird reiner, aber diese Worte reichen nicht annähernd heran an das, was mit mir geschieht. Ich werde froh, unsagbar froh, mir klopft laut das Herz, so froh und voller Freude bin ich.

Irgendwann muss ich wieder eingeschlafen sein. Noch einmal wache ich auf und diesmal gleichzeitig mit Ragnar. Mein Lächeln spiegelt sich in seinen Augen.

»Du bist so weiß«, flüstert er.

»Und du so schön«, flüstere ich und möchte ihn streicheln, seinen Rücken, seinen Po. Aber meine Hände sind immer noch kalt. Er dreht sich ein wenig mehr zu mir hin, legt den Arm um mich. Sein Mund ist nah an meinem Ohr, sein Atem schon wieder tief. Ich hebe leicht den Kopf, öffne die Augen. Der Mond steht über dem See. Unter ihm eine breite Glitzerbahn.

11

Im ersten Moment wundere ich mich, dass ich alleine aufwache. Ein Schmerz sitzt unter meiner Kehle. Es war schön damals. Und es ist vorbei.

Die Wolken tragen rosa Sonnenaufgangskleider. Das helle Blau zwischen ihnen will meinen Blick ins Unendliche entführen, aber er hält sich an einer der schief gewehten Kiefern fest und klettert daran herunter, zurück auf meine Lichtung, zurück zu mir.

In meinen langsam erwachenden Gedanken erscheint ein Satz. »Du kannst nur loslassen, was du angefasst hast.«

Hat das Marie gesagt – oder Josepha? Habe ich deshalb entschieden, Jolin meine Vergangenheit zu geben? Brauchte ich einen Grund, noch einmal durch diese Tagebuchseiten zu gehen, die ich sonst nie mehr angeschaut hätte? Ich weiß es ja: Wenn etwas heilen soll, dann braucht es Zuwendung. Hinsehen. Hindurchgehen womöglich sogar. Diese leise Stimme, die mir manchmal Wichtiges sagt – steht sie dahinter? Kann sie mir auch wortlos Anstöße geben?

Aber das muss man auch aushalten können!

Ich krieg es hin. Bestimmt. Ich will endlich wissen, *was* ich tue oder gerade nicht tue, dass die Liebe noch so groß sein kann, aber ich mache sie immer wieder klein. Ich habe etwas verloren, das kann man gar nicht verlieren. Ich will den Weg finden, den Weg zurück. Anders halte ich dieses Leben nicht aus. Ich habe etwas erfahren, vielleicht nur für einen einzigen Augenblick, und jetzt vergehe ich vor Sehnsucht.

Und es ist nicht die Sehnsucht nach schönen Gefühlen. Ja, ich kenne es, wenn die Romantik einen im Griff hat und auf jede noch so kleine Verliebtheit ihren Goldstaub streut. Als hätte die Liebe das nötig! Warum müssen wir sie verklären? Wieso merken wir nicht, dass wir uns dadurch von ihr entfernen? Habe ich den Sinn für das Echte schon verloren? Bin ich genauso anfällig für Habenwollen, für Abhängigkeit, für Ansprüche, die vom Partner erfüllt sein sollen, wie ich es in den Profilen beim

Onlinedating sehe? Man schreibt, was man haben will, Zärtlichkeit, Nähe oder gute Gespräche oder alles zusammen. Aber keiner schreibt: Ich möchte etwas geben! Ich möchte lieben.

*

Wie ist dieser Vormittag bloß umgegangen? Zwanzig Mal habe ich bestimmt nachgeschaut, ob etwas von Mike gekommen ist. Ich bin mir blöd und immer blöder vorgekommen, aber aufhören konnte ich trotzdem nicht. Eine Weile hat das kleine grüne Licht neben Mikes Namen geleuchtet. Es zeigt, dass jemand online ist. Warum antwortet er nicht, habe ich mich wieder und wieder gefragt, oder ist das seine Antwort? Das Fragezeichen in mir hat Zacken bekommen, die gestochen haben. Am meisten das hinter der Frage, ob ich noch ganz richtig bin, dass ich einen Flirtkontakt so ernst nehme.

Ich laufe in den Wald. Erzähle den Bäumen, wie aufgemischt und zugleich verletzlich ich bin. Die Bäume schweigen – wie immer. Aber sie sind da und hören zu.

In meinem Tal bleibe ich endlich stehen. Es ist so schön, so wunderschön, dass ich nur staune, nur schaue. Das Licht tritt durch die Bäume wie eine Verheißung, die Stille umfängt mich wie ein entspannender Duft. Sie lebt vom Knistern der Gräser und vom Himmelsblau, das leuchtend durch die Wipfel scheint. Das leise Brandungsgeflüster in den Kiefern ist wie früher, wenn ich als Kind mit einem Herzweh an den Strand gelaufen bin, wenn ich geweint und den Wellen alles erzählt habe, was wehgetan hat, und sie haben geflüstert und geflüstert, bis es still in mir geworden ist.

Ich setze mich im Moos an meinen Baum und hole das Blatt heraus, das den ganzen Weg durch den Wald in meiner Hosentasche geknistert hat, das Blatt mit dem nächsten Kapitel des kleinen Buches vom Denken, das ich ausgedruckt habe.

*

Eins haben wir nun geklärt: Lass die Gedanken nicht einfach durch deinen Kopf rauschen. Höre ihnen zu, denn du weißt, sie machen etwas mit dir, ob du sie wahrnimmst oder nicht. Schau, ob du sie denken <u>möchtest</u>. Wenn nicht, denk etwas anderes.

Das klingt banal. Aber das ist es absolut nicht, wie du vielleicht schon gemerkt hast. Bist du dir bewusst, was du denkst? Bist du dir klar darüber, dass deine Gefühle und dein ganzer Zustand davon abhängen?

Denkst du, was du denken willst? Ja, oft ist das so. Denken ist lenken. Die Gedanken lenken.

Aber oft kommen sie einfach, oder? Manchmal ist das schön, es kann auch lustig sein – aber manchmal quälen einen die eigenen Gedanken. Und das ist doch das Unsinnigste überhaupt.

Du musst nicht denken, was du denkst, das hast du nun schon mehrfach gelesen, und auch, dass sowohl dein Unglück wie auch dein Glück in deinen eigenen Gedanken geboren wird.

Was du säst, das erntest du – eine alte Wahrheit, die sich zu keiner Zeit wird abstreiten lassen.

Was, glaubst du, säst du, wenn du liebevoll denkst? Wenn du grundsätzlich nur Gedanken zulässt, die dir und deiner Umwelt guttun?

Probiere es! Aber wundere dich nicht, wenn sich alles verändert. Zuerst natürlich du selbst. Mit deinen Gedanken ändern sich deine Gefühle. Dann brauchst du also nur an etwas Schönes zu denken, wenn du dich ungut fühlst? Ja, eigentlich funktioniert es genauso. Und trotzdem kann die Antwort auf diese Frage ein Nein sein.

Denn unschöne Gedanken mit schönen zu übertünchen, damit du schöne Gefühle bekommst – das wird nur dann etwas, wenn du nicht im Hintergrund eine andere Wahrheit hast, an die du felsenfest glaubst, ohne dass es dir vielleicht klar ist. Aber deine Gefühle reagieren auf das, was hinter deinen Gedanken ist: Das, woran du glaubst. Deine inneren Glaubenssätze färben alles ein.

Wenn es also nicht klappt mit den positiven Gedanken, dann geh einen Schritt tiefer und kümmere dich um das, was wirklich in dir vor sich geht. Kann es sein, dass du etwas ganz Bestimmtes glaubst? Über dich selbst zum Beispiel? So etwas wie »Ich bekomme sowieso nicht, was ich brauche« oder »Ich bin nicht hübsch genug ... nicht klug genug ... nicht interessant genug ...« Da kann man vieles finden, wovon man glaubt, dass man es nicht ist oder nicht hat oder jedenfalls nicht genug davon. Nahezu jeder kennt solche Gedanken. Aber die wenigsten merken, dass sie sie denken. Sie reden sogar in dieser Art über sich selbst, »Ich bin ja nicht besonders begabt«, »Mich übersieht man meistens«, »Ich muss mich schon sehr anstrengen, wenn ich geliebt werden will.« So denken viele. Und ganz selbstverständlich. Sie haben sich noch nie gefragt, wie sie darauf kommen. Gehörst du auch dazu?

Schau dir an, was du tief innen glaubst, am besten auch, warum du es glaubst. Aber schau nicht, als seist du die Gedankenpolizei, schau wie eine gute Mutter oder ein guter Vater auf sein Kind schaut: sorgfältig und liebevoll.

Wenn du nicht gerade einen Problemfall erwischst, dann ist es ziemlich wahrscheinlich, dass du den unguten Glauben über dich selbst oder über die Welt auf Anhieb findest. Und auch wenn es klingt wie ein Märchen: Nur durch Anschauen kann er schon seine Macht verlieren.

*

12

Ich sitze vorm Haus und nippe an einem Glas Wein, und die Nachtigallen singen, als gelte es, den voranschreitenden Sommer aufzuhalten.

Von Mike ist immer noch nichts da. Das ist wohl die Antwort auf meine Frage, ob er nur tändeln will. Eigentlich gucke ich nur bei Auserlesen.de nach, um zu testen, ob es mir nun endlich egal ist. Nein. Es trifft mich wieder. Und wieder mit einer Wucht, dass ich erschrecke.

Wieso gebe ich diesem Kerl diese Macht über mich? Wieso tut mir das so weh? Und je unangemessener und überzogener ich das finde, desto schlimmer wird es. Habe ich irgendeinen Glauben, der das auslöst? Vielleicht sowas wie »Ich bekomme ja doch nie den Mann, den ich haben möchte«? Nein. Ich möchte Mike gar nicht haben. Es ist etwas anderes.

Ich möchte nicht so behandelt werden!

Und ich finde nicht, dass daran irgendetwas falsch ist! Ich bin sogar heilfroh darüber. Früher habe ich viel zu viel mit mir machen lassen.

Und jetzt genug damit! Jetzt möchte ich meinen köstlichen selbstgemachten Kartoffelsalat genießen, und den Nachtigallen zuhören und am besten nachher irgendwo zum Tanzen fahren und diesen Blödmann vergessen.

Gar nicht schlecht, dass mit den anderen Gedanken. Ich fühle mich schon ganz anders.

*

»Pling!«. Meine Hand streckt sich zum Laptop hin, meine Finger finden sich blind auf den Tasten zurecht und das Display ist hell genug, um mit zwei Klicks in das Postfach von Auserlesen.de zu gelangen. Etwas von Mike. Aber er ist gar nicht online. Er hat vielleicht vorhin schon geantwortet, als das grüne Licht neben seinem Namen geleuchtet hat, und das Senden hat ungewöhnlich lange gedauert, vielleicht war mein Empfang mal wieder gestört, erzählt mir ein rasender Gedanke, während ich die Mail aufklicke.

»... *Wenn ich mir diese kapitale, herausfordernde, wohl-geformte Füchsin ansehe, möchte ich sie von oben bis unten abtüschern ... lächel*«

Ich stutze – und in diesem kurzen Innehalten passiert etwas mit mir: Meine Haut knistert, wie wenn ich aus dem Meer käme und das Salz darauf und die Kühle des frischen Winds mich kitzelten.

Ich lache wie ein Kind, lache all die selbstgemalten hässlichen Bilder aus mir heraus und tippe in Gedankengeschwindigkeit.

»*Fiiieps! Krieg vor lauter Tüschern keine Luft mehr. Macht aber nichts, macht gar nichts. Doch: macht Spaß!*«

Meine Wangen glühen und innerlich lache ich immer noch. Ach, Carla, es könnte alles so viel einfacher sein – wenn du nicht so leicht aus der Fassung zu bringen wärst.

*

Der Mond rennt, dass mir schwindelig wird. Faserige Wolken verfolgen ihn. Ja, ich weiß, in Wirklichkeit rennen die Wolken. Wie gut, dass das Schlafzimmer so winzig ist. Von allein wäre ich nicht darauf gekommen, das Bett direkt unters Fenster zu stellen. Wenn ich nachts aufwache, ist mein Blick sofort im leuchtenden, sprühenden Sternenhimmel. Jetzt sind viele Wolken da, weiße Wolken. Nur wo sie geflockt sind, ist dahinter das Sterneblinken zu sehen. Und es ist wie eine rasende Verfolgungsjagd da oben.

Aber nicht deshalb schlafe ich immer noch nicht. Ich sehe Ragnar vor mir, und wieder erwacht diese Nacht damals am See, unsere allererste Nacht, ich sehe uns beide im Mondlicht aneinandergeschmiegt liegen, spüre, wie all meine Ängstlichkeit verschwindet durch die Art, wie er mich anschaut und streichelt und küsst, ohne schon gleich aufs Ganze zu gehen – und ich staune, wie sich Geschehen in eine Geschichte verwandelt. In der neuen Tonart, Jolins Tonart erzählt sie sich mir ins Ohr.

Gleichzeitig wachen wir auf. Beim ersten Blinzeln schon lächeln wir einander in die Augen. Ragnar streichelt meinen Bauch, und mehr noch als das elektrisiert mich sein unverwandter Blick, hellgrün wie Eichenlaub im Mai. Seine Finger wandern hoch zu meinen Brüsten, umkreisen sie. Ich möchte maunzen wie eine Katze, aale mich an ihm, bin endlich warm, bin bis in die Zehen durchglüht. Ich streichele seine Seite hinunter. Alles an ihm ist schlank und schön geformt. Für einen langen Moment halte ich das Rundeste von seinem Po in meiner Handmulde, lasse dann meine Finger um seine Hüfte kreisen, wandere sehr langsam in seine Leiste, atme mit jedem Atemzug schneller, taste weiter, finde ihn, spüre mit den Spitzen meiner Fingerkuppen seine pralle Zartheit, genieße die unendlich seidige Haut, streichele um die wunderschöne Kuppel herum, befühle sie, befühle ihre höchste Stelle. Er drängt sich an mich. Ich drehe mich noch weiter zu ihm hin. Und diese zarthäutige, glatte, schöne Kuppel schiebt sich an mich, bleibt in meiner Zartheit liegen. Regt sich nicht.

Bin ich nicht feucht genug? Ist es das, was ihn innehalten lässt? Ich bin fünfzig. Es ist so lange her, das letzte Mal. Ich weiß nicht, wie mein Körper jetzt ist.

Er beginnt sich sacht zu bewegen. Ich drehe mich weiter zu ihm hin. Öffne die Schenkel für ihn. Mein Körper hält den Atem an.

Abrupt richtet Ragnar sich auf, löst sich von mir, stützt seinen Oberkörper hoch.

»Ich kann so nicht mit dir!«

Ich erstarre. Habe keine Luft mehr in den Lungen. Nicht für ein einziges Wort. Trocken. Aus. Vorbei. Ich wusste es. Wie gefroren liege ich da. Er legt sich neben mir auf den Rücken, ohne dass unsere Körper sich noch berühren. Ein eiskaltes Feuer brennt in mir.

»Es ist, als ob du dich vor mir verschließt!« Sein Blick ist irgendwo, nicht bei mir.

Hat er das wirklich gesagt? Oder höre ich vor lauter Angst die unmöglichsten Dinge?

»Klar, ich könnte ein bisschen drängeln, und es würde gehen.« Er dreht den Kopf zu mir hin, sieht mich ernst an

mit diesen schrägstehenden Augen. Grün wie junges Eichenlaub. Und jetzt so fremd. Er hebt die Brauen. »Aber ich hatte mal eine Verletzung, weißt du. Seitdem ist meine Vorhaut extrem empfindlich. Es ist zu schmerzhaft für mich, wenn ich nicht ganz leicht in dich hinein komme!«

Das kann er MIR doch nicht zum Vorwurf machen!

»Du ziehst dich zusammen, sobald du mich spürst. Hast du Angst vor meinem Penis?«

»Angst?« Meine Stimme ist winzig.

»Hast du das denn mal erlebt, dass ein Mann so mit dir umgegangen ist?«

»Was meinst du?«, bekomme ich mühevoll aus meinen gefrorenen Lippen.

»Dass einer in dich eingedrungen ist, ohne dir die Zeit zu lassen, bis du offen für ihn bist?«

Etwas geht durch mich hindurch. Wie wenn ein neuer Wind durch einen Winterwald geht. Ein milder, warmer Hauch, der alle Zweige berührt, dass sie aus der Winterstarre erwachen.

»Ich – hab es nie anders erlebt«, sage ich leise.

»Aber warum sagst du nichts?«

»Ich dachte, es liegt an mir. Ich dachte, ich bin nicht feucht genug.«

Er lacht auf. »Natürlich nicht. Wenn du noch nicht so weit bist, bist du auch nicht richtig feucht. Wie sollst du dich dann öffnen? Das tut doch weh, oder?«

»Ja.«

»Aber das ist es nicht. Es ist nicht dieses technische Feuchtsein. Wenn du bereit bist, dann ist es ganz leicht.«

»Ragnar, hör auf!«

»Hey, ich will dich nicht verletzen. Ich wollte nur wissen, was mit dir ist.«

Mit mir, mit mir, wieso immer mit mir?

»Es – hat meistens ein bisschen wehgetan.« Ich spreche das zum ersten Mal aus. Und gestehe es mir zum allerersten Mal ein. Lahm füge ich hinzu: »Nach einer Weile ist es dann doch schön geworden.«

Wirklich? Schön? Richtig schön? Wer soll das glauben? Ich? Er? Wahrscheinlich weiß ich gar nicht, wie es ist, wenn es wirklich schön ist …

»Willst du mich denn?« Ragnar küsst meine Augenlider.

»Ja!«

»Dann wirst du von selbst immer weicher und offener werden. Wir haben Zeit.« Seine Stimme scheint mich zu streicheln. »Wir haben alle Zeit, die wir brauchen.« Auch seine Fingerspitzen beginnen mich zu streicheln.

Ich halte die Augen fest geschlossen. Unter den Lidern weine ich. Eben noch vor Angst, vor Schreck, jetzt vor Glück.

*

Ich schaue hoch zum Mond und zu den rasenden Wolken. Traurigkeit tritt in mich ein, selbst mein Atem ist traurig, geht nur ganz flach, als könnte er so den Gefühlspegel niedrig halten und als sei das jetzt das Wichtigste. Werde ich gerade taub, so wie früher? Will ich, kann ich nicht spüren, was diese kleine Szene in mir geweckt hat?

Plötzlich ist ein Satz da: Die Wolke ist die Wolke ...

Und eine Erinnerung ist eine Erinnerung, und wenn sich Wehmut und Trauer anschleichen, dann bin ich nicht in jenem Moment damals, sondern in ganz anderen Momenten, die später kamen und die sich wie ein grauer Filter vor meine Pupillen setzen und alles verfärben.

Wäre da nicht besser, über das traurig zu sein, was wirklich traurig war? Und das Schöne auch schön zu erinnern?

13

Die Blätter der Birke blinken in der Morgensonne. Mit einem Milchkaffee neben mir logge ich mich bei Auserlesen.de ein. Mike hat schon geschrieben.

»... werden Füchsinnen auch rollig ...?«

Ich fasse es nicht! Das geht zu weit! Zwischen »abtüschern« und »rollig« liegen Welten: und zwar die des guten Geschmacks!
Ja, Carla, grient Jolin und tippt schon drauflos.

»Es gibt eine spezielle Art in einem geheimen Wald, die behält sich vor, in dieser Sache nicht auf bestimmte Zeiten festgelegt zu sein.«

*

Am frühen Abend entdecke ich, dass nachmittags etwas von Mike gekommen ist.

»Wie lautet deine Nummer bei Auserlesen.de? Sendest du mir ein Bild ...? Mike«

Meine Finger wirbeln.

»Ach, der Jäger kommt mit dem Wild schon durcheinander?«

»Nein ... hatte dich nur kurzzeitig verloren ... lach«

Witzig. Unendlich witzig.
Ich kann nichts antworten. Es hat schon nach mir gegriffen, und so verzweifelt ich auch rufe: Lasst mich! Verschwindet! Sie kommen. Es ist eine Armee. Mit hämmerndem Stahlschritt dröhnen sie heran. »Das sind nur Gedanken! Denk anders!« Auch nur ein Gedanke. Er würde mich retten – wenn ich ihn nur festhalten könnte.

14

Wir haben uns gestritten, Marie und ich. Noch nie ist das passiert. Wir sind beide eher ruhig, wir sind beide lieber nachsichtig als nachtragend. Aber auf einmal ...

Ich gehe vorhin zu ihr, will ihr das von Mike erzählen – ja, ich gebe zu, ich wollte mit meiner Empörung irgendwo hin. Als ich an ihrem Schuppen vorbei bin, höre ich schon, dass sie redet. Vielleicht hat sie Besuch oder sie telefoniert. Ich gehe trotzdem weiter. Sie spricht mit jemandem, der ihr vertraut sein muss, sehr vertraut, sie hat eine Stimme wie Samt, schön klingt sie, spricht lang zusammenhängend, ich verstehe nicht, was, und ich höre niemand anderen reden. Dann telefoniert sie wohl.

Soll ich wieder nach Hause gehen? Aber wenn sie mich kurz sieht, dann weiß sie, dass ich etwas von ihr will und meldet sich, wenn sie fertig ist. Es wäre schön, mit ihr sprechen zu können, mehr noch, ich brauche es gerade, die Wechselbäder mit Mike kosten mich eine Menge, und ich kenne mich, vieles vergeht wieder, wenn ich darüber rede, wir haben das oft genug erlebt, auch Marie geht es so. Wenn sie mir ihre schwierigen Sachen erzählt, hat sie nach kurzer Zeit eine andere Miene, und irgendwann seufzt sie und richtet sich wieder zu ihrer richtigen Größe auf.

Ich sehe sie nirgends. Wahrscheinlich sitzt sie drinnen am Tisch. In den großen Scheiben spiegelt die Abendsonne, ich kann nicht hineinsehen, aber die Terrassentür ist ganz leicht geöffnet, nicht wirklich offen, ich drücke sie auf, es gibt ein leises knarrendes Geräusch, im selben Moment sehe ich voll ins Zimmer und Marie verstummt, schlägt die Augen auf, sieht mich und schreit mich an. Ich weiß die Worte nicht mehr, ich weiß nur, dass ich »Es tut mir leid! Entschuldige bitte!« rufe, sofort die Tür wieder zuziehe und im Bruchteil einer Sekunde bei mir oben bin. Ich falle auf den Korbsessel, schlage die Hände vor den Mund und versuche zu fassen, was da gerade passiert ist. Herr im Himmel, wie konnte ich so unvorsichtig, so übergriffig sein?

Ich bin noch nicht wieder ganz bei Atem, da höre ich Marie hochgestapft kommen. Schon steht sie vor mir und ruft: »Kannst du nicht klopfen, nein? Mache ich das bei dir auch so? Wenn wir hier ein gutes Leben haben wollen, dann *darf* so was nicht passieren!«

Nein, es kann und darf nicht sein, dass ich einfach in ein Zimmer trete, in dem meine Freundin fast nackt auf der Couch liegt und sich selbst etwas Schönes erzählt und dabei ihren Bauch streichelt, mehr ist es ja gar nicht gewesen, na gut, ihre Hand war wohl dabei, langsam kreisend immer weiter nach unten zu wandern, aber mehr war es ja nicht.

»Du achtest niemandes Grenzen, aber deine dreitausend sollen alle kennen und wehe, man übertritt mal eine davon!« Marie zieht mit geblähten Nasenflügeln neue Luft nach. »Es ist ja schön, dass du auch mal zu mir kommst, dass ich nicht immer nur zu dir kommen muss, aber reinplatzen, wenn die Vorhänge zu sind, das geht überhaupt nicht und das kann ich auch nicht verzeihen.«

Mir fällt ein, dass die Tür ein klein wenig offenstand – na ja, nicht wirklich offen, sie war nur nicht richtig zu. Aber ich traue mich nicht, das zu sagen. Sie wird es sich denken können, wie sonst sollte ich hineingekommen sein, Terrassentüren haben außen keine Griffe. Das und noch viel mehr rast mir im Kopf umher. Ich kann nichts antworten. Kann nur starren.

Dass die Vorhänge zu waren, habe ich gar nicht gemerkt. Die Scheiben haben so sehr gespiegelt. Auch das könnte ich sagen, und ich möchte mich noch mal richtig entschuldigen. Es geht nicht. Ich starre bloß. Sie dreht sich um und stampft den Hang wieder hinunter zu sich.

Selten habe ich mich so mies und so schuldig gefühlt.

*

Irgendwann komme ich zu mir und merke, dass es genug ist, dass ich mir selbst Unrecht tue, wenn ich mich immer noch weiter mit Vorwürfen und Schuld vollschütte. Es tut mir sehr leid, dass das vorhin passiert ist, das werde ich Marie gleich sagen …

Es dauert trotzdem, bis ich zu ihr gehe, und es ist kein leichter Gang. Sie ist weiter unten im Garten, tief gebückt und beim Unkrautjäten. Als sie aufblickt und mich sieht, kann ich zuschauen, wie ihre Stimmung sich verändert, kurz ins Helle, dann wieder ins Düstere.

»Es tut mir leid, Marie! Ich hab das nicht gewollt.«

Sie wendet sich wieder der Erde und ihren Pflanzen zu. Es geht wie ein Stich durch mich hindurch. Ich bin kurz davor, mich umzudrehen und zu gehen.

»Ist schon okay«, kommt von unten. Ihre Hände zupfen weiter, ihr Kopf bleibt tief gesenkt.

»Ich hab nicht gesehen, dass die Vorhänge zu waren. Aber ich hab dich gehört, ich dachte, du telefonierst, und eigentlich hätte ich umdrehen müssen, ich wollte dir nur kurz zuwinken, dass du dich danach vielleicht bei mir meldest ...«

»Ist okay, Carla!« Sie sagt das streng, oder jedenfalls höre ich es so. Und ich höre schon die nächste Strafpredigt kommen.

Ich drehe mich um, möchte nur noch weg und nach Hause. Sie richtet sich auf und wischt ihre Hände aneinander ab, schaut dabei an mir vorbei. Kinderhände. So klein, so unschuldig. Sie berührt mich am Arm. »Komm, ich hab einen richtig guten Wein da. Wir trinken ein Glas – zur Versöhnung.«

Ich folge ihr ins Haus. Als wir anstoßen, als sie sagt, ich solle mal wieder auf den Teppich kommen, ist doch jetzt wieder gut, fange ich an zu weinen. Wie ein Kind fühle ich mich. Hilflos. Völlig durcheinander. Voller Schuld. Ich kann sie mir nicht wegreden, auch wenn ich es versuche.

»Hey, ist doch gut.« Marie tätschelt mir das Knie.

Nichts ist gut. Gar nichts ist gut. Ich kann nichts sagen. Und wenn ich könnte, wären es tausend Worte auf einmal, ein einziges Wirrwarr, nur dies kriege ich endlich raus: »Es tut mir so leid.« Noch während ich das schluchze, merke ich, dass ich den Spieß umgedreht habe: Ich bin jetzt die, die zu bedauern ist.

»Carla, ist gut!«, sagt Marie sehr bestimmt. »Ich war total sauer auf dich, aber das ist vorbei.« Sie drückt mir ein Papiertaschentuch in die Hand. Ich nehme es und schnäuze mich und möchte weg sein, einfach weg. Oder jedenfalls eine andere. Eine, die nicht so leicht den Halt verliert.

Was habe ich über Jolin gesagt? Sie ist ihren Gefühlen ausgeliefert wie ein Blatt dem Wind ...

Es passiert selten, aber in diesem Moment bereue ich, dass ich meine Gefühle aus meinem inneren Keller befreit habe. Es hat mich so viel Mühe gekostet, sie zurück zu holen. Und wozu? Damit mir wieder alles wehtut wie früher? Damit Scham und Schuldgefühle dafür sorgen, dass ich durchs Leben stolpere, statt mit erhobenem Kopf vorwärts zu gehen?

›Ohne Fühlen oder mit wenig Fühlen mag das Leben leichter sein. Und ja, das Leben kann Leichtigkeit gut gebrauchen – aber was es wirklich braucht, ist seine Lebendigkeit.‹ Das hat Martin gesagt, mein Therapeut, der mich damals durchs Burnout begleitet hat, und ich bin froh, dass es mir einfällt.

Marie schaut mich halb besorgt, halb so an, als wüsste sie nicht, was sie von mir halten soll. »Meine Güte, du bist aber auch empfindlich!«

»Ja, bin ich. Und stell dir vor, mit vierundfünfzig habe ich das auch schon selbst begriffen. Aber geändert bekommen hab ich es nicht. Und weißt du, warum nicht? Weil ich es nicht will! Weil mir mein Fühlen lange gefehlt hat, und das war keine gute Zeit. Und nur, weil es dir peinlich ist, dass ich dich in dieser Situation gesehen habe, lasse ich es mir nicht schlecht reden.«

Marie steht abrupt auf und geht nach hinten, zu ihrer offenen Küche. Ich hab den Bogen überspannt.

»Wieso gefehlt?«, kommt von der Küche her. Tüten knistern, dann ein Geräusch, als würde etwas auf einen Teller gekippt. Es hört sich nach Salzstangen an.

Marie hat eine Schale Salzstangen und Fischli und Salzkringeln in der Hand und stellt sie neben meine Füße auf den Fußhocker, den wir uns bis eben geteilt hatten.

»Na ja, es gab Zeiten, da konnte ich nicht weinen, obwohl ich wirklich, wirklich Grund dafür hatte, und das ist schlimm. Ich habe auch nicht viel gelacht damals, und wenn, dann war es nicht mein wirkliches Lachen.«

»Aber ... du bist doch hochsensibel, hast du mal gesagt. Das musst du mir erklären, Carla.«

»Hochsensible versuchen oft schon in der Kindheit, ihre Empfindsamkeit auszumerzen, weil es zu schmerzhaft für sie ist, weil es sie zu sehr ausgrenzt und oft auch, weil es schlicht zu viel wird, so unendlich viele Wahrnehmungen, unter ihnen eine Riesenmenge von Gefühlen, zu verarbeiten. Bei ihnen geht ja alles sehr viel tiefer als bei anderen, und das will verkraftet sein. Jede Maschine würde durchbrennen. Also trennen sie sich krass von ihrer wahren Natur ab. In gewisser Weise gelingt es ihnen auch.

Das hochsensible Kind ist mehr als überfordert und geschunden von dem Zuviel und leidet, und wenn die Umwelt damit nicht umgehen kann, macht es notgedrungen seine inneren Türen und Fenster dicht und auch am besten noch jede Ritze. Es trennt sich ab von seinen Gefühlen, ähnlich, wie es auch beim Schock geschieht, so hat mein Therapeut es mir erklärt. Und wenn man sie zurückhaben will, dann wird es schwierig. Aber in dieser Kälte, in dieser Taubheit zu leben, ist für mich nicht mehr zu ertragen gewesen. Ich hab natürlich nicht gewusst, was mit mir los ist. Aber ich hab jemanden gefunden, das war noch in meiner alten Heimat am Meer, der hat mich unendlich vorsichtig und liebevoll zurück begleitet.«

»Und vorher?« Marie hat sich mir gegenüber auf die Couch setzt. Ich sitze auf meinem Lieblingsplatz, dem Ohrensessel direkt am Ofen.

»Diese Coolness, die ich mir zugelegt hatte, war anders als die, die zur Pubertät und zu sehr jungen Erwachsenen passt und deren Länge variieren kann. Ist es erst mal geschehen, fällt es äußerst schwer, wieder zurück zu finden. Gefühle zuzulassen Fühlen musst du dann regelrecht wieder lernen. Aber es kann auch ohne lernen zurückkommen, und das kann ein Gewaltakt sein.

So ist es mir gegangen. Es gab zwei Unfälle in meinem Leben, zweimal bin ich aus allem herausgerissen worden, und nichts, was vorher war, galt mehr. Der zweite hat mich aus der Kälte herausgerissen und ins Feuer geschleudert.«

Marie sieht mich nur an, fragend und groß.

Ich wende mich ab, schaue nach draußen, wo das letzte Licht zwischen den Stämmen wartet, ob es vielleicht wieder Unterstützung vom Mond bekommt. Es genügt, was ich ihr gesagt habe, denke ich. Und höre gleichzeitig Worte, die Martin mir damals gesagt haben muss, wer sonst: Lass nicht zu, dass dein Hang, dich zurückzuziehen und dich bedeckt zu halten, dich eines Tages vollkommen isoliert! Und die alte Frage ist wieder da: Fühle ich mich deshalb fremd zwischen den anderen? Kann ich es also ändern?

Ich komme zurück mit meinem Blick, lasse ihn vorsichtig in ihren sinken und sage es ihr. Erzähle, was ich außer Martin, meinem Therapeuten, nie jemandem erzählt habe.

»Es war ein Brandanschlag, dem ich nur um Haaresbreite entkommen bin, und das kannst du wörtlich nehmen. Es hat nur ein Hauch gefehlt ...« Ich muss einen tiefen Atemzug nehmen. Nicht, weil die alten Gefühle hochkommen, sondern weil die alte Taubheit hochkommen will.

»Ein Brandanschlag? Auf dich?«

»Er war mein Liebster gewesen, hatte mich maßlos enttäuscht und ich hatte mich von ihm getrennt. Da hab ich eines Nachts etwas gehört und vor allem gerochen, ich war sofort aus dem Bett, stand an der Tür zum Flur, machte sie aber nicht auf, ich wollte, aber etwas, das stärker war als ich, hielt mich davon ab. Ich horchte, schnupperte, und plötzlich kam ein sehr ungutes Gefühl, ein Grauen, ich wusste nicht wovor, und als hätte mich jemand dort weggezogen, ging ich einen Schritt zur Seite. Im nächsten Moment kam die Tür mit Riesenknall und einer Feuerwelle ins Zimmer geflogen, nur Zentimeter neben mir. Er hatte Benzin durch meinen Briefkastenschlitz gekippt, ein Stück Zeitung angezündet und es hinterher geworfen.

»Du warst unverletzt?«

»Körperlich ja.«

»Wer macht sowas? Wie kann ...«

»Lass, Marie. Das ist jetzt nicht dran.«

»Okay.« Marie nickt. Sie versteht mich.

»Du kannst es dir vielleicht nicht vorstellen, aber ich hab völlig cool die Feuerwehr angerufen, und auch die Folgen des Feuers und alles hab ich sehr cool abgewickelt. Dann, als ich nicht mehr funktionieren musste, kam von einem Moment zum anderen eine wahnsinnige Angst. Dass auch meine anderen Gefühle wieder da waren oder sie besser gesagt die für Hochsensible normale Intensität zurück erlangt hatten, hab ich erst gar nicht gemerkt. Mir wurde gesagt, ich sei im Schock. Aber später hab ich erkannt, dass es genau das Gegenteil von einem Schock war: mein Fühlen ist nicht betäubt und weggedrängt worden, sondern mit einem Mal wieder da gewesen. Ich weiß noch, ein, zwei Tage später bin ich durch die Straßen gegangen, und es war, als sei ich aufgewacht. Es war Frühling, aber ich war noch nicht mal in der Natur, ich war in der Stadt in einer Straße ohne viel Grün, es fuhren Autos, es roch nach Abgasen, aber die Sonne schien, die Luft war wie neu und voller Duft und voller Verheißung. Und ich war voller Dankbarkeit. Ich lebte. Ich hatte kein vollkommen verbranntes Gesicht. Ich war heil. Und dieses Heile, das kam mit der Frühlingsluft in mich hinein. Ich habe nie vorher so tief, so innig geatmet, und jeder Atemzug war ein Danke dafür, dass ich überhaupt noch atmen konnte. Alles andere waren Geschenke obendrauf. Du glaubst es nicht, Marie: Ich habe Glück empfunden. Reines, riesiges, herrliches Glück – ganz kurz nachdem jemand mich zu verbrennen versucht hatte!«

»Der war gestört, oder?«

Ich nicke nur.

»Und du hast es geschafft.«

Wieder nicke ich. »Ja, mit einem unumstößlichen Glauben daran, dass ich es schaffen werde. Ich war stolz auf jedes noch so kleine Gefühl, auf jeden noch so kleinen Schritt raus aus der Coolness. Selbst die schlimmen Gefühle haben mir noch ein bisschen Stolz entlockt. Aber na klar hat das seine Grenzen. Es gab eine Zeit, in der ich zwischen dem alten, dem coolen Sein und dem neuen hin und her gependelt bin. Vielleicht ist diese Zeit nie ganz zu Ende gegangen.«

»Dann kennst du ja das Zombie-Gefühl.«

»O ja.«

Marie schenkt Wein nach und hält ihr Glas hoch.

»Von Zombie zu Zombie.« Sie sagt es völlig ernst. Plötzlich lachen wir, ich finde den Spruch überhaupt nicht witzig, aber wir müssen so derartig lachen, dass ich den Wein verschütte und mein helles Shirt zwei lange Kleckerbahnen bekommt. Ich hab eine Schatzkiste für ganz besondere Dinge. Da kommt es rein und so, wie es ist.

*

Im ersten, noch grauen Licht wirkt selbst das Kieferngrün verwaschen und bietet den Augen keinen Halt, und den brauche ich, brauche ihn sehr.

Wir haben uns gestern Abend noch ziemlich betrunken, Marie und ich, die eine Flasche Wein hat dafür locker gereicht. Wir können beide nicht viel vertragen. Wir sind albern gewesen und dann wieder ernst, und ich habe noch mehr von der Zeit erzählt, als ich mit Martin daran gearbeitet habe, wie ich es ertragen kann, ich selbst zu sein. Inzwischen muss ich es nur noch selten ertragen, meist ist es okay und oft wunderschön. Zu diesem Oft gehören die tiefen, leuchtenden, heilen Momente, wie ich sie manchmal in meinem Tal erleben darf. Ich weiß nicht, wie ich ihr das schildern soll, ich will es auch nicht. Es gehört nicht in die ungeschickten Hände der Wörter.

Marie ist lange still gewesen. Das kenne ich von ihr. Sie hört sich alles in ihrem Inneren noch einmal an, und manchmal kommt dann ein Kommentar von ihr, der genau sitzt.

Diesmal hat sie angefangen, von sich zu erzählen. Davon, dass auch sie sich innerlich verschließen musste, um ihr Leben ertragen zu können. Ich hab nachgefragt. Wann? Warum? Sie hat von ihrer Tochter erzählt. Davon, dass sie sie an ihren Mann hergeben musste, als sie sich damals von ihm getrennt hat. Davon, dass sie das nicht freiwillig gemacht hat, sondern dass es bitter und grausam für sie war. Davon, dass sie auf perfide Weise verleumdet worden ist. Ohne es klar und direkt zu sagen, hat ihr Mann sie bezichtigt, indem er sie in die Nähe gewisser Geschehnisse und Menschen gerückt hat, so dass sie dastand wie jemand, dem man das Kind nicht überlassen konnte, sie, die Kinderkrankenschwester ist und schon damals Woche für Woche, Monat für Monat ihren Dienst getan hat.

Ich greife nach ihren Händen. »Mein Gott, Marie!« Sie starrt vor sich hin. »Was an Schlimmem ist dir nicht passiert?«

Sie nickt nur, scheint gedankenverloren. Erst nach einer Weile sagt sie mit einer Stimme ohne Ton: »Ich war alleine. Er hatte schon eine neue Frau. Ich wusste nicht, wo ich leben soll, er hatte das Haus. Es hat ihm gehört, wir waren ja auch nicht verheiratet, und die Sozialarbeiterin fand das fortschrittlich, wenn auch mal der Mann das Sorgerecht bekommt. Meine Tochter hat mal gesagt, ich hätte nicht um sie gekämpft. Aber das stimmt nicht, ich *habe* gekämpft. Obwohl ich am Boden lag. Ich hab auch nicht aufgegeben, als ich dann doch zugestimmt habe. Ich konnte es nicht mehr mitansehen, wie Simone von ihm benutzt wurde, um mir wehzutun.«

Ich nehme wieder ihre Hände, drücke sie. Mir ist, als müsste ich Marie wachmachen oder herausholen aus etwas. »Du musst dich doch nicht rechtfertigen«, flüstere ich. Sie hält den Kopf geneigt, schickt einen Blick zu mir hoch aus großen, erschreckten Kinderaugen, und ich sehe, wie groß das Schuldgefühl ist und wie schwer und wie es sie jeden einzigen Tag seitdem gedrückt hat und dass es das immer noch tut. Ich spüre meine Augen heiß werden von Tränen. Marie wendet sich ab. Ich lehne mich zurück, schließe die Augen, atme tief ein und aus, nicht, um etwas loszuwerden, im Gegenteil, damit es da sein und bleiben kann.

»Langsam begreife ich, dass eins das andere bedingt«, sagt Marie. »Irgendwo fängt es mal an, vielleicht bei der leichtblütigen Französin, die den Schwarzwaldbauern heiratet und unglücklich wird und er brutal, wer weiß es. Irgendwo fängt es an und setzt sich fort und fort.«

»Ja«, sage ich leise, »das ist wichtig, das man es im Auge hat, irgendwo fängt es an. Man kann es bremsen oder zumindest die Bewegung in eine andere Richtung bringen. Aber das geht nicht, indem man Schlimmes nicht mit Schlimmem beantwortet.«

»Meine Großmutter ist auch nicht so gewesen, sie hat sich nie zum Opfer gemacht, sie hat ihre gebrochenen Flügel, als sie alt war und verwitwet, wieder zusammengeflickt. Fliegen konnte sie nicht mehr, aber sie hat ordentlich damit geflattert, jedenfalls wenn ich bei ihr war.« Marie lacht auf. »Gott, was haben wir alles gemacht zusammen! Sogar verkleidet haben wir uns.

Meine Mutter hat nichts davon gehabt, nichts. In ihrer Ehe war sie Opfer als Frau und sie war Mittäterin, was die Gewalt an ihren Kindern angeht. Ist doch so: Was man duldet, das tut man mit!«

»Ja, das tut man mit.«

Sie hat an ihrem Pulloverbündchen gefummelt mit einem Gesichtsausdruck, als hätte sie mir eben erzählt, welche Preise sich im Lebensmittelmarkt verändert haben und wie sie jetzt sind. Wenige Atemzüge später hat sie in einem abrupten Themenwechsel gefragt, was es Neues in der Partnersuche gibt. Ich hab von Mike erzählt, sie hat bis dahin nur wenig gewusst. Es ist ja auch wenig.

»Ist doch klar«, hat sie sofort gesagt. »Der ist in einer Beziehung! Es geht um den Kitzel, und den schöpft er ab, wo er kann!«

»Auch wenn ich weiß, dass das eh nur Flirt und Spiel ist«, hab ich gerufen, »kann und kann ich nicht wegstecken, dass man sowas macht! Wie kann man um jemanden werben, aber gleichzeitig auch um zig andere? Wie fies, dieses Getue! Nichts ist ernst gemeint. Nichts ist ehrlich. Natürlich nicht, würde Josepha sagen, das muss dir doch bei so einem Typ klar sein. Ja, ja, ich weiß, das musste mir von Anfang an klar sein. Aber darum geht es nicht. Selbst wenn man nur flirtet, passt man doch auf, dass man niemanden verletzt. Was man selbst nicht gern erleben möchte, davor schützt man doch auch andere!«

»Man«, sagte Marie. »Das Wort ist das Problem dabei. Es gibt nämlich kein ›man‹. Jeder regelt das anders. Nur du denkst, dass du richtig liegst und alle anderen nicht.«

»Viele andere, nicht alle«, habe ich korrigiert und gemerkt, dass ich ein bisschen beleidigt war, aber das ist schnell wieder vergangen. Und damit und noch einem allerletzten Schluck Wein hat der Abend sein Ende gefunden – und mit einer sehr langen Umarmung, bevor ich wieder hoch gegangen bin zu mir.

*

Mein Blick wandert durch die offene Schlafzimmertür hinüber ins Wohnzimmer und bleibt beim Andersvogel auf dem Ofen stehen. Er sieht so zerbrechlich aus, und trotzdem strebt er voran, als sei jedes seiner winzigen Einzelteile voll Energie. Diese Silbergaze um ihn herum scheint die geheime Kraft zu sein, die ihn zusammenhält. Und ich? Besitze ich nicht genauso eine Silbergaze? Ich habe es geschafft, meinen ersten Roman zu schreiben, als mein Leben aus allen Angeln gerissen war. Und jetzt soll ich bei so einer Kleinigkeit ...

Das mit Mike *ist* keine Kleinigkeit! Wenn diese Welt ein halbwegs angenehmer Ort sein soll, wozu sie alles Potential hat, dann darf so etwas nicht passieren! Das tut weh, das macht traurig und obendrein wird die Welt dunkler davon! Na gut, vielleicht ist es nicht ganz so dramatisch, aber es hat einen Riss in meiner Silbergaze gegeben.

Und? Kann man Risse nicht flicken?

Ich schlage die Bettdecke zurück und bin schon auf den Füßen. Ich muss in den Wald. Das ist jetzt die beste Medizin. Martin hat mich damals gewarnt: ›Du musst einfach wissen, dass du bei deiner Veranlagung Dinge, die dich sehr aufwühlen, etwas Peinliches zum Beispiel oder einen Schmerz, innerlich immer wieder durchgehst und jedes Mal mit derselben Intensität, und ich kann dir keine Pille geben, mit der du das abstellen kannst. Du findest einen Weg!‹ Er hat mir in die Augen geschaut, und der Ernst in seinem Gesicht und dieser Blick, der voller Achtung, voller Wertschätzung war, das war schon mal eine sehr gute Medizin. Den Rest habe ich tatsächlich selbst gefunden.

15

»Liebe Jolin,
was du über dich schreibst, gefällt mir! Mir gefallen auch
deine Fotos (besonders das zweite – keine Ahnung, was
das über mich aussagt), und wenn ich ehrlich sein soll,
gefällt mir die Tatsache, dass wir vermutlich nicht allzu
weit auseinander wohnen. Denn das heißt ja, dass wir,
wenn wir denn wollen, uns ohne allzu großen Aufwand
treffen könnten.
Zwar habe ich extra beim Fotografen Fotos von mir anfer-
tigen lassen, bin aber damit so unzufrieden, dass ich sie
nicht »eingestellt« habe. Um mich für deine Bilder revan-
chieren zu können, füge ich dir ein Bild bei, das mein klei-
ner Sohn gemacht hat, technisch zwar nicht optimal, aber
recht treffend.
Für heute herzliche Grüße, Manfred«

Trocken wie eine ganze Scheune voll Heu, würde Josepha sagen. Stimmt. Dabei ist er Journalist. So steht es
jedenfalls in seinem Profil. Ich öffne Manfreds Foto. Nur
noch wenig Haare, kantiges Gesicht, das Lachen eher
fragend, fast sogar skeptisch. Aber die Augen! Ein un-
glaubliches Blau, leuchtend wie ein Schönwetterhimmel
über den Kiefern. Doch es berührt mich nicht, genauso
wenig wie das, was er schreibt. Und irgendein Impuls
muss doch da sein, oder?
Ja, klar, wie bei Mike. Der Impuls wirkt ja jetzt noch.
Zeigt Manfreds Art, sich auszudrücken, wirklich, was er
für ein Mensch ist? Und ob wir zueinander finden können oder nicht? Dazu muss man sich doch in die Augen
schauen.
Damit habe ich mir selbst das Stichwort gegeben.

Lieber Manfred,
du hast ja unglaublich blaue Augen! Ich glaube, es wäre
gut, einander ein wenig mehr live zu erleben. Was hältst
du davon, wenn wir bald mal telefonieren?
Liebe Grüße, Jolin«

Die Nachricht ist abgesendet. Meine Finger auf der Tastatur wählen gleich den nächsten Empfänger: Mike. Zuletzt online bei Auserlesen.de: Heute. Seit Stunden schon, und er ist es noch. Meine Finger rennen.

Hi Mike, scheint, du hast vor lauter Jagdfieber die Übersicht verloren! Solche Jäger können mir gestohlen bleiben!
Jolin

Oh, habe ich eine Wut! Ich putze innerhalb von zehn Minuten das Bad blitzblank. In einer Viertelstunde ist die Küche auf Vordermann. Ich bin so schnell, so effektiv wie nie. Allerdings wäre mein fortwährendes Selbstgespräch nichts für Außenstehende. Allein schon wegen der Lautstärke. Ich hänge den Putzlappen draußen über die Kiste mit den Sitzkissen, will noch eben einen vertrockneten Blätterstängel aus der Margerite im Staudenbeet zupfen und habe gleich den ganzen Zweig in der Hand. Da kann ich mich endgültig nicht mehr ernst nehmen. Zuerst muss ich kichern, es hört sich ziemlich irre an, dann ist es wie mit Schluckauf durchsetzt, und zuletzt hoffe ich nur noch, dass nicht ausgerechnet jetzt Marie oder Josepha kommt.

Dann lodert es allerdings trotzdem wieder in mir hoch: Der Jäger hat eine schönere Füchsin gefunden oder auch ein Reh. Und ich sitze mit diesem Manfred da. Was für ein hocherotischer Name!

Auch darüber lache ich vielleicht irgendwann. Aber erst mal muss es raus. Ich renne durchs hohe Gras, ich hab schon viel zu lange nicht mehr gemäht, ich rede vor mich hin, komme mir verrückt vor, dann wieder finde ich goldrichtig, was ich tue – und merke plötzlich, dass es genug ist. Was ich jetzt einzig und alleine will und was mir guttun würde, wäre einen gesunden Abstand zu alldem zu finden.

Gedanken können zaubern

Wenn du jetzt, genau jetzt an dein schönstes, freudigstes Erlebnis in den letzten Monaten denkst und in dich lauschst, dann wirst du gewiss etwas fühlen. Vielleicht noch nicht sehr deutlich, doch holst du dir dein Erlebtes deutlicher ins Gedächtnis, wird die Freude, die du damals erlebt hast, jetzt in dir zu spüren sein, und denkst und spürst du noch mehr in jedes Detail, steigerst dich regelrecht hinein, so wirst du sicher merken, wie immer mehr Freude aufkommt und wie jede deiner Zellen hüpft und springt. Und auch die Gedanken hüpfen und springen, für andere ist gar kein Platz.

Am besten suchst du dir zuerst etwas Einfaches aus, und vielleicht machst du dein erstes Experiment auch nicht im allerdüstersten Moment. Stell dich ganz und gar auf Freude ein, so sehr und so lange, bis du dasitzt und sehr breit und sehr froh lächelst.

Und lass dir noch eins sagen: Dazu brauchst du zuerst vielleicht Erinnerungen, um die Stimmung wieder aufzugreifen, die dich schon einmal froh gemacht hat. Wenn du das allerdings eine Weile geübt hast, also wann immer du es gebrauchst, deine Stimmung deutlich zu verändern, dann wirst du allmählich merken, dass du gar nicht mehr so viel in deiner Erinnerung suchen musst, weil es schon reicht, überhaupt an Freude und freudige Gefühle zu denken. Vielleicht kommen noch einige vage Bilder von Festen oder von Weihnachtsabenden oder was auch immer – aber den meisten, die das bisher ausprobiert haben, ging es irgendwann so, dass sie nur noch das Wort Freude zu denken brauchten, und die Freude ist da.

Und warum sollte es ausgerechnet dir nicht so gehen?

Kannst du es jetzt, genau jetzt gut gebrauchen, in eine andere Stimmung zu kommen als die, die dich eingefangen hat? Dann nimm es als Gelegenheit: Fang an!

*

Ich schließe die Augen. Woran soll ich denken? An gestern Abend. Ein Streit am Anfang, eine innige Umarmung am Ende – wenn das nicht etwas zum Freuen ist. Ich sehe Marie und mich vor mir, wie wir im Dunkeln dastehen und uns im Arm halten, und ich glaube, ihr ist es wie mir gegangen. Ich war so berührt, so dankbar, dass mir die Tränen hinter den Augen standen – und dann breitete sich Freude in mir aus. In die steigere ich mich jetzt hinein, es ist eine leise Freude, umso tiefer aber scheint sie zu gehen und zugleich kann ich mit ihrer Leichtigkeit aufsteigen und hoch oben schwebend auf alles hinunter sehen, was mich eben noch bedrängt und mir wehgetan hat – und obwohl das alles nicht weg ist, lächele ich und bin voller Freude.

›Schreib weiter‹, sagt diese leise Stimme in mir. ›Schreib!‹

Ja, das kann ich jetzt und ich will es. Ich will Jolins Geschichte weiterbringen, unbedingt.

Aber vorher ist noch etwas Anderes dran. Ich klicke mich in mein Mailprogramm und öffne die E-Mail von Stine, mit der sie mir das kleine Buch geschickt hat.

»*Stine, du Süße, du glaubst nicht, wie das kleine Buch vom Denken mich bewegt und was es schon bei mir ausgelöst hat! Ein wahrer Segen! Kann ich gerade gut gebrauchen bei meinen Experimenten mit dem Onlinedating.*«

Die Freude ist nach wie vor da, sie scheint sogar noch gewachsen zu sein, und mit ihr an meiner Seite wird es leicht sein weiterzuschreiben.

Ragnar und ich gehen lange spazieren. Wir finden Wege, die ich allein nie entdeckt hätte. Er erzählt mir, dass er mich auf dem Tanzfest sofort anziehend gefunden hätte, aber dass ich abweisend gewirkt hätte.

»Warum? Was für eine Angst steckt dahinter?«, fragt er.

»Angst?«

»Hinter Zugeknöpftsein ist Angst, was sonst?«

Ich weiß natürlich, was er meint, aber ein störrischer Gedanke in mir denkt: Wieso Angst?

»Woher weißt du das alles?«, frage ich.

»Aus der Psychosomatischen Klinik.«

»Warum warst du da?«

»Das ist eine lange Geschichte.«

»Und wenn du es in einem Wort sagen müsstest?«

»Angst! Was sonst?«

Wir lachen. Verstummen. Schauen uns an. Müssen wieder lachen. Ich frage nicht, was genau das für eine Angst war. Er wird es mir irgendwann sagen.

Wir gehen schnell wie auf einer Wanderung, vielleicht müssen wir das, um nicht immer wieder stehenzubleiben. Und wir reden und reden. Er sprudelt wie ein Junge, ich kenne das schon vom Telefonieren. Er erzählt von Büchern, die ihn bewegen und berühren, und wie es von ganz allein geschieht, dass das nächste Buch, mit dem das Thema, das ihn gerade gepackt hat, weitergeht, ihm ganz von alleine in die Hände kommt. Im Moment sind es die alten Mythen der Indianer und ihre Art, die Welt zu sehen. »Man darf es nicht Religion nennen«, sagt er einmal. »Es ist etwas ganz anderes. Sie danken dem großen Geist, wenn sie ein Tier erlegen, und sie danken der Seele des Tieres, dass es sich für sie geopfert hat. Sie geben für alles, was sie von der Erde nehmen, Pflanzen oder Holz oder Fleisch, eine Gabe zurück, ein kleines Opfer und ihre große Dankbarkeit. Es ist wie ein ständiges Gespräch mit dem, was hinter allem ist. Sie sprechen mit dem großen Geist und sie sprechen mit Mutter Erde. Sie wären nie auf die Idee gekommen, sich mehr zu nehmen, als sie brauchten. Ich versuche, auch so zu leben. Im Einklang mit dem großen Geist.«

Als wir zurückkommen, kauert die Dämmerung schon zwischen den Bäumen. Wir stehen nebeneinander an der Terrassentür und blicken hinaus. Über dem See ist die Sonne untergegangen. Der Himmel ist von tieforange bis in die hellsten Violett-Töne gefärbt. Ein Rot läuft in das andere. Auf dem Wasser silbern dieselben Töne.

»Wie ein Bild von Nolde!«, sagt Ragnar.

»Ich liebe Nolde«, rufe ich.

Er dreht sich zu mir. Nimmt meine Hände. Sieht mich an mit seinen grünen Wolfsaugen und sagt leise: »Und ich liebe dich.«

Es ist, als würde ich von etwas getroffen. Wie ein Strahl fährt es in mich hinein, wie Schmerz scheint es wehzutun, aber das kann doch nicht sein! Vielleicht weiß ich nicht, wohin mit alldem. Vielleicht ist es so groß, dass nicht Platz genug ist in mir, vielleicht muss es überlaufen.

Sacht küsst Ragnar mir die Tränen eine nach der ande ren von den Wangen.

*

Der Mond schwebt über dem See, spiegelt gelbsilbern auf dem Wasser. Wir machen kein Licht. Das Mondlicht beschützt unser Schweigen. Unsere Hände arbeiten in vollkommener Übereinstimmung: Wir klappen die Couch aus, legen zusammen das Laken auf, müssen uns dabei immer wieder anlächeln. Dann ziehen wir einander aus. Er schaut meine Brüste an. Ich lese in seinem Gesicht, dass sie schön sind. Er streichelt mit sachter Hand ihre Rundungen entlang. Es rieselt mir die Seiten hinunter bis ins Becken. Und es ist, wie wenn sich tausende von Halmen aufrichten beim ersten Regen nach langer Dürrezeit. Als ich ihm flüsternd erzähle, wie viele Jahre ich mit keinem Mann zusammen gewesen bin und dass jede seiner Berührungen ist, als würde ich erweckt, als ich ihm anvertraue, dass ich ängstlich bin, als ich bekenne, wie lange ich mich schon sehne, nach Atem auf der Haut, nach dem Klang einer tiefen Stimme im Ohr, lächelt er, berührt mich mit seinem Blick, dass ich froh bin, es gesagt zu haben, flüstert: »Ach, darum bist du so jungfräulich!«

Jungfräulich... Das Wort kommt wieder und wieder, dreht sich wie ein Mantra in mir, treibt alle Gedanken fort. Wir liegen nebeneinander ohne Decke. Das Mondlicht liebkost uns. Ich bin eine junge Frau, die zum ersten Mal einen Mann neben sich fühlt, die nicht weiß, wie die Lust ist und dieses Wissen doch in sich trägt. Die zum ersten Mal spürt, wie das Entzücken von einem Körper in den anderen strömt. In ihre Lenden. Um ihre Hüften herum bis hinein in die beiden Grübchen überm Po, wo es tanzt und jauchzt und hoch jagt, den Rücken hinauf und zugleich die Schenkel hinunter. Seine Finger liebkosen meine Haut wie ein leichter Sommerwind. Meine Brüste möchten immerzu von ihm berührt sein. Meine Knospen fahren an seiner Brust entlang, erspüren jede kleinste Erhebung seiner Haut, trinken seine Wärme. Seine pralle Lust regt sich an meinem Becken. Ich drehe mich ganz zu ihm hin, umarme ihn, lege ein Bein über seine Hüfte. Er kommt näher, drückt seinen Bauch an meinen. Meine Lenden zittern, als sie seinen Penis spüren. Seine Zunge öffnet meinen Mund. Es ist, als ginge der Atem des Meeres durch mich hindurch, und die Wellen tragen ein Prickeln mit sich bis in meine Brüste, bis in meinen Bauch und bis zwischen meine Schenkel. Sein Penis bewegt sich langsam. Stumm flehe ich: Komm, komm in mich hinein.

Ehrfürchtig wie in einen Tempel kommt er in mich. Alles, was ich bin, strömt ihm entgegen.

Es gibt mich nicht mehr, als Ragnar mich zurück in den Mondschein küsst. Zugleich weiß ich, dass meine Lust eben erst zu erwachen begonnen hat. Dass es weiter gehen wird. Viel weiter.

Mein Blick ist in seinen Augen. Schaut in sie hinein. Schaut durch sie hindurch. Schaut und erschauert vor dem, was dahinter ist: wie ein Ozean, weit und schön und herrlich. Und ich weiß es, ich brauche nur zu schauen, ich weiß, dass es die Liebe ist, und ich weiß auch, dass die Verliebtheit der Fluss ist, auf dem wir dorthin fahren, und wenn wir alle Angst zurückgelassen haben, segeln wir hinaus, weit hinaus auf dieses weiße Meer.

16

Ich klappe den Laptop zu und klemme ihn unter den Arm. Ich stehe auf, setze mich in Bewegung und weiß gar nicht, wohin. Langsam wie ein meditierender Mönch steige ich die Rasenstufen hinunter. Gehe an meinen Beeten vorbei. Folge meinen eigenen Spuren, die im hohen Gras und zwischen Farnen und Ginsterbüschen schon einen Pfad angelegt haben. Stehe vor dem kniehohen Zaun zu Maries Grundstück und fühle mich so schwer, dass ich diesmal die beiden Handstöcke, die Marie als Haltegriffe in die Erde gesteckt hat, als Hilfe beim Hinüberklettern benutze. Auf der anderen Seite stehen die Bäume dichter, ist es trockener als bei mir. Der Pfad knistert unter meinen Sandalen. Zwischen den goldbraunen Stämmen geht es erst auf den Schuppen, dann auf das Haus zu. Marie sitzt auf ihrer Terrasse. Tief hinuntergebeugt pusselt sie an einem Stück buntem Stoff und hebt erst den Kopf, als ich direkt vor ihr stehe.

»Hey, Carlchen!«

»Hey!« Ich beuge mich zu ihr, lege den Arm um ihre runden Schultern, drücke meinen Kopf in ihr dichtes Lockenhaar.

»Du siehst mitgenommen aus!«, sagt sie und forscht in meinem Gesicht, als wollte sie auch noch den Grund ausfindig machen.

Weiß ich selbst, denke ich und fühle mich stachelig wie ein Igel werden. Warum bin ich überhaupt hergekommen? Nicht, um über Ragnar zu sprechen.

»Kein Wunder, ich hab auch kaum geschlafen«, murmele ich. »Ich hab spät noch im Onlinedating gestöbert und plötzlich war es vier Uhr morgens.«

»Weißt du noch, was Josepha erzählt hat? Das wird ganz schnell zur Sucht!«

Ja, Marie, ich bin schon groß, ich weiß, was ich tue. Ich muss ALLES am eigenen Leib erfahren, auch das. Wette, dass es jedem, aber auch jedem so geht. Man sucht und sucht und sucht. Und schon ist es Sucht.

Ich sage das nicht, ein Glück, es ist doch nicht ihre Schuld, dass ich plötzlich so elend drauf bin.

»Wäre das nicht mal ein Tag, um sich frei zu nehmen?«

Marie legt den Kopf auf die Seite und sieht mich an, wie man ein Kind ansieht, das sich langweilt und dem man einen netten Vorschlag macht. »Etwas ganz anderes machen – oder gar nichts?«

»Frei nehmen wovon?« Meine Stimme kippelt.

Maries Gluckslachen kollert in ihrer Kehle. Was ist so witzig?

Stopp! Raus aus diesen Gedanken, sonst gibt es hier gleich eine Katastrophe. An etwas anderes denken. Schnell. An Lachkugeln zum Beispiel. Winzige Kugeln in Maries Hals. Farbe? Durchsichtig. Größe? Etwa wie Perlen.

»Ich mach uns einen Milchkaffee, ja?« Marie steht auf und geht durch die offene Terrassentür in ihr Wohnzimmer.

Ich sehe ihr nach und mir ist, als ob ich schiffbrüchig wäre und die Planke, an die ich mich klammere, mir entglitten ist und davontreibt, und ich stehe auf und gehe hinter ihr her, den Blick fest an ihre Fersen geheftet, staune wie so oft über ihren Gang ohne jedes Auf und Ab. Staunen tut gut. Staunen ist wie Kind sein. Hinter ihr her tippeln ist auch wie Kind sein.

Ich folge ihr bis in die offene Küche, trete hinter sie und lege die Stirn an ihren Hinterkopf, während sie Wasser in die Espressokanne lässt. Danke, Marie, danke, dass du da bist! Der Gedanke ist wie ein Streicheln. Er streichelt sie, auch wenn sie es vielleicht gar nicht merkt, und er streichelt mich. Endlich kann ich reden.

»Es bringt mich um, über die Zeit mit Ragnar zu schreiben!«

»Das kann ich mir vorstellen«, kommt sanft und warm mehr durch meine Stirn als durch meine Ohren. »Carlchen, du hattest damals nur die Kraft für einen Notverband. Die Wunden sind bloß zugekleistert. Jetzt bricht der Schorf auf. Das blutet und tut weh.«

»Ja, genauso fühlt es sich an.«

»Aber das ist gut. Jetzt kann es ausbluten und endlich sauber verheilen!«

Ich drücke meine Nase noch mehr in ihr Kuschelhaar. »Es ist die beste Hintergrundgeschichte für Jolin, die es geben kann, aber um sie zu schreiben, muss ich das alles noch einmal erleben«, flüstere ich. »Und weißt du, was daran schlimm ist? Dass es so schön war. So rein. Einfach Liebe.

Und jetzt tobt in mir ein Kampf. Die eine Seite schreit: Es hat nicht gehalten! Es war nichts wert!

Aber so will ich nicht denken, und ich kann es nicht, denn es ist nicht so. Es waren die herrlichsten, die glücklichsten Momente meines Lebens. Und wenn ich mir das jetzt anschaue, dann geht es gar nicht anders, dann muss ich auch die Gefühle fühlen, die schönen genauso wie diese Traurigkeit.«

Marie wendet sich zu mir um und sieht mich an und sagt: »Du hast viel verloren, ja.«

»Aber ich hab auch viel geschenkt bekommen. Es war zu groß war für mich. Ich konnte nur in ganz besonderen Augenblicken auch so groß sein. Und in den anderen Momenten konnte ich nicht vertrauen, dass die Liebe bleibt, ob ich sie gerade fühlen kann oder nicht. Ich hab geglaubt, sie wird klein, dabei bin ich klein geworden und kleinlich. Ich hab sogar geglaubt, dass sie weggeht. Dabei bin ich von ihr weggegangen.«

*

Die Sonne brennt auf meine ausgestreckten Beine. Es fühlt sich schon wie Sonnenbrand an. Ich müsste ein Stück weiter unter das Sonnendach rücken ...

Jetzt bricht der Schorf auf. Das blutet und tut weh.

Ich höre es fast: Das Blut tropft nicht nur. Es rinnt.

Weiterschreiben, das Thema Ragnar so schnell es geht zu Ende bringen? Nein, dann lieber gar nicht. Was ich da vorhin zu Marie gesagt habe, das hat doch alles schon geklärt. Manchmal, wenn ich ihr etwas zu beschreiben versuche, wird es mir selbst erst klar. Und dann sagt sie mir diesen Satz mit der Wunde, die nur verschorft war und erst ausbluten muss, und er klingt nach und ich weiß: Das ist die richtige Fährte.

*

Unten hinter den vier Lebensbäumen, die Maries Haus fast ganz verstecken, springt der Motor ihres Postdiesels an. Es knattert zum Gotterbarmen, während sie sich ewig lange vor und zurück aus der engen Einfahrt kurbelt. Der alte Golf dröhnt den Hang hinunter, nimmt auf der schmalen Straße Fahrt auf und fährt den nächsten Hügel hoch, bis das Motorgeräusch verklingt. Wie gut sie es hat: Sie kann zur Arbeit fahren, einen ganz normalen Alltag leben und hat irgendwann Feierabend. Ich sitze hier, starre auf meine Sommersprossenbeine, lausche ihrem Auto hinterher und weiß genau: Schreiben hat mich immer gerettet. Aber jetzt ...

Jetzt höre ich zuerst mal auf, so bescheuert zu denken! Wie gut sie es hat – und ich ...

Opfergedanken sind das. Und eins ist mal klar: Wer sich selbst zum Opfer macht, steckt auch schon fest in der ewigen Spirale aus Leid und Gewalt. Eigentlich ist es doch Gewalt gegen sich selbst. Ich jammere zwar, aber zugleich drücke ich mich runter in die Opferposition und gerade mein Jammern hält mich dort fest.

Immerhin darf ich hier sitzen und meine Sommersprossen zählen und mich fragen, woher denn meine Wunde rührt. Wenn das kein Privileg ist! Probeweise fange ich an zu grinsen, und ich bekomme es auch fertig, meine Beine endlich im Schatten in Sicherheit zu bringen.

Und da ist auf einmal die leise Stimme und sagt: In manchen Momenten spüren wir genau, dass die Liebe bei uns ist, die pure, reine Liebe, und wir sind auch pur und rein. Und ohne, dass wir es aussprechen könnten, wissen wir klar und sicher, dass sie immer da ist. Das, was wir lieben, kann sich ändern oder uns auch verloren gehen, aber die Liebe bleibt. Das ist keine Illusion. Sonst könnte ich nicht so an Ragnar denken wie jetzt gerade, sonst könnte ich meine Liebe auch nicht woanders hin schicken. Aber sie ist doch auch ganz viel bei Marie. Und ich liebe den Wald und die Vögel und den Himmel, und das ist doch keine andere Liebe, das ist doch immer dieselbe!

*

Diesmal hat es gebraucht, bis ich gemerkt habe: Ich muss in den Wald. Nicht, weil ich vor etwas wegrennen möchte, auch nicht, um etwas Schweres in die Wipfel zu hängen. Da ist dieser kleine Funke, nur ein Glimmen, und ich will ihn am Leben halten.

Den sandigen Weg hoch. Bergan, immer weiter bergan. Oben an der Gabelung wird der Weg feuchter, ist grasbewachsen und grün, atmet Frische und Kühle. Mein Blick begrüßt jeden Baum. Ich kenne schon viele, erkenne sie wieder, die geraden und die verwachsenen, die abgestorbenen dazwischen, die von den anderen gehalten werden oder am Boden liegen, die schrundigen und die glatten. Dann die Stelle, wo eine vom Blitz getroffene noch junge Eiche zur Hälfte umgeknickt und abgestorben ist, schwarz, aber zu ihren Füßen das Grün so milde, dass man sich hineinlegen möchte. Mitten darin steht der junge Rehbock, den ich manchmal treffe, hebt den Kopf, scheint nicht glauben zu können, was er sieht, und setzt sich irgendwann doch in Bewegung, erst zögernd, dann in hohen Sprüngen.

Und ich stehe da und schaue ihm nach und bin wie aufgelöst ins Schauen, ins Staunen, und es ist, als ob Menschsein und Baumsein plötzlich nicht mehr verschieden sind, und es ist, wie im vollkommen Vertrauten gelandet zu sein, und ich weiß, hier war ich schon, hier gehöre ich hin – und auch wenn mein Sein auf einmal anders als alles Bisherige ist, bin ich kein bisschen ängstlich. Da ist gar nichts, das sich ängstigen könnte. Da ist nur Schauen und Staunen.

Und diese beiden gehen einfach weiter, Hand in Hand, hinaus zwischen die Felder, hügelig und satt und reifend und rings von Wald umsäumt, schimmernd in der Morgensonne. Das Getreide wird gelb. Es duftet nach Sommer und ein leichter Wind bewegt es, streichelt auch meine nackten Arme, mein Gesicht, meinen Hals.

Der Buchenwald ist eine Kathedrale, die glatten Stämme wie zahllose Säulen. Ich raschele neben dem Weg her im roten Vorjahreslaub, damit es mir hier nicht zu sakral wird, und ich muss grinsen über mich selbst und lächeln über die Schönheit der wenigen Farben: die glatten grauen Stämme, das rötliche Laub am Boden, das Laub oben grün.

Je tiefer ich komme, desto weniger Buchen, fast nur noch Kiefern, und der Boden feucht und grasbewachsen: mein Tal. Es ist wie nach Hause kommen. Ich setze mich zwei Schritte vom Weg ab ins hohe Moos, lehne mich mit dem Rücken an einen dicken Kiefernstamm, ruckele mich an seiner welligen Rinde zurecht, bis ich meinen Sitz gefunden habe, die gestreckten Beine versunken im Moos und mein Blick im Labyrinth der Stämme, im Gräserglanz, im Moosleuchten, im stillen Geborgensein.

Ragnar hat manchmal von der stillen Mitte in uns gesprochen, wo unser innerstes Wesen wohnt, das in großer Gelassenheit allem zuschaut, was geschieht. »Manchmal spricht es auch«, hat er geflüstert, als würde er mir ein tiefes Geheimnis offenbaren. »Meine innere Stimme hat mir schon so manches Mal den Weg gezeigt – aber sie greift nie ein, sie gibt nur leise ihre Hinweise, und leider höre ich die oft nicht.«

»Warum ist das so«, habe ich gefragt, »Warum sagt sie nicht eindeutig und deutlich, was gut für mich ist und was nicht? Warum muss ich lauschen, ganz intensiv lauschen, damit ich sie überhaupt hören kann?«

»Weil sie uns frei lässt. Sie will nicht unsere Herrin sein, sie will uns begleiten.«

»Meinst du, das innere Wesen, dem diese Stimme gehört, kann auch *sehen*?«, habe ich etwas später gefragt. »Kann es dir in die Augen sehen und dort deinem inneren Wesen begegnen?«

17

»... Liebling,
ich küsse dich ... guten Morgen ... du liebe Füchsin ... war
gestern und vorgestern den ganzen Tag bei Kunden ...
möchte dich heute wieder streicheln und liebkosen ... und
dich in deinem Bau besuchen ... dir zeigen, wie zahm ich
bin ... ich umarme dich ... Mike«

Ich fasse es nicht! Der tut, als wären wir schon mehr
als vertraut miteinander! Als hätten wir uns längst getroffen, als hätten wir sogar schon ... Der ... Ach, verdammt, der braucht einfach jemanden zum ...

Ich höre ein Lachen. Ich weiß, dass es mein Lachen
ist, aber es klingt nicht wie ich, vielleicht ist es Jolin, zu
ihr passen würde es, und mir ist, als würde sie mir zurufen: Nimm das doch nicht so ernst! Spiel endlich!

»Glaub mir, ich würde jetzt gern in deiner Haut stecken, meine eigene ist für so was zu eng«, flüstere ich,
schließe die Augen und atme tief ein, und all die Luft
macht meinen Brustkorb weit, so weit, dass Platz wird
für Jolin. Mit ihren Augen lese ich die Nachricht noch
einmal. Verlockend. Ja. Und nein. Das ist nichts für
mich, das ist Jolins Spiel. Aber sie darf, sie soll es spielen.

»Hi Mike,
Füchse sind manchmal ängstlich, vor allem, wenn sie sich
mit einem Jäger treffen wollen, von dem sie abgeknallt
werden könnten. Sie begegnen dem Jäger lieber auf der
Flur als gleich in ihrem Bau. Wenn du magst, können wir
etwas verabreden.
Mit einem Tüscher wünsch ich dir einen wunderschö-
nen Tag«

Ich habe die Nachricht kaum abgesendet, da kommt
schon die Antwort.

»Ich knalle dich nicht ab ... ich küsse dich lieber ins
Koma ...«

»Olala! Für den Anfang genügt mir ein Blick in die Augen. Die Füchsin muss erst Witterung aufnehmen. Dafür braucht sie einen Ort, an dem sie sich sicher fühlen kann. Draußen wäre schön. Vielleicht irgendwo an der Elbe?«

Ein warmer Hauch weht beim Schreiben über mich hin, mehr unter der Haut als auf ihr.

» ... Am Ufer wird sie sich kaum verstecken können ...«

»Muss sie das denn?«

In meinem Becken kribbelt es wie ein Schwarm Krabben, knistert bis in die Zehenspitzen, bis in die Finger. Ich schließe die Augen, sitze da und genieße es. Ja, ich. Denn es ist Jolins Becken, es sind ihre Zehenspitzen, es sind ihre Finger ...

Erst nach einer ganzen Weile fällt mir auf, dass die Antwort ausbleibt. Vielleicht arbeitet er gerade und kann nur zwischendrin hier und da an mich schreiben.

... Was denke ich da?

Ich öffne die Augen, mein Blick fährt hoch zum Himmelsblau, meine Hände legen sich auf mein Herz.

»Danke«, sage ich laut. »Danke für diesen Gedanken!«

Ich weiß gar nicht, wem ich dafür danken soll, dem kleinen Buch, mir selbst, dem Himmel – ich weiß nur, wie gut es tut, zu denken ›Vielleicht arbeitet er ja‹, statt verletzt zu sein, mich zurückgestoßen und missachtet zu fühlen und dann Verzweiflung, Empörung, Zorn wie Eisdolche in meiner Brust – und dabei ist es doch vor allem Theater, selbstgemacht von meinen eigenen Gedanken. Ich habe das so satt!

Wir gehen lange spazieren, und immerzu reden wir. Es gibt so viel zu erzählen. Der Weg am Kanal läuft schnurgerade an der breiten Wasserstraße entlang. Plötzlich ist Ragnars Stimme unterlegt. Etwas schwingt mit, warm und doch melancholisch wie eine Bratsche. Wir gehen Hand in Hand. Und während sich die Heckwellen eines hochbordigen Containerschiffs an den Ufersteinen zu Tode rennen, erzählt er mir die Geschichte, die sein Leben bestimmt hat.

»Fünfeinhalb bin ich gewesen. Ich habe gesehen, wie sie sie hinausgetragen haben. Ihre Beine festgeschnallt auf der Trage. Auch oben um ihre Brust ein Riemen. Ihre eine Hand hing herunter. Ich wusste noch nicht, dass sie mir nie mehr über den Kopf streichen würde – und wusste es doch, sonst hätte ich nach ihr gegriffen. Aber dieses weiße, schlaffe Ding, das war nicht ihre Hand. Und ihre Augen waren auf eine Art geschlossen ... Vielleicht hatte ich sie einfach nie schlafend gesehen. Aber sie sah nicht wie schlafend aus. Ich hab meinen Teddy vor mich gehalten und mich in die Ecke im Flur gedrückt.«

»Was war passiert?«

»Meine Mutter hatte versucht, sich selbst zu töten.«

»Warum?«

»Weil mein Vater sich scheiden lassen wollte. Damals wurde man noch schuldig gesprochen. Und er hat es so gedreht, dass sie schuldig war. Sie hat als Krankenschwester gearbeitet. Im Nachtdienst. Sie hätte mit verschiedenen Ärzten was gehabt, hat er behauptet. Sie durfte ihre Kinder nie wieder sehen.«

»Was? Das geht doch nicht! Man hat Besuchsrecht!«

»Sie hatte keins. Das war damals so.«

»Du hast deine Mutter seitdem nie mehr ...«

»Doch. Einmal. Wir drei, mein Bruder, meine Schwester und ich, wir gingen Hand in Hand die Straße entlang. Da stand sie plötzlich vor uns. ,Meine Kinder!', hat sie ausgerufen und die Hände vor den Mund geschlagen.«

»Und ihr?«

»Wir haben dagestanden wie Statuen. Wir durften nicht mit ihr sprechen, er hatte es verboten. Danach bin ich

117

krank geworden. Sehr krank. Er hat mich mit seinen Erd-
beeren wieder aufgepäppelt. Vielleicht haben sie mich ge-
rettet.«

»Und er hat euch allein großgezogen?«

»Ja. Er bekam eine Rente. Kriegsinvalide. Sie hatten
ihm den Unterkiefer weggeschossen. Er sah aus wie Fran-
kensteins Gesellenstück. Und er sah nicht nur so aus. Vor
ein paar Jahren war ich in der Straße, in der wir aufge-
wachsen sind. Die Nachbarn haben gesagt, sie hätten
manches Mal das Jugendamt verständigen wollen. Wir
hätten hinter den verschlossenen Fenstern oft so furcht-
bar geschrien.«

»Hat er dich ...«

»Bis aufs Blut.«

*

Meine Finger kippen von den Laptoptasten. Ich hätte es
wissen müssen! Immer, wenn ich nicht zu ihm durchrin-
gen konnte, wenn er mir kalt vorkam, hätte ich wissen
müssen, dass dies der Grund dafür ist. Stattdessen habe
ich gelitten wie ein verstoßenes Kind! Wie dumm.

*

Juli 2004

Wir gehen Hand in Hand, gehen und gehen, und ich höre
ihm zu und in mir erscheinen Bilder vom kleinen Ragnar,
wie er in seinem Bett liegt. Niemand kommt mehr, um ihm
Gute Nacht zu sagen, ihm über den Kopf zu streichen, wie
seine Mutter es getan hat. Ihm ist kalt. Er schlingt die De-
cke eng um sich, dreht sich zur Wand, macht sich steif
gegen die Kälte. Er zieht die Wangen nach innen und beißt
fest darauf, damit er nicht weint. Wenn er weint, gibt es
Schläge. Und nicht fragen, nie mehr fragen: Wo ist Mutti?
Wann kommt sie? Nie wieder.

»Warst du deshalb in der Reha-Klinik?«, frage ich.

»Nein, Sucht. Wer nie satt geworden ist, wird süchtig.«

»Wonach?« Ich gebe mir Mühe, dass mein Schreck nicht herausklingt.

Er bleibt stehen, sieht mich an. Ein langer Blick, als müsste ich jetzt ganz tapfer sein. »Als ich merkte, dass ich mit dem Marihuana rauchen nicht mehr aufhören konnte, hat es noch zwei Jahre gedauert, bis ich in die Klinik gegangen bin.«

»Und jetzt?«

»Ich bin seit drei Jahren clean.«

Wir nehmen uns wieder an der Hand, gehen weiter. Nach einer Weile drücke ich seine kurz und fest. Er bleibt stehen. Schaut mich an. »Hat dir das eben Angst gemacht?« Ich nicke. Und wir liegen uns in den Armen.

»Du küsst so unendlich vorsichtig«, flüstert er in mein Haar, und das Staunen in seiner Stimme streichelt meinen Hals.

*

Ich schließe sacht den Laptop, stehe auf, setze mich einfach in Bewegung, gehe die paar Schritte zur hinteren Pforte, überquere den Fahrweg, betrete den Wald und gehe und gehe, und es ist gut, unter den Kiefern und Birken zu sein, so wie es gut ist, an dem Punkt meiner Geschichte zu bleiben, an dem sie gerade ist, nicht vorwärts, nicht rückwärtszuschauen. Es ist jene Carla von damals, die hier geht.

18

Als ich zurück bin, mache ich mir Pellkartoffeln und Quark mit Kräutern aus meinem Minigemüsegarten: Es sind nur drei und auch nur kleine Beete mit diesem und jenem, eins sogar mit Erdbeeren, aber sie geben eine Menge her.

Der Laptop steht unterm Sonnendach, und ich kann es ertragen, nicht nachzuschauen, auch wenn die Gedanken immer wieder bei Mike sind. Aber sie sind genauso oft in der Zeit mit Ragnar.

Als ich alles nach draußen auf den Tisch getragen und mit Wasserkaraffe und Glas und Serviette und sogar noch einer einzelnen Rose in einer schlanken Vase meine Heilewelt-Inszenierung vollendet habe, schaffe ich es, sie bis zum letzten Bissen zu genießen. Aber dann *muss* ich in mein Auserlesen.de-Postfach schauen.

» ... Du kleine süße Füchsin ... sendest du mir noch ein Bild ...? Möchte die Fuchsform gerne sehen ...«

Das steht da? Ich will ihn treffen – und *das* antwortet er? Ich *habe* ihm Fotos geschickt! Auf denen bin ich ganz zu sehen! Will er Nacktfotos? Oder flirtet er mit so vielen, dass er meine Bilder längst vergessen hat? Ich schüttele mich. Zwei Tage beim Kunden! Ich stoße ein Lachen aus, das wie aus einem Blecheimer klingt. Spurte zurück ins Haus. Ich brauche einen Kaffee. Einen zum Umfallen. Einen, den ich gar nicht werde trinken können. Danach werde ich ihm eine Antwort schreiben! Die Fuchsform sehen! So ist das also: hat man einmal seinen Stolz beiseite getan ...

Was rege ich mich auf? Ich antworte gar nicht mehr!

*

Ich stehe im Bad, sehe mir im Spiegel in die Augen und sehe Scham darin. Ich schäme mich vor mir selbst. Was kettet mich an diese eklige Geschichte? Was macht mir immer wieder Gefühle, als sei sie wunderschön? Oder doch zumindest die Hoffnung, dass sie schön werden könnte? Ich hab es doch durchschaut! Und trotzdem tut es weh, wenn er sofort einen Schritt rückwärts macht, sobald ich auf ihn zugehe, wenn er klingt, als wollte er sich verabreden, und im nächsten Moment so tut, als lernten wir uns gerade erst kennen. Wenn ich weiter zulasse, dass er so mit mir spielen kann, dann mache ich mit in einem bösen Spiel! Die Opferrolle ist genauso ein Teil davon, ohne ein Opfer könnte Mike das Spiel gar nicht spielen – und dies ist keine Situation, in der ich wirklich hilflos und wehrlos bin! Ich kann aussteigen, und dann bin ich kein Opfer mehr und zumindest dieses fiese Spiel ist vorbei.

Ich klappe den Laptop wieder auf, öffne Mikes E-Mail von vorhin, und meine Finger hämmern drauflos, dass ein Klaviervirtuose neidisch wäre.

»Du kannst meinetwegen noch fünfhundert weitere Fotos haben. Aber was willst du damit? Wenn du prüfen möchtest, ob ein guter Wein dir wirklich schmeckt, würdest du dir dann ein Foto von der Flasche schicken lassen? Und noch eins von hinten und eins von der Seite und eins mit und eins ohne Etikett und eins auf dem Kopf stehend und eins liegend und eins ... Kann es sein, dass der Jäger viel ängstlicher ist als der Fuchs? Hat er kalte Füße? Oder will er nichts anderes als diese Flirt-Ebene? Dann soll er ehrlich sein und es sagen – und woanders weitersuchen!«

So, und das war's jetzt!

Lachen bricht aus mir heraus. Es hört sich an wie Maries Sektperlenlachen, nur dass die Perlen nicht bloß im Hals auf und ab kullern, meine steigen bis in den Mund und platzen heraus.

19

Ich habe Manfred meine Handynummer gegeben und
eben hat er angerufen, ich hatte ihm meine Handynummer
gegeben, damit ich mit ihm gar nicht erst anfange,
ewig hin und her zu schreiben wie mit Mike. Es war kein
langes Gespräch, aber lebendig. Ich weiß ein bisschen
mehr, wie er lebt, getrennt und der kleine Sohn, der mit
seiner Mutter gleich nebenan wohnt, ist öfter bei ihm. Er
kann viel zu Hause arbeiten, er übersetzt auch Bücher,
ein einsames Geschäft, aber schön. Das geht mir mit
meinem Schreiben genauso, hab ich erzählt, und er hat
sehr interessiert nachgefragt. Also habe ich ihm den Titel
meines ersten Buches genannt. Ich bin gespannt!

*

Mein Blick ist bei dem Buddha in dem Steinbeet zu meinen
Füßen, der dasitzt und lacht. Auch im Winter hat er
so dagesessen, auch mit einer Mütze aus Schnee. Über
ihm neigt sich die blutrote Rose und duftet bis zu mir
her. Auch ich bin heiter. Fröhlich sogar. Ich habe es mir
verordnet, habe so lange an schöne Dinge gedacht, bis
Freude in mir war – und damit geht es jetzt weiter.

*

August 2004

*Herzklopfen und im Bauch ein Vogelschwarm. Ich hätte
auch zu Ragnar fliegen können, mit meinen eigenen Flügeln.
Sie hätten nur ein bisschen wirklicher sein müssen.*
    *Als ich endlich in seinem Dorf ankomme, auf sein großes
Grundstück einbiege, steht er schon da. Sein Lächeln
ist vorsichtig. Sofort bin ich auch schüchtern. Wir umarmen
uns so flüchtig wie noch nie vorher. Schauen uns an.
Brauchen nichts zu sagen. Wir wissen beide, was mit uns
ist. Er drückt es mit einem leichten Verziehen der Miene
aus, ich damit, dass ich die Hände hebe und schief grinse:*

So ist es nun mal, wir sind unsicher. Wir sind vorsichtig. Wir sind zarte, empfindsame Menschen.

Er nimmt mir die Reisetasche ab, das schwarze, schwere Ungetüm. Ich hatte mich nicht entscheiden können, was ich alles brauche – also brauchte ich plötzlich alles. Mit seinem lockeren Schritt geht er vor mir her. Schlank. Ockerfarben gekleidet, fast im selben Ton wie der Lehmputz zwischen den dunklen Eichenbalken des langgestreckten Fachwerkhauses. Sein Pferdeschwanz ist um einige Nuancen dunkler. Er hält mir die alte Eichentür auf, unter der er sich ein wenig bücken muss. Laut schlägt sie hinter uns zu. Wir stehen in einem schmalen Vorraum. »Hier ist alles ganz anders als bei dir. Viel alternativer.« Es hört sich entschuldigend an.

Ich ziehe die Luft durch die Nase tief ein. Es ist kein Geruch, den ich wahrnehme, eher der Atem des alten Hauses, der nach unendlich vielen Erfahrungen schmeckt. Ich lasse den Blick die Wände hochklettern, spüre mehr, als dass ich sehe, was das Hinzugefügte und was das Alte ist. Ragnar hat mir längst erzählt, dass er ein großes Fachwerkhaus in alter Baukunst neu aufgebaut hat. Dass er dafür den Umgang mit Lehm gelernt hat, mit Lehmsteinen mauern und mit Lehmputz verputzen. Auch, dass es innen teilweise künstlerisch ist, dass er Reliefs aus Lehm geformt hat und sogar Figuren. Ich bin trotzdem überrascht – und fasziniert: Hier ist der Lehm zwischen den schwarzen Fachwerkbalken gelber als draußen. Ja, es gibt viele Arten von Lehm, erfahre ich, man kann ihn außerdem auch färben und natürlich auch überstreichen. Während Ragnar erklärt, ist mein Blick in der rechten Ecke. Dort reckt sich das Relief eines Drachens bis unter die Decke. Sein wachsames Drachengesicht mit weiten Nüstern schaut auf uns herab, seine Flügel sind nur angedeutet. »Und damit kann er fliegen?«, glucke ich.

»Klar. Drachenflügel sind zum Einklappen.«

»Sicher?«

Er nickt, und wir gackern wie zwei Kinder, die mit ihrem Lachen auch ihre Furcht ausschütten wollen. Warum sind wir hier bei ihm so befangen? Bei mir war das ganz anders. Ist er ängstlich, dass ich sein Haus nicht mögen könnte? Wir sind wohl beide ängstlich, jeder aus einem anderen Grund. Ich fühle mich plötzlich mit meinem geordneten bürgerlichen Zuhause, als hätte ich etwas nicht hingekriegt. Was das ist, sehe ich hier vor mir: etwas ganz und gar Eigenes, mit wenig Geld und hauptsächlich mit den eigenen Händen erschaffen.

Er öffnet die Innentür des Flurs. Wir treten in eine große Tenne. Auch innen Fachwerkwände, nur ist das Mauerwerk hier weiß getüncht. Er stellt meine Ungetüm-Tasche ab und führt mich durchs Haus. Überall lehmverputzte Wände, mal in der natürlichen Farbe, mal weiß gestrichen, überall sichtbares Fachwerk. Ein toller Baustoff, schwärmt Ragnar. Sehr gut formbar! An Wänden und Decken ranken pflanzenhafte Reliefs. In einem der Zimmer öffnet sich in einer Nische zwischen Balkenwerk und Mauer ein Schrein, in dem eine kleine Frauenstatue mit geöffneten Armen steht. Hinter dem Ofen in der Küche ein großes Relief: ein Drache im Abflug, so lebendig, dass ich den raschelnden Flügelschlag zu hören meine und das Klack-Klack-Klack der Krallen auf dem Fußboden. Ich bin stumm vor Bewunderung. Ich weiß ja, dass Ragnar sehr wenig Geld hat, ich weiß, dass er alles, was irgend geht, selbst macht und er hat mir auch schon gesagt, dass Lehm der billigste Baustoff ist, den es geben kann, man gräbt ihn einfach aus, wenn man eine lehmige Stelle findet, und die gibt es öfter, als wir glauben. Ich hab trotzdem niemals erwartet, dass es hier zwar einfach, aber sehr besonders und fast edel aussieht.

Aus der Küchentür treten wir hinaus in den Garten. Es hat inzwischen einen Regenschauer gegeben. Gerade kommt die Sonne wieder hervor. Tropfen glitzern im Gras und in dem riesigen Rosenstrauch neben der Tür. Ein üppiger Bauerngarten liegt blinkend vor uns.

Auch jetzt ist es wie neulich, als Ragnar zum ersten Mal bei mir war: Es fällt uns schwer, in dieser anderen Umgebung unsere Schwingung zu finden. Also machen wir erst einen Spaziergang, gehen durchs Dorf. Große Niedersachsenhöfe. Auf der Straße Erdbatzen, aus den Profilen von Traktorreifen gefallen. Feuchte hebt sich aus den Wiesen. Wir streben auf den Wald zu.

»So möchte ich auch leben!«, sage ich leise.

»Wie?«

»Bescheiden. Und dafür das Kostbarste überhaupt haben: Zeit! Für das, was mir wirklich am Herzen liegt.«

»Und? Verrätst du mir, was das ist?«

»Schreiben, hätte ich vor kurzem gesagt. Jetzt ist es am zweitwichtigsten. Das Wichtigste ist die Liebe.«

»Damit kann man sich aber nicht von morgens bis abends beschäftigen!«

»Nicht?« Ich lache.

Er bleibt ernst.

*

Wir sind lange gelaufen. Ich schließe diese Landschaft sofort ins Herz: große Wiesen, auf denen Heidschnucken erstaunt die Köpfe heben und Ewigkeiten hinter uns her schauen. Immer wieder Wälder und an deren Rändern Ginsterbüsche, Gräser mit langen Rispen, sandige Wege. In der Ferne die roten Dächer anderer Dörfer.

Jetzt stehen wir in der Küche. Unschlüssig. Die Befangenheit sieht ihre Chance und schleicht sich wieder an.

»Hunger?«, fragt Ragnar

»Ja«, flüstere ich. »Aber nicht auf Essen.«

Er lächelt mir in die Augen. Plötzlich bückt er sich, hebt mich hoch, schiebt die Schlafzimmertür mit der Schulter auf, legt mich aufs Bett und beugt sich über mich, und wir versinken im Kuss. Als er aufsteht, möchte ich ihn am liebsten festhalten. Aber er geht nicht, er zündet zwei Kerzen an und legt Musik auf, ruhige, samtige Töne, eine sehnsuchtsvolle Melodie. Ragnar legt sich zu mir. Wir schauen uns nur an, spüren die eigene Scheu und die des anderen, und langsam öffnet sich Ragnars Blick für meinen, und vielleicht tut meiner es genauso für seinen, und mir wird das Gesicht heiß, als würde ich erröten, nicht aus Scham, nicht vor ihm, das weiß ich sehr genau in diesem Moment, denn ich empfinde etwas ganz anderes. ›Alles kann ich dir zeigen, alles von mir und du mir von dir.‹

Was ich nicht sage, erreicht ihn, ich sehe es an seinem glühenden Wolfsaugenblick, der sich noch mehr öffnet, ich sehe es an dem Leuchten, das über sein Gesicht geht und an seinem nur angedeuteten Nicken.

Leise lacht er auf, und auch ich lache, ein verwundertes und zugleich wissendes Lachen. Wir sind beieinander angekommen, wir haben den lichten Raum ohne Grenzen betreten, in dem das Ich und das Du zurücktreten hinter blankem Staunen, hinter unbändiger Freude. Es ist wie Wiederfinden, es ist, als hätten wir uns lange, lange schon vermisst.

Es mag sein, dass es nur ein Moment ist. In mir bleibt er bestehen, so wie manchmal ein Klang nicht mehr aus dem Ohr geht, auch wenn er lang verklungen scheint.

Als wir uns zu streicheln beginnen, ist es ein wenig wie ein Frevel gegen jene körperlose Art, uns zu berühren, und zugleich ist es das, was geschehen soll und will und muss. Wir ziehen uns aus, vorsichtig berühren wir einander, wissend und forschend zugleich. Seine Finger sind wie Sommerwind auf meiner Haut, und was meine Finger spüren und berühren, ist in all seinen verschiedenen Formen auf immer neue Weise schön. Wir legen uns eng aneinander. Haut an Haut, so viel es nur geht. Mein Körper jubelt, strömt Ragnar entgegen, umarmt ihn, öffnet sich für ihn. Wie auf geheime Verabredung schauen wir uns erneut in die Augen, und ich tauche in Ragnars grünen Blick. Und wieder ist es da, diesmal eine Süße, die mich lächeln macht, ein Zutrauen, das mir die Hingabe schenkt, in der ich mich verströme und zugleich ein Gefäß bin. Und mein Geist formt mir das Bild vom Meer, weiß leuchtend und dieses Weiße glitzert und blinkt, und das Gleißen wächst in mir und durchtränkt mich und es ist so unsagbar schön, es macht mich so unendlich glücklich, dass mir die Tränen laufen, und ich weiß es: das ist sie. Das ist die Liebe.

Wir liegen nur da, halten uns in den Armen, pressen uns fest aneinander, genießen jedes noch so zarte Fühlen und jeden Atemzug, spüren, wie es mehr und mehr ein gemeinsames Atmen wird, beginnen uns gleichzeitig zu bewegen, und fest umschlungen lassen wir uns fallen, mitten hinein in das weiße Meer.

*

So bin ich gestern bei Ragnar angekommen. Jetzt sitze ich hier in seinem Bett und höre ihn nebenan unser Frühstück machen, während ich in Ruhe schreiben kann. Wenn meine Finger zwischendrin stillstehen, betrachte ich die lehmgelbe Wand gegenüber. Sie ist unregelmäßig von schwarzen Eichenbalkenvierecken unterteilt, und in einem dieser Fächer ist ein Widderkopf-Relief modelliert. Ich verliere mich in diesem Schauen, wie ich es immer tue, wenn ich beim Schreiben nach Worten suche. Doch diesmal horche ich nicht, ob mir Worte zufallen wollen. Ich horche und spüre in meine Brust.

Dort drinnen bin ich wie verwundet. Unsere Umarmung gestern hat etwas sehr Weiches, sehr Mildes und unendlich Zärtliches wie einen zarten Schmerz in mich gelegt. Aber es ist das Gegenteil von Schmerz, es geht nur ähnlich tief und sogar tiefer.

Es ist genug für heute, das Geschriebene will nachklingen und ich möchte genießen, dass ich so friedlich und kein bisschen traurig bin. Vielleicht war es damals nur ein Augenblick, dass die Liebe so vollkommen war. Der Nachklang in mir fragt nicht nach Dauer, er breitet sich aus in mir und wird zum Meer, auf dem das Licht der Sonne glitzert.

Ich strecke die Beine aus, lehne mich im Korbstuhl zurück, schließe die Augen und atme den Duft der Kiefern und der einen dunkelroten Rosenblüte im Steinbeet in mich hinein. »Pling!«, macht der Rechner neben mir. Am Ton erkenne ich schon, dass bei Auserlesen.de eine Mail eingegangen ist. Ich versuche, es zu ignorieren.

»Hey, Carla, das Leben will sich weiterdrehen!«, ruft eine Stimme, die sehr nach Jolin klingt. »In Verzückung kannst du später fallen! Ich brauche auch Gegenwart, nicht nur Vergangenheiten!«

Grinsend richte ich mich wieder auf und schaue nach. Die Nachricht ist von Manfred, dem Journalisten.

»Liebe Jolin,
jetzt, da bei uns sozusagen der nächste Kennenlern-
Schritt anzustehen scheint, habe ich mir noch einmal dein
Profil angeschaut und auch sonst ein wenig recherchiert
und hab dein Buch rausgesucht. Du machst davon in dei-
nen Selbstauskünften wenig Aufhebens, und so habe ich
mir im Internet die Buchbeschreibung und die vorhande-
nen Rezensionen angesehen. Du scheinst das Thema Lie-
besbeziehung darin sehr hoch anzusiedeln, die (wahre)
Liebe sozusagen als spirituelle Erfahrung. Ich weiß nicht,
welche Rolle das in deinem Leben letzten Endes spielt,
aber ich fühle mich verpflichtet, dich – gewissermaßen
warnend – darauf hinzuweisen, dass ich nicht an die Mög-
lichkeit einer dauerhaften selbstlosen Liebe glaube. Die ist
im wirklichen Leben, glaube ich, so gut wie nicht zu ver-
wirklichen. Ich denke, das musste ich dir sagen, um dir
die Möglichkeit zu geben, dich dazu zu verhalten.
Herzlichen Gruß, Manfred«

Wenn ich ein Fell hätte, würden meine Nackenhaare jetzt wie hochstehen. »Wahre Liebe«! Niemals würde ich diesen abgedroschenen, millionenfach missbrauchten Begriff benutzen.

»Aber die ist im wirklichen Leben so gut wie nicht zu verwirklichen.«

Natürlich nicht, wenn man so denkt. Ein solcher Spruch, und man braucht es gar nicht erst zu versuchen! Woher will er das aber wissen, wenn er es nicht probiert?

»Dass ich nicht an die Möglichkeit einer dauerhaften selbstlosen Liebe glaube ...«

Und noch mal: Was ist das, was er da macht? Ich weiß, dass viele so denken. Aber was ist das? Wäre es nicht viel ehrlicher, zu sagen, dass er es sich nicht zutraut, dass es also mit *ihm* zu tun hat und nicht mit der Liebe?

Ach, was gebe ich mich überhaupt damit ab, das passt einfach nicht und gut. Meine Finger sind anderer Ansicht. Sie stehen schon in Flammen.

»Lieber Manfred,
ich habe in meinem Roman nicht über die sogenannte »wahre« Liebe geschrieben. Die kenne ich aus Liebesromanen, in denen sich nach vielen Irrungen und Wirrungen zwei am Ende doch kriegen. Darum geht es da: Kriegen sie sich oder kriegen sie sich nicht.

Ich interessiere mich für die wirkliche Liebe, und die ist frei und sie lässt frei! Deshalb geht es bei ihr nie ums Kriegen, sondern viel mehr ums Lassen. Kann ich den anderen lassen? Ihn nehmen, wie er ist, ihn seine Schritte gehen lassen, egal, wohin sie ihn führen?

Selbstlose Liebe, wie du es nennst, ist das nicht. Denn ohne Selbst kann Liebe nicht gedeihen. Sie braucht sehr viel Selbst. Nämlich Selbstannahme – statt die Annahme beim anderen zu suchen. Und wirkliche Liebe braucht Selbstliebe. Wem die fehlt, der liebt, um geliebt zu werden. Dann ist es nicht Liebe, sondern ein ausgeworfenes Netz, in dem sich der andere verfängt – so sagt es der Dichter Khalil Gibran. Und was gefangen ist, verliert nicht nur seinen Wert, es wird irgendwann seine Freiheit zurück wollen.

Liebe fängt nicht, sie ist frei und sie lässt frei.

Liebe will nicht haben, sie will geben. Und ihr großes Wunder ist, dass sie mehr wird, je mehr sie sich schenkt.

Sie liebt, weil es ihre Natur ist, nicht, weil der andere so sinnliche Lippen hat oder weil er mir gewisse Bedürfnisse erfüllt.

Sie verbindet, doch niemals ist sie eine Fessel.

Vor allem aber ist sie nichts, was du besitzt und auch sonst niemand besitzt sie. Aber du kannst dich öffnen und sie fließen lassen. Es liegt bei uns, ob wir ihr Türen und Tore öffnen, damit sie hinaus und herein kann, oder ob wir uns verschließen.

Vielleicht klingt das für dich abgehoben und überzogen. Für mich nicht, weil ich es im ganz normalen Leben erlebt habe. Und jeder von uns, jeder einzelne ist dazu fähig. Ja, auf dieser Erde wird getötet und sonstiges Schlimmes getan. Aber schau dir an, was die Nachrichten dir vorenthalten: Im selben Moment, in dem ein Mord geschieht oder ein Krieg tobt, bringen Millionen und Abermillionen von liebevollen Eltern mit einem Streicheln, einem Kuss, einer Gute-Nacht-Geschichte ihr Kind ins Bett. Und vielleicht sagen sie ihm sogar: »Ich liebe dich.« Schau dir an, wie viele Liebestaten jeden Tag getan werden: Von Ärzten, Pflegenden, Beschützenden, Lehrenden, von Menschen wie du und ich. Auch sie verschließen ihr Herz mal aus Angst oder Erschöpfung oder sonst etwas, aber sie öffnen es wieder. Denn sie wollen liebende Menschen sein. Ich glaube, du willst das auch. Du traust es dir vielleicht nicht zu, aber du wünschst es dir, oder? Warum redest du dir dann das Gegenteil von dem ein, was du möchtest?

Mir ist klar, dass ich hier ein hohes Ideal verkünde. Aber Ideale werden gebraucht, damit man auf dem Weg zu ihnen sein kann. So wie zuerst die Idee da ist, dann eine Zeichnung – und eines Tages überspannt eine Brücke den Wasserlauf.

Liebe Grüße, Jolin«

21

Der Himmel wird gerade erst hell. Die drei Gürtelsterne des Schützen sind noch zu erkennen und weiter oben zwei andere, von denen einer zu seinen Schultersternen gehören könnte. Schwarz noch die beiden einzelnen, bizarren Kiefernwipfel. Wie schön, das sehen zu dürfen, ich bin sehr, sehr dankbar dafür. Und doch steigt Traurigkeit auf.

Warum? Ist es die Mail, die ich gestern an Manfred geschrieben habe? Sie wird ihn sicher verscheuchen. Ich konnte nicht anders. Ich kann nicht versteckt halten, was ich glaube. Und ich kann es auch nicht in Watte verpackt rüberreichen – auch wenn es wahrhaftig nicht schön ist, als verstiegen angesehen zu werden oder als Moralapostel.

Ach, Carlchen, das sind nur Momente, sie gehen vorbei. Das Leben, das sind ständig sich verabschiedende Momente.

Ja ... Aber übernehme ich mich nicht mit alldem?

Nein! Ich denke nur die falschen Gedanken. Ich habe Kraft genug! Ich habe viel Kraft!

Langsam vergehen am Himmel die Sterne. Ebenso langsam zieht das Blau ein. Und es ist, als wenn es auch in mich einzieht. Meine Brust wird weiter. Aber sie schmerzt wie von Sehnsucht. Wie von Wehmut.

Sind es meine eigenen Worte über die wirkliche Liebe, die mich so aufwühlen? Hat sich Manfreds Sichtweise doch in mich hinein gefräst? Ist nicht all mein Glauben vergeblich? Weil wir es nicht schaffen, so zu lieben, so richtig, so pur? Ich selbst bin doch der beste Beweis! Und das, was ich schreiben will, wird zwangsläufig eine Geschichte der Vergeblichkeit. Wie soll Jolin es hinkriegen, immer weiter auf die Liebe zuzugehen, immer tiefer in sie hinein – allein? Sie wird merken, dass sie für das, was sie sucht, dort wo sie sucht und vielleicht auch sonst nirgendwo jemanden findet.

Ich höre den Gedanken. Ich wollte in meinem Buch zeigen, dass es nur deshalb so ist, wie es ist, weil wir an die Vergeblichkeit glauben und nicht an die Liebe.

Denn ist es nicht das, was mich so sehr angreift, wenn Mike seine Spiele spielt? Oder vielmehr: wenn ich Spiele spiele, die allem widersprechen, woran ich glaube und was ich will. Ich rede mir ein, dass ich mich darauf einlasse, weil es zu Jolins Geschichte gehört. Ja, aber ich hab es erlebt und ich habe es erkannt, und das genügt.

Und jetzt weiß ich auch, warum ich so traurig bin: Weil ich verrate, was mir heilig ist.

*

Ich werfe mir die Sportsachen über, trinke ein Glas Wasser in einem Zug leer. Und aus dem Haus. Aus der Pforte. Ich keuche den steilen Waldweg hoch. Versuche, bis oben nicht an Schnelligkeit zu verlieren. Den langen Steilweg hoch. Erst die letzten drei Meter falle ich ins Schritt-Tempo. Seitenstiche. Atemnot. Heiße Haut und kalter Schweiß. Ich gehe so schnell ich kann. Schwenke die Arme. Den Feldweg am Korn entlang. Ich wäre so gern berührt von der Schönheit, vom Streichelwind, vom Kornfeldduft. Aber mich berührt Scham. Ich schäme mich vor mir selbst. Komme durch das Stück Buchenwald. Bergab. Bergab. Und mein Tal liegt vor mir. Vollkommen still. Nur die Vögel und der leichte Wind in den Wipfeln. Schwer atmend setze ich mich. Die Ameisen halten freundlich Abstand. Die Gräser blühen, manche mit tiefroten Rispen, andere in goldenem Gelb. Fein wie Staub, der ins Sonnenlicht aufsteigt. Die Strahlen kommen schräg wie gerichtete Scheinwerfer zwischen die Stämme, legen hellgrüne Flecken auf die Kissen aus Gras und Moos, lassen das Tiefrot und Goldgelb der Gräserblüten glühen, lassen die tanzenden Insekten leuchten, als trügen sie festlichen Strass.

Und während ich all diese Schönheit in mich hineinnehme, mich anfülle mit ihr, tritt der Frieden, der hier wohnt, in mich ein. Endlich kann ich ehrlich mit mir sein: Ja, es hat seinen Grund, dass ich fast allein in der Natur lebe. Ja, ich verstecke mich. Wie schon einmal in meinem Leben. Weil ich die wirkliche Liebe nicht leben kann. Und die andere will ich nicht.

22

Liebe Jolin,
als ich dir die letzte Mail schickte, habe ich, offen gestan-
den, gedacht: »Das wird es wohl gewesen sein.« Deine
überaus ernsthafte, offene und differenzierte Antwort be-
schämt mich geradezu und belehrt mich eines Besseren.
Nicht, dass meine Skepsis (oder wertfreier: Vorsicht) weg-
gewischt wäre, aber wenn ich meine Regungen richtig in-
terpretiere, dann möchte ich mich der Möglichkeit, mich
auf diesem Niveau mit einer Frau auszutauschen, nicht
voreilig und womöglich aus reiner Kleinmütigkeit berau-
ben.
Will ich mich auf einen doch sehr speziellen Menschen
wie dich einlassen? Wenn ich es herausfinden will, muss
ich's darauf ankommen lassen. Wir werden schlicht und
einfach ausprobieren müssen, ob es nicht nur eine »geis-
tig-seelische« (entschuldige die Anführungsstriche, aber
ich habe das Gefühl, dass das nur ein Hilfswort sein
kann), sondern auch eine körperliche Anziehung gibt. Was
meinst du dazu?
Mit herzlichen Grüßen,
Manfred

Hilfe!
»Mich der Möglichkeit nicht berauben ...«
»Wenn ich meine Regung richtig interpretiere ...«
Ja, ja, ja... Das sind Dinge, über die ich mich noch bis
heute Abend aufregen kann, und es wird mich keinen
Schritt weitergebracht haben. Das andere ist wichtig.
Sehr wichtig.
»Will ich mich auf einen doch sehr speziellen Menschen
wie dich einlassen?«
Ein sehr spezieller Mensch ... Ist es das, warum ich so
wenig Antworten bekomme? Merkt man es? Lesen die,
die ich anschreibe und die nicht antworten, mein An-
derssein aus meinem Profil heraus? Sehr speziell heißt
ja letztendlich, dass ich nicht dahin passe, wo die meisten anderen hinpassen. Nicht ins Onlinedating, nicht in

eine normale Paar-Beziehung und schon gar nicht in irgendeine Schublade.

Speziell ... Nett ausgedrückt. Meistens wird es mir ja anders, allerdings genauso verschleiert gesagt. ›Du bist aber auch empfindlich ...‹ Und die Augen meines Gegenübers wandern gen Himmel, weil es schließlich meine Schuld ist, wenn mich etwas trifft, das jeder andere ohne Federlesens wegstecken würde.

Du bist nicht richtig, du bist verzärtelt, du wirst in diesem Leben nicht zurechtkommen, wenn du dich nicht änderst ...

Natürlich kann man sich ändern, bis ins hohe Alter sogar noch. Aber gewisse Dinge eben nicht: Wenn ich blond bin, dann bin ich blond, und außer zu färben lässt sich dagegen nichts tun.

Ich hatte gehofft und geglaubt, in Ragnar den Mann gefunden zu haben, der zu mir passt. Und er passte auch mehr zu mir als jemals jemand vor ihm. Aber etwas stimmt nicht in mir. Dieses Etwas macht mir das unmöglich, was ich mir am allermeisten wünsche. Und ich weiß nicht, was es ist.

»Marie? Willst du hören, wie es mit Manfred gewesen ist?«, rufe ich in die offene Terrassentür und lasse mich in einen der Gartenstühle auf der Terrasse fallen. Ich muss das erzählen, sonst glaube ich, dass es ein Traum gewesen ist.

»Ich hab aber nur eine Viertelstunde!«, kommt von drinnen. »Ich muss gleich zu meinen Kindern.«

Ich stutze. Langsam, als sei mein Gehirn von dichtem Nebel durchdrungen, verstehe ich: Marie fährt nicht arbeiten und auch nicht zur Kinderstation; sie fährt zu »ihren« Kindern.

Von hinten beugt sie sich über mich. Legt die Arme um mich und drückt mich. Wie immer duftet ihre Haut, ihr Haar, wie wenn sie eben noch am Meer gewesen und von frischem Seewind durchweht worden wäre.

»Ich bin neugierig«, haucht sie direkt in mein Ohr. Und mit ernsterer Stimme: »Manchmal denke ich schon, dass ich als Trittbrettfahrerin auf dein Leben aufgesprungen bin und mich davon durch die Welt kurven lasse!«

»Was?«

»Na ja, wenn ich mal einen Tag keine neue Geschichte von dir höre, kommt ein ganz komisches Gefühl in mir hoch. Wie von allem abgeschnitten.«

»Du? Du bist doch diejenige, die ständig unterwegs ist und so viele Kontakte hat!«

Marie löst die Arme von mir, grinst verschmitzt und nickt mir zu. »Leg los!«

»Also – hier kommt die Geschichte meiner ersten Internetdating-Verabredung. Kannst du dir vorstellen, wie das ist, wenn du die Tür aufmachst, und vor dir steht ein Fremder, der dein Liebster werden will?«

»Sag ich doch! Das ist einfach keine natürliche Art, sich kennen zu lernen. So funktionieren wir nicht! Und ihn gleich zu dir einzuladen, fand ich einfach nur verrückt, das weißt du ja.«

Ich rolle die Augen hoch. Und entscheide mich, schlicht bei der Sache zu bleiben. Schon allein, damit ich mir selbst zuhören und dadurch Klarheit finden kann.

Meine Stimme ist trotzdem belegt, als ich erkläre, was Marie längst weiß: »Ich will mich nicht im Café oder sonst wo treffen, das ist zu unpersönlich, da werde ich zum Automat. Wir haben telefoniert, fanden uns sympathisch, ich weiß, wer er ist, wo er wohnt, was er macht – also kann man sich auch bei einem von beiden zu Hause treffen!«

Sie nickt auf eine Art, die mir sagt, dass sie das trotzdem nicht richtig findet. Na gut. Dann wird das, was ich zu berichten habe, sie fesseln, erst recht, wenn ich es wie aus der Zeitung vorgelesen erzähle.

»Also, pass auf!«, hebe ich an. »Es klingelt. Als ich die Tür aufmache, sehe ich als erstes dieses Zucken in seinem Gesicht, im Zickzack wie ein Blitz am Himmel, nur von unten nach oben, vom Kinn zur Schläfe. Ich hätte die Tür am liebsten gleich wieder zugeschlagen, so hab ich mich erschrocken. Er merkt es gar nicht oder er tut jedenfalls so. Als nächstes bleibt mein Blick an seinen Augen hängen. Erinnerst du dich an sein Foto? Die schönwetterblauen Augen? Die hatte er zu Hause vergessen! Stattdessen hatte er welche mit, die grau waren und wachsam wie die eines Kettenhunds.«

»Also war dir gleich klar, dass er nichts für dich ist, oder?«

Ich nicke. »Ja. Wenn ich ganz ehrlich bin, sogar schon, bevor er gekommen ist. Aber das sind Urteile im Vorhinein. Man muss schauen, wie es sich anfühlt, da hat er Recht. Und ich war auch neugierig. Was ist das für ein Mensch? Das ist doch nebenbei eine Riesenchance beim Onlinedating: du kannst Menschen etwas näher kennenlernen, denen du sonst nie begegnen würdest.«

»Ich weiß nicht. Im richtigen Leben gehe ich doch auch nicht auf jemanden zu, der keine Anziehung auf mich ausübt.«

»Im richtigen Leben begegnest du demjenigen aber live, und nur so kannst du merken, ob Anziehung da ist.«

»Und wie ging es weiter?«

»Hallo, komm rein, möchtest du einen Tee? Er war so was von verspannt! Aber womöglich habe ich ihn mit meiner Nervosität angesteckt oder wir uns gegenseitig. Wir haben miteinander gesprochen, als ob wir in einem

Wettbewerb für gewähltes Sichausdrücken wären. Und das Zucken in seinem Gesicht ging immer weiter. Ich wusste ja, dass er Journalist ist, hab gefragt, was er schreibt, für welche Zeitung. Ich glaube, das könnte ich nicht, Kolumnen über eine missglückte Übung der Freiwilligen Feuerwehr oder über die letzte Gemeinderatssitzung, hab ich gesagt, und er hat gekontert, er könne wohl keinen Liebesroman schreiben. Da hab ich schon wieder so etwas wie Groschenroman rausklingen hören, aber nach seinem letzten Brief hatte ich keinen Grund, so zu denken.

Vielleicht hätte das der Moment sein können, in das Thema einzusteigen, aber wir waren beide noch viel zu angespannt. Am besten löst sich das im Wald, dachte ich, da brauche ich ihn auch nicht anzusehen und mich vor diesem Zucken in seinem Gesicht zu gruseln. Er war einverstanden. Ich hatte ihm schon vorher am Telefon gesagt, er solle feste Schuhe mitbringen. Er holte seine Wanderschuhe aus dem Auto. Die sahen aus, als hätte er sie noch nie angehabt. Neu, frage ich. Nein, sagt er in einem Ton, als sei das doch auch deutlich zu sehen. Sein Auto war auch nicht neu. Aber im Kofferraum war nichts, nur die Tüte mit den Schuhen. Kein einziges Stäubchen. Aber nur weil er einen sauberen Kofferraum hat, ist er ja kein Serienmörder.«

Marie sieht mich halb erschrocken, halb tadelnd an. »Und dann?«

»Beim Gehen werden wir tatsächlich lockerer, unser Gespräch allerdings nicht. Wie war deine letzte Beziehung, warum habt ihr euch getrennt, wollte er wissen, wie lange ist das her, diese Nummer. Und dazu das Zucken in seinem Gesicht. Ich hab's dann doch nicht fertiggebracht, mit ihm richtig tief in den Wald zu gehen. Als wir zurückgekommen sind, ist er ganz selbstverständlich wieder mit reingekommen.«

»Warum hast du nichts gesagt?«

»Was denn? Fahr jetzt lieber? Wir hatten das Eigentliche ja noch gar nicht besprochen. «

»Du meinst euer Gespräch über die Liebe?«

»Ja. Beim Abendessen gingen ein paar Worte und Sätze darüber hin und her. Ich erinnere mich nicht an alles, nur daran: So hoch wie ich von der Liebe denke, könne ich stattdessen genauso das Wort Gott gebrauchen, hat er gesagt. Gott IST Liebe, konnte ich mir nicht verkneifen zu sagen. Da kam sofort: Und was ist Gott? Gibt es einen Gott? Dann würde die Welt totsicher anders aussehen!«

»Ja?«, hab ich gekontert. »Woher willst du das wissen?«

»Weil er nicht zulassen würde, dass wir uns hier gegenseitig umbringen, quälen, betrügen, erpressen und was weiß ich nicht noch alles.«

»Ach, sind wir hier im Kindergarten, und Gott ist unser Aufpasser? Nein! Er lässt uns machen, was wir für richtig halten, er redet uns nicht rein – er behandelt uns wie Erwachsene. Er hat uns ein paar Dinge gesagt, mit denen wir ins Unglück rennen würden und das wir sie deshalb lieber sein lassen sollten. Wir haben es Gebote genannt, für mich sind es eher gute Ratschläge. Wir können selbst entscheiden, ob wir auf ihn hören, ob wir den Weg, den er uns durch seinen Sohn sehr deutlich gezeigt hat, gehen wollen oder nicht. Gott ist kein Diktator, aber viele Menschen wünschen ihn sich so. Er soll uns sagen, was wir tun müssen, dann brauchen wir uns nicht mehr ständig zu entscheiden und außerdem haben wir jemanden, dem wir die Verantwortung und vor allem die Schuld geben können.

Wenn Gott Liebe ist, dann wird er uns niemals zu etwas zwingen. Liebe tut so etwas nicht. Sie lässt frei. Ein Gott der Liebe wird niemals Untertanen aus uns machen. Er wird uns lassen. Aber nicht verlassen. Wir gestalten unsere Welt selbst – und haben doch eine sehr große Unterstützung an unserer Seite: die Liebe. Wenn wir in ihrem Sinn handeln, dann wird es gut. Vielleicht nicht auf den ersten Blick, vielleicht geht etwas sogar erst mal schief, aber du weißt vielleicht selbst, dass eine Krise auch ein Sprungbrett ist, von dem man abspringen und sogar fliegen kann. Ich hab das schon erlebt und ich weiß: Wäre nicht vorher etwas schief gewesen, wäre ich nicht gesprungen.«

Marie nickt. »Und was hat er dazu gesagt?«

»Er fand den Gedanken erstaunlich. Aber dann meinte er, nur allein auf die Liebe könnten wir uns als Staaten nicht verlassen. Wir brauchen nun mal Gesetze und Bestimmungen, sonst würde alles im Chaos landen. Da hab ich aufgelacht und etwas gesagt, über das ich mich selbst gewundert habe: ›Ich halte es sogar für dumm, an unseren Regeln und Gesetzen und politischen Entscheidungen feilen zu wollen, um die Welt zu verbessern. Aus meiner Sicht ist nur eine gerechte, gute, gesunde Gesellschaft möglich, wenn man das nicht von außen draufzusetzen versucht, sondern wenn es innen geschieht – also in jedem einzelnen. Es kann keine Gerechtigkeit geben ohne Gnade, ohne Barmherzigkeit, ohne Milde und Güte – alles Eigenschaften der Liebe. Wir versuchen mit unseren Gesetzen, mit unserer angeblichen Gerechtigkeit etwas nachzuäffen, was wir längst in uns haben. Wahre Gerechtigkeit, in der jeder sich nach seinen Möglichkeiten entfalten darf und niemand hungert und niemand sich am anderen bereichert, eine glückliche, gesunde Gesellschaft wird es nie geben ohne die wirkliche Liebe.‹ Du kannst es dir denken: Das hat er nicht teilen können. Es war wieder wie am Anfang: Du magst Recht haben, hat er gesagt, aber das ist nicht zu verwirklichen.«

»Und das war's dann?«

»Ja, so ungefähr. Ich hab ihm gesagt, dass wir uns wohl gerade nicht verstehen, weil jeder von uns dem Wort Liebe eine andere Bedeutung gibt. Und dass das auch in der Welt so ist. Liebe steht für Beziehung, für körperliche Liebe, für ein Gefühl, für noch so viel anderes, es ist ein großer Gemischtwarenladen in dieses Wort gesteckt worden, aber Beziehung ist Beziehung, körperliche Liebe ist Erotik und das Gefühl, das durch Liebe ausgelöst wird, ist das Liebesgefühl. DIE Liebe ist das alles nicht.«

»Sie ist das alles auch«, sagt Marie.

»Ja, all das gehört zu ihr, aber sie selbst ist viel mehr. Deshalb sage ich ja immer die wirkliche Liebe.«

»Und was hat er dazu gesagt?«

»Was ist die Liebe denn dann? Ich kam mir plötzlich anmaßend vor und belehrend. Trotzdem hab ich gesagt, was mir wichtig war: Nenn mir jemanden, der dir sagen kann, was Liebe ist. Ich kann dir nur sagen, *dass* Liebe ist. Und das ist für mich das größte Wunder überhaupt.«

Ich schließe die Augen, muss einen Moment in mich horchen. Marie scheint ungeduldig zu sein. »Und was hat er dazu gesagt?«

»Er hat sehr nachdenklich vor sich hin genickt. Aber ich glaube, es war ihm dann doch zu viel, zu abgehoben, was weiß ich. Das verstehe ich gut. Für mich ist es ein vertrautes Thema, Manfred hat sich wohl zum ersten Mal so über die Liebe unterhalten. Wirklich eingelassen hat er sich nicht. Er hat mir immer wieder erzählt hat, was die Meisten denken oder glauben. Wenn ich ihn nach *seiner* Sicht gefragt habe, kamen Zweifel. Ich bin, was die Liebe angeht, nun mal ganz und gar sicher, das hatte ich ihm ja schon geschrieben. Hätte er mehr darüber wissen wollen, hätte er gefragt. Aber er hat immer nur neue Zweifel und jede Menge Allgemeinplätze ausgekippt – bis ich gesagt habe, auf solch eine Weise möchte ich nicht über Liebe reden.«

»Ach, Carlchen«, seufzt Marie. »Und dann?«

»Als er nach dem Abendessen neben meinem Stuhl in die Knie ging, als wollte er mir einen Heiratsantrag machen, und mir erzählte, wie wohl er sich bei mir fühle, als er offensichtlich zum Erobern übergehen wollte, die erste Berührung und so, hab ich gesagt, dass bei mir keine große Anziehung da ist. Ich konnte zusehen, wie in seinem Gesicht der Vorhang fiel. Bei mir ist viel Anziehung, betonte er noch mal. Ich hab nicht reagiert. Als er sagte: Dann geh ich wohl jetzt besser, klang er beleidigt.«

»Na ja, er war enttäuscht.« Marie sieht mit gesenkter Stirn herüber.

»Meinst du, er dachte, bei Gefallen kann er gleich über Nacht bleiben?«

»Klar!« Marie grinst. »Das signalisiert eine Frau doch, wenn sie den Mann zu sich einlädt.«

Ich finde das nicht. Aber ich bin ja auch speziell.

»Dann hat er also seine Wanderschuhe wieder eingepackt«, berichte ich weiter. »Und stell dir vor: Sie waren noch genauso sauber wie am Anfang, trotz Waldspaziergang. Und nach zig Abschiedsfloskeln ist er endlich gefahren. Oh, war ich erleichtert!«

Marie lächelt, aber als sie spricht, ist sie sehr ernst. »Man muss aber auch nicht immer gleich alles auskippen, was man denkt.«

Ich bin entgeistert. Dann, als sei ich im ersten Moment nur betäubt gewesen, kommt der Stich. Auskippen …

Das klingt ja wie …

Du immer mit deiner Empfindlichkeit, so klingt das. Und wie andere Sprüche von der Art …

Ich stehe auf, sage: »So, das waren jetzt die neuesten Nachrichten aus dem Onlinedating, bis später« und mache mich auf zu meinem stillen Haus.

*

24

Oktober 2004

Seit Ragnar in meinem Leben ist, kommen mir oft Szenen aus der Kindheit in Erinnerung. Ich erzähle ihm davon. Vielleicht versteht er dann besser, warum ich so leicht verletzt bin. Manchmal wegen – ja, einmal wegen eines einzigen Blicks. Es war nur ein Streifblick, aber da war etwas darin, dass ich mich gefühlt habe, als hätte ich ungewaschene Haare und fahle Haut. Fahl wie Käse. Und als würde ich auch wie Käse riechen. Ich musste mich zusammennehmen, sonst hätte ich geweint. Nein, noch schlimmer: Wenn ich ehrlich bin, hab ich mich für einen Moment gefragt, ob ich dieses Leben noch ertragen kann. Wegen dieses einen Blicks!

Später habe ich es Ragnar erzählt. »Bin ich verrückt?«

»Nein, verliebt! Das macht einen verletzlich wie ein Ei ohne Schale.«

Ich bin eher eine gehäutete Schlange, so neu und empfindlich, und ich kann es nicht vermeiden, dass diese dünne Haut immerzu mit Grobem oder Hartem oder Stacheligem in Berührung kommt. Und es ist noch schlimmer geworden, seit ich hier bei Ragnar wohne. Aber das ist ja kein Wunder: ein völlig neues, völlig anderes Leben.

»Hast du dich denn vor unserer Zeit auch manchmal wie alter Käse gefühlt?«

»Ja, oft. Als junges Mädchen, als die anderen anfingen mit den Jungs und mich keiner wollte.«

»Hast du mal in den Spiegel gesehen? Selbst wenn du pickelig warst, du musst auch damals schon hübsch gewesen sein.«

»Weißt du, er hat manchmal so ausgesehen, als ob er sich vor mir ekelt!«

»Der Spiegel?«

»Nein. Mein Vater.«

*

Es ist so viel Liebe! Es sind so tiefe Gespräche.
Gehört beides zusammen? Beschenkt und befruchtet eins
das andere?

Ragnar und ich erzählen uns unsere innersten Gedan-
ken. Auch die, die uns peinlich sind. Ich gestehe ihm ein,
dass ich eifersüchtig werde, wenn er etwas anderes
möchte, als mit mir zu sein. Ich komme mir vor wie ein
kleines Mädchen, wenn er sagt: Jetzt muss ich in den Gar-
ten. Das ist ihm wichtiger als ich? So denke ich. Wirklich!
Und dann kommt dieses Gefühl. Es ist wie ein Schlag in
den Bauch, und es tut weh. Auch davon erzähle ich Rag-
nar. Er lacht und sagt: »Ich hab auch blöde Gedanken.
Weißt du doch.« Ja, weiß ich. Und ich bin immer wieder
perplex, dass er darüber spricht, als sei es ganz leicht.
Zum Beispiel hat er mir erzählt, wie gebauchpinselt er sich
fühlt, wenn er von irgendwoher ein Lob bekommt. Und
dass er sich im nächsten Moment vorkommt wie ein klei-
ner Junge, der nach einem guten Wort lechzt wie nach ei-
nem Almosen.

»Ich hab das sehr bewundert, dass du mir das erzählt
hast, und mich gefreut, dass du mir so vertraust.«

»Ist das nicht total schön«, sagt Ragnar leise, »wenn man
beim anderen auch mal blöd sein darf? Nicht glänzen
muss, nichts erfüllen muss?«

»Ja – und wenn ich dir meine Peinlichkeiten erzählen
kann, ohne dass es schlimm ist, im Gegenteil, du freust
dich über meine Offenheit, dann denke ich plötzlich an-
ders über mich. Und weg sind sie, die schlimmen Gefühle.«

»Was keine große Aufmerksamkeit bekommt, hat auch
keine große Wirkung.«

Ragnar hat das einfach so dahingesagt. Ich horche auf.
»Glaubst du, das gilt auch andersrum?«

»Klar.«

25

Zeitig frühstücke ich, die Füße aus dem Schatten des Pavillondachs herausgestreckt. Die Sonne kitzelt immer neue Sommersprossen auf meine Beine. Wenn es genug sind, sehen sie vielleicht auch so glatt und braun aus wie die von Josepha. Aber zwischen ihnen gibt es schneeweiße Flecken, die sich nicht überzeugen lassen, auch braun zu werden. Sie haben ihre eigenen Ideale.

Ach, ich kann mir noch so lustige Gedanken machen: Es ist nicht leicht, die Zeit mit Ragnar schreibend noch einmal zu erleben. Und wenn es auch gut ist, nicht davor wegzulaufen, sondern alles noch mal anzuschauen – das kann ich nur häppchenweise. Jetzt wäre Ablenkung nicht schlecht. Und als hätte der Laptop diese Gedanken gehört, meldet er mir mit einem dezenten »Pling!«, dass eine Nachricht eingegangen ist, bei Auserlesen.de. Sofort habe ich Herzklopfen, öffne mein Postfach dort – und ja, eine neue Nachricht, und ich erinnere mich gleich bei seinen ersten Worten an ihn. Ich hatte ihn angeschrieben, obwohl er in seinem Profil so gut wie nichts über sich preisgegeben hat. Nur, dass er blond und stattlich sei. Und diesen einen Satz:

»Das Besondere an mir ist meine Zärtlichkeit und die Liebe, die ich schenke.«

Ohne lange zu überlegen, hatte ich geschrieben:

»Schade, dass du in deinem Profil so wenig preisgibst. Mich zumindest würde es interessieren. Verrätst du mir mehr über dich? Liebe Grüße, Jolin«

Es ist schon ein paar Tage her. Jetzt kommt dies:

»Liebe Jolin,
natürlich verrate ich alles, was es Wissenswertes gibt. Ich bin erst ganz kurz bei Auserlesen.de und hatte noch nicht die Zeit, weitere Infos einzugeben, zumal ich diese Art der Informationsverbreitung für viel zu unpersönlich halte.

Besser kann man Details am Telefon besprechen oder direkt bei einem Treffen. Ich finde, die Stimme eines Menschen kann schon einiges aussagen.

Kleinigkeiten über mich: Wie du gelesen hast, bin ich fünfundfünfzig und eins neunzig hoch. Freunde behaupten, ich sei stattlich. Ich bin ziemlich verschmust und verehre die Frau oder, wenn du willst, das Weibliche. (Leider betrachten viele meiner Geschlechtsgenossen eine Frau lediglich als Objekt.)

Ich hätte noch vieles zu sagen, aber bitte persönlich, mindestens in einem Telefonat. Wenn du möchtest, melde dich doch einfach bei mir, unten findest du die Handynummer, oder SMS. Ich rufe zurück.

Liebe Grüße, Harald«

Ich schließe die Augen, horche den Worten hinterher. *»Leider betrachten viele meiner Geschlechtsgenossen eine Frau lediglich als Objekt«* kommt mir anbiedernd vor.

Und du, Jolin? Wie findest du es?

Es ist ganz anders, als wenn Ragnar schreiben würde – das ist es doch, Carlchen, was dich stört!

Ja, da ist was dran ...

Mir gefällt, was er schreibt. Dieser eine Satz, na gut. Klar ist das anbiedernd. Er wäre kein Mann, wenn er nicht versuchen würde, andere auszustechen. Auf jeden Fall möchte ich erst ein Foto sehen, bevor ich entscheide.

Das soll ich ihm schreiben?

Wieso? Männer wollen auch erst sehen, mit was sie es zu tun haben.

Mit wem!

Nein, mit *was*! Sie wollen das Äußere sehen.

Stimmt. Aber ein Foto ist nur eine Momentaufnahme, der Mensch selbst kann ganz anders rüberkommen.

Ach Carlchen! Wenn du mal ein bisschen aus dem Denken rauskommst, kannst auch du die Spiele mitmachen, die alle anderen spielen.

Mag sein. Aber sie reizen mich nicht.

Findest du nicht, dass das voreilig ist?

Nein, finde ich nicht, eher nacheilig. Weil ich nämlich jetzt erst begreife, dass ich aufgeben muss zu versuchen, anders zu sein. Ich bin ein Andersvogel, und wenn es sonst keine Andersvögel gibt auf der Welt, dann muss ich eben alleine bleiben.

Ach was! Wenn einer wirklich liebevoll ist, wirklich nett und tolerant, dann kannst du ruhig anders sein. Der nimmt dich, wie du bist.

Vielleicht, ja – aber ich möchte mich auch verstanden fühlen, nicht nur angenommen ...

Hey, wo ist deine Leidenschaft, mit der du für die Liebe gehst? Hast du nicht gelesen, was Harald geschrieben hat? Es scheint, er will genauso tief einsteigen wie du. Wovor hast du Angst?

Gute Frage ...

Ich schließe die Augen und lasse die Antwort in mir aufsteigen. Davor, enttäuscht zu werden.

Tja, Carla, entweder trägst du dieses Risiko – oder du bleibst schön versteckt im Wald sitzen, und niemand kann dich enttäuschen oder dir wehtun. Und wohl behütet gehst du an deiner Sehnsucht langsam ein.

*

Ich schlendere im Garten umher, sage mir wieder und wieder: Du musst besser auf dich achten! Fürsorglich mit dir sein. Schlafen, essen, Freude haben – das ist wichtig! Und: Mut!

Ich gieße die neu gepflanzte Blume mit dem bezaubernden Namen »Elfenspiegel«, deren lachsrosa Blüten mir eher wie kleine Gesichter, nicht wie Spiegel vorkommen. Sie alle schauen mich an, als wollten sie sagen: Und? Bleibst du dran?

»Klar«, sage ich zu den Elfenspiegel-Gesichtchen.

Gedanken sind Werkzeuge

Deine Gedanken sind vielleicht eher wie Tyrannen. Wie werden sie zu deinen Werkzeugen?

Ja, natürlich musst du erst üben, sie viel besser wahrzunehmen als bisher. Und dann? Das war's. Je mehr du das tust, desto mehr wirst du sie zu lenken lernen. Ganz von allein.

Du wirst vielleicht sagen: Wenn wir über eine bestimmte Sache nachdenken, lenken wir sie doch immer. Ja. Aber solche konzentrierten Gedankenvorgänge sind hier nicht gemeint. Es sind immerzu Gedanken in uns, sie kommen und gehen, sie geben sich die Klinke in die Hand. Und manchmal ist es wunderbar, dass plötzlich irgendein Gedanke von selbst zwischen das allgemeine Denkrauschen hüpft und uns buchstäblich auf andere Gedanken bringt. Vielleicht ist es eine tolle Idee, vielleicht ein Muntermacher – auf keinen Fall müssen diese freien Schwärmer negativ sein. Manche sind es, manche nicht.

Von beidem etwas haben die Sinngeber. Sei dir klar darüber, wie sehr dein Denken alles gestaltet. Es gibt den Dingen nicht nur eine Eigenschaft: heiß oder kalt. Grün oder blau. Es gibt ihnen auch einen Wert: gut oder schlecht. Es ist, als würdest du die Dinge und Gegebenheiten um dich herum anstreichen, und nicht bloß mit Farben: eine Birke findest du vielleicht filigran, tänzerisch und schön. Schon siehst du sie in alle Zukunft genauso – es sei denn, du hast einen Tag, an dem in dir alles grau und öde ist. Schon streichst du die Birke auch grau an. Das Grau kommt aus unangenehmen Gefühlen und erzeugt unangenehme Gefühle.

Wie du denkst, so fühlst du dich. Und was du fühlst, beeinflusst wieder deinen nächsten Gedanken. Und das alles ist, was du später im Rückblick als dein Leben empfinden wirst.

Und dann gibt es noch die eindeutig Negativen. Das sind Gedankenkarussells, aus denen man nicht mehr herauskommt. Negativ sind auch die Gedanken, die andere

Menschen, Dinge, Geschehnisse oder Gegebenheiten ab-urteilen, bevor du überhaupt in Ruhe darüber entscheiden kannst. Solche Gedanken sind meist die Sprachrohre un-serer Glaubenssätze oder sie sind irgendwo aufge-schnappt – im Fernsehen, in Gesprächen mit anderen oder wo auch immer – ohne dass du es gemerkt hast. Sie stül-pen dir ihre Sichtweisen über und machen dich zu ihrer Marionette, und es ist reines Gift, in ihren Fängen zu hän-gen. Denn obwohl es Gedanken sind, tragen sie weder zu Erkenntnis noch zu Klarheit bei. Im Gegenteil, sie flüstern kaum hörbar, erzeugen Gefühle, die auch nicht deutlich fühlbar sind, eher mulmig, wie man so schön sagt – ihre Wirkung aber ist gewaltig. Das ist nämlich ein merkwür-diges Phänomen: Je unklarer zum Beispiel eine Angst ist, desto stärker kriegt sie dich zu fassen. Darum ist es so gut, besonders Angstgedanken genau anzuhören. Oft sind sie viel harmloser als die Gefühle, die sie auslösen.

Und hier schließt sich der Kreis: Nimm wahr, was du denkst. Erkenne es. Und wenn es dir nicht gefällt oder guttut, dann gibt es nur eins: Denk andere Gedanken!

Mein Handy piept. Die SMS ist von Stine. Jetzt stellt sie bestimmt die Frage, wann ich komme, das sehe ich schon an den eingeblendeten ersten Worten »*Willst du nicht ...*« Aber es geht ganz anders weiter:

»*... auch mal bei einer Online-Community gucken, wo es um mehr geht als um Partnersuche? Sich kennenlernen, zusammen Dinge unternehmen – das muss ja nicht immer gleich unter der Überschrift »Beziehung« stehen, oder? Buddha Lounge ist so eine, und ich glaube, sie könnte zu dir passen. Schau dich doch da mal um. Viel Glück und eine liebe Umarmung, Stine*«

Zwei Minuten später bin ich dort online. Es ist anders als beim Onlinedating, hier gibt es Foren, auf denen man sich zu bestimmten Themen äußern kann und offenbar wird über einige sehr intensiv diskutiert. Es gibt auch eine Suchfunktion, mit der man nach Partnern oder sonstigen Kontakten suchen kann. Ich wähle aus, dass ich einen Mann suche – und mehr Einschränkungen mache ich erst mal nicht. Die Liste enthält über 800 Einträge, geordnet offenbar nach dem Datum, wann die Teilnehmer zuletzt eingeloggt waren. Hier geht es nirgends um Ausbildung und Beruf, schon gar nicht darum, wie der mögliche Partner zu sein hat. Stattdessen gibt es viel Platz, um über sich selbst zu erzählen. Manche machen das mit Hilfe von Bildern, und ich sehe bei einigen sind sehr schöne und sehr berührende Fotos. Ich lese in die ersten Profile hinein – und kann gar nicht mehr aufhören. Dies hier rührt mich an:

Es gibt ja das schöne Bild, wonach Frauen den Rosen gleichen. Aus meiner Sicht ist die Weiblichkeit wesentlich vielfältiger und kommt eher einem Garten Eden gleich. Mich interessieren weniger die aufgestylten, geraden Pflanzen mit den riesigen Früchten in der ersten Reihe (die Schlange davor ist mir zu groß, und sie sind oft überteuert und die Haltbarkeit ist begrenzt). Auch ist wohl meine Zeit

vorbei, in der es das junge Gemüse mit den zarten Knos-
pen sein sollte. Daher gilt meine Vorliebe den Geschöpfen,
die für mich zu allen Jahreszeiten auch aus dem Halb-
schatten leuchten, die sich ihre eigene Unverwechselbar-
keit bewahrt haben und sich ihrer Narben nicht schämen.
Hier würde ich gern die Früchte in Form von Liebe und Zeit
in der realen Welt ernten, immer nur so viel, dass ich je-
derzeit wiederkehren darf, denn die Natur vergisst keinen
Frevel an ihr.

Ein Schwarzweiß-Foto ist dabei: ein eher kompakt ge-
bauter, aber nicht dicker Mann mit kahlem, sehr schön
geformtem Kopf, ausdrucksvollen Augen und göttlichen
Lippen. Offensichtlich ein Studiofoto. Sein ernster Ausdruck, seine ganz besondere Art, wie er dasitzt: Er trägt
nur eine aufgekrempelte Jeansjacke, seine wohlgeformte
Brust schaut hervor, und sein behaarter Arm, den er in
Denkerpose mit dem Ellbogen auf seinen nackten Oberschenkel stützt – ich spüre sofort tiefe Zuneigung.
Gleichzeitig scheint mein Jagdfieber erloschen zu sein.
Er ist einundvierzig Jahre alt, ich vierundfünfzig – und
einfach nur Kontakt ist nicht das, was ich möchte.
Ich blättere weiter und finde auf einem anderen Profil
dies:

Nicht die Schönheit entscheidet, was wir lieben. Die
Liebe entscheidet, was wir schön finden.

Ist das so? Es ist auf jeden Fall ein Satz, der hilft zu
unterscheiden: Ist es wirklich Liebe oder ist es Romantik?

28

Haralds Lachen dröhnt, dass ich den Hörer ein Stück vom Ohr weghalte. Sofort lache ich mit. Seine Späße sind launig, und er ist sehr nett. Hat er gemerkt, wie befangen ich bin? Versucht er, mir darüber hinwegzuhelfen? Es fällt mir leicht, darauf einzusteigen. Ich witzele über seine Selbstbeschreibung bei Auserlesen.de, in der so gut wie nichts steht.

»Hast du trotzdem Zuschriften bekommen?«

»Nein. Bis jetzt noch nicht. Deine reicht doch!«

»Ja? Willst du nicht lieber die Wahl haben?«

»Nein.« Es klingt wie: Frag nicht so, das ist doch klar.

»Wieso nicht?«

»Na hör mal – willst du das?«

»Keine Ahnung. Mir würde schon genügen, wenn ab und zu mal einer antwortete von denen, die ich angeschrieben habe.«

»Sag ich doch! Meine Geschlechtsgenossen gehen nicht immer mit euch Frauen um, wie sie es tun sollten!«

»Ist das ein Versprechen?«

»Dass ich das nicht so mache? Jaa!«

»Hoffentlich kein Werbeversprechen!«

»Do-hoch!« Der Telefonhörer kann sein Lachen nicht halten. Es birst heraus. Rennt rund um mich herum. Hopst sich schüttelnd durch den Garten.

Ich höre ihm beim Lachen zu und lasse meinen Gedanken Raum. Auch sie stürzen nur so heraus. Ich spreche mit ihm, als wäre er mein großer Bruder. Flapsig. Sogar frech. Es fühlt sich tatsächlich an, als wenn wir uns längst kennen. Wie kommt das?

»Und ich habe mich gefragt, wie das mit dem Telefonieren gehen soll!«, lache ich. »Mit einem völlig Fremden, und dann vielleicht dauernd peinliche Momente, in denen man nicht weiter weiß. Du dich nicht?«

»Nein! Ich kenn' mich ja. Hahaha!«

»Gehst du immer so flott auf Menschen zu? Oder ist das jetzt Aufregung?«

»Klar ist da ein ziemliches Kribbeln im Bauch. Aber fröhlich bin ich fast immer. Nur in letzter Zeit nicht so.«

Er macht eine winzige Pause, und als er wieder anhebt, ist seine Stimme grau. »Da ging es mir nicht gut.«

»Einsam?«

»Nein. Immer gespannte Stimmung zu Hause. Das Gefühl, nicht willkommen zu sein. Besser, ich wäre gar nicht da. Leider bin ich aber da. Ich wohne noch mit der Frau zusammen, mit der ich fünf Jahre lang eine Beziehung hatte. Also – nicht richtig zusammen, sie wohnt unten im Haus, ich oben. Trotzdem zu nah. Die Luft ist geladen mit Spannungen. Zumal ich zu Hause arbeite. Sobald ich weg kann, mach' ich mich aus dem Staub. Manchmal bin ich den ganzen Tag bei Freunden.«

»Du hast in deinem Profil geschrieben: Ich verehre die Frau. Das klingt altmodisch, auch ein bisschen einschmeichelnd, wenn man es so verstehen will. Jedenfalls hat es mich neugierig gemacht. Ich wollte wissen, wer das ist, der so etwas schreibt.«

Er lacht auf. »Für mich ist eine Frau etwas Besonderes.« Er klingt sehr ernst. »Jede Frau«, betont er. »Und die Frau, die ich liebe, ist meine Prinzessin und ich bin ihr Ritter. Ich weiß, das ist altmodisch, aber so bin ich. Das heißt nicht, dass ich bevormunden will. Überhaupt nicht. Ich wünsche mir eine selbständige und selbstbewusste Frau. Das heißt aber, dass ich sie achte und respektiere, dass ich so unmoderne Dinge liebe wie ihr die Tür aufzuhalten, und natürlich setzt zuerst sie sich, wenn wir in ein Restaurant gehen, und natürlich gehe ich auch wieder mit ihr zusammen hinaus und renne nicht voraus, wie so viele Männer das machen.«

»Bist du in einer adligen Familie aufgewachsen«, gluckse ich.

»Nein! Reihenhaus im Kohlenpott. Mein Vater ist Bergmann gewesen.«

»Oh ...«

»Bist du enttäuscht?«

»Nein ... Ich ... Ich glaube, ich hab ein bisschen zu sehr rumgeflachst. Das geht mir jetzt selbst gegen den Strich.«

»Wieso? Ist doch okay!«

Noch ja, denke ich, aber ich muss aufpassen. Dieses Großer-Bruder-Gefühl ist dabei, mich zu Respektlosigkeit zu verleiten. Oder meine Aufregung. Oder beides.

»Was hast du für einen Beruf? In deinem Profil bei Auserlesen.de steht nur selbstständig.« Oje, jetzt frage ich schon genau wie dieser Manfred!

»Software-Trainer.«

»Wirklich? Was für Software?«

»Datenbanken. Genauer gesagt, eine bestimmte Datenbank. Aber das wird dir nichts sagen.«

»Das glaube ich aber doch. Als ich noch im Job war, hab ich ein sehr spezielles Softwareprogramm promotet. Habe Infos und Unterstützung gegeben. Letztendlich ist das auch eine Datenbank gewesen. Fürs Finanzmanagement.«

Er lacht. »Da können wir uns ja zusammentun!«

»Nein. Können wir nicht. Ich bin raus aus dem Job. Irgendwann war alles zu Ende. Karriere, Beziehung. Als auch noch das Haus verkauft werden musste, ein Haus, das du dir nicht schöner wünschen kannst, nicht groß, aber wunderschön und vor allem direkt am See, da dachte ich, mein Leben ist vorbei. Ich dachte, ich kann an keinem Fleck der Welt mehr glücklich werden, weil es keinen solchen Fleck noch einmal gibt. Und dann bin ich hier gelandet, wo ich jetzt lebe. Mitten im Wald. Ich staune jeden Tag darüber, wie dieser Ort mich trägt. Die Bäume, die Stille, alles. »

»Und wie bist du da hingekommen? Das hat einen Grund gehabt, oder?«

»Die Liebe. Ich hab mich neu verliebt damals und bin zu meinem Liebsten gezogen.«

»Ich bin auch zu meiner Liebsten gezogen. Fünfhundert Kilometer weit. Für meinen Job war das gar nicht gut.«

»Dann bist du genau wie ich in den luftleeren Raum gesprungen: Keine Freunde, kein Fundament, nur die eine Person, und dann auch noch der Job weg?«

»Nicht ganz so. Ich hatte in dieser Gegend jahrelang meinen Sommerurlaub verbracht. Ich hatte Freunde dort. Und du?«

»Zuerst bin ich zu Ragnar gezogen. In sein Haus. Das war eine neue Welt für mich. Faszinierend, wie er lebte. Mit wie wenig Geld er klar kam, und trotzdem hat er sich Dinge ermöglicht, dass ich nur gestaunt hab. Seminare.

Bücher. Da hab ich erst wirklich gemerkt, dass ich mein Leben schon lange ändern wollte. Einfacher. Geradliniger. Ich hatte mich nur nicht getraut.«

»Ist doch auch klar! Wer schmeißt schon freiwillig alles hin, was ihm eben noch das Wichtigste war?«

»Ich *musste* alles hinschmeißen. Das war noch in meiner Ehe. Ich habe nichts mehr auf die Reihe gekriegt.«

»Burnout?«

»Ja, kann man so sagen. Aber wie bei so vielen hat der Zusammenbruch damals den Boden bereitet, endlich das zu tun, wonach ich mich schon lange sehnte.«

»Und das ist?«

»Schreiben. Ich habe immer geschrieben, ob Tagebuch, Gedanken oder Geschichten. Es war mein Halt. Leider musste ich mir jede Minute dafür abringen. Bei dem Job hast du kaum Kraft übrig.«

»Oh ja, das weiß ich wohl!« Sein Lachen klingt bitter. »Und dann?«

»Dann war plötzlich Zeit da. Ich konnte erst gar nichts damit anfangen, war viel zu durcheinander und unendlich erschöpft. Zum Glück hatte ich schon viele Puzzleteile beisammen. Kurzgeschichten. Tagebuch. Plötzlich habe ich angefangen: Ich habe das Buch geschrieben, von dem ich schon lange geträumt hatte.«

»Worüber?«

»Eine Geschichte über wirkliche Liebe, um es ganz kurz zu sagen. In Romanform. Versteh mich nicht falsch: Ich meine damit nicht die sogenannte wahre Liebe.«

»Hmhm. Klingt interessant. Aber mehr interessiert mich erst mal, was aus deiner Beziehung geworden ist. Woran seid ihr gescheitert? Am alternativen Leben? Also – äh – ich gehe davon aus, dass die Beziehung vorbei ist.«

»Ja, ist sie. Das alternative Leben war es nicht. Ich lebe jetzt auch so, hab meine eigenen Gemüsebeete, ganz klein. Trotzdem kann ich mir jeden Tag einen Teil meines Essen dort ernten.«

»Also habt ihr euch getrennt, und du bist ausgezogen?«

»Nein. Ich bin ausgezogen, lange bevor wir uns getrennt haben.«

»Aha. Und das war dann nicht gut?«

»Zuerst war es gut, sehr gut ...«

»Du hörst dich plötzlich anders an. Rücke ich dir mit meinen Fragen zu sehr auf die Pelle?«

»Ja, jetzt wird es mir ehrlich gesagt zu viel.«

»Siehst du, hab ich doch gemerkt.« Diesmal ist sein Lachen sanft. »Wie findest du das Foto, das ich dir geschickt habe? Könntest du dir vorstellen, dich mit dem Kerl darauf zu treffen?«

»Foto? Ich hab keins gesehen.«

Er lacht. »Dann schau doch jetzt noch mal nach.«

»Beim Telefonieren?«

»Klar.«

»Okay ...« Oh, Himmel, was sage ich, wenn er mir nicht gefällt?

Meine Finger sind meinen Gedanken voraus geflitzt und den Laptop aus dem Standby gestartet, den Posteingang von Auserlesen.de geöffnet, das Foto doppelt geklickt: Da ist er. Blond. Wind in den Haaren. Und ein Lachen im Gesicht, das man fast hört. Aber nicht mein Typ. Überhaupt nicht.

Zeit gewinnen ...

»Ist das am Strand aufgenommen? Hinter dir, das sind doch Wellen, oder? Das sieht nach viel Wind aus.«

Im Kopf rattert es weiter: Und was soll das heißen, nicht mein Typ? Dass er mir nicht gefällt? So wenig, dass ich ihn nicht treffen will?

»Ja. Ich lebe ja an der Nordsee.«

Er möchte es wissen, ich spüre es. Er möchte wissen, ob er mir gefällt.

»Nett«, sage ich. »Sieht nett aus, dein Bild.«

29

Die Nachmittagssonne hat fast die Stelle erreicht, wo sie es nicht mehr bis über die hohen Bäume schafft. Dann wird es bald kühl werden. Also schnell jetzt! Ich bin mit Harald verabredet. Übermorgen. Es scheint so nah, als wenn es in wenigen Stunden wäre, und das macht mir eine Unruhe, eine Eile, als müsste ich bis dahin alles Wichtige geschafft haben. Aber es spornt auch an.

Ich staune immer noch, dass ich mit Harald so leicht über Ragnar und mich sprechen konnte. Und durch das viele Lachen, das jetzt noch in mir ist, kommt mir alles leicht vor. Ich nehme einen langen Atemzug, schaue nur ganz kurz in das alte Tagebuch, und als ich zu schreiben beginne ist es schon Jolins Geschichte und nicht mehr meine.

Januar 2005

Es ist nicht der beste Monat zum Umziehen: feuchte Kälte und matschiger Schneeregen quält uns beim Einladen. Meine Helfer hätten Glühwein gebraucht statt Tee. Niemanden scheint es zu stören. Vielleicht sind alle angesteckt von meiner Freude. Mein Leben fängt an. Mein wirkliches Leben. »Du müsstest traurig sein, von so einem schönen Platz wegzugehen!«, sagt Ragnars Freund Manni. Ich war keinen Moment traurig, als das Haus endlich verkauft war. Aber beim Packen für den Umzug hat mir jeder Blick hinaus auf den See einen Stich gegeben. Jetzt liegt auch das hinter mir. Wie wird es sein in Ragnars Haus zu wohnen? Wird mir der Luxus fehlen, wie Ragnar ein paarmal zu bedenken gegeben hat? Aber bei ihm ist es gar nicht so viel weniger komfortabel, finde ich. Nur meinen Ofen mit der Glasscheibe vermisse ich schon jetzt. In meinem Zimmer, das ich bei Ragnar haben werde, ist nur eine Heizung.

*

Wir stehen in Ragnars Küche. Ich spüre ihn, er steht hinter mir und hält mich im Arm, und ich lehne mich leicht gegen ihn. Wir schauen zusammen aus seinem Küchenfenster in den Bauerngarten, der schon zu blühen beginnt. Ragnars Stimme kräuselt meinen Nacken hinunter, dass ich aufstöhne. Er erzählt mir von seinen köstlichen Erdbeeren, mit denen er mich bald füttern wird. Seine Lippen regen sich an meinem Nacken. Es ist, wie wenn er mich mit sehr zarten Fingerspitzen berühren würde und sie an mir entlanggleiten ließe, vom Ohr seitlich an meinem Hals hinunter zu den Schlüsselbeinen und über meine Schultern. Prickelnde Schauer laufen meine Seiten, meinen Rücken hinunter. Ich drehe mich um zu ihm und versinke in seinen grünen Augen.

Es kommt nicht aus Misstrauen und auch nicht aus Angst, dass ich ihn frage, es kommt aus dem Wunsch, klar mit ihm zu sein. Darum stelle ich diese Frage: Ob das sein Ernst sei, dass ich nun endlich mein Zimmer hier bei ihm fertig einrichten und dann dort schlafen solle. Ich frage es ein wenig neckend, denn ich weiß ja, es kann nicht sein Ernst sein. Ich drücke mich dabei noch mehr an ihn mit all meinem Knistern im Körper, mit all meiner Lust und Freude und lache leise auf.

Da geschieht es. Ein Vorhang geht zwischen uns nieder. Ein Vorhang aus Eis.

»Ja! Wozu sage ich es wohl sonst.« Das ist nicht sein Gesicht, das ist eine Maske aus Stein.

Ich zucke zusammen, als hätte er mich geschlagen. »Warum?«, hauche ich.

»Mein Bett ist zu eng für zwei.«

Aber wir sind doch ein Liebespaar, will ich sagen; es zieht uns doch immerzu zueinander, möchte ich rufen; wir sind doch dankbar für jede Minute, die wir einander nahe sein können, möchte ich schreien. Er schiebt mich ein Stück von sich weg. »Ich hab dir gesagt, warum.«

»Aber das war doch vorher nie so!«, bringe ich irgendwie heraus. Ragnar antwortet nicht. Es tut mir weh, dass ich mich krümmen könnte. »Was ist denn auf einmal los?«, flüstere ich. Und er, der über alles sprechen kann, bleibt

stumm. Ich schaudere. Wie kann es sein, dass er plötzlich in einem Mantel aus Eis steckt. Was hab ich getan?

Nur eins sagt er, und erst nach einer Weile, während er schon mit dem Abwasch begonnen hat: »Du bildest dir schon wieder wer weiß was ein.«

Jetzt liege ich hier in meinem neuen Zimmer im Hochbett. Bin in alle meine Decken gehüllt und schlottere trotzdem wie ein Kettenhund auf gefrorenem Boden. Ich bleibe nicht hier wohnen! Nicht bei einem, der das mit mir macht!

*

Weiter komme ich nicht. Mein Herz brennt bis in den Hals. Mein Blick rennt hoch in die Wipfel. Hoch ins Himmelsblau. Der Rest von mir ist viel zu schwer, als dass ich mich im Blau verlieren könnte. Tonnen drücken auf meine Brust.

Es geht nicht! Diesmal kann ich nicht einfach in diesem besonderen Jolin-Tonfall schreiben und schon ist es eine andere Geschichte, die sich wie von selbst schreibt. Allerdings merke ich etwas: Je öfter ich mir das sage, desto unmöglicher wird es weiterzuschreiben.

Andere Gedanken!

Ich schaffe es! Auch, wenn es nicht leicht ist, ich schaffe es! Es geht ganz schnell und dann bin ich durch!

*

In meinem Haus habe ich auf den See gesehen. Hier steht ein verfallener Schuppen vor meinem Fenster. Es ist kalt. Die Heizung schafft es nicht bis hierher, oder Ragnar ist zu geizig, mehr einzuheizen. Wenn ich wenigstens einen Ofen hätte. Gäbe es einen Schornstein, ich würde mir ja sogar einen kaufen. Ich kann nicht einschlafen, so friere ich.

Natürlich hab ich versucht, mit ihm zu reden. »Ragnar, was ist los? Warum bist du so auf Abstand, so kühl? Warum darf ich nicht mehr bei dir schlafen?«

»Mir geht es nicht gut, das hab ich dir doch gesagt!«

»Dir geht es nur nachts nicht gut?«

»Mein Bett ist zu schmal für zwei.«

»Als ich noch nicht bei dir gewohnt habe, war es nie zu schmal!«

»Wenn du mir nicht glaubst, kann ich nichts machen.«

»Willst du mich nicht mehr?«

»Natürlich will ich dich. Du machst ein Drama aus nichts!«

»Wie war das denn in deiner vorherigen Beziehung? Habt ihr auch in getrennten Zimmern geschlafen?«

»Okay.«

»Und was heißt das?«

»Man muss nicht jede Nacht zusammen schlafen.«

»Nicht jede Nacht, aber keine mehr?«

»Das stimmt doch gar nicht!«

Ich glaube, mir ist der Mund offengeblieben. Leben wir plötzlich in zwei verschiedenen Wirklichkeiten? Seit mein Zimmer hier fertig ist, schlafe ich Nacht für Nacht alleine. Und ich habe Alpträume. Mein Bett dreht sich nachts. Es gibt nur noch eins: Weg! Auch wenn ich nicht weiß, wohin: Ich muss hier weg!

30

Harald hat es geschafft, mich mit seinem Lachen, mit seiner lebendigen Fröhlichkeit wieder auf die Beine zu stellen. Nicht mal zehn Minuten hat er dafür gebraucht, und auch wenn ich den Telefonhörer ein Stück weg gehalten hab, weil er so dröhnte, hat es Spaß gemacht und ich hab aus vollem Herzen mitgelacht. Das war heute Morgen. Jetzt bin ich in Hamburg, habe mir auf dem Parkplatz eine Ecke ganz weit hinten gesucht und habe noch eine Weile im Auto gesessen und meinem Atem zugehört, damit er ruhiger und vor allem langsamer würde. Gleich treffe ich Harald.

Er hatte vorgeschlagen, dass wir uns im Foyer eines Hotels treffen, das er kennt, mir war das lieber als im Restaurant oder Café, wo er sich dann zu mir setzt oder ich mich zu ihm, und dann sitzen wir da. So begegnen wir uns, schauen uns an, gehen dann miteinander spazieren oder auch nicht, gehen danach vielleicht noch essen – oder auch nicht. So hatten wir es uns in unserer überschwänglichen Fröhlichkeit halb frotzelnd, halb ernst gemeint ausgedacht, und immer noch muss ich darüber grinsen.

Also los. Ich steige aus und gehe auf das Hotel zu, drücke die große Glastür auf und sehe ihn sofort dort in der Halle stehen. Er muss es sein, nach dem Foto und nach allem, was ich weiß, und noch etwas sehe ich sofort: Er ist kein Mann für mich. Ich weiß es einfach, der Stil, die Art …

›Du hast ihn abgeurteilt, bevor du ihn kennst‹, sagt diese leise Stimme in mir.

Ja, das stimmt. Aber ich schaffe es nicht, den Anstrich, den ich ihm eben gegeben habe, wieder wegzuwischen. Ich gehe auf jemanden zu, der nichts für mich ist, ich weiß es einfach.

Flattern fährt mir in die Hände, in die Knie. Ich möchte umkehren und gehe stattdessen noch schneller.

Ein Satz entfaltet sich wie ein Rettungsschirm: Wir kennen uns doch schon! Ja, und das Telefonieren hat Spaß gemacht, und ich will ihn viel besser kennenlernen, und wenn es nur aus reinem Interesse am Menschen ist. Wie lebt er, wie denkt er – und dass er anscheinend in einer anderen Welt zu Hause ist als ich, wusste ich schon bei den ersten Worten am Telefon. Aber es ist anders, wenn man das auch *sieht*: Er ist sehr groß, trägt eine dunkelbraune Lederjacke und Beige-farbige Hosen. Fragendes Lächeln in einem freundlichen Gesicht. Blondgelockte Tarzan-Frisur, an der irgendetwas unecht wirkt. Aus dem offenen Hemd quellen Brusthaare, geziert von einem dicken Goldkettchen.

Das Wort »Selfmademan« flitzt mir durch den Geist.

Harald hebt die Brauen. Sein Lächeln sagt: »Ich weiß, dass du es bist, und wenn du es nicht sein solltest, dann wünschte ich, du wärest es.«

»Jolin?«, fragt er.

Ich nicke. »Hallo Harald.«

Wir geben einander die Hand, lächeln, sagen »Hallo« und müssen grinsen. Ich glaube, dahinter versteckt er genau wie ich all das, was in uns brodelt: Vorsicht, Neugier, Aufregung und bei mir zumindest auch Fluchtimpulse.

»Möchtest du etwas trinken?« Er nickt zur Bar hinüber.

»Mut antrinken?«, grinse ich. »Nein, danke.«

Wir sind nahe an der Elbe. Es gibt dort einen großen Park. Wir können spazieren gehen. Stundenlang, wenn es sein muss. Das war die Abmachung.

»Ich brauche Bewegung«, sage ich. »Irgendwo muss ich hin mit all der Aufregung!«

»Aufgeregt?«, fragt er, zieht die Brauen über der Nasenwurzel nach oben und guckt aus seiner eins neunzig-Höhe auf mich herab.

Ja, aufgeregt, habe ich doch gerade gesagt, oder? Ich beiße mir auf die Zunge, drehe mich um und marschiere in Richtung Tür. Er ist trotzdem eher da als ich und hält sie mir lächelnd auf. Ich will es erst albern, dann übertrieben finden und entscheide mich im nächsten Moment, es einfach anzunehmen. Da ist es schön.

Plötzlich ist mir klar, dass es das Leben langweilig macht, wenn man stets und ständig alles mit seinen Meinungen übertüncht. Sehr bald sieht alles gleich aus.

Draußen fangen wir sofort an zu reden. Ich habe tausend Fragen. Und deine vorherige Freundin? Wie ist sie? Wie zu Ende ist es wirklich mit euch? Es interessiert mich wirklich, seine Geschichte gehört ja zu ihm.

Plötzlich hat Harald eine andere Stimme. Ein anderes Lachen. Er zeichnet mir mit wenigen Sätzen das Bild einer unangenehmen, egoistischen Person, die sich von ihm nicht in die Erziehung ihrer Tochter hineinpfuschen lassen wollte.

»Also zu viel Selbstbestimmtheit?«, frage ich.

»Nein, das nicht – oder doch. Wenn sie alles allein machen will, mich nicht dazu hören will, wer bin ich denn dann neben ihr?«

»Ja, das verstehe ich. Aber es ist natürlich nur die eine Seite, deine Freundin wird auch einiges dazu zu sagen haben.«

»Kann sein. Ich hab noch nicht genug Abstand, um das zu sehen. Aber der kommt.«

Und dein Job läuft nicht so gut, bin ich drauf und dran zu fragen. »Guck, da sieht man schon die Elbe zwischen den Bäumen!«, rufe ich stattdessen, und schon sind wir wieder in helleren Themen. Wir lachen miteinander und albern herum. Schließlich finden wir eine Bank mit wunderbarem Blick und schauen hinunter auf den Fluss. Zum ersten Mal schweigen wir, und ich merke, dass mir ist, als wäre ich ein wenig aus mir selbst herausgerückt. Vielleicht ist es nur ein halber Zentimeter, aber es genügt, dass ich mir mit einem leichten Kopfschütteln, aber auch staunend selbst zuschaue.

Er möchte unbedingt mit mir essen gehen. Es gibt etliche Restaurants am Elbstrand, das Wetter ist gut, wir können draußen sitzen. Ich suche lange nach dem richtigen Platz und finde ihn: das Restaurant ist eine alte Villa, die Tische stehen gut verteilt im schön bepflanzten Garten, zwischen Zweigen hindurch wirkt das Schiffsgetriebe auf der Elbe fast wie auf einem Gemälde.

»Du bist wählerisch, hm«, fragt er.

»Ja. Danke, dass du so geduldig warst. Weißt du, ein Platz, an dem es laut ist oder sonst irgendetwas nervt, kann mir alles verderben. Ich bin ziemlich empfindlich.«

Ich könnte mir auf die Zunge beißen. Empfindlich ist die

hysterische Tussi, die sich damit vor allem aufspielen will. Empfindsam ist die feinsinnige Künstlerin oder eben ein hochsensibler Mensch. Immerhin hab ich schon mal klar gemacht, dass ich für viele schwierig, heikel und für manche unerträglich bin. Und mir wird klar, dass er mich oft nicht verstehen wird und dass mich das kränken oder zumindest einsam machen würde. Er ist nichts für mich und ich bin nichts für ihn.

Und dann kommt es ganz anders. Wir haben einen tollen Platz, das Getriebe um uns herum ist angenehm dezent, das Essen ist edel, wir reden und reden, ich genieße es, auch wenn mir die ganze Zeit nicht wohl damit ist, ihm irgendwann sagen zu müssen, dass es nichts mit uns wird. Er soll es lieber selbst merken. Also bin ich offener als ich es sonst sein würde, als er scherzhaft fragt, ob das mit meiner Empfindlichkeit schon alles sei, womit er klarkommen muss, denn das könne ihn nicht aus der Fassung bringen.

»Ich schenke dir besser reinen Wein ein«, sage ich mit mehr Ernst als ich eigentlich wollte. »Ich bin hochsensibel, und das heißt, dass ich unglaublich viel wahrnehme, ob ich will oder nicht. Wo andere Filter haben, ist bei mir alles offen und Massen von Eindrücken können auf mich einstürmen. Das heißt, ich lebe ständig an der Obergrenze der Belastbarkeit, weil ich das zigfache von Normalsensiblen zu verdauen habe, Eindrücke, Gedanken, Gefühle in rasender Folge. Mein Gehirn muss das alles verarbeiten, aber wie eine Maschine, die zu schnell dreht, läuft es irgendwann heiß. Und weil alles Wahrgenommene Gedanken und Gefühle auslöst, oft einen Sturm von Gefühlen, ist auch das emotionale System mitunter vollkommen überanstrengt. Aber das ist zugleich die Rettung. Gefühle entstehen beim Verarbeiten von Eindrücken, sie sorgen dafür, dass das, was zu viel ist, abgeführt werden kann. Dampf ablassen, sagt man ja so schön. Ohne Gefühle würde das Gehirn tatsächlich heiß laufen und ausglühen. So stelle ich mir das jedenfalls vor.« Ich grinse Harald an und ziehe die Schultern hoch.

Er hat mich die ganze Zeit unverwandt angesehen. Jetzt nickt er. »Das wundert mich nicht zu hören. Ich spüre bei dir eine große Fragilität und Zartheit«, sagt er. »Und das weckt alle meine Beschützerinstinkte.« Vielleicht bin ich zusammengezuckt, jedenfalls setzt er schnell nach: »Aber denk bitte nicht, dass ich dich als schwach erlebe.«

»Das bin ich auch nicht. In bestimmten Dingen bin ich vielleicht sogar stärker als du, schon allein, weil ich so viel Übung hab. Kämpfen macht nun mal stark. Und ich kämpfe seit eh und je einen ständigen Kampf mit dem Zuviel.«

Ich horche auf. Herr im Himmel, was habe ich da gesagt? Dieser Satz allein ist es wert, dass ich mit ihm ausgegangen bin.

Ich kämpfe seit eh und je gegen das Zuviel ...

Es ist mir schon oft passiert und so auch jetzt, dass mir das, was ich einem anderen erzähle, in dem Moment selbst erst klar wird. Wie von fern höre ich ihn sagen:

»Darum lebst du auch im Wald und nicht in der Stadt, nehme ich mal an.« Er lächelt verstehend.

»Ja, und deshalb achte ich so gut darauf, wo ich im Restaurant sitze, damit es nicht auch noch laut ist zu all den anderen Einrücken oder sich sogar fremde Gespräche in unsers drängen. Dann kann ich mich einfach nicht mehr konzentrieren.«

»Und wie hast du das mit der Realität in unserer Berufswelt zusammengebracht?«

»Im Job? Da hab ich einfach funktioniert. Das kann ich gut – es tut mir nur nicht gut. Wenn ich unsere Software vorgestellt habe vor zwanzig, dreißig Kunden, Fragen beantwortet, geredet, geredet, hab ich erst gemerkt, wenn alle aus dem Raum waren, wie dringend ich auf die Toilette musste, wie schlecht die Luft war. Manchmal war mir schwindelig, so nötig brauchte ich Sauerstoff, so nötig brauchte ich eine Pause. Ich kann prima funktionieren: wie eine Maschine. Aber Maschinen gehen irgendwann kaputt.«

Harald nickt. »Ich war auch mal kurz davor«, sagt er, den Blick im Nirgendwo verschwunden. »War schon mittendrin im Burnout, aber ich hab mich wieder gefangen.«

Ich nicht, liegt mir auf der Zunge, aber ich behalte es für mich. Hab wenig Lust auf einen Wettstreit, wer nun das schlimmere Burnout hat und wer seins vielleicht noch nicht überwunden hat. Ich jedenfalls habe noch bis vor kurzem Geld von der Krankenkasse bekommen, und nun müssen meine Ersparnisse herhalten, weil ich mir einfach nicht vorstellen kann, in diesem Milieu, das er unsere Arbeitswelt nennt, je wieder meine Frau zu stehen. Aber das geht ihn nichts an.

Er sieht hinunter auf die Elbe, scheint einen Moment für sich und seine Gedanken zu brauchen. Ich schaue ihn an. Sein zu weit offenstehendes Hemd, das ziemlich dicke Goldkettchen im herausquellenden Brusthaar, der fesche Haarschnitt, die Haarfarbe, die mit den einzelnen blonderen Strähnen irgendwie künstlich aussieht – er hat sich doch hoffentlich keine Strähnchen färben lassen? Dazu Lederjacke und saloppes Leinenhemd – interessant, wie sehr das Outfit doch deutlich macht, zu welcher Art von Menschen man gehört oder gehören möchte. Als hätte er diesen Gedanken erlauscht, sieht er mich plötzlich an und sagt:

»In dem Job musst du jung und dynamisch wirken, sonst bist du draußen. Graue Haare, müdes Gesicht – so kannst du nicht vor deine Kunden treten und meinen, die sehen noch den Fachmann in dir. Na, du kennst das ja.«

»Nein, im Job war das kein Thema für mich, da ging es um Kompetenz und darum, wie man die Sachen rüberbringt. Sonst schon. Ich glaube, das Geld fürs Onlinedating kann man sich sparen, wenn man ein gewisses Alter erreicht hat und das auch zu sehen ist.«

»Na, da brauchst du dir keine Gedanken drum zu machen.« Er grinst und nickt anerkennend.

Und wie in einem Film, in dem es nun zum romantischen Teil kommt, sind von einem Moment zum anderen die Bäume über uns voller Lichter und das ständige Rauschen und Dröhnen der Großstadt scheint zwei Stufen leiser gedreht worden zu sein.

Nach einer Weile sagt Harald: »Dann scheinst ja aber ganz gut klarzukommen mit deiner Sensibilität«, und sieht mich mit hochgezogenen Brauen an.

»Wenn du funktionieren klarkommen nennst, dann ja. Ich nenne es Raubbau an mir selbst, und ich mache es nicht mehr. Selbst wenn ich wollte, es geht nicht mehr. Ansonsten gibt es ja nicht bloß die schwierigen Seiten, sondern sehr, sehr wertvolle.« Ich halte inne, muss erst mal überlegen, wie ich das ausdrücke.«

Er zieht wieder die Brauen hoch, halb fragend, halb zweifelnd. Vielleicht fragt er sich ja nun doch, ob er damit umgehen kann und will.

»Und wovon willst du leben, wenn deine Ersparnisse verbraucht sind?«

Ich ziehe die Schultern hoch und grinse ihn an. »Keine Ahnung.« Langsam macht mir das Ganze Spaß, allein schon, weil es wahrscheinlich das Gegenteil von einem typischen »Bewerbungsgespräch« bei einem solchen Treffen ist.

Er lacht auf. Aber kein bisschen spöttisch. Es scheint, er ist einfach ein bisschen baff. Ich bin es ja selbst.

»Und was ist das Gute daran, wenn man so ist wie du?« Er schmunzelt. Die Frage scheint trotzdem ernst gemeint zu sein.

»Na ja, dieses tiefe Empfinden ist bei Schmerzhaftem grausam – aber bei Schönem ist es der Himmel. Es ist wirklich eine Gabe, ein Geschenk. Ich kann mich unendlich freuen, unendlich begeistern an dem, was ich mag oder was ich liebe.«

»Wieso oder? Ist das nicht dasselbe?«

»Nein, das hat schon seinen Sinn, dass es zwei Wörter sind. Mögen ist nicht lieben und lieben ist nicht mögen. Ich weiß, die Amis sagen ständig ›I love it‹ und meinen ›Ich mag das‹. Aber du kannst zum Beispiel eine Person lieben, ohne sie zu mögen.«

»Andersherum, das kenne ich: mögen, aber nicht lieben. Aber deine Variante ist mir noch nie untergekommen. Klingt interessant.«

Ich nicke bloß.

»Und was gehört noch zu den guten Seiten?« Er sieht mich fast herausfordernd an. Ja, ich verstehe natürlich, dass dieses Thema eine gute Gelegenheit für ihn ist, mich kennenzulernen, und es ist gut, dass er sie wahrnimmt. Also lege ich von neuem los: »Das tiefe Mitgefühl. Ich hab schon als Kind sehr starke Empfindungen dieser Art gehabt, aber ich konnte sie nicht einordnen. Es hat sich manchmal wie Traurigkeit angefühlt, und es überkam mich schon beim Anblick eines alten Menschen. Jemandem, der das nicht kennt, kann ich das wohl kaum verdeutlichen. Wenn ich einen alten Menschen gesehen habe, der vielleicht auch noch ein klein wenig hinfällig war, dann ging es durch mich hindurch wie ein Stich – als ob Alter eine schwere Krankheit wäre. Der Mensch tat mir so leid, auch, weil er ja bald sterben musste. Inzwischen hab ich so oft alte Menschen gesehen, dass dieses starke Mitleid sich ein bisschen verloren hat, aber es ist nicht weg. Als junges Mädchen hab ich auch jedem betrunkenen Landstreicher die Hand hingehalten, wenn er vergeblich versucht hat aufzustehen. Den Gedanken, dass so einer sich ja schließlich selbst betrunken hat, gab es bei mir gar nicht. Und ich dachte auch mal, dass ich einem Drogenabhängigen helfen könnte, wieder auf die Füße zu kommen. Aber darüber möchte ich jetzt nicht auch noch reden.«

»Wieso, ich höre dir gerne zu. Sehr gerne.«

»Ich möchte das aber nicht gerne erzählen, okay?«

»Ja, klar. Du hast mir ja auch schon sehr viel Einblick gewährt.«

»Ich bin kein einfacher Mensch, Harald, und ich wollte, dass du das weißt.«

»Du bist ein sehr besonderer Mensch, und ich weiß das zu schätzen!« Er lacht, aber ohne Dröhnen, fast ein bisschen wie ein Junge. Ich hab ihn nicht genervt, das ist sichtbar, und das freut mich sehr.

»Du kannst gut Fragen stellen«, sage ich. »Das weiß ich sehr zu schätzen.« Ich sehe, dass seine Miene sich ins Schuldbewusste verzieht. »Nein, nein, ich hab das jetzt kein bisschen ironisch oder so gemeint. Deine Fragen zeigen einzig und allein dein Interesse, und Interesse wiederum zeigt, dass man sein Gegenüber wertschätzt, und das ist für mich die einzig stimmige Kommunikation. Aber es gibt auch Leute, die kommunizieren, damit sie reden können.«

Er macht eine wegwischende Handbewegung. »Na, dazu gehören wir wohl beide nicht!«

»Nein. Ich würde dir jetzt auch gern noch einige Fragen stellen.«

»Nicht jetzt, okay?« Er deutet mit dem Kopf in Richtung Haus, von wo zwei Kellner mit je einem beladenen Tablett unter den beleuchteten Bäumen her auf uns zu kommen. »Ich glaub nämlich, da kommt endlich unser Essen.«

Als es duftend vor uns steht, kann ich nicht anders, als die Hände zusammenzuschlagen und zu stöhnen: »Sieeht das gut aus!«

»Lass es dir schmecken, du bist natürlich eingeladen.«

»Das werde ich, danke.«

Wir essen schon deshalb ohne jedes Gespräch, weil es so gut schmeckt wie es aussieht und ich jeden Bissen genieße. Es freu ihn, das sehe ich, und das freut mich.

Ich könnte es noch eine Weile gut hier aushalten, aber die Fahrt nach Hause ist lang und je länger ich bleibe, desto größer ist die Gefahr, dass er seine Hand auf meine legen und mir tief in die Augen schauen könnte. Ich möchte ohne solch eine Szene heimfahren. Er bringt mich zum Auto, zieht mich plötzlich ganz kurz an sich, drückt aus seiner Höhe einen Kuss in mein Haar und lässt mich gleich wieder los.

»Danke für den schönen Tag!«, sage ich und meine es.

Er lacht. »Dafür danke ich dir auch. Komm gut nach Hause, Jolin!«

31

»Liebe Jolin,
nun haben wir uns tatsächlich persönlich kennengelernt.
War doch ein harmonischer Nachmittag und Abend. Was
ist denn deine Meinung über uns?
Liebe Grüße, Harald«

Ich bin gerade erst zu Hause und immer noch etwas
durcheinander. Unser Treffen hat mich mehr verirrt als
dass es Klarheit gebracht hätte, und obwohl es dann ja
schön war, kommt es mir jetzt völlig absurd vor, mich
mit jemandem zu treffen, den ich kaum kenne, um zu
schauen, ob ich mir mehr mit ihm vorstellen könnte.

»Lieber Harald,
der Spaziergang, das Abendessen – es war schön, ja.
    Ich habe keine Ahnung, was für eine Meinung ich über
uns haben soll. Es hat sich schnell vertraut mit dir angefühlt und war insgesamt angenehm. Und das, obwohl mir
immer mal wieder die Frage im Kopf herumgegeistert, ob
sich zwischen uns mehr entwickeln könnte. Das macht
aus einem gemeinsamen Nachmittag einen Testlauf. Der
Verstand versucht etwas zu entscheiden, wovon er aber
keine Ahnung hat – und das Gefühl soll nachkommen.
Geht das überhaupt? Ich glaube nicht. Das Eigentliche
kann man nicht machen, es passiert – und verliebt haben
wir uns ja offenbar nicht.
Liebe Grüße, Jolin«

»Meine liebe Jolin,
zunächst einmal danke für deine schnelle Antwort.
    Du irrst dich, wenn du glaubst, es wären zwischen uns
keine Gefühle aufgekommen. Ich jedenfalls befürchte,
dass ich mich tatsächlich in dich verliebt habe. Du ent-
sprichst dem Bild der Frau, die ich suche. Du bist hübsch,

charmant, zugänglich, klug, du hast eine tolle Figur und du hast Stil.

Ich hoffe – so interpretiere ich deine E-Mail jedenfalls –, ich habe keinen zu abweisenden Eindruck bei dir hinterlassen. Aber wie ich schon erwähnte, ist eine Frau für mich immer noch etwas Besonderes. Ich bin nicht der Typ, der dich an sich reißt und dich gleich knutschen und womöglich ins Bett schleppen will. Wenn du so einen Mann suchst, dann suche bitte weiter.

Bei mir ist der Funke übergesprungen. Ich möchte dich erleben, ich möchte dich erforschen, langsam und total. Ich möchte dich küssen, ich möchte dich streicheln, so dass du fühlst, wie meine Zärtlichkeit dich nach und nach in den Bann zieht. Und bitte: Ist ein Restaurant dafür das Richtige?

,Liebe auf den ersten Blick' halte ich für eine Phrase, denn in der Realität ist das eher selten. In jungen Jahren kann es vorkommen. Aber du bist vierundfünfzig und ich fünfundfünfzig Jahre alt. Viel Zeit bleibt uns nicht mehr, und die sollten wir nutzen. Deshalb: Wenn dir an mir etwas liegt, dann möchte ich gerne, dass wir das nächste Wochenende miteinander verbringen.

Schau bitte in dich und frage dein Herz, wie es zu mir steht. Ich bitte dich um möglichst baldige Antwort, da ich dann noch einige Vorbereitungen zu treffen habe.

Bis dahin (zart verliebt), Harald«

Das sind Gründe, sich zu verlieben? Du bist mein Traummann, denn du bist charmant, gutaussehend und du hast Stil? Keine Sekunde habe ich solche Gedanken gehabt, als Ragnar mir begegnet ist! Seine Stimme ist in mich hineingeflossen und alles in mir ist weich und glatt und rund geworden. So wie das Meer Steine glättet und rundet, nur ist das nicht in Jahrmillionen, sondern in einem Augenblick passiert. Ich habe seinen Blick in meinen gelassen, und kein Gedanke mehr, kein Wollen, kein Wissen – nur dieses große »Wer bist du, dass du mich so berührst? Bis dorthin, wo ich mich selbst nie habe spüren können, bis dorthin gelangst du mit deinem Blick, so selbstverständlich, als seist du in mir zu Hause.«

Vielleicht bin ich ungerecht mit Harald. Bestimmt bin ich es. Aber dies: »Ich befürchte, dass ich mich tatsächlich in dich verliebt habe!« – soll das salopp klingen oder lustig sein? Liebe auf den ersten Blick hält er für eine Phrase. Was denn nun? Das war doch sein erster Blick auf mich!

Herr im Himmel, ich ...

Stopp! Ich höre jetzt sofort auf mit diesen Gedanken. Am besten denke ich gar nicht mehr! Wer soll das aushalten? Der Nachmittag war schön, ich war in netter Begleitung in Hamburg an der Elbe – ich muss doch jetzt keine Doktorarbeit darüber schreiben!

Halt. Eins will ich noch wissen: Wie findest du ihn, Jolin?

Ich mag seine Fröhlichkeit und seine herzliche Freundlichkeit.

Ja, wir haben viel gelacht ...

Aber ich sehe ihn auch als Mann, Carla. Seine männliche Energie tut mir gut. Ich mag die männliche Stimme. Ich mag *seine* Stimme. Ich stelle mir vor, wie seine Zärtlichkeit wohl ist. Wie sein »zart verliebt« sich anfühlt. Ich habe Lust darauf! Aber das ist auch alles.

Und wie soll es weitergehen?

So ehrlich wie möglich. Und vergiss nicht: Er will es probieren.

Du doch auch, oder?

Klar! Ich mag ihn. Verliebt bin ich nicht, aber es interessiert mich brennend, ob das geht: dass man sich mehr und mehr kennenlernt, und die Liebe kommt irgendwann doch noch dazu.

Glaubst du, dass das geht?

Klar. Das soll schon oft passiert sein.

*

Ein gutes Stück bergab auf Maries weitläufigem Grundstück schwebt ihr hellgrauer Lockenkopf über einem ihrer Beete.

»Marie? Hast du mal einen Augenblick?«

Sie schaut auf, immer noch gebückt. Schon auf dem Weg zu ihr hin fange ich an zu erzählen:

»Harald hat geschrieben! Darf ich es dir vorlesen?«

Marie hat sich inzwischen ganz aufgerichtet, hat sich die Hände an der Hose abgewischt, mich angeschaut und die Arme ausgebreitet, mich an sich gedrückt und »Hallo Süße« in mein Haar geschnurrt. Sie hakt mich unter, und wir steigen den Gartenpfad hoch zu ihrer Terrasse und setzen uns nah beieinander auf die Gartenbank. Der Laptop ist schnell bereit. Marie beugt sich vor. Die Locken auf ihrer Stirn berühren fast das Display. Unerträglich langsam geht ihr Kopf beim Lesen hin und her.

»Wenn du so einen Mann suchst, dann suche bitte weiter«, wiederholt sie laut, was sie liest, lacht ihr Sektperlenlachen und lehnt sich zurück. »Der meint es ernst, Carlchen!

»Glaubst du?«

»Du nicht?« Es klingt wie: Auf welchem Stern lebst du, dass du das nicht merkst?

Auf dem Carla-Stern, wo sonst?

»Er schreibt, was die meisten Frauen hören wollen, ja«, lege ich los. »Aber wenn er so sehr betonen muss, dass er nicht dieser Typ Mann ist, der einen gleich abknutscht – dann ...«

»Carlchen!« Marie hebt die Brauen, dass ihre großen Augen riesig werden.

»Aber guck doch mal, Marie: Weiter unten fällt er mit dem gemeinsamen Wochenende dann doch mit der Tür ins Haus!«

»Ach, davor hast du Angst!«

»Wovor?«

»Vor diesem Wochenende?« Sie sagt das mit hochgedrehten Augen und einem Ton, als müsste sie mir Nachhilfe geben. Na ja, muss sie ja auch. »Du kannst ihm doch sagen, dass dir das zu schnell geht. Oder wenn, dann in einem Hotel und mit getrennten Zimmern.«

Marie hat es mal wieder zielsicher getroffen. Es ist diese Dynamik, die mir jetzt schon Angst macht und die sich verstärken wird: Hast du diesen Schritt getan, war das ein Einverständnis für den nächsten uns so weiter. Ein Nein wird immer schwerer auszusprechen sein. Das hätte ich viel früher sagen müssen, werde ich denken.

Maries Blick verschleiert sich. »Zart verliebt«, sagt sie sanft. Und plötzlich: »Und? Machst du es?«

Das ist die alles entscheidende Frage. Darum bin ich hier. Und es war gut, dass ich hergekommen bin, dass ich mir selbst zugehört habe und dabei klarer geworden bin. Wäre es nicht wunderbar, einfach eine schöne Zeit miteinander zu verbringen? Ich muss ihn doch deshalb nicht gleich heiraten.

Ich klappe den Laptop zu, stehe auf, lächele Marie an und murmele, schon halb im Gehen: »Na klar!« Als ich an der Hausecke bin, rufe ich: »Danke Süße! Du bist mein Engel!«

»Und du meiner!« Sie lacht und wirft mir einen Luftkuss zu.

*

Ich muss das Ganze doch noch mal näher anschauen: Fröhlichkeit, Lachen, Nähe, Wärme, vielleicht sogar Zärtlichkeit – es wäre schön, aber Harald ist zart verliebt und ich bin es nicht ...

»Was sagst du, Jolin. Möchtest du dich mit ihm treffen?«

»Wozu fragst du?«

»Weil es mir wichtig ist!«

»Ach ja? Und wenn du einem schreibst, fragst du dann? Zum Beispiel vorgestern diesem Kinderarzt?«

»Der, dem es am wichtigsten ist, grenzenlose Liebe zu geben?«

»Dieser eine Satz in seinem Profil klingt schön, ja. Aber wenn ich den Rest lese, sehe ich doch sofort, wie er in Filzlatschen und Hosenträgern durch die Wohnung schlappt! Bestimmt hat er ein Riesenherz. Und eine Halbglatze und die Resthaare einen halben Meter lang gezüchtet, um sie drüber kämmen zu können. Bei Wind wehen sie dann wie eine Fahne zur Seite weg. Liebenswert. Natürlich! Aber wie kannst du jemals auch nur in Erwägung ziehen, dass so einer mich begeistern könnte? Und Begeisterung ist das Mindeste! Versteh doch: Ich will hin und weg sein! Ich will Herzklopfen haben, dass ich ohnmächtig werde. Ich will alles das, was mit Mike gewesen ist – aber in echt, nicht bloß als virtuelles Versteckspiel.«

»Ich dachte ...«

»Du dachtest, ich will die große Liebe. Will ich auch. Aber du handelst, als würde mein Herz Unterschlupf suchen, du willst es bei einem netten, anständigen Daddy in Obhut geben. Das hat mein Herz nicht nötig, verstehst du? Niemandes Herz. Und kein Herz *will* das. Weil es unfair ist. Unfair gegenüber dem netten Daddy und total unfair gegenüber der Liebe!«

»Ja – das stimmt ...«

»Carla, hörst du wirklich nicht, dass dein Herz die ganze Zeit schreit: Lass mich endlich frei!«

*

Ich brauche einen schnellen Spurt in den Wald und dann langsamer werden, anhalten, mich an einen Baumstamm lehnen und nichts als mein Hecheln und das Brandungsgeflüster der Wipfel. Und wenn diese besondere Stille, die doch voller Geräusche ist, mich einlädt in sie einzutreten und mein Denken heimkehrt zu mir, wenn ich von selbst beginne, viel weiter in mich hineinzulauschen, als Gedanken führen können, und wenn ich dann zurück in die normale Welt komme, ist alles so einfach und so klar.

Es gibt zwei Möglichkeiten: Harald absagen oder aufhören, mir Gewissensbisse zu machen. Er will unser Miteinander ausprobieren, also ist es alles andere als gewissenlos, ihm die Gelegenheit dazu zu geben.

Dann allerdings sollte ich aufhören zu glauben, dass es mit uns nichts wird.

Aber kann ich aufhören, das zu *wissen*?

Und nun?

Nun ist Schluss mit all dem Hin und Her! Was meinst du, Jolin, machen wir's?

Na klar!

Sicher?

Absolut!

Mit einem Lächeln steige ich aus meinem Tal bergauf. Wie kann es gehen? Ein Hotel, jeder sein eigenes Zimmer und mit dem Auto anreisen, das ist gut. Ich muss jederzeit meine Zimmertür hinter mir zu machen und auch jederzeit wieder fahren können.

Irgendwo irgendein Hotel? Nein, es muss ein schöner Ort sein, richtig schön!

Die Ostsee!

Oh ja! Das wäre wunderbar!

Ich bin zurück in meinem Garten, fläze mich in den Korbsessel und schaue in den Himmel. Er ist so blau, dass es schmerzt. Die seltsam geformten Wipfel der Kiefern singen mit dem Wind ihr Lied, das nach Freiheit klingt, nach Weite, weil es wie Meeresrauschen ist. Ich habe den Duft von Tang und Salzwasser in der Nase, und ich stelle mir vor, dass jemand neben mir sitzt oder geht oder – liegt ...

»Lieber Harald,
ja, wir können dieses Wochenende miteinander verbringen.
Herzliche Grüße, Jolin«

Aber wo an der Ostsee? Ich wünsche mir einen neutralen Ort, wo ich noch nie war. Schon sehe ich ein Hotel aus dem letzten Jahrhundert vor mir und Heckenrosen davor und auch dort, wo Strand und Land zusammenfinden, und sie blühen alle dunkelrot. Ich möchte so gern die Möwen hören, wenn ich aufwache, und den Singsang sachter Wellen oder das Rauschen, wenn Brandung ist, und Sand zwischen den Zehen und gebratene Scholle mit Kartoffelsalat unterm Sonnenschirm.

32

April 2005

Seit ich die Immobilienangebote studiere, seit ich durchs Land fahre und mir Wohnungen und Häuser ansehe, geht es besser mit Ragnar und mir. Wir sind sehr vorsichtig miteinander. Wir wollen das zarte Pflänzchen unserer Verbindung, das wieder aufzuleben beginnt, auf keinen Fall stören. Es tut uns nicht gut, miteinander unter einem Dach zu leben, sagt er. Oder habe ich es gesagt? Es wird einen besseren Weg geben: Mein eigenes Reich und Ragnar ganz in der Nähe. Ich bin traurig, dass wir es anders nicht hinkriegen – und zugleich befreit. Vor kurzem schien es noch das Ende, jetzt ist es ein neuer Anfang. Ich freue mich sehr. Es ist eine leise, vorsichtige Freude und trotzdem wie ein Motor.

Ragnar verbringt jetzt manchmal sogar eine halbe Nacht bei mir. Wir sind innig, wir sind zärtlich und langsam kehrt auch das Begehren zurück. Irgendwann gegen Morgen schleicht er sich dann weg. Es wird ihm zu viel, ich habe es endlich verstanden, die Wärme, die Nähe. Er sagt es nicht, er kann so vieles so gut sagen, aber hier fehlen ihm die Worte, oder vielleicht gibt es auch keine, vielleicht glaube ich nur, dass es etwas zu erklären gibt. Oder vielleicht muss ich auch begreifen, dass manches in Ruhe gelassen sein will, dass man es nicht klären kann.

Zu ihm in sein Bett zu gehen, traue ich mich nicht. Ich könnte es nicht aushalten, wenn er mich wegschicken würde. Und wenn er sich von mir wegdreht und so weit wegrückt, wie es nur geht, ist das sogar noch schlimmer.

Was ist bloß passiert? Wir waren einander so nah – und dann plötzlich ein Graben, so breit wie der Weg von seinem Zimmer bis zu meinem. Es ist ein sehr großes Bauernhaus, es ist wirklich eine Strecke bis zu meinem Zimmer, und das letzte Stück muss man durch die ehemalige Scheune, die voller Gerümpel ist und der Boden nur aus festgetretenem Lehm, wo es kalt ist und wo ich mich im Dunkeln grusele.

Wir konnten über alles offen miteinander reden. Und jetzt? Haben wir Angst, dass immer mehr Dinge zwischen uns treten, die schwierig sind und wehtun könnten? Oder hat ein Bruch genügt, dass wir es nicht mehr können?

Nein. Was wir können, können wir. Irgendwann werden wir uns auch wieder trauen!

Mai 2005

Ich habe ein kleines Holzhaus mitten im Wald entdeckt. Es hat ein geräumiges Wohnzimmer, zwei winzige Schlafkammern und einen großen Kachelofen mit Glastür. Lässt man die Schlafzimmertür offen, kann man vom Bett aus ins Feuer schauen. Ich hab sofort gewusst, dass ich mich dort wohlfühlen kann. Aber ganz allein in den Wald? Ragnar redet mir zu. »Es ist besser für uns, wenn wir weiter auseinander sind.«

»Bist du froh, wenn ich gehe?«

»Da kannst du schreiben, da hast du wieder dein eigenes Reich, und ich bin ja nicht weit weg.«

33

Die Morgensonne kitzelt meine Füße, die dunkelrote Rose duftet wie eine ganze Rosenhecke, und mir ist so seltsam heimelig hier in meiner Stille, benommen vom Duft lausche ich mit weit offenen Ohren den Vögeln, die sich von Baum zu Baum neueste Nachrichten zurufen, während sie eilig die Rinden, die Blätter nach Nahrung für ihre Jungen absuchen.

Drinnen klingelt das Telefon. Weit weg kommt es mir vor und unwichtig. Ich schlüpfe in die Schuhe, bekomme den einen Fuß nur halb hinein, laufe hinkend ins Haus, rufe, ohne noch aufs Display zu schauen: »Carla Engel?«

»Engel heißt du? Wirklich Engel?« Harald lacht so laut, dass ich den Hörer von mir halte.

»Ja, Engel.« Auch aus mir sprudelt eine Lachfontäne.

»Du hast eben Carla gesagt. Heißt du gar nicht Jolin?«

»Nein. Also – ja. Aber nicht wirklich. Ich mag meinen Namen nicht besonders, weißt du. Carla ist so hart. Dagegen Jolin: das hat Musik. Ich hab es als Pseudonym beim Onlinedating genommen. Und dann hab ich es einfach behalten. Schlimm?«

»Nein! Es klingt gut.« Seine Stimme ist hell. »Das hört sich nach einem neu angefangenen Leben an.«

»Blödsinn!« Ich lache, um das grobe Wort als Scherz zu übertünchen. »Jolin gefällt mir einfach viel besser.«

»Ist doch okay! Wenn es dich freier macht. Ich mag Jolin auch lieber. Du, ich wollte mich bedanken, deswegen ruf ich an. Da ist mir eine Mail zu steif. Ich freue mich total, dass du Ja gesagt hast! Muss es die Ostsee sein? Ich wohne doch dicht an der Nordsee, ich könnte uns auch etwas in Sankt Peter suchen.«

»Nein. Das ist nicht mein Ort. Ich dachte mehr an Boltenhagen oder Kühlungsborn, aber kleiner.«

»Okay ...« Er klingt zögerlich.

»Ist es dir zu weit?«

Diesmal liegt sein Lachen genau zwischen hell und dröhnend. Es holt ihn hierher, direkt neben mich. Mit seinem stattlichen Körper, seinem netten Gesicht und der Jungenhaftigkeit, die ab und an hindurch blitzt.

»Falls du dir einfallen lässt, dass wir unser Wochenende in Österreich verbringen, DAS wäre mir zu weit. Ha-
hahahaa! Aber an die Ostsee komme ich gerne. Wenn es
dir da gefällt.«

»Dir nicht?«

»Keine Ahnung. Suchst du uns ein Hotel?«

»Ja, ich guck gleich im Internet.«

»Super! Ich muss weiterarbeiten. Freu mich auf dich!«

»Tschüss Harald!«

»Einen schönen Tag dir, Jolin.« Er spricht »Jolin« aus,
als ob das Wort ein Bonbon wäre, das ihm beim Sprechen vorne auf die Zunge gekommen ist. »Tschüss!«

Ich versuche, wieder dahin zurückzukehren, wo ich
vor dem Anruf war: der Duft, die Vorfreude. Es geht
nicht. Das mit dem Neuanfang liegt mir quer. Es hat sich
angehört, als hätte Harald sich diesen Neuanfang aneig-
nen wollen, als sollte es ein Anfang mit ihm sein – und
das empört mich regelrecht.

Ja klar! Das ist doch auch berechtigt!

Quatsch! Nichts ist klar. Was soll so ein Gefühl? Was
sagt es?

Ich gehe auf der Terrasse auf und ab, als hätte ich nur
diesen schmalen Platz. Enge ... Plötzlich weiß ich es: Der
Neuanfang mit Ragnar damals klingt noch in mir nach.

Ich nehme wieder mein Hin und Her auf, schnelle,
kurze Schritte, vom Buddha und dem Rosenduft ans
Ende der Terrasse, wo es den Hang hinunter geht.

Sei ehrlich mit dir, Carla, schau hin!

Harald hat etwas angerührt, das ist klar, aber ist es
nicht viel mehr, als ich denke? Josepha hat es mir mal
gesagt: Ich glaube, der Platz an deiner Seite ist noch gar
nicht frei. Ist das so? Sagt dieses Gefühl, diese Empörung, dass ich diesen Platz gegen Harald verteidige?

Nein. So fühlt es sich nicht an. Gegen Harald stimmt
zwar, aber was mich stört, ist Haralds Art, in aller
Freundlichkeit etwas für sich zu vereinnahmen und das
auch noch durch die Blume, so dass ich dem nicht offen
begegnen kann. Vielleicht bin ich überempfindlich – aber
sich muss ein Auge darauf haben ...

34

Ich schiebe den Einkaufswagen am Brot, am Kaffee, am Gemüse vorbei, bleibe hier und da stehen, greife nach einer Packung Schwarzbrot, einer Sechserpackung Eier, einer Tüte Milch und steuere in Richtung Käse. Heute brauche ich irgendetwas Besonderes. Soll ich mir diesen unendlich köstlichen Rohmilchkäse aus Husum leisten? Der leider auch unendlich teuer ist.

Ich komme an den Grabbeltischen mit den Non-food-Artikeln vorbei. Gar nicht hingucken, ich brauche nichts. Aber diese Söckchen: rosa-weiß geringelt, wie süß! Das ist nicht wahr, oder? Doch. Ich will sie! Sie sind entzückend! Die sechziger Jahren, Petticoats, Ballerinas – und Ringelsöckchen. Ich trage keine Röcke. Und ... Aber sie sind bezaubernd ...

Ich stehe da, die Söckchen schon in der Hand, schüttele dann doch den Kopf – und plötzlich sehe ich die kleine Carla, die so oft verzichten musste. Ach was, drei Euro werden mich nicht in den Ruin stürzen.

Ich muss lächeln, lasse die Söckchen in den Wagen fallen und schiebe weiter in Richtung Weinregal. Wenn ich gleich draußen sitze, den Nachtigallen zuhöre, zum Abendessen Käse und roten Wein ...

»Di-da-did-did-didi-da-did-did«, schrillt das Handy. Eine SMS von einer unbekannten Nummer.

»... DARF ICH DIE FÜCHSIN HEUTE NACHT IN IHRER HÖHLE BESUCHEN ...? ... HÄTTE DICH GERNE GESTREICHELT ... UND LIEBKOST ... MIKE«

Ich fasse es nicht. Wie kommt der an meine Handy-Nummer? Ich habe sie ihm nie gegeben! Hat er mich ausspioniert? Was weiß er noch über mich? Und woher? Mein Herz rast, dass mir übel wird. Atmen! Tief ein und aus. Drei Mal. Fünf Mal. Nochmal! Mein Daumen fliegt über die Handy-Tasten.

»DER JÄGER AUF DIESER FREQUENZ? WOHER HAST DU MEINE NUMMER?«

Marie hat mir manches Mal schon gesagt, dass ich viel zu arglos bin. Stimmt. Ich achte viel zu wenig auf meine Privatsphäre ...

Plötzlich bin ich in höchster Eile, schiebe den Einkaufswagen schleunigst weiter.

»Di-da-did-did-didi-da-did-did!«

»*... DIE HAST DU MIR IM RAUSCHE DEINER SINNLICHKEIT GEGEBEN ...*«

Ich bin schon bei den Spirituosen. Greife meinen Lieblingswein. Stelle mich in die Schlange an der Kasse.

»*NEIN! HABE ICH NICHT!*«

Ich packe die Sachen aufs Laufband. Nach Hause. Schnell. Nachsehen, ob ich nicht doch Dinge in einer Mail geschrieben habe, von denen ich nichts mehr weiß. Das kann nicht sein! Aber es kann auch nicht sein, dass jemand so dreist lügt!

Ich habe ihm ganz sicher nie meine Nummer gegeben! Woher ... Die E-Mail-Adresse! Wir hatten zuletzt unsere richtigen Mail-Adressen ausgetauscht, damit wir nicht mehr über Auserlesen.de kommunizieren müssen. Kann man darüber ... Dann spioniert er hinter mir her! Dann könnte er jetzt an meiner Haustür stehen. Oder irgendwo im Wald stecken und kommen, wenn ich am wenigsten damit rechne. »Di-da-did-did-didi-da-did-did!«

»*... WOHIN MUSS ICH FAHREN ...?*«

Ich halte der Kassiererin das Geld hin, schiebe meine Sachen mit dem Unterarm vom Kassentisch in den Einkaufswagen. Ins Auto, die Tür zu, das Handy auf den Beifahrersitz, Motor starten. Nach Hause! Ich muss nachsehen, ob ich ihm nicht doch die Handynummer gegeben habe ... Nein, hab ich nicht! Oder wie er sonst an irgendwelche meiner Daten gekommen sein kann.

Ich atme durch den offenen Mund, atme, als würde ich rennen, muss viel zu schnell gefahren sein, bin schon an den Serpentinen. Runter mit dem Tempo, sonst geht das nicht gut! An den Straßenrand fahren? Eine Antwort tippen? Nein, jetzt bin ich fast da, keine zwei Minuten mehr. Nur noch die gerade Strecke durch die Felder, durchs Dorf, dann den Waldweg hoch zu meinem Haus.

Aber nebenher ist etwas ist mit meinem Becken passiert. Wie ein Schwarm Krabben, so kribbelt es darin, schwärmt in alle Richtungen, quirlt bis in die Zehen, bis in die Fingerspitzen, bis in die Haarwurzeln.

Es würde dauern, bis er hier wäre. Ich hätte genug Zeit, etwas zu essen und zu duschen. Die Flasche Rotwein, zwei Gläser ... Würde Jolin ihn gleich an der Tür umarmen? Oder flüstert sie nur mit rauchiger Stimme »Hey, da bist du ja! Komm rein!«.

Ich bin verrückt! Vollkommen übergeschnappt! Der Mann hat mich ausspioniert und angelogen! Der ist bei irgendeiner anderen abgeblitzt und braucht dringend eine, die ihn von seiner Geilheit befreit.

Der Haustürschlüssel fällt mir schon zum zweiten Mal aus der Hand. Ich bücke mich, versuche es wieder, bekomme ihn endlich ins Schlüsselloch. Drinnen starte ich sofort den Laptop, fliege durch die Mails, die ich an Mike geschrieben habe. Nichts. Woher hat er meine Handy-Nummer?

Atmen. Ruhig werden. Er steht nicht an meiner Tür. Alles nur Gedanken.

Meine zittrigen Finger verhaspeln sich immer wieder. Meine Gedanken sind endlich klar.

»WENN ICH IN MEINEM FUCHSBAU MENSCHEN EMPFANGE, MUSS ICH SIE VORHER KENNEN GELERNT HABEN.«

Ich stehe auf, fange an, den Korb mit den eingekauften Sachen auszupacken. Die Milchtüte fällt mir aus den Händen, zum Glück nur in den Korb zurück.

»... LERNE MICH IN DEINEM BAU KENNEN ... ICH BRINGE KEINE WAFFEN MIT ... DU SÜßE FÜCHSIN ... DIE MIR DEN VERSTAND RAUBT ...«

Ich sehe sein Foto vor mir, das erste, das sinnlich sanfte. Wieder rieselt es durch mich hindurch, und dieses Rieseln fühlt sich an wie Fingerspitzen, die mich

182

streicheln, wie Haut an Haut mit einem männlichen Körper, der mich mit jedem Härchen, mit jeder Unebenheit liebkost, und das dunkel vibrierende Kitzeln einer männlichen Stimme im Ohr, das jede meiner Zellen zum Jauchzen bringt ...

Ich stehe am Küchenfenster, schaue hinunter ins Grün, in das Maries Dach eingebettet ist und versuche, langsamer zu atmen. Zu viel Sauerstoff wirkt wie eine Droge, sage ich mir, das bringt dich drauf, nicht runter. Langsam atmen, das Zittern weg atmen.

Wie perfide, was dieser Mann sich einfallen lässt! Hat er mich also tatsächlich immer noch auf seiner Reservebank sitzen! Glaubt er im Ernst, sowas lasse ich mit mir machen?

Ja, lässt du! Bist doch schon drauf und dran, ihm eine Wegbeschreibung zu schicken.

Ich laufe umher, schimpfe mit mir, mit Mike, mit der Natur, die diese unbändige Sehnsucht in mich gepflanzt hat, bleibe vorm Ofen stehen, beim Andersvogel, der seltsam irritiert vor sich hin starrt. Ich streiche mit dem Finger unter der Silbergaze über die Rindenstückchen, aus denen er zusammengesetzt ist. Sie fühlen sich seidig an und sehr zart. Man muss dich manchmal vor dir selbst beschützen, flüstere ich ihm zu. Diese Franziska oder wie sie hieß, hätte dich für jedes bisschen Schönes leiden lassen, bis dir das Leben zur Qual geworden wäre. Du musst dich fernhalten von denen, die das, was dir heilig ist, mit Füßen treten! Beklommen und zugleich erleichtert tippe ich:

»DAZU, LIEBER JÄGER, LEBEN FREI LEBENDE FÜCHSE VIEL ZU GEFÄHRLICH!«

»... STIMMT ... ICH HÄTTE DICH ZU TODE GEKÜSST ...«

Ich lache auf. Es ist ein ungutes Lachen. Meine Hände schwitzen. Ich reibe sie aneinander, als würden sie davon kühl. Meine Beine fühlen sich wie aus Gummi an. Ich packe die eingekauften Sachen zu Ende aus. Eier, Milch, Butter, den besonderen Wein. Den Rohmilch-Käse habe ich vergessen. Natürlich kommen die Gedanken und fangen eine große Diskussion an. Der ist doch gestört, der kann sich nicht einlassen, hat Marie neulich gesagt. Er bricht immer wieder den Kontakt ab, wir haben noch kein einziges Wort miteinander gesprochen, es ist offensichtlich: Wenn er vom vielen Flirten aufgeheizt ist, wenn ihn womöglich alle abblitzen lassen haben, fällt ihm die Füchsin wieder ein. Und trotzdem sind meine Adern zu elektrischen Leitungen geworden. Noch immer fließt darin Hochspannungsstrom. Ich laufe ins Bad und schaue mich im Spiegel an. Da ist ein neues Lächeln in meinem Gesicht. Ein Abenteuerlächeln. Auch ein bisschen frivol. Wer weiß, wenn Mike sich nur einen Tick anständiger verhalten hätte ... Da stimmt doch etwas nicht mit mir! Lässt er mich fallen, leide ich wie ein Hund, erhört er mich, bin ich kurz davor, mich zu vergessen. Auf solche Mistkerle fahre ich ab! Und bei einem anständigen, wirklich netten Mann wie Harald ziere ich mich, als könnte er mich mit Syphilis anstecken. Zum Glück ist Mike so gestört, dass sogar ich endlich kapiere, was da für ein mieses Spiel läuft.

Ich muss in den Wald. Die Haare zum Pferdeschwanz binden, die Laufschuhe an, im nächsten Moment schon spurte ich den Waldweg hoch. Wie gut, dass es abends noch so lange hell ist. Ja, ich laufe weg. Vor dem Handy, das ich auf dem Schuhschränkchen im Flur liegen gelassen habe. Ich komme in mein Tal, lächele die Bäume an, die Blaubeersträucher, das Gras, dessen feine Rispen wie zarte Goldschleier über dem Moos schweben, erzähle den braunschuppigen Kieferstämmen von diesem Herz in mir, das ich trotz meiner Jahre noch immer nicht kenne. Nur eins weiß ich: Ich muss es beschützen, und nicht vor irgendetwas da draußen, sondern vor etwas in mir drinnen.

35

Plötzlich das Ostseegrünblau. Es blinkt hinter geschwungenen Weizenfeldern, und dann führt die Straße
bergab und verläuft neben dem Strand. Weiße Segeldrei-
ecke schaukeln, am sonnigen Himmel kreisen Möwen.
Ich lasse die Fensterscheibe hinunter. Brandungsbrau-
sen und Möwenschrei.

Ich biege um die letzte Kurve. Das Ortsschild, die ersten Häuser, hinter einer Hecke der Strand, und da vorn
ist es: fast wie unser altes Strandhotel zu Hause, langge-
streckt und mit hohen Fenstern, die oben gerundet sind,
die weiße Fassade etwas angegriffen von unzähligen
Stürmen. Eine glattgeschorene Rasenfläche, darauf
weiße Stühle und Tische aus Holz, zum Strand hin ein
niedriger Heckenrosenwall, und die Rosen blühen! Unzählige rosa Blüten – ich ahne schon von hier den Duft.

Ich rolle am Hotel entlang zum Parkplatz. Vorm
Haupteingang im Schatten des Vordachs steht Harald in
leichtem Jackett und sommerlicher Hose. Ich winke ihm
aus dem offenen Autofenster zu. Er hebt als Geste des
Erkennens das Kinn. Ein Lachen springt in sein Gesicht.
Ich deute in Richtung Parkplatz und fahre weiter, hinter
mir drängelt schon ein Wohnmobil. Er setzt sich sofort
in Bewegung. Ich parke ein, stoße die Tür auf, steige aus,
schließe die Augen und ziehe den Seeluft-Rosenduft ein.

»Lass uns zuerst an den Strand, ja?«

Harald lächelt breit, bewegt den Kopf in einem Nicken
zur Seite hin. »Wenn du möchtest«, scheint das zu be-
deuten. Er möchte etwas anderes, auch das ist zu sehen.

»Hallo Jolin!«, lacht er.

»Hi Harald!«

Wir stehen voreinander, mögen uns nicht die Hand geben, das ist zu förmlich, mögen uns auch nicht umarmen, dazu sind wir uns in diesem Moment zu fremd. Ich
grinse zu ihm hoch. Er legt sehr locker, fast berührungs-
los den Arm um mich, küsst mich seitlich aufs Haar und
lässt mich gleich wieder los. Ich deute mit dem Kopf zum
Meer hin und ziehe noch einmal fragend die Augenbrauen hoch. Er nickt. Wir gehen über den Rasen. Und

dann ist es nur noch ein schmaler Durchgang zwischen den Heckenrosen hindurch, und wir sind am Strand. Ich bleibe stehen.

»Das ist der Duft, mit dem ich aufgewachsen bin«, sage ich andächtig. Ich bin versucht, Haralds Hand zu nehmen und einfach mit ihm loszulaufen. Aber ich möchte keine Zeichen setzen, die nicht stimmen. Befangenheit kriecht in mich hinein.

Ich spüre den Sand durch die Sandalen, bücke mich und ziehe sie aus. Harald will es mir nachtun und beginnt, sich etwas umständlich von seinen hellbraunen Sommerschuhen zu befreien.

»Ich warte am Wasser auf dich!«, rufe ich und renne mit fliegendem Rock in den Wind. Ich sehe die Szene wie von weitem, aber die laufende Frau ist kleiner als ich, ihre Figur weiblicher, ihre Haut gebräunt, nicht weiß wie meine, ihr Haar braun. Lapislazuli-blaue Augen. Sie läuft mit einem Lachen im Gesicht, übermütig, aber auch siegessicher.

Am Wellensaum bleibe ich stehen, schaue hinaus bis zum Horizont – und die Weite treibt mir fast die Tränen in die Augen. Wie konnte ich so lange ohne das Meer sein? Es leckt mir zur Begrüßung an den Zehen.

Harald tritt seitlich hinter mich.

»An dem Blau könnte ich mich betrinken!«, flüstere ich.

»Und ich mich an dir!« Er beugt sich über mich, küsst mich weich auf die Wange und sieht mich an, als wollte er fragen: Na, willst du mehr?

»Dass ich das schaffe, mitten im Wald zu leben!«, höre ich mich sagen und schlage innerlich den Blick gen Himmel.

»Und ich frage mich, ob du mir wohl irgendwann dein Wald-Paradies zeigst?« Haralds Worte sind von einem Lachen unterlegt. Sein Gesicht bleibt ernst.

»Lass uns doch dieses Paradies hier genießen.« Ich nehme endlich den Blick vom Meer weg. Leises Wellenplätschern, Strandkörbe, Sonnenschirme, Menschen in Badezeug, hingestreckt in der Sonne liegend, zwei Frauen in der Nähe im Strandkorb, jede mit einem Buch, ach ja, lesen, einen ganzen Tag lesen, Urlaubsstimmung,

Luft auf der Haut, Fröhlichkeit, ein aufgeblasener Wasserball, der vorm Wind her kullert, Duft nach Seetang und Sonnenöl. Rechts, vielleicht zweihundert oder dreihundert Meter weiter, erhebt sich die Steilküste. Wilder als die zu Hause. Ich deute mit dem Kopf dorthin und hebe fragend die Brauen. Harald nickt. Nebeneinanderher gehen wir am Wellensaum entlang, die Schuhe in der Hand.

»Bekommst du viele Zuschriften bei Auserlesen.de?«

Gott, wie kann ich so etwas fragen! Steif und unecht wie der Journalist neulich.

»Ja – da kommt so einiges. Und du?«

»Kaum.«

»Tatsächlich?« Er hebt die Brauen. »Na ja, die meisten Männer in unserem Alter fliegen auf deutlich jüngere Frauen, wenn sie die Wahl haben.«

»Und die haben sie!«

»Jolin, wer dein Foto sieht und liest, was du über dich schreibst, muss schon ziemlich plump sein, wenn er sich am Alter festbeißt.«

»Sie sehen das Foto doch erst, wenn sie mich angeschrieben haben. Aber danke für das Kompliment! Du machst gern welche, hm?«

Er lacht hell auf. »Ja!«

»Das ist schön! Machst du sie auch noch nach vier oder nach sieben Jahren?«

»Natürlich! Du siehst auch in sieben Jahren noch sehr schön aus in diesem Kleid!«

Ich habe es mir schon gedacht: Die helle Fliederfarbe steht mir. Ich hebe den Rocksaum und mache ein paar Hüpfer in eine auslaufende Welle hinein. Seine hochgekrempelte Hose ist im nächsten Moment mit Spritzern gesprenkelt. Ich grinse ihn an.

»Und du? Gehörst du auch zu denen, die nicht einmal antworten, wenn ihm eine nicht gefällt?«

»Na ja ...«

Er wendet mir das Gesicht zu. Seine Stirn spannt sich in Richtung Steilfalte. »Kannst du auf mehreren Hochzeiten tanzen? Ich nicht!«

»Och, ich tanze sehr gern.« Ich griene.

Haralds Blick geht auf Abstand.

»Hey, das war Spaß«, sage ich schnell. »Aber ich antworte, wenn ich angeschrieben werde, und das tun viele nicht.«

»Das mache ich natürlich auch!«

»Ja, ich weiß.« Ich schaue zu ihm hinüber. Er sieht ernst aus. Ich höre jetzt augenblicklich auf, so zickig zu sein! Was ist los mit mir? Das kann doch nicht bloß Unsicherheit sein ...

Je weiter wir gehen, desto leerer ist der Strand. Keine Strandkörbe mehr. Nur noch vereinzelt einige wenige Menschen. Ein älteres Paar in Shorts spielt mit ruhigen Bewegungen Kricket miteinander. Möwen segeln, lassen sich hier und da auf dem Wasser nieder, falten ihre Flügel ordentlich zusammen, öffnen sie wieder und rütteln damit, falten sie noch mal und noch mal, bis ihnen ihr Gefieder gut genug sitzt. Sie schaukeln auf den kleinen Wellen und sehen zu uns herüber.

»Guck mal, sie schauen, als wären wir eine Attraktion, die sie sich nicht entgehen lassen wollen«, lache ich.

Harald lacht mit. Seine Miene ist sofort heller.

Es ist schön, mit den Füßen im feuchten Sand zu plitschen. Es ist schön, neben Harald zu gehen. Und doch ist etwas falsch daran, und dieses falsche Etwas lässt nicht zu, dass ich einfach meine Hand in seine schiebe und ihn dabei anlächele, es sorgt dafür, dass ich Harald gar nicht ansehen kann, jedenfalls nicht mit Carlas Blick, ohne sein Doppelkinn unkleidsam, seinen Mund zu gespitzt, die Nase zu flach, den Vokuhila-Schnitt zu fesch, zu blond, zu gewollt jugendlich und seinen Bauch viel zu dick zu finden.

Die Liebe tippt sich an die Stirn und sagt: ›Carla, keiner ist wie Ragnar außer Ragnar.‹

Ja, ich weiß, neben mir geht ein wunderbarer Mann – einer, dem ich vertrauen kann, der mich verehrt, der Freude an mir hat und der mich nie, nie, nie so behandeln würde wie dieser Mike. Aber ich fühle mich so sehr fremd neben ihm, dass nicht einmal der Strand und das Meer etwas daran ändern können.

*

Wir sitzen vor unserem Strandhotel, trinken Milchkaffee, der sogar noch köstlicher ist als meiner, und das will etwas heißen, würde Josepha sagen, und ich gönne mir ein Stück Nuss-Marzipan-Torte. Harald fällt es nicht leicht zu verzichten, das sehe ich ihm an, aber ich habe ihn wohl zu sehr spüren lassen, dass ich seinen stattlichen Bauch nicht attraktiv finde. Das tut mir leid, und ich möchte wenigstens ehrlich sein.

»Ich komme mir so steif vor!«, fange ich fast flüsternd an. »Als ob meine ganze Verklemmtheit von früher wieder auferstanden wäre.« Er zieht die Brauen hoch. Ich lege meine Hand auf seine. »Das hat nichts mit dir zu tun, du bist locker, du bist fröhlich, eigentlich machst du es mir leicht.«

»Und was macht dich unsicher?«

»Tja – wenn ich das wüsste ...« Wie soll ich ihm erklären, was in mir vor sich geht, frage ich mich, und im selben Moment ist der ganze Gedankenwirrwarr verschwunden. Stattdessen könnte ich mir fast die Hand vor den Kopf schlagen, so klar ist es mir plötzlich. »Doch, ich weiß es«, sage ich leise. »Mir scheint, wir versuchen hier etwas zu machen, was man nicht machen kann. Man kann es nur geschehen lassen.«

Harald zieht die Brauen hoch. »Ich versuche nicht, etwas zu machen. Ich schaue dich an und freue mich, dass ich mit dir hier sitze. Vielleicht versuche ich manchmal, dir zu gefallen, aber das wird schon noch vergehen.«

Ich lache leise. »Und ich scheine zu versuchen, dir nicht zu gefallen. Ich hab mich selten so blöd gefunden wie heute.«

Harald lacht, als sei das nur ein Witz, hält sofort inne, wird ernst und fragt: »Warum? Ich fand dich überhaupt nicht blöd.«

Ich ziehe die Schultern hoch, schaue hinaus aufs Meer und sage schließlich: »Ich versuche, nicht künstlich zu sein, und genau das macht mich künstlich. Ich möchte echt und ehrlich sein, und genau das macht mich unehrlich und verschlossen. Wenn man in einer Testsituation ist, kann man unmöglich unbefangen sein. Und wir wollen einander ja testen. Aber das, was wir testen wollen, zeigt sich nur, wenn wir unbefangen sind!«

»Klar. Aber wir sind keine Schiedsrichter, die A-, B- und C-Noten vergeben, oder?«

»Sondern?«

»Wir genießen eine schöne Zeit miteinander. Und wenn etwas mehr passiert als nur Kaffeetrinken ...«

»Harald, ich – ich fühl mich sehr wohl mit dir, aber wie mit einem großen Bruder. Das Andere, das, was es braucht, damit wir ein Paar sein könnten, das ist einfach nicht da.« Ich schließe die Augen und atme lang aus. Endlich ist es ausgesprochen. Ich bin so erleichtert.

Seine Hand legt sich auf meine. »Das ist doch total schön! Ich bin gerne dein Großer-Bruder-Freund, wenn ich darf.«

Ich spüre, dass sich ein verzagtes Lächeln in mein Gesicht stiehlt. Vorsichtig mache ich die Augen wieder auf und sehe ihn an. »Ich glaub, darum bin ich auch so spröde zu dir. Ich hab die ganze Zeit Angst, dass du dich noch mehr ›zart verliebst‹ und dass ich es nicht erwidern kann. Ich möchte dir nicht wehtun, ich möchte aber auch nicht vor lauter Angst zu allem Nein sagen.«

Wie froh bin ich, dass er nicht lacht, wie froh, dass er seinen Blick wegnimmt und aufs Meer hinausschickt. Erst nach einer Weile sagt er: »Jetzt verstehe ich dich. Danke.«

Ich atme sehr tief auf.

»Probieren wir trotzdem weiter oder willst du fahren?«

»Wenn es dir nichts ausmacht, dass es so ist, dann bleib ich gern noch mit dir hier. Ohne dieses Unausgesprochene auf dem Herzen, fühle ich mich sehr wohl mit dir«

»Klasse!« Sein altes Lachen braust auf. Ich lache mit.

*

Wir waren schwimmen, liegen jetzt nebeneinander im Sand, und ich blinzele zu ihm hinüber. Ich hatte gespürt, dass er mich ansieht.

»Du denkst zu viel«, sagt er.

»Zu viel kann man gar nicht denken. Nur zu wenig.« Ich grinse ihn dabei an, damit er meine Worte nicht ganz so ernst nimmt, wie sie klingen mögen.

»Bist du eingeschnappt? Du, wenn ich sowas sage, dann glaube ich nicht, dass ich Recht habe. Ich will nur meine Gedanken erzählen, aber natürlich hab ich keine Ahnung, ob du zu viel denkst oder nicht, das weißt nur du.«

Ich lache auf. »Das weiß nicht mal ich.«

»Ich kenne einen Trick, wie man die Gedanken gut mal für eine Weile still kriegt.«

Ich höre an seinem Ton, dass jetzt etwas kommt, das an meine Grenzen gehen könnte. »Und der ist?«

»Wenn man sich vom großen Bruder-Freund den verspannten Nacken ein bisschen massieren lässt. Ich hab das gelernt, im ersten Leben war ich Masseur, und ich bin gut.«

»Hier am Strand?«

»Wenn du willst. Besser geht's aber im Hotelzimmer, in deinem oder meinem, wie du magst. Ich hab Öl dabei.«

*

Wahnsinn! Wahnsinnig schön, sich auf dem Laken zu rekeln und Haralds nackte Haut am Rücken zu spüren, seinen Atem an meinem Ohr und das beschützende Gewicht seines Arms auf mir. Und seine Finger, die meine rechte Brust streicheln.

Genau! Nicht ich bin verrückt, meine Brüste sind es. Verrückt nach Berührung. Jede Regung senden sie sofort in mein Becken. Wo es glüht, wie wenn ein Schwelbrand dort ausgebrochen wäre. Ich strecke meinen Po so weit nach hinten, dass er sich in Haralds Lenden schmiegt. Sein Körper strahlt Stärke aus. Der Bauch allerdings liegt wie ein Kissen zwischen uns.

»Immer noch nicht erschöpft?«, murmelt er.

»Du denn?«, flüstere ich über die Schulter.

»Du gibst ganz schön Gas!« Er lacht.

»Findest du?« Ich klinge gereizt. Ich bin es! Der Satz eben hat mir doch seinen Tadel auf dem Silbertablett präsentiert! Genauso hätte er sagen können: Sorry, du scheinst nymphoman zu sein, das ist nichts für mich ...

Carla! Kann es sein, dass du dich gerade selbst fertig machst? DU denkst doch, dass du nicht in Ordnung bist!

Stimmt. Ich denke, dass er es denkt. Und die Wahrheit ist ... dass ich es denke! Wenn ich wissen will, ob er es denkt, muss ich ihn fragen!

»Ist dir mein Gasgeben zu viel?«, flüstere ich.

Harald lacht leise. Brummt: »Na warte!« in mein Ohr. »Das wird sich noch zeigen, wem es zuerst zu viel wird.«

Das tiefe Vibrieren in seiner Stimme läuft mir in Wellen in den Nacken. Ich seufze leise. Liege nur da. Spüre ihn und genieße es. Und bin noch immer so verwundert, dass es einfach geschehen ist.

Haralds Atem geht gleichmäßig und tief. Ich drücke meinen Po noch mehr gegen ihn. Er reagiert nicht mehr.

Nie hätte ich gedacht, dass ich so verführbar bin. Aber wie lange habe ich das vermisst! Seine köstliche Massage hat mich augenblicklich in eine andere Welt gebeamt, große, warme, weiche Hände, Bruderhände, geborgen, wohlig, beglückt, und plötzlich war es so innig, so nah, dass ich ihn zurück streicheln musste, ich konnte gar nicht anders, und wir sind ineinander versunken – und keinen Moment hab ich daran gedacht, dass es das erste Mal ist, das erste Mal seit Ragnar. Und jetzt liegen wir hier und ich spüre ihn atmen, spüre seine Wärme. So viele Jahre habe ich das vermisst, selbst mit Ragnar. Eben noch waren wir innig miteinander, und plötzlich rückte er soweit es ging von mir weg, plötzlich nur noch sein Rücken. Wie hab ich innerlich gebibbert vor Kälte, wie einsam war ich. Da stimmt was nicht mit dir, das ist völlig überzogen, hat Ragnar gesagt. Und das hat mich noch einsamer gemacht.

Und jetzt hält Harald mich im Arm. Seine Hand streichelt mit ihrem leisen Zucken meinen Busen. Wenn ich schnurren könnte, ich würde mich anhören wie eine ganze Katzenfamilie.

*

Im Aufwachen schon habe ich seine Hand an meiner allerempfindlichsten Stelle gespürt. Dann seine Küsse, seine Zunge ...

Jetzt liegen wir nebeneinander. Mein Kopf ruht auf seinem ausgestreckten Arm. Unsere Körper brennen.

»Meine Güte, bist du ungestüm!« Er küsst mich, während er über mich hinweg aus dem Bett klettert. Vor sich hin lachend geht er ins Bad.

Ich schaue ihm nach. Von hinten sieht sein Körper aus, als hätte ein Bildhauer bislang nur die grobe Gestalt erschaffen und alle Feinheiten für später aufgehoben. Er ist nicht plump, aber es fehlen die genauen Linien und Konturen eines schönen männlichen Körpers wie Ragnars. Es gibt keine wirkliche Taille, sein Becken ist nicht wirklich schmaler als die Schultern, dazu leichte X-Beine, die sein Gehen ungelenk erscheinen lassen. Und beim Penis hat der Bildhauer versehentlich etwas zu wenig Material eingeplant – jedenfalls im Ruhezustand.

Ich grinse innerlich. Gedanken, nur Gedanken. Ich schicke sie einfach weiter, hier bei mir brauchen sie gar nicht erst zu versuchen, sich einzunisten.

Harald kommt wieder, legt sich neben mich, rückt ganz nah heran. Ich möchte nur daliegen, mich gestreichelt fühlen von seiner Haut an meiner und seine Wärme genießen. Seine Bruderwärme.

*

Der Sonnenschirm über uns flattert leise. Es klingt wie ein in der Ferne killendes Segel. Ich klopfe mein Frühstücksei auf, puhle die Schale auf meinen Teller und steche es mit dem Eierlöffel an.

»Genau richtig! Und das im Hotel!«

»Ich kann auch ziemlich gut Frühstück machen!« Harald grient mich an.

»Als ich noch einen Fernseher hatte, habe ich beim Werbeblock immer den Ton abgeschaltet«, sage ich so cool ich kann.

Er zieht die Brauen hoch. Dann dröhnt sein Lachen, dass die See sich kräuselt. Nein, natürlich ist das da draußen ein Fischschwarm. Oder die Stelle ist von einer einzelnen Bö aufgewühlt. Ansonsten liegt die Ostsee vollkommen still. Das gelbe Seidentuch der Sonne blinkt darauf, als sei es mit unzähligen Diamanten bestickt.

»Ich konnte schon schwimmen und sogar segeln, bevor ich Radfahren gelernt habe«, erzähle ich, weil es mir gerade einfällt. »Und bei uns zu Hause hieß es nicht »mach die Tür zu«. Mein Vater war Kapitän, wir sagten: »Mach das Schott dicht«, und wenn du morgens deine Augen noch nicht richtig aufbekamst, dann wurdest du mit dem Spruch »wasch dir mal die Klüsen!« ins Bad geschickt.«

Harald legt die Hand auf meine. »Klingt nach Heimweh«, sagt er sanft.

»Nein, so schlimm ist es auch wieder nicht.«

»Sicher?«

Ich ziehe die Schultern hoch. Nein, ich bin mir nicht sicher. In der Welt meiner Gefühle kenne ich mich gerade nicht mehr aus. Alles ist anders. Ich kannte keine Große-Bruder-Erotik, damit fängt es an. Wehmut umarmt mich, und ich wehre mich nicht, hänge ihr sogar nach und denke: Ob das meine Bruder-Schwester-Ehe damals gerettet hätte? Und ...

»Di-da-did-did-didi-da-did-did!«, piept mein Handy dazwischen. Völlig in Gedanken schaue ich nach.

»... heiß ... heißer ... du ...
Guten Morgen, liebe Füchsin ... einen Kuss auf deine Knospen ... dein Jäger ...«

Ich fühle, dass mir die Röte ins Gesicht schießt. Harald hebt die Brauen und linst herüber. »Na, wer stört da?«

»Meine Freundin. Sie will wissen, ob es mir gut geht.«

»Und?«

Ich fange an zu tippen. »Es ist toll hier, schreibe ich, aber Harald ist mir zu neugierig.«

Er zieht in gespielter Reue den Kopf leicht ein und macht ein »Aha«-Gesicht. Ich tippe emsig weiter, aber es sind nur irgendwelche Buchstaben. Zu *der* SMS fällt mir nichts ein! Ich tue, als schickte ich die Nachricht ab, schenke Harald ein Lächeln und mache das Handy aus. »Entschuldige«, murmele ich und drehe mich weg zum Meer, denn mit einem Schlag bin ich traurig, könnte fast weinen, und ich möchte nicht, dass er es sieht.

»Ist doch in Ordnung«, sagt er.

Meine Augen füllen sich nun doch mit Tränen.

»Was ist?«, fragt Harald prompt.

Ich sehe ihn an. Nur ganz kurz. Dann muss ich die Augen schließen. Sie laufen trotzdem über.

»Was ist passiert?«, ruft Harald.

»Ich kann es nicht erklären«, flüstere ich nach einer Pause. »Ich verstehe es selbst kaum, jedenfalls nicht mit dem Verstand.«

Da ist ein Gedanke, ein ziemlich lauter. Er sagt: ›Carlchen, pass auf dich auf. Da ist etwas in dir, das kann keine fremden Blicke gebrauchen, auch wenn sie liebevoll sind.‹ Und mir fällt wieder ein, was mein Therapeut gesagt hat, damals, als das Burnout mich über Monate hingestreckt hat. ›Du kannst und wirst von Nichthochsensiblen nicht ganz und gar verstanden werden, höchstens toleriert. Das ist viel, und man kann wundervolle Freundschaften haben. Es wird aber immer wieder schwierige Momente geben.‹

Harald legt den Kopf schief. ›Was ist?‹, sagt sein Blick.

»Ich - äh - das ist nicht leicht ...«

Nein? Also weiter Versteck spielen? Ich wende mich wieder weg und schaue aufs Meer. Werde noch trauriger. Blinkere die Tränen weg. Es ist so schön hier, denke ich und atme tief ein, atme das Blau und die lichte Weite, und sie machen mein Herz ein klein wenig leichter.

Da begreife ich es: Ich kann nicht erklären, was mit mir ist, aber ich kann die Hintergründe dazu erzählen, dafür vertraue ich Harald inzwischen genug. Mit dem Blick auf dem Meer erzähle ich ihm so viel von dem Geschehen mit Mike, dass er sich ein Bild machen kann, und je mehr es dadurch zu einer Geschichte wird, desto klarer werde ich, und je klarer ich werde, desto mehr komme ich frei von den klebrigen Spinnenwebfäden des perfiden Wechselspiels von kessen Flirts und Rückzug. Es ist wie mit der Angst: Wenn man sie genau anschaut, verliert sie ihre Macht.

Harald regt sich über seine Geschlechtsgenossen auf. Was ich ihm nicht erzählt habe, ist, wie leicht ich offenbar von so etwas zu kriegen bin. Aber was er dazu sagt, werde ich so schnell nicht vergessen: »Die Masche, sich immer mal ein paar Tage nicht zu melden, probieren weit mehr Männer, als du glaubst. Und sehr viele Frauen ziehen sie genau damit in ihr Netz!«

»Wieso? Was ist daran so anziehend?«

»Die Ungewissheit? So lange er dir nicht zu Füßen liegt, sondern dir immer wieder zeigt, dass er auch ohne dich kann, versuchst du automatisch, ihn zu gewinnen. Wer schwer zu kriegen ist, schürt beim anderen das Verlangen, ihn oder sie zu bekommen.«

*

Der Strand ist noch leer. Wir bleiben stehen. Ein paar Möwen untersuchen den Seetang nach Seesternen und Muscheln. Draußen schaukelt eine Yacht heran. Ein Holzschiff mit einer Takelage aus der Vorkriegszeit. Von See her ein Quietschen und Flattern: Auf der Yacht wird das vordere der beiden Vorsegel eingeholt. Es ist wie früher, als ich klein war, als ich morgens allein an den Strand gelaufen bin mit meiner Angel. Ich schaue unverwandt dort hinüber und spüre dennoch Haralds Blick.

»Du hattest Recht, ich hab doch Heimweh«, sage ich und sehe ihn an, und zum ersten Mal können unsere Blicke sich unverstellt begegnen. »Ich schaue hier anders, eher mit den Augen der Kleinen, die ich mal war. Ich würde gern in ihre Haut schlüpfen, aber auf ihre Melancholie und ihren Hang zum Alleinsein kann ich verzichten.«

»Dann bist du ja bei mir genau richtig.« Harald bleibt ungewohnt ernst.

Wir gehen weiter, jetzt Hand in Hand, und ich spüre, dass seine Größe – und ja, auch seine massige Statur – mir guttun. Es ist, wie neben einem Leuchtturm zu gehen, der alles überschaut und in den man sich notfalls flüchten kann. Er erzählt von seiner ersten Ehe, damals im Ruhrpott noch, von seinen beiden Töchtern, die nach der Scheidung auf Abstand zu ihm gegangen sind. Er hat sie seit Jahren nicht gesehen. Ob sie geheiratet haben, ob er schon Großvater ist, frage ich. »Ich glaube nicht«, kommt nur von ihm, und ich merke, dass ich an dieser Stelle nicht bohren sollte. Er erzählt von seinen Freunden in dem kleinen Ort an der Nordsee irgendwo bei

Büsum, er erzählt von den Fischkuttern, die dort im Hafen mit den hohen Kaimauern liegen und auf die Flut warten und dass er früher, als er noch als Sommergast dort war, öfter mit einem rausgefahren ist. »Der Sonnenaufgang auf See«, sagt er ungewohnt leise. »Das ist das Größte.« »Ja«, sage ich nur und nicke, und eine ganze Epoche meines Lebens ist auf einmal wieder da und viele solcher Sonnenaufgänge, die ich erlebt habe, werden zu einem, ich spüre die Kühle der Nacht noch in den Knochen und höre die Wellen am Schiffsrumpf vergehen.

Als hätte er meinen Gedankenfilm mit angesehen, fragt Harald nach meiner Ehe und staunt, dass ich so lange geblieben bin, obwohl wir wie Bruder und Schwester miteinander lebten und ich darunter gelitten habe.

»Ja, warum so lange?« Ich dehne den Satz, und mit jedem Wort bin ich weiter weg und tiefer in der Vergangenheit. »Weißt du, ich ... Es war eine schwere Zeit damals, vor dieser Ehe. Ich hab lange gebraucht, um wieder ganz auf eigenen Füßen stehen zu können. Mein erster Mann war gestorben, und mit ihm ...« Ich muss mit dem Blick irgendwohin, selbst das Meer kann ihn diesmal nicht auffangen. Ich schaue auf die Steine und Muscheln vor mir im Sand, auf meine Zehen, die im Feuchten des Wellensaums einsinken. Auch das ist zu viel. Ich kann nicht anders, ich muss die Augen schließen.

»Mit ihm hast du alles verloren?«, versucht Harald mir weiterzuhelfen.

»Unser Kind ... Ich war im fünften Monat schwanger – und ich saß mit in dem Auto, das er ...«

»Oh!« Haralds Hand drückt meine, dass ich zusammenzucke.

»Ich bin mit einem Beckenbruch davongekommen«, höre ich mich so ruhig sagen, dass es mich erschreckt. »Aber unser Kind ...« Ich habe die Augen noch immer geschlossen, bin inzwischen stehengeblieben. Mehr denn je kann ich das Weinen spüren, seit all den Jahren sitzt es hinter meinen Lidern. Es ist so groß, zu groß, denke ich, wenn es einmal anfängt, hört es nie wieder auf ...

»Hast du das jemals verkraftet?«

»Ich war noch sehr jung, weißt du, da ist vieles anders. Bei mir jedenfalls war es so. Ich lebte, schon bevor das passiert ist, ohne meine Gefühle. Ich wurde für kalt gehalten. Heute weiß ich, dass ich das mit vielen Hochsensiblen gemeinsam habe. Wir müssen uns dicht machen, das Fühlen wird sonst unerträglich intensiv. Selbst schöne Gefühle müssen ja irgendwie ertragen werden. Ich hab natürlich etwas gefühlt, nur stark gedämpft.«

»Das hört sich nach Psychopharmaka an.«

»Nein, hab ich nie genommen. Und gegen manches bin ich auch nicht angekommen. Die große Empathie für andere Menschen zum Beispiel. Dieser Mann, mit dem ich in dem Unfallauto saß, war der Vater meines Kindes. Und er war drogenabhängig. Ich dachte, es ist Liebe. Aber eigentlich wollte ich ihm helfen, und wenn du etwas geben willst, um geliebt zu werden, dann ist das keine wirkliche Liebe, dann ist das ein Handel. Und wenn eine Beziehung aus einem Helfer und einem, der immer wieder scheitert, besteht, dann wird sich der eine zwangsläufig unterlegen fühlen, und das macht ihn irgendwann zornig. Der Unfall ist in einem furchtbaren Streit passiert.«

Harald zieht mich an sich. Ich widerstrebe. Ich brauche keinen Trost, höre ich mich denken und antworte dem Gedanken mit einem anderen: Vielleicht kann ich auch keinen Trost ertragen. Als ich seinen weichen Körper spüre, seine Arme, die meinen Rücken halten und mich an ihn ziehen, ist es, als würde ich zerfließen, und ich drücke mein Gesicht in Haralds Brust. Und wieder kommt dieser Gedanke, seit heute Nacht begleitet er mich: Ich würde ihn so gerne lieben. Und tue ich das nicht? Dieses warme Gefühl, diese Zuneigung, dieses Vertrauen zu ihm ...

Ja. Es ist wunderschön und es tut gut. Aber jemanden mögen ist nicht jemanden lieben und umgekehrt. Das habe ich damals begriffen. Das Mögen war mir mit den ersten Schlägen abhandengekommen, mit denen er mir heimgezahlt hat, dass mein Helfenwollen ihn klein gemacht hat. Ich muss ihn verlassen, hab ich immer wieder gedacht – und konnte es nicht. Es wäre mir vorgekommen, wie jemandem, der gerade ertrinkt, nicht die Hand hinzustrecken, sondern sich umzudrehen und zu gehen.

»Darf ich dich noch etwas fragen?«, flüstert Harald in mein Haar.

»Ja, darfst du. Darüber zu reden ist viel besser, als darüber zu schweigen.«

»Na dann.« Er streichelt mir ganz leicht über den Kopf. »Wie bist du darüber weggekommen? Hast du jemanden an deiner Seite gehabt?«

»Nein, ich war allein. Damals konnte ich mich auch nicht an meine Familie wenden, erst danach und allmählich hab ich wieder Vertrauen gefasst. Aber in der Reha hat man mir dringend ans Herz gelegt, die Therapie, die ich dort begonnen habe, bei einem niedergelassenen Therapeuten fortzusetzen. Das hab ich gemacht. Es brauchte lange, es war eine Menge Arbeit, aber nach und nach hab ich meine Gefühle wieder zulassen können. Natürlich kamen auch die schlimmen. Aber weißt du, Vergangenheit muss man hinter sich lassen. Erst hab ich gedacht, dass das bedeutet, alles zu vergessen, so tun, als wäre ich nie mit diesem Mann zusammen und nie schwanger gewesen. Aber es brauchte etwas anderes: Dieses ungeborene Wesen musste ein Grab bekommen, in mir selbst und auch in der Erde. Ich habe eine schöne Karte mit einer Rose auf der Rückseite in meinem Garten beerdigt. Darauf stand: ›Liebe Seele, danke, dass du zu mir kommen wolltest. Vielleicht war es besser, dass es nicht geklappt hat, vielleicht waren all die guten Vorsätze, die ich hatte, viel zu groß für mich, und dich hätten sie nur eingeengt. So wie mein Mitleid deinen Vater eingeengt hat. Bitte verzeih mir, dass ich nicht früh genug von ihm weggegangen bin. Ich hab es nicht besser gewusst. Bestimmt hast du eine andere Mama gefunden und bist nun doch als kleiner Mensch auf diese Welt gekommen. Ich wünsche dir ein wunderbares Leben.‹ «

»Das war bestimmt nicht leicht«, sagt Harald leise.

»Nein. Aber es hat mich viel leichter gemacht.«

Harald drückt mich noch mehr an sich, und schon ist es mir zu viel, ich muss tief atmen, das weite Meer in mich hinein atmen, und ich mache mich vorsichtig aus seiner Umarmung frei.

»Magst du noch weiter gehen?« Ich ziehe leicht an seiner Hand. Er nickt, lächelt mir zu und geht wieder neben mir, und ich wundere mich, dass ich ihm so leicht erzählen konnte, was ich selbst vor meinen Freunden bis jetzt verborgen gehalten habe. Aber auch ihm habe ich nicht alles erzählt. Noch niemandem.

*

Wir sitzen im Strandkorb, der zu einem kleinen Imbiss-Restaurant gehört. Auf dem Tisch vor uns werden gleich zwei Teller stehen, auf meinem Schollenfilet mit Kartoffelsalat. Die See ist still und leuchtet vor Blau. Kein Gramm Grün ist mehr darin. Möwen tippeln nah an uns heran und drücken mit ihren Zehen seltsame Muster in den Sand. Ihr Federkleid ist so weiß, als hätten sie sich extra für uns gebadet, das Silbergrau an den Spitzen ihrer Flügel so frisch wie eben erst darauf gestrichen. Sie machen lange Töne, manchmal wie Klagen, manchmal, als würde eine knarrende Tür aufgemacht. Mit ihren sehr hellblauen Augen schauen sie immerzu um sich, aber nur selten zu uns her. Natürlich sind sie so nah bei uns, weil sie auf heruntergefallene oder zugeworfene Brocken warten. Aber sie sind stolze Könige der Lüfte, nicht einen Moment betteln sie.

Eine Frau kommt vorbei. Zischt ihnen zu: »Euch sollte man den Hals umdrehen!«

Den Möwen? Den Hals umdrehen? Weil wir ihnen nach und nach alles wegnehmen, was sie zum Leben brauchen, und sie sich deshalb manchmal ziemlich rabiat auf einen Teller mit Essen stürzen? Sie haben Junge zu versorgen! Von welchem Strand sollen sie sich Muscheln holen, wenn alles voller Sonnenanbeter liegt? Und wie herrlich ihr Flug ist und wie ihr wilder Schrei einem das Herz aufmacht! Diesen würdevollen Tieren den Hals umdrehen?

Ein Satz kommt in mir hoch. Ein Gedichtanfang. Ich wende den Kopf zu Harald hin. »Ich finde nicht, dass Möwen aussehen, als ob sie alle Emma hießen.«

»Wer sagt das?«

»Christian Morgenstern. Kennst du das Gedicht nicht?«

»Nein. Sagst du es mir?«

Ich stecke die Zehen tief in den warmen Sand, mein Blick legt sich auf den Horizont und ich sage es ihm.

»Die Möwen sehen alle aus,
als ob sie Emma hießen.
Sie tragen einen weißen Flaus
und sind mit Schrot zu schießen.
Ich schieße keine Möwe tot,
ich lass sie lieber leben
und füttre sie mit Roggenbrot
und rötlichen Zibeben.
O Mensch, du wirst nie nebenbei
Der Möwe Flug erreichen.
Wofern du Emma heißest,
Sei zufrieden, ihr zu gleichen.«

Harald lacht, dass zwei Möwen auffliegen und erst ein Stück weiter wieder landen, die dritte tippelt nur ein paar Schritte von uns weg.

»Zibeben?«, fragt er.

»Getrocknete Weintrauben. Ich finde nicht, dass Möwen nach Emma aussehen, ich würde ihnen Ritternamen geben, solche wie in den alten nordischen Sagen. Sigurd von Süderfjord oder ...«

Unsere Nummer tönt aus dem Lautsprecher des roten Holzhaus-Imbisses herüber. Harald steht auf, um unser Essen zu holen. Ich will mitgehen, aber er bedeutet mir, sitzen zu bleiben. Ich schaue einer umherschwebenden Flaumfeder zu, die vom leisen Wind immer wieder sacht emporgetrudelt wird. So fühle ich mich, genauso leicht und schwebend. Und ohne Halt. Aber würde ich dafür das Schweben aufgeben?

Als Harald mit dem Essen zurückkommt, hat sein Kavalierslächeln einem halb siegessicheren, halb liebevollen Jungengrinsen Platz gemacht. Er stellt die Teller mit gekonnt nachgemachten Kellner-Gesten auf den Tisch. »Ich liebe es!«, rufe ich und reibe mir die Hände.

Vorhin ist Harald erstaunt gewesen, dass ich etwas so Einfaches bestellt habe. Jetzt glaubt er mir wohl doch, dass knusprig gebratenes, paniertes Schollenfilet mit Kartoffelsalat mein allerliebstes Lieblingsessen ist. So deute ich zumindest seinen zustimmend gespitzten Mund und sein Nicken. Mein Appetit, meine Fröhlichkeit stecken ihn an. Mich auch.

Irgendwann lehne ich mich zurück, die Hand auf dem Bauch. Trinke unter den halb gesenkten Lidern so viel Ostseeblau mit dem müde werdenden Blick, wie ich nur kann. Ich bin glücklich, sagt die leise Stimme in mir. Hier im Möwenkonzert, im Sand, im Wind, und alles ist so leicht und hell und warm. Selbst das kleine Grab in meinem damaligen Garten darf mir vor Augen sein, ohne dass sich etwas trübt. Es ist sogar schön, mir vorzustellen, dass die kleine Seele jetzt vielleicht zu einem großen Menschen herangewachsen ist, einem Mann oder einer Frau, und vielleicht selbst schon einer anderen Seele zu einem Menschenleben verholfen hat.

36

Durchsonnt vom Sommer, vom Lachen, von Erotik fahre ich heim. Und auch das Schwere und Schwierige, was wir uns über unsere Leben erzählt haben, wirft keinen Schatten auf mein Gemüt. Es hat uns einander näher- gebracht.

Ich bin dankbar für jeden Moment mit ihm und für alles, was in mir abgelaufen ist. Harald hat wirklich eine Figur, als wäre ein Bildhauer noch nicht ganz fertig mit einer menschlichen Gestalt. Na und? Hätte die Liebe bei mir angeklopft, hätte ich ihn trotzdem so tief in mein Herz gelassen, wie ich nur kann.

Und so? In mein Herz hab ich ihn doch gelassen, mei- nen großen Bruder-Freund-Liebhaber. Nur nicht so tief wie Ragnar.

Ich weiß noch nicht, was aus uns werden kann, hab ich zum Abschied gesagt. Er hatte nicht danach gefragt, aber die Frage stand groß in seinen Augen. Ich muss erst all das Erlebte in mich einsinken lassen und Ruhe ha- ben, um es anzufühlen.

*

Ich sitze vor meinem roten Holzhaus und alles ist anders als zuvor: die Wände aus Bäumen stehen nur vierzig, fünfzig Meter weit weg, dort muss der Blick, wenn er wei- terfließen will, nach oben klettern, und erst da ist ein Stück unverstellter Himmel zu sehen. Bin ich wirklich richtig hier? Fehlt mir nicht eigentlich etwas, das ich nur weggedrängt und schließlich vergessen habe? Wie hat die Weite am Meer mir gutgetan.

Ein schläfriger Wind streicht durch die Bäume. Längst nistet die Dämmerung zwischen den Stämmen und fällt mir kühl auf die Schultern. Aber ich mag nicht nach drinnen gehen. Der Himmel ist immer noch hell, obwohl es schon gegen elf sein muss. Ich liebe dieses Weißgrau da oben, das zu glimmen scheint wie weiße Asche. Die Nachtigallen probieren immer neue Tonfolgen. Ich habe mir Rotwein eingeschenkt, halte das Glas wärmend in der Hand, spüre dieser ruhigen, seltsam gemischten Stimmung in mir nach – und plötzlich taucht ein anderer Abend vor meinem inneren Blick auf, jener Abend am Feuer, als ich meinen Geburtstag nachgefeiert habe und zuletzt ganz allein dort saß. Und dann, am Ofen, die erste Mail von Mike. Schön war die Aufregung, schön war der Flirt – und wie hässlich schmeckte beides, als ich mit Harald am Kaffeetisch saß und diese SMS von Mike kam.

Was für eine fiese Tour! Das ist wie eine ausgeworfene Angel, der Köder ist Erotik, und ich beiße auch noch an oder hab es jedenfalls bis dahin getan. Herrgott! Ich bin eine gestandene Frau! Klar, mein Verstand erzählt mir, was das für eine üble Masche ist. Aber hinter der vorgehaltenen Hand erzählt er mir auch, dass gegen ein kleines Abenteuer doch nichts einzuwenden wäre. Und die Gefühle, die dieses Geflüster auslöst, sind alles andere als leise. Es ist absolut klar: Je mehr er mich abweist, desto stärker bin ich gefesselt.

Hat Marie nicht auch mal so was gesagt? Über sich?

Ich schaue schon die ganze Zeit auf das kleine Rundbeet zu meinen Füßen, auf die dunkelrote Rose, die in diesem Licht überwirklich leuchtet und deren einzige Blüte unglaublich duftet. Der lachende Buddha daneben nickt mir zu. »Denk zu Ende, was du da eben angefangen hast!« Ich atme tief durch. Das heißt ja – dass mit mir – etwas – nicht in Ordnung ist ...

Wie bitte? Mit Mike ist etwas nicht in Ordnung! So würde Harald sich nie benehmen! Nie!

Schrill klingelt das Telefon. Dreimal. Fünfmal.

»Hallo?«

»Hallo Süße. Ich wollte dir gute Nacht sagen.« Harald lacht sein joviales Lachen. »Bist du gut angekommen?«

»Ja«. All der angesammelte Atem schießt mit diesem Ja aus mir hinaus. »Sehr gut! Und du?«

»Na ja, es ist nicht berauschend, wieder allein zu sein«, grummelt er. »Nach *dem* Wochenende!« Immer noch ist ein Lächeln in seiner Stimme.

»War es schön für dich?« Was rede ich? Das hat er doch gerade gesagt!

»Sehr schön! Für dich nicht?«

»Doch, auch.«

»Mach dir nicht so viele Gedanken, Jolin! Du brauchst dich zu nichts gedrängt zu fühlen. Das wäre doch unsinnig.«

Ich möchte ehrlich sein, und diese Vorlage ist doch ein Geschenk des Himmels. Aber ich bringe es nicht fertig zu sagen, dass es bei mir nicht gefunkt hat und mit ziemlicher Sicherheit auch nicht funken wird. Das weiß er eigentlich ja auch, und der andere Weg, den wir gefunden haben ...

»... und darum möchte ich, dass wir uns nächstes Wochenende wiedersehen«, höre ich Harald sagen. »Und diesmal hätte ich es gern etwas privater!« Er lacht gezwungen. »Bei mir geht es nicht. Du weißt ja, unten im Haus wohnt meine Verflossene.«

»Bei mir?«.

Er lacht. »Hast du ein Problem damit?«

»Nein.« Ich ziehe das Nein so in die Länge, dass es mir niemand abnehmen kann, nicht einmal ich. »Es – es ist nur – also ... ähm – ich hab ein bisschen Angst davor.«

»Vor mir?«

»Nein. Eher davor, dass es mir zu viel wird. Dies ist mein Zuhause, und es ist nur ein sehr kleines Haus. Wenn etwas schiefgeht, kann ich nirgends hin.«

»Dann sagst du eben, dass du wieder allein sein willst, und ich gehe.«

»Ja ...« Ich bringe ein wackeliges Lachen zustande.

»Mach dir nicht so viele Gedanken«, sagt er wieder. »Wir kennen uns doch jetzt schon sehr gut.«

»So wie du das Wort ,sehr‘ betonst, scheint mir, du hättest große Lust, dieses Sehr zu wiederholen.«

»Und wie!«, ruft Harald.

Es ist, als sei damit etwas besiegelt. Und ich merke, wie es mich einzuschnüren beginnt. Aber ich sage: »Ich schicke dir eine E-Mail mit einer Wegbeschreibung.«

»Brauchst du nicht, die Adresse reicht. Ich hab ein Navi.«

»Ich wohne sehr abgelegen. Hier ist gar keine richtige Straße. Nur ein Waldweg. Überleg dir lieber noch mal, ob du dich wirklich darauf einlassen willst.«

»Und ob ich will!« Er lacht hell. Nein, er lacht verliebt. »Wenn ich könnte, wäre ich schon auf den Weg!«

37

Das Wochenende kommt rasch näher. Mir ist, als wollte die Zeit mich überrennen. Ich möchte mich ihr entgegen stellen, die Hände erhoben, und »Anhalten!« brüllen. Ich bin viel zu aufgewühlt, um Harald jetzt schon wieder begegnen zu können. Ich weiß nicht mal, ob ich ihn wirklich bei mir haben möchte. Warum nicht? Wovor hab ich Angst?

Weil es, so schön es mit ihm war, zwischendrin auch Augenblicke gab, in denen plötzlich Welten zwischen uns lagen? Alles ist dann falsch gewesen. Nur der Strand nicht und die Ostsee nicht und die Möwen nicht. Die drei haben mir vorgegaukelt, dass doch eigentlich alles wunderbar sei. Und es gab ja in anderen Momenten auch große Vertrautheit.

Und doch weiß ich es, weiß es sehr gut. Ich muss nur ehrlich mit mir sein: Es ist nicht passiert. Mein Herz war bei ihm und uns, aber es ist nicht übergeflossen, es hat nicht auf diese Art zu sprechen begonnen, die ich doch kenne, gut kenne. Keine Worte braucht es, wenn das Herz wirklich weit wird, weil es kein Wenn und kein Aber gibt und keine einzige Frage. Es gibt nur den Blick in die Augen des anderen, es gibt nur dieses Staunen, das wie ein Wiedererkennen ist. Es gibt nur dieses eine, große Ja.

Aber kann das nicht auch noch kommen? Dieses Onlinedating erfordert nun mal, dass man probiert.

Mag sein. Nur probiere ich kein Ja aus, sondern ein Vielleicht. Und darin steckt keine Kraft, denn wenn es kein ganzes Ja ist, dann ist es ein halbes Nein. Und damit möchte ich nicht auf ihn zugehen.

Mit einem halben Nein geht man nach jedem Schritt vorwärts gleich wieder einen zurück. Die ganze Zeit schon fühlt es sich an wie ein falsches Spiel. Und das *ist* es! Die Gewissensbisse und dass Harald mir leid tut, zart verliebt, wie er ist – das sind alles deutliche und nicht mal sehr leise Rufe: Es stimmt einfach nicht, was wir da versuchen. Die Liebe kommt, wenn sie es für richtig hält. Wir versuchen, sie zu überreden. Ich möchte altmodisch sein. Mit Ragnar habe ich Wochen nur telefoniert, meist mindestens zwei Stunden am Abend. Harald lädt sich in mein Haus ein. Er ist freundlich, er zeigt mir seine Verliebtheit – aber ob er es nun bewusst tut oder nicht – ich fühle mich bedrängt.

Ich höre meinen eigenen Gedanken zu und staune.

Jolin fällt mir ein. Vorsichtshalber frage ich sie: Würdest du es weiterlaufen lassen, bis sich vielleicht etwas entwickelt?

Nein.

Warum nicht?

Wenn ich nicht berührt bin, wozu?

Also sind wir – einer Meinung?

Nicht wirklich. Du weißt immer noch nicht, was du machen sollst, und schon gar nicht, wie du es hinkriegen sollst. Ich würde es wissen.

Und? Was würdest du machen?

Ihm schreiben, was los ist.

Nicht besser anrufen?

Du hast doch schon mit dem Schreiben große Probleme.

Ja, stimmt.

Ich kann das für dich machen.

Du?

Klar.

Wow! Danke, Jolin!

*

Lieber Harald,
etwas drückt mir aufs Herz und wird immer schwerer. Darum habe ich mich für den Weg per Mail entschieden. Vielleicht ist es so leichter.

Du kannst es dir schon denken, es geht um unsere »Testphase«. Bei mir entwickelt sich trotz aller Sympathie nichts Tieferes. Stattdessen trete ich innerlich mehr und mehr den Rückzug an. Ich kann und will kein falsches Spiel mit dir spielen, und das wäre es, wenn ich so weitermachen würde. Darum möchte ich, dass wir beide uns wieder frei geben. Ich finde, wir haben einander gut getan, und ich bin dir sehr dankbar für die liebevolle Begegnung.

Sei umarmt, Jolin«

Er antwortet noch am selben Abend.

»Liebe Jolin,
ich danke Dir für Deine Offenheit, ich hätte mich da an
deiner Stelle sehr schwer getan. Schon bei unserem Ab-
schied hatte ich das Gefühl, dass mit Dir etwas nicht okay
war. Ja, wir hatten eine schöne Zeit, die ich nicht missen
möchte. Ich werde gerne an Dich denken.
Ich wünsche Dir alles Gute für die Zukunft, und wer
weiß, vielleicht findest Du ja noch Deinen Traumpartner.
Weißt du, bei uns »Älteren« – so meine Meinung – wird
sich ein Zusammengehörigkeitsgefühl erst im Laufe der
Zeit entwickeln. Sofort zu sagen: das ist es! kann ich mir
nicht vorstellen. Ich weiß nicht, wie dein Idealbild eines
Partners aussieht. Ich weiß nur, dass du in einer eigenen,
von dir aufgebauten Welt lebst. Ob ich da hinein gepasst
hätte, kann ich nicht sagen. Auf jeden Fall habe ich mich
mit dir sehr wohl gefühlt.
Nochmals: alles Gute für Dich. Du bist eine tolle Frau!
Ich küsse Dich, Harald«

Lieber Harald,
es tut gut, dass du so freundlich reagierst! Ich küsse dich
auch und wünsche dir das Allerbeste, Jolin

*

Etwas wird bleiben. Das, was aus unser beider Zuneigung zwischen uns entstanden ist, bewahre ich in meinem Herz. Und ich weiß: Ich werde noch in vielen Jahren
mit einem Lächeln auf die Begegnung mit Harald
schauen.

»Unser Gemeinsames« hat Ragnar das, was andere Beziehung nennen, genannt.

»Lass uns gut darauf aufpassen!«, hat er einmal gesagt. »Es ist wie ein Kind, es lacht und schlägt Purzel-
bäume und entwickelt sich rasant schnell. Aber es ist
auch zart und verletzlich.«

Unser Gemeinsames besaß unser beider Erbgut: von mir die Sehnsucht nach Nähe, von ihm das Bedürfnis nach einem gewissen Abstand. Warum hat mich das so sehr verletzt? Weil ich es nicht verstanden habe? Wo war meine Liebe? Sie versteht ganz anders als der Verstand: sie urteilt und sie rechtfertigt nicht. Sie nimmt an. Sie bringt den anderen zum Leuchten, indem sie ihn er selbst sein lässt. Mehr noch, sie hilft ihm, der zu werden, der er wirklich ist, indem sie ihn auf seinen Wegen begleitet. Selbst dann, wenn diese Wege ihn fortführen sollten.

Ach, Carla, das ist ein derart hohes Ideal! So zu lieben, immerzu, auch in schweren Zeiten, das ist vielleicht einem Engel, aber keinem Menschen möglich.

Engel. Carla Engel. Das bin ich!

Ich lache. Hoch über mir schrillen die wilden Schreie der Bussarde. Ich lehne mich weit zurück, so dass ich unter dem Sonnendach hervorschauen kann. Es sind zwei. Sie umtanzen einander in weiten Kreisen, schrauben sich höher, schreien wilder, singen das Lied der Freiheit dort oben im ewigen Blau.

38

Falls du etwas Braves und Herkömmliches suchst – was ohne Frage genauso wertvoll ist wie das Freche und Unkonventionelle – dann bin ich keine Bereicherung für dein Leben.

Wenn du nicht nur von Licht und Wahrheit lebst, wenn dir äußere Dinge ebenso wichtig sind wie innere Werte, wenn du nicht nur deinen Nächsten, sondern auch dich selbst liebst, wenn du nicht bloß reines Sein, sondern auch dein Körper bist, wenn du die Natur und das Abenteuer genießen und das Leben einigermaßen realistisch betrachten kannst, dann können wir miteinander sehr viel Schönes erleben.

Das habe ich in der Buddha Lounge gefunden. Ich erstelle mir dort ein eigenes Profil. Seit ich Harald abgesagt habe, ist mir klar, dass nicht nur er und ich, sondern auch Auserlesen.de und ich nicht zueinander passen, von den anderen Dating-Plattformen, die ich kennengelernt habe, ganz zu schweigen. Ich gebe also meine Daten wie Alter, Größe, Haar- und Augenfarbe ein. Was ich mir wünsche, brauche ich nur anzukreuzen, und ich wähle gleich mehreres: Feste Beziehung, Freundschaft, Liebhaber. Bei Auserlesen.de würde es jetzt mit etlichen Fragen nach Ausbildung und Beruf und eventuellen Titeln weitergehen. In der Buddha Lounge lädt ein großes, freies Feld ein, über sich selbst zu schreiben.

Türkis ist keine kalte Farbe. Es ist die Farbe von Wasser, das vom Sonnenlicht durchdrungen ist. Wasser symbolisiert für mich das Leben, Licht die Liebe. Türkis ist die unaufhörliche Hochzeit der beiden – und für mich die schönste Farbe der Welt.

Die Worte sind einfach gekommen. Nun stehen sie da und ich staune sie an, warte, dass noch mehr kommt oder vielleicht etwas ganz anderes, das mehr über mich sagt – aber es kommt nichts. Wer die äußerlichen Dinge wissen will, den wird es abschrecken. Wer zwischen den

Zeilen lesen kann, wird vielleicht neugierig werden. Und das Beste wäre, wenn es mich zu einem Mann führt, der nicht so recht in diese Welt passt – so wie ich.

Ich habe kaum gespeichert, sehe ich, dass mein Profil angeschaut wird, am linken Rand leuchten die Namen bzw. Pseudonyme der jeweiligen Besucher auf. Mit leichtem Herzklopfen Finger erledige ich schnell noch den Rest: Ich lade ein Foto von mir hoch, gebe einige meiner Interessen ein, was ich lese, wie ich lebe, speichere dann und sehe, dass das Briefsymbol des Postfachs hellgrün geworden ist und blinkt.

Bonjour ...
Dein Bild gefällt mir, ich mag dein Alter, von dem ich auf Erfahrung und Empathie schließe. Dass du – auch – einen Liebhaber suchst, ist schön, weil das Allmähliche eine Chance bekommt.
Lieber Gruß, Adagio

„Ich mag dein Alter ...“ Und mir war die Zahl vierundfünfzig so bedrohlich erschienen ...

Adagio ist ein Jahr jünger als ich, sieht aber wie sechs Jahre älter aus. Obendrein ist er alles andere als attraktiv. Ganz ehrlich betrachtet ist er hässlich. So hässlich, dass es schon wieder erotisch ist. Olala, es kribbelt! Ich spüre den Nachklang seiner Worte und hab Lust auf ein Abenteuer. Große Lust.

Ich schaue sein Profil an.

Warum nicht ein bisschen Spaß haben miteinander? Warum nicht die Sphären erkunden, die neuen Begegnungen vorbehalten sind? Pur qua pas une tête à tête?
Ich schätze Persönlichkeit. Niveau. Stil. Extravaganz.

Ich klicke auf »Antworten«. Nichts tut sich. Ich klicke noch einmal. Da kommt eine Meldung:

Das Mitglied ist inaktiv oder gelöscht, Antworten nicht möglich.

Da muss ein Fehler passiert sein! Er hat mir doch eben erst geschrieben. Ich klicke wieder auf »Antworten«. Dieselbe Meldung erscheint. Aber das kann doch nicht ...

Plötzlich kommt es bei mir an: Er ist nicht mehr im Spiel, er hat sich abgemeldet. Er schreibt mich an und zieht sich im nächsten Moment zurück. Wie kann jemand so etwas tun? Mir braust es in den Ohren, als hätte ich rechts und links eine donnernde Ohrfeige eingesteckt.

*

Ich bin schneller durch den Wald gelaufen als jemals zuvor, sitze schwer atmend in meinem Tal und schaue dem Insektentanz in den goldenen Lichtstahlen zu, die schräg durch die Wipfel dringen wie die langen Haare eines Wesens, das sich über den Wald beugt und hereinblickt zu mir.

Bis eben sind meine Gedanken durcheinander gewirbelt, düster und immer düsterer, und es kamen reihenweise neue. Nun, da ich ruhiger werde, merke ich, dass sie alle aufmarschieren, um mich davon abzulenken, dass mir das Geschehene wehtut.

Dieser Adagio, der es toll findet, zu schreiben und dann schnell das Weite zu suchen, ist doch krank! Oder bekloppt. Oder beides. Es ist *seine* Bekloppptheit. Was um Himmels Willen hat das mit mir zu tun?

Nichts. Absolut nichts!

Die drei Worte scheinen zu wirken wie ein Eimer Wasser, der über glühende Scheite gekippt wird: Mit einem Schlag ist der Schmerz verschwunden.

Mein Blick ist wieder offen für dieses Schauen, das mit dem Staunen Hand in Hand daherkommt, und ich bestaune die winzigen Leuchtwesen, die im gebündelten Sonnenlicht über sanft geneigten Halmen schweben, ich bin entzückt von den Rispen dieser Gräser, die mit feinsten Federstrichen hingezaubert scheinen, zart wie Staub die purpurroten Blüten und sich biegend und nickend, wenn eines der Insekten sich auf einem niederlässt.

Auf einmal bin ich nicht mehr allein am Schauen und Staunen, jemand beugt sich über mich und eine sehr tiefe Stimme sagt etwas, das ich nur halb verstehe, das Wort »Wunder« und das Wort »Schöpfung« streichen mir über den Scheitel und vergehen, und während ich aufhorche und die Stimme meines Vaters wiedererkenne, gibt die Erinnerung noch ein wenig mehr frei: Kein anderer Erwachsener konnte sich wundern wie er, konnte staunen wir er, und vielleicht habe ich es von ihm gelernt, wir haben oft miteinander gestaunt, er hat immer etwas gefunden, ob im Garten oder am Strand, und manchmal hat er auch mich bestaunt, die Dinge, die ich mit meinen kleinen Händen schon erschaffen konnte, ein Haus aus einem Schuhkarton mit Türen und Fenstern, die man öffnen konnte ...

Abrupt stehe ich auf. Ich muss weiter. Laufen. So schnell, so lange, bis ich zuletzt keuchend den Steilweg zum roten Holzhaus hochtaumele. Ich stoße die Pforte auf, zerre mir schon im Flur die Kleidung vom Körper und bleibe unter der Dusche, bis das Wasser eiskalt ist. Und ich merke, dass es in mir immer noch schmerzt, als sei mein Herz in Stacheldraht gewickelt.

Was ist los, verdammt? Das mit diesem Adagio muss doch jede normale Frau mit einem Achselzucken wegkicken können. Aber ich bin schon wieder in dem Gedankenkarussell, das immerzu dieselbe Leier dröhnt: Wie kann jemand so etwas tun?

Ich nehme mir ein großes Glas Wasser, trete in den Garten hinaus und starre auf das Steinbeet mit dem lachenden Buddha.

»Was glaubst du, was dich jetzt frei macht?« Die Frage hat Renate damals in der Reha immer gestellt, wenn ich in der Therapie festhing. Eine gute Frage, ich hab sie mir später selber vorgesagt, und oft hat sie mir geholfen, das Schlupfloch ins Freie zu finden. Diesmal fällt mir absolut nichts ein. Zuerst. Dann weiß ich, wo ich die richtige Spur finde.

39

September 2005

Ragnar hat so recht gehabt: Mein Haus im Wald ist meine Geborgenheit. Die Sonne scheint den ganzen Tag herein, die Bäume rundum behüten mich. Die Stille hält mich im Arm.

»Ich kann wieder mit mir allein und trotzdem glücklich sein!«, habe ich gestern Abend fröhlich ins Telefon gerufen und an seinem Atem, an seiner veränderten Stimme gehört, wie erleichtert er war. Zum ersten Mal konnte ich spüren, wie schwer auch für ihn die letzte Zeit, bevor ich ausgezogen bin, gewesen ist. Und ich frage mich seitdem wieder und wieder: Wie kann es sein, dass ich so abhängig geworden bin, als ich bei ihm gelebt habe? Ich habe immer auf eigenen Füßen gestanden, hab mich nie an jemanden gehängt, eher war es andersherum.

Du hast vorher auch nie so geliebt, hat Stine gesagt, als ich mich endlich mal bei ihr ausgeweint habe. Sie hat Recht. Aber unsere Liebe ist anders geworden, als ich zu ihm gezogen bin.

Jetzt weiß ich, dass ich mir selbst wehtue, wenn ich sein Verhalten deute. Oft hat er nicht das Geringste von dem beabsichtigt, was ich darin gesehen habe.

Das sind alte Verletzungen, hat er gesagt. Sobald dich eine Situation daran erinnert, fängst du an, alles misszuverstehen. Wie ein Automat läufst du plötzlich in deinen eingegrabenen Schienen. Unterstellst mir Dinge, die nie in meinen Gedanken gewesen sind. Ich löse nur etwas aus bei dir. Auf dieses Etwas solltest du schauen, nicht auf mich. Nur da findest du die Lösung!

Ich weiß, er hat Recht. Und jetzt, hier in meinem Häuschen, wo ich mich sicher fühle und sogar ein wenig geborgen, beginne ich zu verstehen. Werde ruhiger. Vertraue ihm wieder. Es tut mir leid. All das Streiten tut mir so unendlich leid. Als ich ihm das gesagt habe, hat er mich in den Arm genommen. »Wir fangen einfach wieder von vorne an.« Ich war so verwundert, hab ihn nur angeschaut und schließlich geflüstert: »Geht das denn?«

Ja, es geht. Wir telefonieren wieder stundenlang. Immer noch haben wir uns so viel zu erzählen.

Wenn er zu mir kommt, wenn ich mich schon nach ihm sehne und er endlich kommt, dann ist mein Häuschen unser Liebespalast. Er tritt nie von sich aus ein. Er wartet, bis ich aufmache. Dann geht dieses Lächeln in seinem Gesicht auf, das, zu dem der warme Ton in seiner Stimme gehört. Ich hatte beides schon verloren geglaubt. Seine Hände kommen meinen entgegen, während wir uns anschauen. Wir berühren uns nur mit den Fingern, die sich ertasten und dann langsam ineinander verschränken und einen Moment lang fest drücken. Erst im Zimmer umarmen wir uns, stehen eng umschlungen. Unsere Herzen spüren einander, wecken einander. Auch unsere Körper begrüßen sich. Zelle um Zelle scheinen sie aufzuwachen und einander zuzujubeln. Was für ein Wonnegefühl! Wir treten auseinander, schauen uns an, können gar nicht aufhören, uns in die Augen zu sehen. Sein Blick ist wie von weit her, aus einer friedvollen Wildnis mit gläserner Luft, wo er auf klarblauen Bergseen zu ruhen pflegt. Wenn ich in diesen Blick eintauche, steigen mir Tränen auf. Still stehen wir beieinander, spüren den anderen, ohne ihn zu berühren, lauschen in unsere Herzen und lachen immer wieder leise auf. Und mit jedem Lachen wird es heller im Zimmer.

Dann sitzen wir einander gegenüber und trinken Tee. Ich habe alles schon vorbereitet. Jede gemeinsame Minute ist kostbar; ich will sie mit nichts verschwenden. Wenn wir uns anschauen, können wir nicht anders als zu lächeln. Schon allein vor Freude, uns zu sehen. Sanft sind wir. Zart wie zwei Libellen, und wir sprechen mit großer Vorsicht, weil wir wissen, dass das, was zwischen uns ist, wie ein Tautropfen erzittert bei jedem Hauch aus unserem Mund. Doch wie ein Tropfen kaum aus seiner Tropfenform zu bringen ist und gar nicht zerstört werden kann, höchstens eingefroren oder verdampft, so wird auch das, was uns verbindet, sich verändern, aber nie vergehen.

Später gehen wir in den Wald, gehen schweigend Hand in Hand, zeigen einander den Eichelhäher, die rotgoldenen Schleier blühender Gräser, zeigen einander die kühne Kiefer, die schräg und dann im Winkel nach oben über den Rand des Hangs hinauswächst.

Wenn wir zurückkommen, koche ich fertig, was ich vor-
bereitet habe. Er zündet viele Kerzen an und sucht Musik
aus. Nach dem Essen tanzen wir. Jeder für sich, als woll-
ten wir uns im freien Schweben mit uns selbst vereinen.
Aber bald zieht es uns zueinander. Meine Hüften, mein
Becken, meine Brüste spüren ihn, ehe wir uns berühren,
brennen vor Sehnsucht. Wir lächeln uns an, und dieses
Lächeln sagt Ja. Wir helfen uns aus den Kleidern. Er sagt
schöne Dinge zu mir, und seine Stimme vibriert durch mei-
nen Körper, als würden mich winzige Finger betrommeln.

Und endlich fühle ich seine Haut an meiner. Ich will nur
noch in diesem Moment existieren. Dennoch ziehe ich ihn
mit mir ins Bett, das aufgeschlagen wartet, den ganzen
Tag, viele Tage, und wir sinken ineinander.

Januar 2006

Der Wald liegt in tiefem Schnee. Es ist stiller als still. Mir
ist, als wäre ich noch nirgendwo so zu Hause gewesen
wie hier. Bin ich endlich angekommen? Bei mir?

Es stimmt, ich wollte Ragnar verändern. Ich wollte,
dass er immerzu mit mir sein will. Sonst ist es keine Liebe,
dachte ich. Aber die Liebe sagt Nein dazu. Lasst einander
frei, ruft sie, sonst erstickt ihr mein Feuer!

Manchmal habe ich Angst, dass ich das wieder verges-
sen werde. Dass es mich doch wieder wie ein Faustschlag
ins Sonnengeflecht trifft, wenn er mir so unnahbar
scheint. Ich bete, dass ich dann nichts Böses darin sehe,
dass ich mich erinnere, wie verletzt er ist und dass er
trotzdem den Mut hat, sich mir zu öffnen. Und dass ihn
wohl gerade seine Wunden zu dem einfühlsamen Mann
gemacht haben, den ich liebe.

So wie meine Verletzungen mich zu der gemacht haben,
die er liebt. Das sagt er mir oft. Ich beginne es zu glauben.

*

Mein Blick schreckt hoch. Gott, wir hatten die allerbesten Voraussetzungen! Die Liebe war an unserer Seite. Sie

hat uns geholfen, einander zu verstehen. Sie hat uns in allem geholfen. Nur muss man Hilfe annehmen können. Aber da ist etwas in mir, das kann so schmerzen, dass kein Platz mehr für Verständnis, für Wohlwollen, für Liebe ist. Ich möchte weglaufen, weg vor mir selbst. Es wird nicht helfen, nur eins hilft: Weitergehen. Schritt für Schritt. Ich habe es oft gesagt bekommen: Dieser Schmerz in dir, der ist wie ein krankes oder verletztes Kind. Gehe zu ihm, statt ihm entfliehen zu wollen. Sprich mit ihm. Tröste es.

Ich richte mich sehr gerade auf und ziehe die Luft tief ein und sage mir, was ich schon so oft gesagt habe: Der einzige Weg raus führt mittendurch.

40

Manchmal fische ich die Worte direkt aus dem Himmelsblau, und sie helfen mir nicht nur zu beschreiben, wie Jolin sich nach und nach verändert. Vielmehr noch helfen sie mir, mich selbst zu verstehen. Und wenn ich die Carla so ansehe, die ich damals war, dann gibt es nicht nur einiges, das ich ihr verzeihen muss – dann hat sie auch Schritte getan, die mir jetzt erst klar werden, und dafür habe ich ihr bislang weder Achtung noch Anerkennung gezollt ...

Etwas bewegt sich im unteren Garten bei meinen Gemüsebeeten. Maries heller Lockenkopf erscheint, dann ihre kleine Gestalt. Sie kommt zu mir hoch gestiegen und beugt sich über mich.

»Hey, du Schöne vom Berg!« Sie drückt mich an sich. Ich atme ihren frischen Duft ein. Wie Meerwind. Immer duftet Marie nach Meer, besonders, wenn sie lange draußen war. Sie lacht ihr Sektperlenlachen. »Ich muss doch mal nachsehen, ob du noch lebst!« Die Perlen kullern auf und ab in ihrem Hals.

»Scheint, ich bin völlig versunken«, murmele ich.

»Du bist mitten im Entstehungsprozess eines Romans! Da muss man sich zurückziehen!«, sagt Marie mit einem Nachdruck, dass ich erstaunt zu ihr hinübersehe. Sie setzt sich in den Korbstuhl mir gegenüber. »Kommst du denn voran?«

Ja, dazu muss man sich zurückziehen, am besten in ein eigenes Land, in dem es nur die Geschichte gibt, die gerade geschrieben werden will, und den Wald, der mich wie eine wärmende Hand umschließt. Meine Stille ist dahin, und mit ihr dieses Land und es wird schwer sein, wieder zurückzufinden und noch schwerer, wieder ins Schreiben zu kommen. Ich will zwar auch in dem Land sein, in dem Marie und Josepha leben, aber es gibt Momente, in denen möchte ich selbst entscheiden, wann ich von einem ins andere wechsele, dann sind Überraschungen Gift.

Marie schaut die Birke am Steilweg an, so scheint es. Aber gleich wird sie mich ansehen. Ihre Augen werden sich verengen, und sie wird sich fragen, was mit mir ist, dass ich nicht antworte. Ich hole Luft. Entweder sage ich ihr, dass ich nicht reden will oder ich rede mit ihr. Also los! »Ja, ich komme voran.« Ich lasse den Kopf auf die Stuhllehne fallen. Das Blau dort oben ist wie eine Medizin, die über die Augen eingenommen wird. Eine Medizin gegen Enge im Hals, Enge in der Brust. Ich bin nicht wirklich ehrlich mit ihr! Ich muss das lernen! Ich muss lernen, anderen klarzumachen, dass ich vollkommen woanders bin, wenn ich schreibe, und dass es nicht einfach ist, überhaupt in dieses »Woanders« hinein zu finden. Aber nur, wenn ich wirklich dort bin, kann ich wirklich schreiben.

»Ich glaube, deinen Mut hätte ich nicht.« Marie spricht so leise, dass es sich andächtig anhört. »Alle Achtung, ganz ehrlich.«

»Danke«, sage ich ebenso leise. »Und du, wie geht's dir?«

Marie zieht die Schultern hoch und stiert mit hochgezogenen Brauen vor sich hin. »Keine Ahnung. Nachts liege ich wach und vergehe vor Sehnsucht nach Zärtlichkeit.«

»Du wünschst dir einen Mann, nicht?«

»Ach, das hab ich mir längst abgeschminkt.«

»Hey, Süße! Wir haben die Sehnsucht nach dem Anderen doch nicht umsonst! Sie führt uns auf den richtigen Weg – so wie Hunger daran erinnert, dass wir essen müssen. Und würde er nicht wehtun, wären wir längst verhungert.«

Marie lacht auf. »Ja, ja, alles richtig, aber wenn es dann erfüllt ist und da ist ein Mann, und mit dem tut es noch viel mehr weh, als die Sehnsucht vorher wehgetan hat, was dann? Ne, solange ich nicht weiß, ob das nicht an mir liegt, ob ich nicht einen am Senkel hab und immer dieselben Männer anziehe, lass ich das lieber.«

»Ich dachte, du hattest nur mit dem letzten so schlimme Auseinandersetzungen?«

»Schlimmer als mit den anderen, aber immer gab es sowas. Ich hab mich wohl zu klein gemacht. Dann wird man nicht geachtet.«

»Klein? Du?«

»Na ja, nicht direkt, aber ich habe immer das Gefühl, ich müsste in einer Beziehung ganz viel geben.«

»Als ob du für Liebe bezahlen musst?«

Marie hebt den Kopf und schaut mich mit hochgezogenen Brauen an. Ist dieser Gedanke ihr neu? Er liegt doch nahe, oder?

»Ach, es hat ja auch sein Gutes, dass ich meine freie Zeit nur für mich habe«, sagt sie. »Der Garten sieht langsam wirklich nach Garten aus, und die Decke im Wohnzimmer ist endlich weiß gestrichen.« Sie wendet sich mir zu und lacht und zieht die Brauen hoch, und ich reime mir zusammen, dass sie nicht mehr weiter darüber sprechen will. »Trinkst du einen Kaffee mit mir?« Warum frage ich das? Ich wollte doch weiter schreiben.

»Gerne!«

Wie immer kommt Marie mit in die Küche, wie immer redet sie, während ich die Espressokanne fülle und mit einem Topf Milch zusammen auf eine Platte setze. Marie holt indes Tassen heraus und stellt sie aufs Tablett und erzählt dabei von Josepha, die nach einem völlig verregneten und kalten Markttag ziemlich krank geworden ist.

Ich sehe uns zu, als wären wir eine Szene in einem Film, und ich bin ein wenig neidisch auf diese beiden, Marie und Carla. Sie scheinen so geborgen in ihrer Welt. Und sind sie es nicht? Aber in Filmen leiten solche Szenen meist einen Wechsel ein: Eben ist noch alles gut, und dann ...

»Was tut sich denn bei dir auf dem Liebesmarkt?«, fragt Marie prompt.

Ich muss an diesen Adagio denken, will erst davon erzählen, höre mich schon sagen, dass ich nach wie vor schräge Typen treffe, dass ich wohl ein Händchen dafür habe – aber wozu? Ich nicke nur vor mich hin und murmele: »Ganz interessant, nichts Weltbewegendes, aber ich hab eine neue Plattform entdeckt. Da läuft alles ein bisschen anders, mehr in meinem Sinn.« Ich schlucke Adagio herunter. Habe einfach keine Lust mehr auf diese Geschichten. Genau wie Marie ...

»Und?«

»Ich weiß noch nicht so recht, was das werden soll. Aber Jolin ist Feuer und Flamme«, schießt es aus mir heraus, und mir ist es plötzlich zu eng in meiner Haut, als sei sie geschrumpft.

»Und? Triffst du dich wieder mit jemandem?«

Ich lache auf. »So schnell wohl nicht.«

»Schade, dass das mit Harald nichts geworden ist.«

»Ja.« Ich schiele zum Laptop hinüber. In meinen Fingern kribbelt es.

Mag sie sich selbst aussuchen, was das heißen soll, ich kann keine Worte finden, schon gar nichts erklären.

»Das könnte ich nicht, diese virtuellen Geschichten.« Marie sieht mich an, als würde sie mir am liebsten die Hand auf die Stirn legen, um zu fühlen, ob ich Fieber habe. »Pass auf dich auf, Carlchen.«

»Na klar!« Wieder lache ich, aber es ist, als hätte ich mir eine Maske mit einem lachenden Gesicht aufgeklebt und machte nur die Töne.

»Ich überlege, ob ich mir einen Welpen zulege. Janas Hündin ist wohl trächtig.« Sie lacht ein Lachen, das halb unecht wirkt, und halb, als wollte sie mich für diese Idee gewinnen. »Kennst du Jana?«

»Ja, ja … Einen Hund? Echt?« Ich kann sie nicht ansehen. Welpen werden irgendwann Hunde, und Hunde bellen, und ich bin hier, weil ich die Stille brauche, ich brauche sie wie andere einen ständig laufenden Fernseher. Und es kommt mir falsch vor, ganz falsch. »Ich möchte nicht dahin kommen, dass ich meine Liebe hauptsächlich einem Hund gebe und hauptsächlich von ihm bekomme. Das ist für mich ein Holzweg, auf den ich keinen einzigen Fuß setzen möchte. Das heißt aufgeben.«

Marie sieht mich halb verdattert, halb verletzt an – so jedenfalls empfinde ich ihren Blick. Dann lacht sie auf, und es kommt mir wieder unecht vor und irgendwie – überrumpelnd. Ich würde mich so über ein Tier freuen, scheint das Lachen zu sagen, das willst du mir ja wohl nicht verderben.

Nein, will ich nicht, ganz sicher nicht, und ich ziehe innerlich meine Bedenken auch schon zurück, nur um ihr nicht wehzutun. Aber ich habe ein mulmiges, ungutes Gefühl dabei.

*

Im Beet vor der Terrasse ist die Rose mit dem Namen »Königin Sahra« voller Blüten. Ich schneide eine davon, stecke ein paar sanft gebogene Gräser dazu und wickele den unteren Teil des kleinen Straußes in eine Serviette. Wenig später finde ich Josepha auf ihrer Terrasse im Liegestuhl liegend, in eine Decke gehüllt und wie immer mit einer Teekanne auf einem Stövchen neben sich. Ich habe nur vorsichtig um die Ecke gelinst. Sie sieht mich und ruft: »Carla! Komm, setz dich zu mir!«

Ich überreiche die Rose, sie bittet mich, eine Vase aus der Küche zu holen und einen Becher für mich, falls ich Tee möchte. Ich stelle ihr die Rose auf das Tischchen neben die Teekanne, schenke mir daraus ein und ziehe einen der Gartenstühle heran.

»Wie geht es dir?«, hat Josepha inzwischen schon gefragt, wie immer mit einem irgendwie inbrünstigen Ton, der mich wie jedes Mal dazu bringt, diese Frage so wichtig zu nehmen, wie sie ihr zu sein scheint.

Ich erzähle ihr, dass der Andersvogel wirklich nicht umsonst zu mir gekommen ist, dass auch ich ein Andersvogel bin und dass das manchmal schwierig ist. »Aber ich möchte trotzdem nicht anders sein.«

Sie sieht mich ernst an. »Wenn du mich fragst, kannst du noch viel mehr Andersvogel sein. Die Brave, die du dir angewöhnt hast, was weiß ich, warum, du wirst schon deine Gründe haben, die steht dir nicht. Aber das Andere, das manchmal durchkommt wie am Feuer neulich, das bringt dich zum Leuchten. Manche können vielleicht nicht damit umgehen. Macht das was? Dafür gewinnst du die, die es können.« Sie lacht ein ungewöhnlich leises und doch rollendes Josepha-Lachen.

Wir greifen beide nach unseren Bechern, blasen gedankenverloren hinein, dabei scheint der Tee gar nicht sonderlich heiß zu sein, und mit jedem Schluck ist mir, als würde ich nicht nur die aromatische Flüssigkeit zu mir nehmen, sondern auch Josephas Worte. Kleine Schlucke, ganz kleine. Noch vor kurzem hätte mich das mit der Braven verletzt. Jetzt schlucke ich einfach. Langsam und vorsichtig. Und es rutscht mir die Kehle runter wie der Tee, nichts tut weh, alles scheint genau richtig temperiert zu sein.

»Und du?«, frage ich schließlich. »Wie geht es dir?«

Gestern und heute Nacht Schüttelfrost und Schweißausbrüche, erzählt sie, und dass sie die Zeit stoisch unter warmen Decken und mit viel Pfefferminztee zugebracht hätte, und Tim habe ihr ab und zu Gemüsesuppe serviert, etwas anderes wollte sie nicht. Jetzt sei sie noch klapprig, aber es ginge ihr besser, und gerade hätte sie sich ein neues Ungeheuer ausgedacht, ein richtig großes aus einem Stück Baumstamm, einem rosa Unterrock, so einen wie den, den sie bei Marie auf der Wäscheleine gesehen hat. »Aber wenn der nicht mehr da ist, dann war das nicht ich!« Sie lacht, und ihr Lachen ist schon deutlich lauter.

Wir sitze noch eine Weile zusammen und erzählen, das Nachmittagslicht wird weicher, die Terrasse gänzlich schattig.

»Ich werd' müde, Carlchen. Ich geh jetzt ins Bett und schlaf mich endgültig gesund! Danke für deinen Besuch!«

Oh, wie ich das mag! Einfach sagen, was ist. ›Ich geh jetzt ins Bett ...‹ - ›Ich möchte jetzt schreiben ...‹

Ja, das möchte ich. Eine weitere Szene mit Jolin zeigt sich vor meinen Augen, nur ein erstes Bild ...

*

Februar 2006

Es wird Frühling. Die Nachtigall singt den ganzen Tag. Dieser Jubel, der aus ihrer Kehle und vielleicht ja auch aus ihrem Nachtigallenherzen aufsteigt, ist bis gestern auch in mir gewesen. Bis zu meinem Geburtstag.

Schon als Ragnar gekommen ist, als wir uns begrüßt haben, ist alles anders gewesen: als ob es eine Pflichtübung für ihn wäre. Ich versuche, den Gedanken gleich wieder abzuschütteln. Aber je mehr ich es versuche, desto eindringlicher wird er.

Klar, wenn ich das jetzt schreibe, weiß ich, dass ich Ragnar nicht habe annehmen können. Vielleicht ist es ihm nicht gut gegangen, aber ich wollte, dass er mich anstrahlt. Schließlich ist es mein Geburtstag gewesen.

Er ist steif. Förmlich. Sonst, wenn er in so etwas hineingerät, lacht er im nächsten Moment über sich selbst, macht eine entschuldigende Geste, und ich lache mit. Aber jetzt ist es, als würde etwas nicht stimmen. Ich frage ihn. Er zieht nur die Augenbrauen hoch. Du schon wieder! So etwas in der Art scheint er zu denken. Ja, er hat mir oft gesagt, dass ich viel zu schnell zweifele, und dann immer gleich abgrundtief. Mein Misstrauen sei eine Zumutung für ihn. Und ja, das kann ich gut verstehen, aber ist es denn wirklich Misstrauen, wenn ich etwas spüre, das ihm vielleicht selbst gar nicht klar ist? Ich möchte doch einfach nur wissen, was mit ihm ist.

Er versteht mich nicht! Ich versuche, diesen Gedanken wegzuschicken. Aber er wird nur noch lauter und schreit: Er will mich nicht verstehen! Ein eisiges Gefühl schleicht mir in die Adern. So schnell, dass ich es nicht merke. Eine Sekunde später bin ich nur noch Enttäuschung und Traurigkeit. Und wie gelähmt.

Ich bringe kein Wort heraus. Wenn ich den Mund aufmachte, könnte ich nicht reden, nur schluchzen. Und Ragnar würde noch abweisender werden.

Aber es MUSS raus! Damit es vergehen kann! Damit ich wieder Herr über mein Inneres bin. Damit er weiß, was mit mir ist. Wir können über alles reden. Auch wenn es schwer ist.

»Lass uns einen Spaziergang machen, ja?«, flüstere ich und versuche ein Lächeln. Draußen im Wald ist es leichter. Da werde ich sprechen können. Ich brauche Zeit. Etwas tut mir derart weh, dass meine Augen voll Tränen sind. Ich will nicht, dass er es sieht. Ich will nicht, dass er wieder die Brauen hochzieht.

Ich atme und atme. Er geht mit einem Abstand neben mir, es ist nicht einmal ein Meter und reißt mir dennoch am Herz. Gib dem keine Macht, rufe ich mir selber zu. Zeig dich! Zeig dich, egal, was passiert. Er wird dich verstehen, wenn du sprichst. Nur von dir, keine Anschuldigungen, gar nichts. Es ist ja nicht seine Schuld. Er wird mich verstehen und alles wird wieder gut.

Aber das Weinen steckt mir wie ein Klumpen im Hals. Ich kann nichts sagen, ohne dass es herauskäme. Und ich spüre: Was da mit mir vorgeht, ist zu viel für ihn, er hat mit sich selbst zu tun, und vielleicht auch damit, dass ihm mein Zuviel viel zu viel ist.

Ich atme so leise, so tief ich kann. Werde stiller. Denke an später. Wenn wir zurückkommen. Wenn wir uns wieder nah sind. Zärtlich miteinander werden …

Stockend bringe ich heraus, dass ich uns wie zwei Fremde miteinander empfinde. Mir laufen die Tränen.

»DU warst abweisend, als ich eben gekommen bin!«, ruft er. »Nicht mal mein Geschenk hast du angerührt.«

»Ich hab doch gesagt, dass ich es später auspacke.«

»Merkst du nicht, dass du mir schon wieder den Stempel ‚unnahbar‘ aufdrückst?« Er sieht mich nicht an, blickt nur auf seine Füße. Immer tut er das beim Gehen, sieht nicht in den Wald, sieht nicht zu mir herüber. Vielleicht ist es sogar gut, die Tränen tropfen mir auf die Jacke, vielleicht hat er es doch gemerkt, vielleicht ist er deshalb so ungehalten. Warum kann er mich nicht einfach in den Arm nehmen? Ganz schnell wäre alles gut. Stattdessen wird er noch kühler. Und das tut so verdammt weh.

Ja, Tränen können Vorwurf sein, Tränen können erpressen, das haben wir alles besprochen. Aber auch, dass der andere meine Gefühle nicht »macht«, der andere löst sie nur aus. Wir haben darüber geredet. Und oft genug haben wir es auch hingekriegt, konnten uns erklären, ohne dass der andere es als Vorwurf genommen hat …

»Kannst du mich endlich mal in Ruhe lassen?«, knirscht Ragnar neben mir. »Ich bin, wie ich bin, und wenn DU damit nicht umgehen kannst, dann gib nicht mir die Schuld!«

Ich erschrecke bis in die Knochen. Mich einfach umdrehen. Laufen. Weg, bloß weg. Rennen. Rennen. Ich zwinge mich, ihn anzusehen. Sein verschlossenes, nach unten gewandtes Gesicht. Ein Lachen steigt in mir auf. Ein bösartiges Lachen: wie klein er ist! Wie hässlich und klein! Und eiskalt! Wie es in mir aussieht, wie mir das wehtut, das ist ihm völlig egal!

Wieder sehe ich ihn an. Sehe, dass er mit den Lidern blinzelt. Kämpft er auch mit den Tränen? Geht es ihm wie mir? Sind wir beide dabei, in unseren Schmerzen zu ertrinken? Meine Hand zuckt, möchte sich in seine legen, hat zu viel Angst. Er muss doch merken, dass ich ihn ansehe. Ein Blick zu mir herüber, und wir sind raus …

So kämpft es in mir. Als wir längst auf dem Rückweg sind, schon an Josephas Pferdeweide vorbeigehen, lege ich vorsichtig meine Hand in seine. Er antwortet mit einem sanften Druck. Sofort muss ich weinen. Ganz leise und nur für mich.

*

Ich schaue vom Laptop auf in den Himmel. Ich trinke von dem großen Blau dort oben. Es schenkt mir genau die Kraft, die mir damals gefehlt hat: Klar zu sehen. Klar zu unterscheiden.

Ich habe es gewusst! Auch damals schon! Tief innen habe ich gewusst, dass Ragnar mein Verlangen nach Nähe nicht ertragen hat. Vielleicht hat es ihn an seine eigene Sehnsucht erinnert, die er so früh hat töten müssen. Sich nie mehr nach Wärme, nach Geborgenheit, nach Fürsorge zu sehnen, könnte für das Kind, das fast gestorben ist vor Heimweh nach der Mutter, die einzige Rettung gewesen sein. Mein Herz hat ihn verstanden. Aber ich hab mein Herz nicht gehört.

Sobald dieser Schmerz aufbrach, habe ich nichts mehr gehört und gesehen, gar nichts. Es hat mich zerrissen da drinnen, wenn er sich im Bett weggedreht hat, die Arme um sich selbst geschlungen, wenn ich daneben lag wie ein überflüssiges Kissen. Und so tapfer ich war, so gut ich mich zusammengerissen habe, so unüberwindbar sind die Dämme geworden, die all die nicht geweinten Tränen in mir in Schach halten mussten.

»Natürlich wirst du immer bedürftiger, wenn der andere sich verschließt«, hat Josepha einmal gesagt.

Ja, aber wer in seinem Herzen zu Hause ist, der legt den einen Arm um den, der sich wegdreht und den anderen Arm um sich selbst. Nicht unbedingt seinen körperlichen Arm. Den Arm der Liebe.

Da sind sie wieder, deine Ideale! Nichts als Ideale! Wach auf, Carla. Man ist auch mal verletzt, man ist auch mal bedürftig!

Ja, ist man. Trotzdem sind Ideale gute, seetüchtige Schiffe, auf denen man den Fluss der Verliebtheit hinunter fahren kann. Und wenn er dann daliegt, weit und weiß und blinkend und wenn genug Mut da ist, dann geht es weiter und weiter hinaus auf den Ozean. Seit ich ihn einmal in Ragnars Augen gesehen habe, lebt diese Sehnsucht in mir. Ich verlange so sehr danach, dass die wirkliche Liebe hier sein kann. Nicht nur im Himmel bei den Engeln und bei Gott. Hier bei uns auf der Erde.

41

Ein neuer Tag, und schon bin ich wieder im Internet unterwegs. Aber nicht, weil ich hoffnungslos süchtig bin: Ich bin hoffnungsvoll auf dem Weg! Und zwar dahin, dass ich mich nicht mehr vom Negativen kriegen lasse. Das passiert zwar, aber ich fische so viel Schönes in der Buddha Lounge. Einige dort füllen den vielen Platz für Text über sich selbst mit Zitaten. Etliche davon haben mir so gefallen, dass ich sie mir kopiert habe. Aber Selbstgeschriebenes packt mich mehr. Einer hat nur ein paar Worte geschrieben.

Sein – lassen – wachsen
– miteinander
– nebeneinander
– aneinander
– ohne einander

Und wenn die Buddha-Lounge nur dafür gut ist, dass ich dort Gedanken finde, die mich beflügeln und die ich für Jolins Geschichte gebrauchen kann, dann ist es den Frust allemal wert. Mit diesem Gedanken öffne ich ein neues Profil. Der Mann hat kein Bild eingestellt, hat auch kein Pseudonym wie »Shiva« oder »Tantra-Tiger« oder »Only you«, er heißt Wolfgang.

Im Rausch der Anziehung ist es leicht, sich einander nackt zu zeigen, um vielleicht Sex zu haben.
Aber dem anderen dein Inneres zu öffnen, ihn in deine Gedanken, in deine Ängste, in deine Zukunft, in deine Hoffnungen, in deine Träume einzulassen – das ist wirklich nackt sein.
Nacktsein macht verletzbar. In deiner Verletzbarkeit bist du erreichbar für die Liebe. Aber nur die wirkliche Nacktheit eröffnet dir die Chance, dass die wirkliche Liebe dich berührt.

Ich muss tief durchatmen. Und Bilder steigen auf. Jemand, der solche Tiefe und so viel Wissen hat, steht vor mir, lächelt mich an, und Gedanken rieseln, wie ich sein will, freundlich natürlich, liebevoll natürlich, spontan und anregend natürlich, und ich will nie mit Gedanken über ihn herfallen, die ihn schlecht machen, nur weil ich über irgendetwas verletzt oder enttäuscht bin, nie soll mir das mehr passieren ...

Ja, Carlchen, ja ... Komm runter von deiner Wolke, du bist, wie du bist! Die, die du gern wärest, gibt es nicht.

Aber es *wird* sie geben! Und genau darum würde ich Wolfgang schreiben, würde mich all dem stellen, was dann zu bestehen wäre. Nirgends kann man so gut, so schnell und so radikal wachsen wie in einer Beziehung, und je tiefer sie reicht, desto mehr. Das habe ich nicht nur gelesen, das hat mir das Leben gezeigt. Nur ist Wolfgang erst einundvierzig und lebt obendrein gut sechshundert Kilometer entfernt.

Ich lese weiter. Und da ist schon der nächste Volltreffer.

Leben
Zu jedem Geschehnis in jeder noch so winzigen Sekunde hat jemand den Impuls gesetzt. Hat jemand eine Wahl getroffen. Hat jemand entschieden, welche von den unzähligen Möglichkeiten, die bereitstanden, genau in diesem einen Augenblick und dieser einen Situation verwirklicht worden ist.
Dieser Jemand bin ich.

Das werde ich mir abschreiben und an den Spiegel kleben!

42

Schönen guten Morgen,
mag dein Gesicht, sehr sogar.
Ganz liebe Grüße aus München, Peter

Auf dem Foto lacht mir ein blonder, schlanker, sympathischer Mann entgegen. Auch sein Profil ist auf den ersten schnellen Blick sympathisch.

Hallo Peter,
danke für die Nachricht! Ich mag deine Bilder und auch
die Art, wie du in wenigen Worten das, was dir wichtig
ist, ausdrückst. Auch für mich ist nichts wichtiger als
Liebe, Beziehung, Nähe.
Herzliche Grüße, Jolin

Liebe Jolin,
du wirkst so wunderbar angenehm für meine menschliche
Männlichkeit, dass ich mich von dir berühren lassen will
und unsere liebevolle Lust teilen möchte.
Gott schütze dich, Peter

Schön, sehr schön … *Wäre* es, wenn wir uns deutlich näher stünden. So aber … Ich kann das gar nicht fassen: Das ist seine zweite Mail an mich!

Wer soll so was ertragen? Diese virtuelle Welt ist gruselig!

*

Ich laufe schneller und komme viel weiter als sonst, bevor ich langsamer werden muss, um die Seitenstiche weg zu atmen.

Alle diese schrägen Vögel – liegt es an mir? Zieht mein Profil genau solche Typen von Männern an?

Ich laufe den Knisterweg im Buchenwald hinunter, werde immer schneller, dann unten die Biegung, der Weg ist hier grasbewachsen und plötzlich Josepha auf ihrer

Undine im Galopp, die vor Schreck auf die Hinterbeine steigt. Wir kommen direkt voreinander zum Stehen. Ich lege die Hand auf Undines dampfende Flanke und keuche mit ihr um die Wette.

»Das wäre fast ne tolle Schlagzeile geworden«, lacht Josepha von oben und klopft Undine den Hals. »Zusammenstoß im Wald, Joggerin bringt Reiterin zum Sturz, fünf Knochenbrüche, das Pferd genießt noch immer irgendwo seine unverhoffte Freiheit!«

»Ja. Gut pariert!«

»War gerade dabei, meine Alte hier zum Endspurt aufzufordern. Zum Glück war sie ziemlich lahm. Ich will aber gleich weiter. Nur meine Neugier muss noch unbedingt befriedigt werden! Erzähl mir ganz kurz, was ich vorgestern vergessen hab zu fragen: Wie war es an der Ostsee mit diesem, diesem ...«

»Harald. Es war schön. Wirklich schön. Aber bei mir hat sich einfach nichts entwickelt. Da hab ich mich wieder verabschiedet.«

Josepha beugt sich im Sattel zu mir hinunter, als wollte sie mir etwas sehr Vertrauliches mitteilen. Entsprechend senkt sie die Stimme. »Wenn du mich fragst: Man weiß doch eigentlich gleich, ob da Musik drin ist, oder? Was soll sich denn entwickeln? Wie denn? Es ist da oder nicht. Man kann es nicht machen und man kann es auch nicht gießen wie eine Blume, und irgendwann blüht sie auf. Das ist außerhalb unserer Macht.«

Ich habe immer noch die Hand auf dem warmen, leicht feuchten Pferdefell, fühle in den darunterliegenden Adern das Blut pumpen, frage mich nebenbei, wie so ein Pferd wohl die Welt sieht aus diesen glänzenden, sanften Augen und höre Josepha eher nebenbei zu, nicke bloß und sage: »Das liegt in den Händen der Liebe, und da sollten wir es lassen, statt uns immer so viel einzureden in ausgerechnet den Sachen, bei denen man mit Denken sowieso nicht weiterkommt.«

Josepha grinst. »So sind wir nun mal. Und wenn man die Nadel im Heuhaufen finden will, muss man eben auch suchen.« Sie fängt an zu lachen, erzählt lachend: »Tim sagt, wenn's ein kleiner Heuhaufen ist, findet man sie am besten, wenn man sich drauf schmeißt. Die Nadel wird schon pieken.«

Ich kann nicht recht mitlachen, nicke bloß. »Ich suche keine Nadel, sondern ein Goldstück.«

Josepha nickt mit verständnisvoller Miene. »Ich glaube, wir machen sowieso einen Fehler, wenn wir Verliebtheit als Voraussetzung für eine Beziehung sehen!« Sie kullert ihre großen Augen. »Was *nach* der Verliebtheit kommt, das könnte ein Fundamentpfeiler für eine Beziehung sein. Wenn es denn Liebe ist. Der andere Pfeiler ist, dass man es EINFACH miteinander hat. Einfach in Großbuchstaben! Eine Paarbeziehung soll doch guttun und nicht quälen. Na klar gibt es Dinge miteinander durchzustehen. Aber das Wesentliche muss stimmen! Sonst reibt sich die Liebe irgendwann daran auf!«

»Nicht die Liebe«, sage ich mehr zu mir selbst. »Die ist unsterblich. Aber das Liebesgefühl für den anderen wird schwinden.«

»Du wirst das schon alles hinkriegen!« Sie beugt sich von oben herunter und tätschelt mir die Schulter und guckt mich an, als wollte sie prüfen, ob ich auch in der richtigen Verfassung bin, das, was auch immer da kommen mag, hinzukriegen. Es scheint, sie ist sich dessen absolut sicher. Lachend sagt sie: »Carla, wenn ich jetzt nicht weiterreite, wird der Schlussgalopp gar nichts mehr!« Sie nimmt die Zügel, schnalzt und scheint das Pferd mit ihrer dunkel-warmen Stimme eher zu locken als zu kommandieren. Ich trete beiseite und murmele »Bis bald« hinter den beiden her. Josepha ruft über die Schulter: »Schatzsucher müssen *wissen*, dass sie einen Schatz finden, sonst brauchen sie gar nicht erst anzufangen!«

*

Ich lächele immer noch, als ich nach Hause komme. Josepha hat so Recht. Während ich in kleinen Schlucken meinen schönen großen Cappuccino genieße, schaue ich nebenher in der Buddha Lounge vorbei.

Ich suche eine rothaarige Frau für eine feste Beziehung (ja, ich stehe total auf Rothaarige), welche die Erlaubnis für gelegentliche Fremdgänge nach Absprache einschließt (muss nicht oft sein, so drei, viermal im Jahr). Besonders

gut wären grüne Augen, Sommersprossen, Lebensfreude
und Bildung (zum Frühstück die ZEIT lesen wäre cool).

Ich schnappe nach Luft. Kann es nicht wenigstens *einen* Ort geben, wo ich mich zu Hause fühle? Muss jetzt auch hier das Gold abblättern? Dies hier ist besonders krass, aber es ist keine Ausnahme. Allein die vielen Angebote für »Tantra-Massagen« von »respektvollen, einfühlsamen, erfahrenen, herzbewegten, tief fühlenden« Männern! Natürlich haben sie kein eigenes Anliegen außer dem, Frauen wohlige Gefühle zu schenken und das auch noch kostenlos! Da sind mir die Plattformen weit lieber, wo ehrlich geschrieben steht, dass es um Sex geht und um welche besonderen Vorlieben. Deckmäntelchen ekeln mich an!

43

Feuchte rieselt mir den Rücken hinunter. Es ist fast dunkel. Glühwürmchen schweben über den Büschen, glimmen auf und verlöschen wieder, als spielten sie miteinander.

Ich bin auch ein Glühwürmchen. Ich habe Momente, da leuchte ich und mir tut nichts weh. Und ich habe andere Momente. Und wer weiß, vielleicht muss der eine ja sogar dunkel sein, damit der andere leuchtet.

Neben mir blinkt ein einzelnes Glühwürmchen auf und verlischt, blinkt wieder auf und verlischt, als wollte es mich verlocken, das Glühwürmchen-Spiel mitzuspielen. Oder meint es das Display vom Laptop, weil es glaubt, dass es ein ganz besonderer Leuchtkäfer ist? Und der Laptop antwortet ihm sogar: Er blinkt einmal, blinkt auch ein zweites Mal.

Bonjour!
Was du schreibst, wie du zu sein scheinst (denn ich kenne dich – noch – nicht), klingt wunderbar entspannt, frei, offen. Und »Nähe von Hamburg« ist ja vielleicht gar nicht weit weg, denn nicht allzu lange Wege wären schon angenehm, um dem Spontanen ein bisschen Spielraum zu lassen.
Dein Profil strahlt Lebendigkeit aus ... wunderbar!
Herzlich, Andreas

»Thatsme« ist sein Pseudonym, und sein Foto muss ich erst vergrößern, um mir gewiss zu sein, dass ich sehe, was ich sehe: Einen männlichen Mund, aber nur zur Hälfte und leicht von der Seite. Dass es ein Mann ist, zeigt der zwei-Tage-Bart darum herum. Und den Rest erzählen die Lippen. Die Art, wie sie aufeinander liegen, sacht, aber auch bestimmt und vor allem der Schwung, dieser ungemein sinnliche, erotisierende Schwung ...

Eine Gänsehaut kräuselt mir im Nacken und bis in die Lenden. Es fühlt sich an, als würden mich sachte Finger berühren, und augenblicklich bin ich in jenes Land versetzt, wo es um Küsse an geheime und geheimste Stellen geht, um vertrautes Flüstern, um Jauchzen vor Lust, um gestammelte Worte der Zärtlichkeit. Mit fliegenden Fingern klicke ich mich in seine Selbstbeschreibung.

... entspannt im Hier und Jetzt, offen, feinfühlig, bei Sinnen, sinnlich, gesprächig ...
... unverbindlich verbindlich, achtsam, respektvoll, auf Augenhöhe sein, mutig sein, spontan sein ...
... Augenblicke sammeln, einatmen, ausatmen, nicht esoterisch verirrt, klar in Geist und Seele ...
... sein lassen, da sein, frei sein ...
Und nun bitte ich um Echo, Signale!

Hallo Andreas,
ich schmunzele über dein Foto. Du weißt offenbar, dass wir Frauen euch Männern zuerst auf den Mund schauen? Ich jedenfalls sehe dieses Bild gerne an. Es sagt mehr, als Worte könnten, und ist für mich auch künstlerisch. Und was du über dich schreibst, habe ich gerne gelesen und freue mich!
Liebe Grüße zurück, Jolin

Ich sehe es nicht nur gern an. Es ist sehr erotisch, es hat die Anziehung eines Erotikmagneten.

Merci!
Es würde mich freuen, wenn wir in Kontakt blieben und ihn, wenn du magst, auch intensivieren – die Art und Weise überlasse ich sehr gerne dir; möchte da ganz entspannt schauen, was kommt.
Ich schicke dir natürlich auch ein aussagekräftiges Foto, darf hier als Basismitglied aber nur eines einstellen. Solltest du ausreichend Vertrauen haben oder gewinnen, gibt es dafür ja Wege.
Würde mich freuen, wenn wir uns weiter schreiben. Oder auch begegnen. Wo bist du zu Hause? Ich in HH.
Andreas
Ich bin in der Nähe von Hitzacker zu Hause, dort lebe ich in einem kleinen Holzhaus auf einer Lichtung im Wald. Aber eigentlich komme ich von der Ostsee, und da bin ich

gerade. Meine Schwester hat hier in unserem Heimatdorf ein Appartement, wo ich für eine Weile sein kann. Schauen, schreiben, nachdenken, Strandwanderungen. Und du?

Ich bin weniger der nordische, mehr der mediterrane Typ, mag Sonne und Wärme, gern auch in den Bergen (Südtirol). Klingt sehr entspannt und kontemplativ, was du schreibst, sagst, vielleicht auch siehst.
Unten steht meine private Mail-Adresse, weil wir ja hier beide in den Nachrichten, die wir verschicken können, limitiert sind. Ich würde mich freuen, wir könnten darüber Kontakt halten.
Hitzacker ist ein bisschen entfernt von HH, aber nicht so weit, dass es sich nicht überbrücken ließe – zumal wir beide ja eher den Liebhaber bzw. die Liebhaberin im Sinn haben und in der Lage sein könn(t)en, den Augenblick zu genießen.
Dir viel Spaß beim Schreiben – was schreibst du?
Liebe Grüße, Andreas

Wie kommt er darauf, dass ich eher einen Liebhaber suche? Ich habe fast alle Optionen angekreuzt, es wäre einfach dumm, der Liebe irgendwelche Bedingungen zu stellen. Sie kommt, wie sie kommt, und bringt, was sie bringt. Zwar kann ich wählen, was davon ich mir nehmen möchte, aber wenn ich nicht offen bin und mich nicht einlasse, was sollte es dann zu wählen geben?

Lieber Andreas,
danke für deine E-Mail-Adresse! Dann schreibe ich dir ab jetzt darüber, und du hast auch gleich meine.
Krieg jetzt keinen Schreck: Ich schreibe an einem Roman über die Liebe in den Zeiten der Internet-Partnersuche. Irgendwo müssen Geschichten nun mal spielen. Aber es wird kein typischer Liebesroman. Das ewige »Kriegen sie sich oder kriegen sie sich nicht« ist so abgenutzt und langweilt mich ehrlich gesagt schon lange.
Ich möchte vom Lassen statt vom Festhalten, vom Schenken statt vom Habenwollen erzählen, das und noch viel

mehr macht für mich den Unterschied zwischen dem, was die meisten für Liebe halten und der wirklichen Liebe. Tja, meine Hauptfigur hat hohe Ideale. Liebe Grüße zurück, Jolin

Liebe Jolin, da kann ich dir nur viel Glück beim Schreiben wünschen – ich habe es auch mehrfach versucht, bislang allerdings ohne den Biss, der unabdingbar ist. Außerdem habe ich bisweilen derart hohe Ansprüche an mich, dass ich fast zwangsläufig scheitern muss. Ich gestehe aber gleich, die Suche nach Liebe im Internet wäre nicht mein Thema. Große Lieben, von denen ich bislang nur wenige fand, vielleicht sogar nur eine, habe ich eh nie auf einem solchen Portal entdeckt. Es ist doch alles immer stark begleitet von Missverständnissen, Schwingungen, die sich verlieren, warum auch immer ...

Insofern finde ich den Ansatz, von vornherein erst einmal Liebhaberei anzustreben, eine angemessene und vor allem auch realistische(re) Herangehensweise. Warum den Augenblick verschmähen, nur, weil der große Traum sich nicht so einfach verwirklichen lässt?! Natürlich ist die umfassende, nahe, dauerhafte Liebe das, wonach wir uns ja alle im Grunde sehnen – aber was, wenn wir sie nicht finden bzw. sie uns nicht findet? Auf Zärtlichkeiten, Nähe, schöne Gespräche, Berührungen verzichten? Ich denke nicht. Und wer weiß, ob sich nicht aus zaghaften Anfängen stürmische Perspektiven ergeben, die länger halten, sich fester fügen, als eine Liebhaberei? Ich will mich bei allem nicht und nie verkrampfen.

Nun, das Schreiben, wie gesagt, versuche ich immer wieder mal ... aber das, was die Schriftstellerei ausmacht, die Leidenschaft, das Schreiben als Weg, sich Leben vorzustellen oder gar anzueignen, diese Leidenschaft ist bei mir mäßig ausgeprägt – wiewohl ich hoffe, dass sie mich eines Tages packt.

Im Übrigen bin ich in einem sehr kopflastigen Beruf unterwegs und eher für die Balance, die sich daraus ergibt, dass auch der Körper gefordert wird. Ich male lieber, mache lieber Musik, da ist mehr körperliche Bewegung drin.

*Und zu guter Letzt: Auch die Suche nach einer Liebhaberin
ist, neben aller Sinneskraft und Seelenbewegung, die sein
sollte, zugleich die Suche nach dem direkten Fühlen und
Spüren ... einem unmittelbaren Da-Sein! Wenn dir auch
danach ist, wäre es schön, wir würden aufeinander zugehen ... Offen und mutig. Ich schicke dir ein aussagefähi-
geres Bild mit, damit du weißt, wie ich ausschaue.*
Lieber Gruß, Andreas

Er hat ein Foto angehängt, auf dem man ihn ganz
sieht, ausgestreckt auf einem Liegestuhl. Immer noch
zieht sein sinnlicher Mund mich an und auch den kahlen
Schädel finde ich erotisch. Und irgendwie kommt er mir
bekannt vor.

Lieber Andreas,
*das mit den Ansprüchen ans Schreiben kenne ich gut! Da-
mit befrachte ich mich auch manchmal, und schon stecke
ich im Sand fest. Und das mit dem Biss – na ja, es gelingt
mir nicht immer, und das ist schade. Allerdings habe ich
große Ausdauer, doch wenn man nicht dranbleibt, ist es
wie ständig neu anfangen.*
Danke für das Foto! Sehr sympathisch!
*Ich denke auch, dass es wichtig ist, die Erwartungen nied-
rig zu halten. Sie würden es der, wie du sagst, umfassen-
den, nahen, dauerhaften Liebe sonst schwer machen.*
*Mein Brot-Job hat mit Software zu tun, ist also auch kopf-
lastig. Es war wohl absehbar, dass ich im Burnout lande,
von dem ich mich immer noch erhole, inzwischen nicht
mehr auf Kosten der Krankenkasse, sondern meiner Ersparnisse.*
*Ich brauche den Ausgleich zur Kopfarbeit und bin auch
sehr gerne mit den Händen oder dem ganzen Körper tätig.
Ich male auch manchmal und ich bewege mich sehr gerne,
laufe, tanze – und genieße, was der Körper an Gefühlen
schenkt.*
*Ja, Andreas, ich hab auch Lust zu schauen, wie es ist,
einander anzuschauen! Jolin*

Bevor ich den Laptop zuklappe, sehe ich mir sein Foto
noch einmal an. Ich kenne diesen Mann! Woher? Es ist
nicht gerade ein hübsches, aber sympathisches, kluges,

nicht mehr junges Gesicht ... Hey, das ist der Typ, der mir schon einmal geschrieben hat! Das war aber unter dem Pseudonym »Adagio«, und dieses eine Foto jetzt ist genau das, auf dem ich ihn zwar fast schon hässlich, aber gerade in dieser Nichtkonformität sexy fand. Und es ist genau der Mann, dem ich nicht antworten konnte, weil er schon im nächsten Moment von der Bildfläche verschwunden war.

*

Ein Dieselmotor klopft mich mit seinem tackernden Brummen langsam und sacht zurück in meinen Wald. Er knattert unten die Straße zu uns her, dann den Steilweg hoch. Steinchen springen beiseite. Die Räder drehen knirschend in Maries Einfahrt, bleiben stehen. Ruckartig erstirbt das Dieselknattern. An anderen Abenden hätte ich hinuntergerufen: »Hallo Süße, wie geht es dir?«

Ich greife mein Glas, nehme einen Schluck und lasse den Rotwein-Geschmack in jede Pore meines Mundes einsickern. Ich brauche jetzt Stille. Und Alleinsein.

Es ist viel zu verkraften. Oder wie soll ich es nennen? Und ich brauche ein Abendessen.

*

Ich sitze mit einem kleinen Abendessen und einem nicht ganz kleinen Glas Rotwein draußen, höre den Nachtigallen zu, halte Ausschau nach dem Mond, der hinter den Bäumen schon ziemlich weit hochgeklettert sein muss, so geisterhaft hell ist es. Und ich tue es mir an, die Nachricht in der Buddha Bar, die ich vorhin schon gemeldet bekommen habe, zu lesen.

Mein Inneres beschäftigt sich jetzt die ganze Zeit mit dir, und wenn ich mich berühre, dann denke ich mit Lust, kraftvoller Spannung und einem langsamen Rhythmus an dich.

Magst du im Herbst ein paar Tage zu mir nach München kommen? Dein Peter

Ich hatte diesem Peter nicht geantwortet. Ob genau das der Magnet war, der ihn noch mehr angezogen hat? So wie Mikes Pausen für mich wie Fesseln waren?

Lieber Peter,
da stellen sich mir zwei Fragen. Die erste: Bist du selbst nicht reisefähig, oder wieso soll ich zu dir kommen? Es ginge ja auch andersherum, oder? Und die zweite: Wie soll ich nach drei Mails hin und her, ohne je mit dir gesprochen zu haben, sagen können, ob ich 650 km fahren will, um dich kennen zu lernen? Sorry, das ist absolut nicht mein Niveau.
Leb wohl, Jolin

Ich lächele dem Mond zu, der nun genau zwischen zwei elegant gebeugten Kiefernwipfeln steht und zu mir in meine Lichtung hereinschaut, und in mir breitet sich Erleichterung aus.

»Und du, Jolin? Ist das in deinem Sinn?«
»Du wirst jedenfalls immer besser!«

Teil II

Manchmal, wenn die Brandung nur flüstert, ist es wie eine besondere Art von Stille. Viel tiefer sinkt dann das Fehlen anderer Geräusche in die Räume zwischen den Gedanken, und sie werden groß und weit, dehnen sich bis zum Horizont und darüber hinaus, und plötzlich wird das Denken wie Tanzen, elegant und rhythmisch, und die Gedanken wie Verse, jeder sucht einen vorangegangenen, zu dem er passt und den er fortführt oder durch eine Variation neu erklingen lässt. Von ganz allein finden sie ihre Richtung und ihre Spur, von ganz allein schenken sie Glück und Weite.

Die Räume zwischen den Gedanken sind wie Kathedralen: In ihnen wohnt das Heile und hält seine Hand über sie. Es schützt das Denken vor sich selbst. Denn Gedanken können wie giftige Pfeile sein, gegen andere gerichtet und abgeschossen, doch was sie vergiften, ist das eigene Herz.

Manchmal, wenn die Brandung nur flüstert, ist es wie eine besondere Art von Stille. Viel tiefer sinkt dann das Fehlen anderer Geräusche in die Räume zwischen den Gedanken, und sie werden hoch wie Kathedralen. In ihrem Schutz kann das Heile immer größer, immer stärker werden. Wie ein Strom wird es, ein nährender Strom, und was er nährt, ist das eigene Herz.

44

Ich bin eine Prinzessin. Anders kann es nicht sein. Die frühe Sonne, noch nicht lange aus dem Meer getaucht, streichelt mir Wärme auf die Haut. Hoch über dem Hafen sitze ich, höre Leinen gegen Masten klopfen, den Motor einer Yacht blubbern. Mein Blick geht nicht nur bis zum Horizont, mit jedem auslaufenden Schiff fährt er mit in ferne Welten oder auch nur bis Dänemark. Und wie eine Begleitmusik spielt die Ostsee dazu ihr ewiges Spiel der Farbtöne von olivgrün bis ins tiefe Blau. Auch die Luft ist grünblau und riecht und schmeckt grünblau. Andere sagen vielleicht, sie riecht nach Meer. Nein, sie riecht nach dem Blinken des Lichts auf bewegten Wassern, nach angeschwemmtem Seegras, nach Quallen im Sand, nach Möwenschrei und leisem Brandungsrauschen, und das ist meine liebste Musik, die mich als Kind begleitet und getröstet, gehalten und genährt hat.

Stine hat gestern angerufen, und noch bevor ich mich melden konnte, lachte sie in den Hörer: »Du kannst ins Appartement! Heute noch, wenn du willst. Die Gäste, die es für zehn Tage gemietet hatten, können nicht kommen, ich kann auch nicht, aber du doch bestimmt.«

Ich hab nicht überlegt, ich hab nur gejubelt.

Und jetzt sitze ich hier mit meinem Morgenkaffee wie in einem Ausguckkorb im Mast eines alten Großseglers, den sie Krähennest nannten, und alles, das Licht, die Geräusche, der Blick zur anderen Küste drüben ist urvertraut. Hier bin ich groß geworden, hier ist mein Zuhause.

*

Den Laptop in die Umhängetasche, barfuß in die Sandalen schlüpfen und los. Im Fahrstuhl stehe ich mir selbst gegenüber. Der Spiegel ist einer von den absolut gruseligen: hartes, grelles Neonlicht kitzelt jedes Fältchen und jede Unebenheit überdeutlich heraus. Ich ziehe nur die Schultern hoch und sage mir: Für den schlimmsten aller Spiegel ist das doch okay.

Der Fahrstuhl lässt mich zögernd frei, ich hüpfe die vier Stufen hinunter und durch die Glastür nach draußen. Linde Luft, warm. Ein feiner Wind spielt in meinem Haar, kräuselt mir eine Gänsehaut in den Nacken. Es fühlt sich an, als würden mich sachte Finger berühren.

Meine Schritte sind leicht, und im Hals dasselbe aufgeregte Kribbeln wie früher, wenn ich an den Hafen kam. Für uns Jugendliche war dort das Leben. Jetzt ist alles noch leer, nur die Leinen klappern und klingeln leise an Alumasten, das stille Hafenwasser plätschert leicht an den unzähligen Yachtrümpfen, sogar die Möwen kreischen leise. Ich gehe der Sonne entgegen bis zum Slip, wo wir früher unsere Jollen ins Wasser gelassen haben, tausend Erinnerungen kommen und bleiben doch fern, als schaute ich durch dichten Nebel. Ich gehe weiter, muss alles in Augenschein und wieder in Besitz nehmen. Am Kran hängt ein Mast. Ich gehe sehr dicht am Rand der Kaimauer entlang.

Eine Yacht liegt dort unten. Zwei Männer machen an Deck alles bereit, um den Mast dort aufzustellen. Der eine sieht hoch zu mir. Ein kurzer Blickkontakt, ein leichtes Nicken, schon bin ich vorbei. Zwei Schritte weiter höre ich dieses überdeutliche Räuspern und blicke mich um. Der Mann hat sein T-Shirt ausgezogen, hat seinen Arm angewinkelt erhoben und posiert wie ein Bodybuilder, der seine Muskeln vorführt. Dazu grinst er süß. Der andere Mann muss auch grinsen. Ich lache und werfe den beiden eine Kusshand zu. Beschwingten Schritts gehe ich weiter.

Am Ende des Hafengeländes liegt erhöht das »Möwenschiss« mit seiner großen Terrasse, wo es außer Tischen auch ein paar Strandkörbe gibt, in denen man sitzen und den Weitblick genießen kann. Das werde ich bestimmt nachher noch tun, aber jetzt zieht es mich an den Strand.

Der betonierte Hafenbereich geht mit einer Art Rampe in den Strand über. Ich setze den ersten Schritt in den hellen Strandsand. Schaue die Küstenlinie entlang, die vor mir liegt. Den Ort meiner Kindheit. Hunderte von Szenen rasen in einem Wimpernschlag an mir vorüber. Aus der Kindheit, auch aus anderen Altersphasen.

Ich gehe nah am Wellensaum. Folge der in vielen Bögen geschwungenen Linie der auslaufenden Wellen, als dürfte ich nur hier gehen, sonst nirgendwo. Laufe so nah an den leckenden Wasserzungen, dass sie meine Füße gerade nicht erwischen können. Dabei habe ich die Sandalen ausgezogen, es wäre nicht schlimm. Es ist ein Spiel. Seit ich klein bin, spiele ich es. Ich schaue nur vor mich auf den nassen Sand und auf die sanft herein leckenden Wellen. Trotzdem bin ich, als ich stehenbleibe, an genau der Stelle, an der ich aufgewachsen bin. Aus diesem Blickwinkel hier so nah am Wasser und weit weg vom Steilhang der Küste kann ich den Giebel des Holzhauses mit dem Namen »Schippers Ruh« sehen und sogar das kleine Fenster darin. Es scheint mich anzusehen. So war es früher schon, als noch neben diesem Haus eine ehemals weiße Villa stand, oder vielleicht nannten wir es nur Villa, vielleicht war es eher eine Bruchbude wie manche Häuser hier, aber sie hatte in Jahren und Jahrzehnten salzigen Stürmen getrotzt, Feuchtigkeit, Kälte, und hatte mit ihrer großen verglasten Veranda vorn doch immer nach Freundlichkeit, nach gelassenen, frohen Urlaubstagen ausgesehen. Meine Eltern hatten die Einliegerwohnung darin gemietet.

Jetzt ist dort nichts mehr, nur ein gepflasterter Platz mit ein paar Bänken und einer Uhr auf eine Säule. Wer braucht an einem Ort, an dem die Zeit stehenbleiben und nur noch Urlaub sein soll, eine Uhr? Wenn, dann hätte man sie verhängen sollen. Aber dann wüsste niemand, dass es eine Uhr ist, was da verhängt wurde. Man müsste dem Ganzen einen Namen geben: Die ausgeblendete Zeit oder so. Banal, aber dann wäre dieses Ding wenigstens nicht mehr ganz so deplatziert. Man sieht auch die Uhr von hier unten, genauso viereckig wie ihre gemauerte Säule.

Ich gehe ein paar Schritte den Strand hoch auf die Steilküste, von der die Uhr langsam verdeckt wird. Jetzt ist es wieder mein Platz.

... Hier kann ich sein. Ich habe noch andere Orte. Weit weg in den Feldern in einem Knick, wo die Rehe eine Art Höhle hineingedrückt haben. Und auch oben auf der Steilküste. Auf dem Überhang, wo das Gras ganz fein und kurz ist, als sei es gemäht worden. Wo ich sitzen und die Beine baumeln lassen und weit hinaussehen kann.

Ich mag nicht zu Hause sein. Meine Schwester findet, dass ich von Mutti vorgezogen werde. Von Mutti vorgezogen werde ich, weil ich die Kleine bin. Und brav. Und stiller als still. Ganz alleine spiele. Kaum etwas möchte. Fast nichts sage. Aber das mache ich nicht für sie. Es ist besser, wenn mich niemand hört und sieht. Vor allem Vati nicht. Wenn er mich gar nicht sieht, kann er auch nicht mehr so tun, als ob ich Luft wäre. Nun bin ich von mir aus Luft.

Was ist so falsch oder schlecht an mir, dass er weg-guckt mit angeekeltem Gesicht? Oder dass er mich hän-selt. Und wenn ich weine, lacht er hässlich.

Wenn ich es wüsste, ich würde alles tun, um es zu ändern. Sind es meine roten Haare? Sind es die vielen Sommersprossen? Nie krieg ich die weg.

Aber zumindest kann ich unsichtbar sein. Hier unten am Stand und sogar, wenn ich zu Hause bin. Da bin ich so leise, so still, dass sie mich vergessen. Die merkt man gar nicht … Das hat Mutti mal zu ihrer Freundin gesagt.

Ich bin dünn wie ein Strich. Sie versuchen, mich zu päppeln. Aber Dünnsein ist gut. Wer dünn ist, kann sich leichter unsichtbar machen …

Es ist, als hätten die leisen Wellen mir die kleine Ge-dankenstimme ins Ohr geplätschert – und da stehe ich, genau an der Stelle, wo oben auf der Steilküste früher unser Haus stand und wo sie unten nah am Steilküsten-fuß immer noch mit seegras-behaarten Steinen spielt. Die Kleine. Da hockt sie mit dem Kopf zwischen den Knien in ihrer winzigen Strandburg.

Ich gehe zu ihr hin. Leise. Bleibe in einem kleinen Ab-stand stehen. Schaue ihr zu. Sie scheint mich nicht zu bemerken. Aber sie spürt mich. Sie spürt, etwas ist da. Etwas schaut ihr zu. Etwas, das fühlt, was sie fühlt. Ich weiß das. Ich bin ja sie. Ich kann mich noch erinnern an dieses Gefühl, das sie gerade hat.

Sie hat ein paar Steine mit langem, nass-glitschigen Seegrashaar aus dem Brandungssaum gefischt und rundum auf den Wall ihrer winzigen Sandburg gesetzt, macht ihnen Frisuren, schneidet ihnen mit einer Muschel die Haare und spricht mit ihnen. Ich schließe die Augen und höre zu.

In Wirklichkeit ist sie lieb. Sie schimpft nur dauernd, weil wir so viel Schmutz machen, weil wir ihr so viel Arbeit machen und von all der Wäsche sind ihre Hände schon ganz rot.

Das erzählt die Kleine den Steinen, und sie stimmen ihr zu: »Ja, deine Mutti ist sehr lieb.«

Ich öffne die Augen und suche die leere Sandfläche ab, als ob dort noch irgendetwas zu finden sein könnte von der Kleinen mit den Zöpfen. Und ja, es ist bloß nicht im Sand, ich höre es. Ich höre die keifende Stimme meiner Mutter: »Geschieht dir recht! Was balancierst du auch da oben!« Sofort bin ich wütend. Das hat sie wirklich gesagt! Ich war noch klein, war von der Mauer gefallen, hatte mir den Fuß verstaucht, es tat grausam weh und sie hat mich obendrein ausgeschimpft. Einmal bin ich auf der Straße lang hingefallen. Beide Knie waren tief aufgeschürft. »Was rennst du auch so schnell?«, hat sie mich angeherrscht.

»Was musst du auch auf Bäume klettern!«

»Was spielst du auch mit der?«

Es ist noch nicht allzu lange her, dass wir das alles in der Therapie durchgegangen sind, mein Therapeut hat es mir mehr als einmal erklärt: »Du hast zwar Eltern, die den Krieg überlebt haben, scheinbar heil sogar, aber ihre weggedrängten Bilder sind mit in den Frieden gekommen, die unfassbaren Szenen, Töne, Worte, Gerüche, die Schrecken, die Angst, das antrainierte, unter allen Umständen Überlebenmüssen. Schwer traumatisiert, nennt man das. Und Traumata haben Folgen.« Martin hat mich angesehen, als müsste er mir jetzt etwas Schockierendes eröffnen, hat die Stimme gesenkt und gesagt: »Solche Menschen können eigenartig reagieren, um es vorsichtig und neutral zu sagen. Eine Mutter, die eigentlich liebevoll ist wie jede andere Mutter, kann in gewissen Momenten sehr hart und abweisend sein – und zwar ausgerechnet dann, wenn ihr Kind sie wirklich bräuchte, weil es

246

Angst hat oder ihm etwas Schlimmes passiert ist. Eine solche Mutter stößt womöglich ihr Kind weg, wenn es verletzt ist oder sie bestraft es sogar.«

Ich habe immer nur wieder eins gefragt: »Wie kann man so sein?« Und die Kälte von früher drang vom Rücken her in mich ein und tut es auch jetzt.

»Warum?« Martin schaute mich mit seinen sanft-braunen Augen tief an. »Weil sie sich dicht gemacht hat, weil sie von nichts berührt sein konnte, schon gar nicht von Schmerz oder Mitgefühl, weil sie in einer früheren Zeit geglaubt und gelernt hat, dass sie nur so überleben kann.«

Martin wartete, dass ich reagiere. Aber mir war nicht nur die Kälte in den Rücken gekrochen, mich hatte auch die alte Fühllosigkeit taub gemacht. Wieder dieser rehbraune Blick. Und seine Worte: »Genau wie du.«

45

Langsam gehe ich zurück zum Hafen, schaue dabei wieder wie hypnotisiert auf die Schaumränder der Wellen vor meinen Füßen, die sich bilden und vergehen. Als ich den Kopf hebe, erkenne ich schon von weitem, dass einer der Strandkörbe vor dem »Möwenschiss« frei ist. Ich gehe schneller. Erst als ich dort sitze, geborgen und doch mit dem Blick weit hinaus, lasse ich die nächste Erinnerung wirklich an mich heran: Wie ich in der Therapie langsam und unter vielen Eruptionen mein Fühlen wiedergefunden habe, dieses lange, allmähliche Lüften der dicken Decke, unter der es verkrochen war. Natürlich hatte ich auch vorher Gefühle, aber sie drangen nur wie durch Watte zu mir durch. Ich lachte nicht mein wirkliches Lachen und meine Tränen waren weggesperrt. Fast nie konnte ich sagen, was mit mir ist – und Gefühle, die weder wirklich gefühlt noch ausgesprochen werden, sind wie Unverdauliches, das Blähungen macht: ein ständiges, mulmig-ungutes Grummeln im Bauch.

Als ich damals mein Fühlen nach und nach frei ließ, begann mein Leben mich einzuschnüren wie ein zu eng werdendes Kleid. Ich konnte gar nicht anders, als meine Ehe, mein Haus am See, alles aufzugeben. Erst, als das entschieden war, bin ich Ragnar begegnet.

Der Kellner streckt sein Sommersprossengesicht zu mir herein.

»Einen doppelten Cappuccino bitte!«

»Mit zwei Espressi?«

»Alles doppelt, auch die Milch.«

Ich stelle den Laptop vor mir auf den Tisch, und während er hochfährt, schaue ich über die große Dampferbrücke hinweg nach Laboe hinüber, nach rechts in die Förde hinein, nach links über die Hafenmole, auf der die Möwen wie aufgereiht sitzen, hinaus ins weite Grünblau. Mir ist, als würde ich es einschlürfen mit jedem Atemzug. Wie schön atmen ist!

Hier wird es leicht sein. Heute fängt der Urlaub zwar erst an, aber heute Abend schon will ich frei sein.

Als Ragnar an diesem Samstagnachmittag zu mir kommt, bleibt er nicht wie sonst an der Tür stehen und lächelt und zaubert eine Rose hinter seinem Rücken hervor oder stellt mir mit einer verschnörkelten Verneigung eine Schale frische Erdbeeren zu Füßen. An diesem trüben Nachmittag tut er, was er sonst nie getan hat: Er tritt ein, bevor ich ihm die Haustür öffnen kann. Kommt mir im Flur entgegen. Ich greife nach seinen Händen. So mache ich es immer und ziehe ihn daran sanft zu mir, den Blick in seinem, der zu leuchten beginnt. Jetzt bekomme ich nur eine seiner Hände zu fassen. Sie ist warm und feucht. Wie das Wetter. Zu warm für Februar. Ich angele nach der anderen. Er gibt sie mir nicht, und auch seinen Blick gibt er nicht her. Ich strecke mich hoch zu ihm, um ihn zu küssen. Und merke es. Ragnar hat wieder diesen unsichtbaren Mantel an, steif und hart, als wäre er aus Eis. Ganz und gar eingehüllt in diesen Mantel hat er sich, der Kragen ist bis zur Nasenspitze zugeknöpft.

»Was ist?«, flüstere ich.

Meine Stimme klingt, als wäre ich durch eine Wüste gewandert. Ich weiß es. In diesem Augenblick schon weiß ich es. Nicht in meinen Gedanken, tiefer. Und ich weiß, dass es unumstößlich ist. Denken kann ich das nicht.

Ragnar lässt sich nicht von mir nach drinnen geleiten, schiebt sich stattdessen an mir vorbei. Ich gehe hinter ihm her. Als er sich im Zimmer zu mir dreht, sehe ich es: der unsichtbare Mantel ist so schwer, dass er alle seine Bewegungen verlangsamt. Minuten bevor Ragnar etwas sagt, so scheint es mir, öffnet er schon den Mund. Oder läuft von diesem Moment an die Zeit anders? Oder schauen meine Augen anders? Ich kenne seine Lippen nicht wieder. Hart sind sie, zusammengepresst. Nichts kommt aus ihnen heraus. Ragnar stiert an mir vorbei.

»Was ist?« Ich schreie, aber nur im Flüsterton.

Das ist nicht Ragnars Stimme, die da spricht. Seine sanfte Stimme, die das Ohr liebkost, die den Nacken und den Rücken hinunterweht wie ein Sommerwind, weich, sanft, liebevoll. Jetzt klingt sie wie das dumpfe Fauchen, wenn aus einem kochenden Motor der Dampf zischt.

»Ich kann das nicht mehr!«

Ich drücke Ragnars Hände. Vielleicht kann ich ihn doch erreichen, vielleicht taut er auf, sein Mantel aus Eis. Seine Hände ziehen sich nicht zurück. Schlimmer: Sie antworten mir nicht, sie liegen in meinen, als wären sie tot.

Es sticht, als würde mein Herz von Eis zerschnitten.

Ich sehe uns, als es zum ersten Mal passiert ist. Kurz nachdem ich zu ihm in sein Haus gezogen bin. Als wir an seinem Küchenfenster stehen und in den Garten schauen. Als er von den Erdbeeren spricht, mit denen er mich bald füttern wird. Als seine Lippen sich zart an meinem Ohr regen und ich mich zu ihm umdrehe. Und diese Frage stelle: Ob es sein Ernst sei, dass ich allein in meinem Zimmer schlafen soll, sobald es fertig eingerichtet ist. Und dabei lache. Weil ich es nicht glauben kann. Als es wie ein Vorhang zwischen uns herunter fiel, obwohl unsere Körper sich berührten, obwohl nichts zwischen uns gepasst hätte, als ich Ragnar nicht mehr spüren konnte, als sein Gesicht aus Stein war.

Genauso ist es jetzt. Aber wir sind hier bei mir. Wir sind in unserem Liebestempel, aus dem wir alles fernhalten, was der Liebe nicht dient. Wir haben es uns geschworen.

Ragnar sagt etwas. Es will nicht in meine Ohren. Nur seine Stimme höre ich. Die Worte sind noch unterwegs zwischen ihm und mir. Ich verstehe sie nicht. Muss ich sie mir erst übersetzen? Oder kann ich nur nicht glauben, was er da sagt, mitten in mein Gesicht, als wären da nicht zwei Herzen, die vor Glück weit auffliegen, sobald sie einander begegnen, als gäbe es nicht diese beiden Körper, die vor Freude zittern, sobald sie einander spüren, als wäre da nicht dieses Wissen, dass wir nicht ich und du sind, sondern wir.

»Ich kann das nicht mehr mit dir! Ich will auch nicht mehr.« Ragnar sieht an mir vorbei. »Die kleinste Unstimmigkeit, und du flippst aus. Fühlst dich abgewiesen. Machst mir Vorwürfe, die mit nichts begründet sind. Ich will eine Beziehung, die befruchtet. Nicht das Gegenteil!«

Was meint er? Wir haben doch gar nicht miteinander gesprochen seit gestern Abend. Was ist da gewesen?

Er greift in die Hosentasche. Zieht seine Schlüssel heraus. Fummelt meinen Haustürschlüssel vom Ring. Legt *ihn auf das Tischchen neben der Tür zum Flur. Öffnet sie. Ist schon einen Schritt draußen.*

»Was tust du?«

Bin ich das? Dieses Kreischen? Das kann nicht sein. Ich bin doch eine ganz andere, verliere nie die Fassung, fresse eher in mich hinein, bleibe nach außen ruhig, frage, auch wenn ich innerlich zittere: Was ist passiert? Komm, setz dich, lass uns reden.

Ich bin das nicht, die so kreischt, ich bin gefroren, bewegungslos, nicht eine Hand kann ich bewegen.

Und Ragnar geht. Aus der Tür und fort.

Ich stehe da. Höre draußen den Motor anspringen. Sehe, wie das Rot seines Autos sich hinter den Tannen bewegt. Verschwindet.

Ich schreie. Brülle, was lange schon geschrien werden will. »Kalt wie ein Gefrierschrank bist du! Eiskalt! Nichts kann dich erreichen! Lässt einen am ausgestreckten Arm verhungern!« Meine Stimme kippt. Überschlägt sich.

Habe ich vorher schon geschrien? Ist er deshalb gegangen? Aber ich kann doch erst laut geworden sein, als er gefahren ist. Sonst hätte ich nicht die Tür zuschlagen, nicht sein Auto anspringen hören können. Geschrien hab ich doch erst, als ich allein gewesen bin. Oder?

Allein im Wald.

So geschrien, dass es noch in meinen Ohren schrillt.

*

Der Cappuccino steht vor mir. Ich starre auf die feinen Bläschen oben auf dem Schaum, die sehr langsam eine nach der anderen platzen. Sie sind zu fein, als dass es der Gesamtmenge von Schaum anzumerken wäre, und doch: Irgendwann ist kein Schaum mehr übrig.

Was denke ich da?

Das ist kein Denken, das ist Weglaufen. Weg von dem, was es noch über Ragnar und mich zu erzählen gäbe ...

Möwenzetern, so laut, dass meine Hände hochfliegen und die Ohren zuhalten. Ich beuge den Kopf aus dem Strandkorb hervor. Eine Riesen-Sturmmöwe sitzt auf meinem Strandkorbdach. Der Kellner kommt gelaufen, wedelt sie mit einer großen Serviette weg.

»Vorsicht, dass Sie nichts Essbares länger hier stehen haben. Die stürzen sich drauf wie nichts.«

Ich habe nur den Cappuccino und den aufgeklappten Laptop, auf dem Display die Szene mit Ragnar. Damals hat das Geschehen mich voll im Griff gehabt. Jetzt kommt es mir vor wie das Gewebe einer Geschichte, für das ich einerseits der Webstuhl, andererseits die Weberin bin.

Ich muss weiterschreiben!

Noch während ich das denke, klappe ich den Laptop zu und stecke ihn in die Umhängetasche, lege für den Kellner Geld auf den Tellerrand und bin schon auf dem Weg die breiten Stufen und dann die Rampe zum Strand hinunter.

Nur kurz bleibe ich am Wellensaum stehen. Das weißschlierige Wasser der Förde blinkt unter der späten Sonne. Es schenkt mir Ruhe, es schenkt mir fast so etwas wie Zuversicht. Ich nehme das alte Spiel mit dem Wellensaum wieder auf und gehe in Bögen im Feuchten, ohne je nass zu werden, bis ich dort stehe, wo ich einmal zu Hause war. Ich weiß nicht, was mich erneut hergelockt hat. Ganz sicher nicht die Uhr, die dort oben statt der alten, grauweißen Villa nun über die Steilküste guckt, ganz sicher nicht. Mein Blick wandert wieder zu der Stelle, wo ungefähr meine kleine Sandburg gewesen sein muss. Und da ist sie schon, auf ihrem Rand die Steine mit dem Seegrashaar und in der Mitte die Kleine.

Und Worte sind da. Worte, die vorhin gefehlt haben, als ich Martin über traumatisierte Menschen reden gehört habe. »Posttraumatische Dissoziierung«. Was soll ich damit anfangen? Diesen Begriff hat Martin damals verwendet, und mit Sicherheit nicht nur einmal, sonst hätte ich ihn mir niemals eingeprägt. »Traumatisierte Menschen können von einem Moment zum anderen aus der Realität verschwinden«, hat er erklärt. »Sie sind da, aber völlig abwesend. Und wenn du von deinem Vater erzählst, frage ich mich, ob er nicht so jemand sein könnte.«

Was hatte ich erzählt?

Ich sehe nur ein Bild. Eine meine Hand, die sich hochstreckt. Sie möchte sich in die meines Vaters schieben, möchte, dass er sie nimmt und hält. Aber seine Hand bewegt sich nicht. Es ist, als ob sie gefroren wäre. Und so ist auch der Schreck in meinem Herz: wie ein Dolch aus Eis.

*

Ich stehe im Bad vorm Spiegel, mir laufen die Tränen und ich rufe mir selbst zu: »Ich bin ein Mensch! Ich habe die Füße, die ich nun mal habe, und mit denen gehe ich die Schritte, die ich gehen *kann*! Und auch wenn ich dauernd hinfalle: Ich stehe jedes Mal auf, klopfe mir den Dreck von den Klamotten und gehe weiter. Da ist ein Wegweiser, schon seit eh und je, dem folge ich. Darauf steht: *»Ich will lieben.«*

Schon bei der kleinen Carla ist das so gewesen. Und wie sie trotz allem geliebt hat! Besonders ihren Vater.

Wie froh bin ich, dass ich hier am Meer bin und dir so nah, meine Kleine. Viel besser verstehe ich jetzt deine Empfindsamkeit, deine Eigenarten, deine Verletzungen. Du hattest keine Gebrauchsanweisung mitbekommen, du musstest ganz allein lernen, mit dir selbst umzugehen. Und ich, die Große, muss endlich begreifen, dass du noch immer da bist und dass ich manchmal nicht nur ein inneres Kind habe, sondern dieses Kind *bin*. Das kann schön sein, aber wenn dein Schmerz in mir ausbricht, dann tobt er, dann wütet er, und ich weiß nicht, wie mir geschieht.

Ich möchte so gern lernen, dann nicht um mich zu schlagen, sondern die Kleine in den Arm zu nehmen und zu trösten. Aber da ist etwas in mir, das kriegt mich genau wie sie. Ich möchte es wissen, ich möchte so gern wissen, was ihr geschehen ist und wie ich davon frei werden kann.

Warm durchglüht, als hätte ich den ganzen Tag abwechselnd in der Sonne und in der Ostsee gebadet, sitze ich im Krähennest, vor mir der dunkle Himmel und das beinahe schwarze, lichterblinkende Meer. Ich schaue den beiden Leuchttürmen zu.

Dort unten links vom Hafen das sichelförmig gebogene Stück Strand und dann der kleine Hafen des Nachbardorfs. Viele Häuser an der Promenade sind noch die von früher, jedes ganz eigen und von den Jahren, den Stürmen mit einer Kraft versehen, die ich bis hierher zu spüren meine. Mein Blick folgt den Lichtern weiter die gebogene Küste entlang, hinter dem Ort, dort, wo die Landzunge am weitesten ins Meer leckt, steht der Leuchtturm von Bülk, brav wie ein Wachmann, rund, hoch, mit breiten, schwarzen und weißen Streifen. Und oben unterm Dach das Leuchtturmlicht. Ob die Glühbirne so groß wie ein Fußball ist? Schon immer frage ich mich das, seit ich klein war. Seitdem ist er mein Freund. Der eine von den beiden Freunden.

Der andere steht weit draußen, dort, wo die Förde sich mit dem Meer vermählt. Er teilt die mit Tonnen bezeichnete Wasserstraße in zwei Fahrstreifen, einer für die einlaufende Schifffahrt, der andere für die auslaufende. Beide lassen ihn links liegen.

Ich mag den beiden Leuchttürmen immer zusehen, wie sie jeder ihren langen Lichtstrahl hinausschicken, als versuchten sie, einander an den Händen zu fassen. Aber es gelingt ihnen nie.

Eine tragische Liebesgeschichte, weil sie sich lieben und nie kriegen?

Oder die allerschönste der Welt? Für mich ist es das, dieses stille, tiefe Miteinander, dem es genügt, einander nah zu sein, so nah, dass jedes vergewissernde Berühren zu viel wäre. Ich glaube nicht mehr an Liebesgeschichten, in denen es um ›Kriegen sie sich oder kriegen sie sich nicht‹ geht. Sie können ein Vorspann sein, mehr nicht. Die Geschichte dieser beiden Leuchttürme liebe ich.

Manchmal redet das Leben ganz unmissverständlich ein Wort mit. Ein deutliches. Diesmal ist es nur ein Ton. Dieses feine und doch selbst von weitem noch gut hörbare »Pling!«, mit dem der Laptop eine neue Mail im Posteingang ankündigt. Die Haare in ein Handtuch gewickelt, nur mit Slip und BH, komme ich aus dem Bad. Mein Appartement ist wie in Gold getaucht. Das Meer liegt still, als wenn es den Atem anhielte, und sein leises Gekräusel fängt das goldrote Gleißen der jungen Sonne ein und spiegelt es milliardenfach wider. Ich trete hinaus aufs Krähennest, stehe einfach da, auch wenn es noch kühl ist, und berausche mich an dieser Schönheit, als sei es meine heilige Pflicht, sie mit allen Sinnen in mich aufsaugen. Wie von fern hört sich das nächste »Pling!« an, und von noch weiter her scheint das Denken zu mir zurückzukommen und erklärt mir, dass der Laptop eine neue Nachricht gemeldet hat.

Ich schaue nach und sehe, dass es gar keine Nachricht ist, sondern dass jemand auf meiner Seite in der Buddha Lounge war und mir ein Herzchen als Gruß hinterlassen hat. Ich bin zwar neugierig, aber gleichzeitig so beschwingt, so wohlig, dass ich erst mal zur Pantryküche tänzele, auf dem Weg kurz in die Hose steige und einen Sommerpulli überziehe und mir dann in kürzester Zeit ein Frühstück herrichte. Das Tablett passt gerade so mit dem Laptop zusammen auf den kleinen Terrassentisch, und schon sitze ich dort, nehme den ersten Schluck Cappuccino, bin mir sicher, dass ein Schaumklecks auf meiner Oberlippe thront, vergesse ihn gleich wieder, während ich mich in das Profil meines Besuchers klicke.

Ich sehe als erstes sein Alter: einundvierzig. Natürlich lese ich trotzdem, was er über sich schreibt, aber neutral, fast emotionslos, als wäre es eine Zeitungsmeldung.

Mich mit ein paar Worten zu beschreiben fällt mir nicht leicht, aber ich versuche es mal:
Es stecken viele Begabungen in mir ...

Ich weiß, dass ich noch viel zu lernen habe ...
Ich stelle mich meinen Herausforderungen mal mehr, mal weniger, bin aber bereit, notwendige Veränderungen geschehen zu lassen ...
Ich kann mich gut in andere hinein versetzen und zuhören. Ich glaube an die Kraft der Gedanken und damit an die Selbstheilungskräfte des Körpers ...
Ich liebe das Leben, die Frau an sich, frisches klares Wasser und große Wellen, loderndes Feuer, starke Winde und wühlen in der Erde, ich liebe graue Tage und unendlichen Schneefall, die dunkle Nacht und das Morgengrauen, ich liebe es in Traurigkeit zu versinken und danach wieder ins Licht zu treten und die Tränen zu trocknen ... Ich liebe noch so vieles mehr ...
Ich suche hier nach einer Frau die sich selbst lieben gelernt hat, die mit ihrem bisherigen Leben im Reinen ist und die in ihrer Ruhe ihre Kraft findet – was nicht heißt, dass sie bei mir keinen Halt findet oder sich nicht anlehnen darf. Ganz im Gegenteil, wahre Stärke zeigt diese Frau auch in ihrer Verzweiflung. Sie nimmt diesen Moment an und stellt sich ihrer Traurigkeit, so dass sie selbst in aller Tiefe spüren kann, wo der Schmerz liegt. Die Frau die ich suche ist dankbar für jeden Moment des Lebens, egal ob es regnet oder die Sonne scheint, bei dreißig Grad unter oder über Null, bei einem Sieg oder in einer Niederlage ...
Einfach gesagt eine Frau, die in jeder Lebenslage ihr eigenes Geschenk sucht und findet.
Solltest Du dich angesprochen fühlen, dann gib mir ein Zeichen.
Lichtvolle Gedanken wünscht Dir Santhu

Ich habe nur halbherzig gelesen. Zuerst. Nach dem dritten Satz atme ich die Worte ein. Zu fast allem kann ich nicken. Ja. Das teile ich. Oder ja, so bin ich auch. Und bin mir doch sicher, dass nichts weiter daraus werden wird. Beiläufig klicke ich auf den Registerreiter mit der Aufschrift »Fotos«. Da ist die Beiläufigkeit auch schon über alle Berge: Was für ein schöner Mann!

Komm, Carla! Krieg dich wieder ein. Er ist *zu* gutaussehend. Und vor allem zu jung.

Ach ja?

Gutaussehende Männer verunsichern mich schon immer, weil sie eitel und herablassend sein könnten.

Ja, das war damals, als mein Selbstwertgefühl noch so winzig war, dass man es mit bloßem Auge nicht entdeckt hätte. Das ist lange her. Und außerdem: Wer schreibt denn vor, dass es hier um eine Liebesgeschichte gehen muss? Dies ist eine Plattform, auf der es um viele Arten von Kontakten geht, und so hat er auch seine Kreuze gesetzt, eigentlich genau wie ich: Freundschaft, Liebschaft, feste Beziehung, das hat auch er angekreuzt.

Wie wäre es, wenn ich dankbar annehme, was das Leben mir bietet? Wenn ich einfach wieder glaube. Ich hab doch immer an Wunder geglaubt, und dies sieht sehr nach einem aus. Und was ich jetzt sehe, ganz unten, wo es um den Wohnort geht, den manche gar nicht verraten, dann *ist* es ein Wunder: Santhu wohnt ganz in der Nähe, das sehe ich an der Postleitzahl.

Lieber Santhu,
du hast mir als Gruß ein Herzchen dagelassen, also lese ich, was du über dich schreibst, sehe deine Fotos an und muss immerzu lächeln. Was du über dich sagst, klingt mir alles sehr vertraut, nur eins nicht: dass du es sogar liebst, in Traurigkeit zu versinken. Das Auftauchen aus Traurigkeit mit Tränen und einem neuen, klareren Blick in die Welt liebe ich auch, das Absinken, das offenbar dafür nötig ist, könnte ich mir gern sparen.
Auch was du dir vom anderen wünschst, erzeugt in mir eine vertraute Resonanz.
Und sogar deine Postleitzahl: Ich stamme ganz aus der Nähe und kann mich von meiner geliebten Ostsee nicht allzu lange fernhalten. Besonders im Sommer nicht – und darum bin ich auch gerade hier.
Was nicht passt, ist der Altersunterschied zwischen uns, der meine Neugier zwar nicht davon abbringt, dir zu schreiben, meine Vernunft sagt aber auch gleich, dass es auch andere Möglichkeiten des Austauschs gibt als eine Liebesbeziehung.
Liebe Grüße, Carla

Ich gehe nach drinnen, schneide mir noch einen Apfel auf, das hatte ich vergessen, und ohne fehlt dem Frühstück etwas. Zurück im Krähennest sehe ich es sofort: Da blinkt eine Antwort.

Liebe Carla ...
ja so ist es, auch bei mir stimmt die Resonanz. Das, was du mir schreibst und in deinem Profil geschrieben hast, ist mir ganz nah ... Und so ist es mit dem Alter nicht weiter tragisch, zumal es auch noch ein anderes Alter gibt, das meines Erachtens viel schwerer wiegt: Ich meine das Alter der Seele, und da machen zehntausend Jahre hin oder her nicht gerade den Kohl fett, oder?
Zu dem Herabsinken: Selbstverständlich plane ich keine Traurigkeit, aber auch in der Trauer fühle ich das Leben pulsieren, und da ich ein optimistischer Mensch bin, erkenne ich in jeder Talsohle des Lebens den Ort, an dem die Sonne aufzugehen vermag. Dorthin richte ich meinen Blick – und schon scheint sie wieder mit unverminderter Kraft auf mein bescheidenes Dasein und erhellt meinen Weg. Was wäre denn ein Leben ohne dunkle Tage, ohne Momente des Schmerzes, ohne Tiefschläge, die einen zum Nachdenken und zu einer nachhaltigen Entwicklung auffordern? Ich denke, wer ein Leben nur in Glück verbringt, kann den Wert des Glückes gar nicht wirklich einschätzen. Wo Licht ist, ist eben auch Schatten ...
Liebe Carla, ich möchte dich gerne näher kennen lernen, und wenn du sowieso gerade hier im Norden bist, so spricht doch einiges dafür, dass wir zusammen den Blick aufs Meer richten und uns unsere Eindrücke direkt mitteilen.
Und jetzt bist du dran, Santhu

PS: Wenn du möchtest, kannst du mir auch gern direkt an meine E-Mail-Adresse schreiben: Santhu@Santhu.de

Ich muss tief durchatmen, wieder und wieder, als hätte ich minutenlang den Atem angehalten. Und schon formen sich die ersten Sätze in mir.

Lieber Santhu,

ich freue mich sehr über deine Antwort!

Ja, das Alter hat je nach Sichtweise eine unterschiedliche Bedeutung. Für mich und offenbar für dich auch (das freut mich!) sind die verschiedenen Seelenalter entscheidend, wobei ich allerdings glaube, dass es einfach Sinnbilder für bestimmte Persönlichkeitsstrukturen sind. Ich glaube, das ist es, wonach wir uns sehnen: Jemanden, mit dem wir auf einer ähnlichen Frequenz schwingen können.

Ja, auch in der Traurigkeit pulsiert das Leben, das empfinde ich genauso. Manchmal kann ich sie sogar willkommen heißen, nämlich dann, wenn sie für den jeweiligen Moment genau das richtige Gefühl ist. Verlust macht mich traurig. Wenn ich diese Trauer nicht fühlen würde, käme es mir falsch vor. So, als wäre ich nicht wirklich da.

Ich habe in diesem Leben den Becher vollgeschenkt bekommen mit Anlässen zu tiefer und tiefster Trauer. Seltsamerweise möchte ich nichts davon missen. Ich kann gar nicht in Worte fassen, wie reich mich auch schmerzhafte Erfahrungen gemacht haben. Von hier aus, wo ich jetzt stehe, betrachtet, war jede dieser Erfahrungen ein Schritt, der mich der Liebe näher gebracht hat. Also war jede genau richtig, denn da will ich hin.

Zuletzt das Wesentliche: Ja, ich will dir auch begegnen.

Wie es wird und was sich entwickelt, können wir zum Glück nicht wissen. Aber eins haben wir in der Hand: dass es in jedem Fall ein Geschenk sein kann. Und ich bin es offenbar nicht allein, sondern wir sind beide in der Lage und auch entschlossen dazu, nicht auf den Mangel und auf das, was fehlt, zu schauen, sondern nach den Geschenken zu greifen.

Du sehnst dich nach Einigkeit oder auch Innigkeit, lese ich aus deinen Worten. Ich auch. Du möchtest verstanden werden. Ja, ich auch. Für mich bedeutet Innigkeit gegenseitiges Erkennen und tiefe Freude an dem, was gleich ist und genauso an dem, was anders ist.

Und nun bist du wieder dran.

Liebe Grüße, Carla

Hey Carla ... Wow ...

Da bist du plötzlich und erkennst meine Sehnsucht und beschreibst das sehr genau. Ja, erkannt werden wollen steht ganz oben bei den Voraussetzungen für eine tiefe, gewollte Verbundenheit. Und du hast die Fähigkeit auf höchster Frequenz mit mir in Schwingung zu kommen. Nur ein paar Worte von dir, und es ist, als ob mir Flügel wachsen möchten.

Carla, liebe Carla, wann können wir uns denn sehen? Ich wohne in einem Dorf auf dem Geestrücken zwischen Rendsburg und Neumünster. Du kannst mich selbstverständlich hier besuchen kommen. Am liebsten gleich heute, aber das ist wohl nur Wunschdenken aus einer Zeit, als ich noch in der romantischen Liebe gefangen war (aber schön wäre es trotzdem, wenn du ganz spontan bei mir reinschauen würdest). Heute liebe ich auf einer anderen Ebene, weitestgehend schmerzfrei, angstbefreit und universell: Ich breite meine Arme aus und Liebe strömt aus der Mitte meines Herzens. Für die, die es erkennen, ist es ein Geschenk. Für die, die ihrer Intuition nicht trauen, ist es beängstigend. Diese Menschen gehen dann sehr oft auf Abstand oder sogar in Ablehnung, da sie nicht fühlen können, worum es mir geht. Wenn ich spüre, dass jemand total in mich verliebt ist und dabei, sich selbst zu verlieren, so weiß ich mit meinem heutigen Bewusstsein, dass dies nicht die Liebe ist, der ich mich hingeben kann. Schmerz und Trauer sind bei der romantischen Liebe vorprogrammiert. Und das möchte ich für mich und meine Mitmenschen nicht mehr haben.

Bei dir jedoch vermute ich Klarheit bezüglich deiner Einstellung zur Liebe, denn deine Liebe entsteht in dir selbst und du musst sie nicht im Außen suchen. Wenn dir jedoch die wahrhaftige Liebe begegnet, dann bist du in der Lage, sie sofort zu erkennen und mit ihr in Resonanz zu treten, ohne Angst und Vorbehalte.

So ... Ich muss wieder an die Arbeit.

Aber wer weiß, vielleicht sitzen wir ja heute Abend zusammen an meinem Lagerfeuer und schmelzen mal einfach so dahin... (und wenn auch nur in Gedanken)

Herzlichst, Santhu

Unter der Mail steht seine vollständige Anschrift plus Festnetz- und Handynummern. Mir sind die Worte auf und davon geflogen, zusammen mit meinem trudelnden Herz. Da ist nur dieses leise, eindringliche Zittern. Es macht mir die Glieder weich, dass ich glaube, den Arm nicht heben zu können, geschweige denn ein Bein. Aufstehen, mich umziehen, ins Auto steigen, zu ihm fahren wäre unmöglich. Und zuvor müsste ich ja eine Mail schreiben. Mich ankündigen, die Zeit erfragen, wann es passt. Meine Finger haben die Konsistenz von Radiergummis. Ich kann vielleicht noch einiges mit ihnen machen, aber Tastaturtasten hinunterdrücken mit Sicherheit nicht.

Carlchen! Krieg dich wieder ein!

Wie denn? Mir begegnet der Mann, auf den ich schon so lange warte. Er ist freundlich, offen, sieht auch noch aus wie ein griechischer Gott – aber er ist dreizehn Jahre jünger als ich. Herr im Himmel, das ist ein bisschen viel auf einmal!

Aber seine euphorischen Antworten! Nach Euphorie kam schon so oft Desinteresse.

Mein Herz klopft, dass mir elend wird. Was ist los?

Das ist Angst, was sonst.

Aber es gibt etwas, das ist stärker als Angst: Freude!

Hier ist so viel, woran ich mich freuen kann, da brauche ich nur den Blick über die wunderbare Meeresszenerie dort unten schweifen zu lassen. Und die Geschichte mit Santhu wird schon noch zeigen, zu was sie sich eignet und zu was nicht. Erst mal brauche ich Zeit, sie überhaupt für wirklich halten zu können. Mir ist, als wäre ich am lichten Tag in einen Traum gefallen: Ein Mann, der die wirkliche Liebe will. Der wissen und verstehen wird, was ich damit meine.

Auf einmal bin ich völlig gelassen. Ja, ich muss mich mit ihm treffen. Schauen, wer er ist. Später.

Der Strand zieht mich an, als wollte er mich wegholen von den Gedanken an Santhu. Ich gehe wieder am Wellensaum. Das Spiel mit dem Schaumrand der auslaufenden Wellen und der langsame Atem des Meeres sind wie

Meditation. Ich bin längst an der Stelle vorbei, wo die Kleine in ihrer Burg hockt und mit den Seegras-Steinen spielt. Eine Biegung, und am Steilküstenfuß taucht die Schutzmauer auf, die seit Jahrzehnten eine kühne Villa direkt oben auf der Küste davor schützt, dass die großen Brecher bei Stürmen an der Steilküste nagen und sie nach und nach unterhöhlen.

Ich bleibe stehen. Die Wellen kommen nah an meine Zehen, als wollten sie mich anstupsen, damit ich aufwache aus meiner Verträumtheit. Ich will nicht wach werden, ich will genau das Gegenteil.

Erinnerungen strömen. Die kleine Carla ist größer, zehn, elf, zwölf. Sie sitzt mit ihrem Freund René dort oben auf dem Steilküstenüberhang, sie sind auf einer geheimnisvollen Insel, die sie gerade erforscht haben, und gleich steigen sie hinunter an den Strand und rudern mit ihrem Beiboot zurück zu dem Dreimaster, der da draußen vor der Küste ankert, das Schiff, auf dem sie mitreisen dürfen um die ganze Welt ...

Ich habe René oft Geschichten erzählt. Ein Anfang genügte, dann dichtete es sich von allein weiter, und ich hatte viele Anfänge in mir. Als wir noch dort oben im riesigen, verlassenen Garten der Villa auf alte Obstbäume kletterten und uns vorstellten, die Äste seien die Rahen unseres Segelschiffs, als wir noch jeden Tag neue Abenteuer erfanden, waren wir wie Zwillinge.

Als wir dreizehn, vierzehn waren, interessierten ihn meine Träume nicht mehr so sehr, er wollte küssen und ich nicht, und als er das erste Mal diesen Satz sagte, wurde ich eine Muschel, die sich für immer verschloss:

Du und deine Empfindlichkeit ...

Ja, manche Menschen sind zarter als andere, aber das ist kein Unfall: Sie so *gemacht,* weil sie so *gedacht sind!*

Das konnte ich damals noch nicht sagen, ich wusste es selbst noch nicht. Geholfen hätte es eh nicht, wir waren nur zum Spielen gut füreinander, und die Kindheit war vorbei.

Ich kenne es ja nicht anders und kann es mir nicht anders vorstellen, aber es heißt, das alles, was Empfindsame erleben, ausgestattet mit ihren zarten, hochfeinen Wahrnehmungsorganen und einem extrem komplexen

Denkvermögen, von unglaublicher Intensität sei. Deshalb wirke alles anders auf sie als auf andere Menschen.

Kein Trauma also? Keine schlimmen Erfahrungen, die mich empfindlich und zart gemacht haben? Ich war von Anfang an so? Die Dünnhäutigkeit ist also kein Fluch. Das ist eine Erkenntnis, die noch nicht lange in mir ist und offenbar auch noch nicht ganz bei mir angekommen. Aber ja, kaum ein Normalsensibler kann sich vorstellen, wie es sich mit ihr lebt, weder, wie schmerzhaft es sein kann, aber auch nicht, wie beglückend! Wie viele Wunder die offenen Sinne, die offenen Augen schenken.

Wunder ...

Wenn man sie sehen kann, ist die Welt voll von ihnen. Es gab einen Menschen in meinem jungen Leben, der hat diesen Satz gesagt, fällt mir ein, und mit ihm konnte ich mich zusammen wundern– auch darüber, dass sich fast keiner sonst wunderte, obwohl die Wunder doch so offensichtlich waren.

Einmal saßen wir auf dem Rasen, da, wo die Kriechkiefern über den niedrigen Zaun und über den Weg hinweg zum Meer schauten. »Dass es uns überhaupt gibt«, höre ich ihn sagen und sehe, wie ich an mir selbst hinuntersah in dem Moment. »Das ist doch das größte Wunder!« Ich betrachtete meinen Arm, der voller Sommersprossen war, und hob ihn hoch und zeigte ihn ihm. Er schaute und nickte und sagte, wenn man sich wundert, dann freut man sich auch, und er freue sich über unsere Augen, die all das um uns herum sehen konnten. Selten waren diese Momente. Aber es gab sie. Meinen Vater und mich und das Wundern.

Ich bin so leicht auf einmal. Und glücklich wie damals, als ich oben auf dem Steilküstenüberhang saß und in Wirklichkeit auf einem großen Segelschiff war und auf dem Weg in alle sieben Meere.

»Ja-a? Santhu.«

»Hallo, hier ist Carla.« Wie fremd mir meine Stimme ist. Einen Moment schweigt er. Ist er sich unsicher, wer ich bin? »Hey!«, ruft er dann. Und es folgt: Schweigen.

Es ist wie von einem sehr hohen Berg eine Rutschpartie in die Ebene zu machen. Hab ich ihn missverstanden? Ist er doch nicht oder nicht mehr so begeistert davon, mich kennenzulernen? Das Schweigen wird mir unangenehm.

»Ich – bin gar nicht so weit weg von dir. Etwa eine halbe Stunde, schätze ich.« Ein herausgequälter Satz, dem ein Schwall von Gedanken folgt: Das ist aufdringlich. Plump. Fordernd.

»Ja?« Er klingt neutral – gelinde gesagt. Es ist nichts mehr da von der Begeisterung. Das war nur eine Laune, nur dahergeredet oder vielmehr dahergeschrieben ...

Stopp! Pass auf deine Gedanken auf, Carla. Nicht wieder in die alten Fußstapfen treten!

»Sorry, ich bin grad nicht so ganz da.« Santhu murmelt eher als dass er spricht. »Ich hab heute eine Anfrage für einen Auftrag reingekriegt. Viel Arbeit. Einen Flyer und ein Plakat und das Programm für ein Festival muss gemacht werden. Und das Ganze in kürzester Zeit.«

»Ach so. Dann ist jetzt wohl nicht der richtige Moment zum Telefonieren.«

»Das ist noch gar nicht in trockenen Tüchern. Ich hab eben mein Angebot fertig. Ich lese es noch mal durch. Dann schicke ich es ab und wir können reden, okay?«

»Willst du zurückrufen?«

»Lohnt sich eigentlich nicht. Sind nur drei Minuten.«

»Trotzdem. Ist mir lieber so. Okay?«

»Okay, bis gleich.«

Ich schaue über die stille See. Finde wieder zurück aus der Unsicherheit. Schüttele den Kopf über mich. Bin zugleich so empfindlich, als hätte seine Stimme etwas in mir aufgeweicht. Sie ist fremd. Auch der Nachklang noch. Und das hat vielleicht Unsicherheit verursacht. Ich hatte viel mehr Vertrautheit erwartet.

Das Handy klingelt. Ich zögere einen Moment.

»Ja?«

»So! Fertig! Erzähl, was machst du da so ganz in meiner Nähe?« Er klingt vollkommen anders: frisch, lebendig und neugierig.

»Schreiburlaub kurz und knapp gesagt. Ich schreibe an ein paar kniffligen Szenen für einen Roman und genieße es, das am Meer tun zu können.«

»Am Meer ... Wow! Ich liebe das Meer.«

Und plötzlich fließt unser Gespräch. Er erzählt, dass er lange Jahre Windsurfer war. Nennt Orte, an denen er gerne surfen gegangen ist, schwärmt von besonderen Wettersituationen, wischt dann alles weg mit einem »Na ja, Vergangenheit,« und fragt, bevor ich nachhaken kann, wo ich normalerweise lebe. »Kennst du vielleicht nicht, außer eventuell von gewissen Presse-Mitteilungen...« »Doch, doch, das Wendland kenne ich! Und nicht nur aus der Presse. Ich kenne es gut!« Und er erzählt von einer Beziehung mit einer Frau, die in einem Dorf ganz in der Nähe von meinem Waldhaus wohnt, erzählt von Unstimmigkeiten zwischen ihnen, erzählt, dass sie fand, sie müssten Beziehungsarbeit machen. Er spricht das Wort aus als wäre es etwas Anstößiges. Und er klärt es auch sofort: Es hätte für sie offenbar bedeutet, dass er sich ändern sollte.

Ich seufze. »Oje! So etwas habe ich früher auch von mir gegeben. Und daran geglaubt!« Ich lache. »Klar gibt es viel zu klären miteinander und sicher auch einiges zu ändern, damit es sich besser leben lässt. Aber den anderen ändern zu wollen nach dem Motto: Wenn der andere nur anders wäre, würde auch unsere Liebe klappen ...«

»Das ist typisch romantische Liebe«, ruft Santhu. »Man macht sich ein Bild vom anderen und weigert sich zuzugeben, dass das Bild nicht stimmt, wenn der andere dann doch anders ist. Man versucht, das, was nicht passt, passend zu machen. Was immer das ist, Liebe ist es jedenfalls nicht.«

»Du sprichst mir aus dem Herzen ...« Ich lache leise. »In Wahrheit sind es Forderungen und Ansprüche, die man erfüllt bekommen möchte. Ganz schlicht gesagt: Der Andere soll mich glücklich machen.«

»Genau! Und wenn er das nicht schafft, wird er wieder abgeschafft!« Santhu lacht auf.

Ich höre mich sagen: »Auch wenn ich in Beziehungen sehr gewachsen bin, ist für mich die Zeit vorbei, mich auf allzu viel Beziehungsarbeit einzulassen. Ich fühle mich mit mir selbst wohl. Ich möchte gerne Begegnung und Innigkeit, aber sich aneinander abarbeiten ist nicht mehr mein Interesse.«

Wieso sage ich das? Will ich ihm weismachen, dass er mit mir so etwas nicht zu befürchten braucht? Will ich ihm *gefallen*?

»Geht mir auch so!«, sagt er. »Ich habe Besseres zu tun, als an meiner Beziehung herumzukritisieren. Das heißt ja eigentlich, den anderen zu kritisieren. Ich weiß nicht, ob ich das inzwischen wirklich kann, aber ich möchte so kritiklos wie möglich sein. Stattdessen möchte ich den anderen achten und respektieren, und zwar so, wie er ist und nicht die Vorstellung, die ich von ihm habe.«

»Ja. So geht es mir auch. Und ich merke immer wieder, wie ich in die alten Fallen tappe. Einfach nur schauen ohne zu bewerten ist fast unmöglich, finde ich. Selbst das Meer bekommt von mir meistens irgendeinen Stempel, wenn ich es anschaue. Aber es gibt diese besonderen Momente, in denen ich einfach nur in mich aufnehme, was sich meinen Augen zeigt. Und die sind wunderschön!«

»Ja – weil du in dem Moment spürst, dass da gar nichts anderes ist, was du wahrnimmst. Dass dein Herz sich überall hin ausdehnt und alles umschließt, und du bist so tief verbunden, dass du nicht aufhörst, wo das andere anfängt, sondern erst im anderen wirst du wirklich sichtbar für dich selbst.«

»Wow ... Wie kommst du so jung zu solch reifen Einsichten, Santhu?«

»Schicksalsschläge. Ich *musste* lernen. Das Wesentliche begreifen. Sonst wäre ich untergegangen.«

»Ja, so war es bei mir.«

»Entschuldige, Carla, ich muss Schluss machen. Da ist gerade eine Mail von meinem eventuellen neuen Auftraggeber gekommen. Ich brauche den Auftrag, bin absolut blank. Wir sprechen später noch mal, okay?«

»Ja. Mach's gut!«

»Du auch. Ich rufe wieder an. Ganz bald. Und Danke für das schöne Gespräch!«

»Danke dir auch!«

*

Halb liegend, halb sitzend schaue ich hinaus. Die Leuchttürme besetzen nach und nach die Szene für sich allein. Je mehr es dunkelt, desto mehr tun sie sich hervor, sie und die anderen Seezeichen, die das Fahrwasser der Förde bezeichnen. All das Geblinke da draußen ist wie ein Abbild des Aufruhrs in meinem Inneren.

Schmetterlinge im Bauch? Nein. Außer dem einen kurzen Anfall auch kein Bedürfnis mehr, ihm gefallen zu wollen. Da ist viel Sympathie. Er spricht mir wirklich aus der Seele und ich ihm.

In mir ist ein Fohlen, das voranstürmen will. Das hat den Altersunterschied und überhaupt alles eher Trennende völlig vergessen und sieht uns schon Hand in Hand durchs Leben gehen.

Herr im Himmel, was soll ich mit all diesen Gedanken und Bildern und Wünschen? Viel lieber hätte ich Unbefangenheit. Und die hätte ich, wenn ich einfach nichts wollen würde. Ich krieg es nicht hin. Das Fohlen ist so voll von Sehnsucht, dass es nicht zu bändigen ist.

49

Ich habe sanft geschlafen. Liege im Bett, leicht aufgerichtet mit zwei Kopfkissen, und schaue aufs Morgen-blaue Meer. Es ist heller als sonst, spiegelnder als sonst, mit einer glitzernden Lichtbahn unter der jungen Sonne.

Mein Körper fühlt sich wohl. Mein Geist offenbar auch, denn er beschert mir schöne Gedanken: Wie dankbar kann ich sein, dass ich hier liege. So viel Schönes jeden Tag. So viel zum Wundern ... Plötzlich ist eine Freude in mir, dass es von der Kehle bis in den Brustraum kribbelt und hüpft.

Wer bringt das Licht in meinen Tag? Die Sonne da draußen? Oder ich, die ich mich darüber freue?

Es könnte trotz der Sonne auch ganz anders sein. Ist ja schon passiert. Wie oft habe ich mir selbst durch meinen Ärger alles verdüstert. Nur weil irgendein Mann nicht mehr geantwortet hat ...

»Pling!«, macht der Laptop, als wollte er mir darauf antworten. Ich hole ihn mir ins Bett.

Liebe Jolin!
Da ich im Job bin, kann ich mich heute am Tag nur kurz melden – sorry. Würde dir sehr gerne begegnen – nach wie vor, und mich freuen, wenn wir uns sehen!?
Die Strecke zwischen dir und mir lässt sich aus meiner Sicht gut überbrücken. Einen Tag oder Abend werden wir auch finden. Bin allerdings ab morgen erstmal für ein paar Tage in Berlin – aber am Freitag, 21., hätte ich Zeit!? Dann erst wieder ab 26. freie Tage bis 30. – wenn du also Lust hast ...
Herzlich, Andreas

Lieber Andreas,
danke für die Nachricht trotz Job! Ob ich es am 21. hinkriegen kann, weiß ich noch nicht. Aber sicherlich an einem der anderen Tage, die du vorschlägst. Es ist ja noch ein bisschen hin. Ich freue mich schon jetzt. Sag, wenn du

planen musst und es gleich genauer wissen willst. Ich
wünsche dir einen guten Arbeitstag!
Liebe Grüße, Jolin

Da ist sie wieder, die lebendige, stille Freude, die von meiner Mitte aus meinen Brustkorb füllt, den Atem gleich mit, die in meine Glieder strömt und sich überall beheimatet, und ich, halb sitzend halb liegend, lächele in den milchigen Himmel und lasse wie im Übermut meinen Blick auf dem Horizont balancieren.

Ein neues »Pling!«. Es ist keine Nachricht, nur ein Foto. Und diesmal ist es genau dasselbe, das ich schon kenne. Er ist wirklich Adagio.

»Bleib entspannt«, raunt mir eine aufreizende Stimme ins Ohr. Jolin?

50

Das SMS-Piepen springt mich an. Mein Herz rennt, dass ich die Hand auf die Brust drücke. Ich stehe auf dem Balkon. Sehe ihn dort unten einparken. Sehe ihn aussteigen. Mit dem Handy am Ohr. Ich weiß, dass er mich anruft. Schrecke trotzdem zusammen, als mein Handy läutet.

»Und wo genau muss ich jetzt hin?«

Kein Hallo, sofort dieser Satz. Als sei unser kurzes Telefonat von vorhin, »Hast du Zeit? Ich könnte jetzt zu dir kommen«?, bloß unterbrochen gewesen.

»Mit dem Fahrstuhl in den zehnten Stock, dann nach rechts. Es ist Appartement tausendzehn.« Meine Stimme ist sachlich, trocken schon fast. Und ja – ich habe einen sehr, sehr trockenen Mund. Aufregung. Oder ist es sogar Angst? Die verschwindet auch von dem Glas Wasser nicht, dass ich schnell noch hinunterstürze.

Er steht vor der Appartement-Tür, als ich sie öffne, ein angedeutetes Lächeln im Gesicht und zugleich einen Ernst, wie wenn dies ein heiliger Augenblick für ihn sei. So schaut er mich an, öffnet die Arme, ich trete einen Schritt auf ihn zu, er drückt mich an seine stattliche Brust. Und ich, einen Kopf kleiner als er und zwölf Jahre älter, habe Gummiknie und mein Atem zittert. Er lässt mich gleich wieder los, und ich führe ihn herein zu mir und auf den Balkon, und wir stehen und schauen mit einer Andacht und Inbrunst, wie wenn es das Meer wäre, das uns so bewegt. Wieder nimmt er mich in den Arm. Wieder bin ich die, die sich führen lässt. Die sich dem, was geschieht, hingibt wie eine ganz junge Frau.

Eine lange Umarmung, als müssten wir einander genauestens erspüren. Sein langes Haar streichelt mein Gesicht. Ich lehne mich ein wenig an ihn. Meine Aufregung ist riesig, ich brauche die leise Unterstützung, um wieder sicher zu stehen. Als wir uns voneinander lösen, sucht er meinen Blick und streckt mir zugleich beide Hände entgegen. Es fällt mir schwer, seine Geste zu beantworten und ihm meine zu geben. Er wird merken, dass sie zittern.

»Herrgott, ich bin total aufgeregt!«

»Warum?« Er schaut auf meine Hände, die in seinen liegen. Ich entziehe sie ihm. Drehe mich zum Meer hin, lehne mich gegen die Brüstung und er kommt neben mich.

»Schöner Platz hier«, sagt er. »Sehr schön.«

Wir schauen hinaus, und in mir fragt es: ›Wer bist du, dass ich so unsicher, so hilflos werde?‹ Und dennoch fühle ich mich vertraut. Es ist, als wäre unter all meiner Verwirrung etwas sehr Klares. Und ich weiß, wenn ich es finde, gibt es keine Fragen mehr, aber eine Antwort, die unabdingbar ist. Doch noch schlägt mein Herz zu sehr, bin ich zu zittrig, um aus dem Nebel herauszukommen.

Ganz anders als mein Inneres ist die Förde so klarsichtig, dass das andere Ufer viel näher erscheint als sonst, die Häuser und die Windmühle drüben überdeutlich gezeichneten.

»Lass uns ein Stück gehen«, schlage ich vor.

Er nickt. »Okay. Warum nicht!«

»An den Strand?«

»Ja. Aber lass uns zum Leuchtturm fahren. Da hinten ist es wilder und meistens kaum Menschen. Außerdem war ich da früher oft zum Surfen. Ist ein bisschen ein Sehnsuchtsort.«

Wir fahren mit seinem Auto hinaus an den Strand hinter dem Leuchtturm.

Er fragt nach meinen Farben. Ob ich nur so Helles tragen würde oder sogar nur blau und Türkis wie jetzt. Ja. Woher weißt du das? Weil du dich über diese Farbe in deinem Profil beschreibst ... Ich erzähle, dass ich vor nicht allzu langer Zeit nur Schwarz getragen hätte und dass es jetzt nicht leicht war, mit diesen hellen Farben. »Ich mag nicht auffallen.«

»Warum?«

»Keine Ahnung. Magst du es?«

Wir halten nah am Leuchtturm. Er parkt so ein, dass wir hinaus zum anderen Leuchtturm schauen, der mitten in der Förde steht und auch so überdeutlich wirkt, als sei er näher gerückt. Soll ich ihm von der Liebe der beiden Leuchttürme erzählen? Stattdessen sage ich: »Das ist ein seltsames Licht heute.«

»Ja. Es ist, als würde das Licht den Geist in eine ungewohnte Sphäre erheben.«

Ich drehe mich zu ihm hin und schaue ihn an. Er schaut weiter mit seinen tiefbraunen, eher kleinen Augen aufs Meer hinaus. Dann greift er in seine langen, fülligen, braunen Haare und bindet sie mit einem Gummi zusammen.

Der Strand ist schmal und steinig. Wir gehen mehr auf Kies und Muscheln als auf Sand. Das und die bizarre Steilküste, auf der riesige Buchen stehen, denen der viele Wind nicht ihre gerade Haltung nehmen konnte, macht es wirklich wild hier. Er erzählt, dass er früher, wenn er hier zum Surfen gewesen ist, auch oft am Strand übernachtet hat. Einfach so, frage ich, oder mit Zelt oder Wohnmobil. Einfach so, sagt er, und wir fallen in ein Schweigen, das dem kleinen Abstand zwischen uns, mit dem wir über Muschelscherben und kleine Steine knirschen, entspricht. Wer ist das? Surfer wollen Spaß haben und Aufregung, die Mädchen müssen ihm nur so nachgelaufen sein. War er früher mal nur ein Beachboy? Oder war er schon immer wie jetzt? Und wie tief gehen seine Gedanken wirklich? Sagen kann man viel, aber kommt es aus ihm selbst oder aus Büchern? Ich atme die helle, zugleich geheimnisvolle Meeresstimmung ein und versuche, einfach nur offen zu sein für ihn, keine Mutmaßungen, möglichst keine Deutungen. Ich möchte *ihn* kennenlernen, nicht meine Gedanken über ihn. Sie kommentieren trotzdem ständig, finden uns steif, finden uns viel zu weit auseinander, nicht nur vom Alter, auch sonst: zwei Welten. Santhu bleibt stehen, wendet sich dem Meer zu, schaut mich dann fragend an. Wir setzen uns auf einen der wenigen Flecken Sand nah an die auflaufenden Plätscherwellen.

Er lächelt ein unergründliches Lächeln und fragt, was das Schlimmste wäre, das über mich in der Zeitung stehen könnte. Ich bin sprachlos. Hebe nur die Brauen, mache ein leicht hilfloses Gesicht. Und plötzlich sage ich: »Carla Engel will gesehen werden!« Der Satz kommt heraus, als hätte ich ihn irgendwann mal genau für diesen Moment gelernt und abgespeichert. Ich bin völlig erstaunt. Ich weiß, dass es mit der Erinnerung an meine schwarze Kleidung früher zu tun hat, in der ich mich viele Jahre lang versteckt habe. »Das wäre mir peinlich, ich will nicht im Vordergrund stehen.«

»So heißt du? Engel?«

Ich nicke.

»Das ist ein besonderes Geschenk, einen Engel zu sehen!«, sagt er sanft. »Du solltest dich auf keinen Fall verstecken!« Er lacht leise, aber dieses Lachen unterstreicht nur die Ernsthaftigkeit, mit der er das gesagt hat.

Er legt sich zurück in den Sand. Auf seinen Ellbogen gestützt, nimmt er mit der freien Hand meine und streicht mit dem Daumen über die rauen Stellen auf meinem Handrücken. »Hattest du mal ein Ekzem?«

»Nein. Das kommt von der Sonne.«

Er erzählt, dass er von Kindheit an Neurodermitis gehabt hätte. Es sei entsetzlich gewesen.

»Und heute?«, frage ich.

»Siehst du noch irgendetwas an mir?«, fragt er zurück. Richtet sich wieder auf. Krempelt den linken Ärmel weit zurück. Hält mir den Arm hin. Dann den rechten.

»Nein. Nicht mal Narben.«

»Genau! Nicht mal Narben. Ich bin vollkommen frei davon.« Und er erzählt, dass er lange mit Cortisonsalbe behandelt worden sei, anders hatte er es nicht aushalten können. Aber irgendwann wurde ihm das zu beängstigend, denn die Haut würde immer dünner davon und es heile auch nicht wirklich, sondern würde nur gedämpft. »Also hab ich mir einen letzten Topf von dieser Salbe verschreiben lassen und hab meinem Hautarzt gesagt: Mich siehst du hier nicht mehr wieder! Und es hat geklappt!«

»Wie – geklappt?«

»Ich hab vielleicht noch die halbe Tube gebraucht, wenn es gar nicht mehr anders ging. Gleichzeitig hab ich meine geistigen Kräfte darauf gerichtet, dass ich gesund bin. Dass meine Haut vollkommen gesund ist. Ich glaube an die Kraft der Gedanken. Jetzt noch mehr als vorher. Inzwischen ist nichts mehr von Neurodermitis zu sehen. Ich kann mich nicht mal mehr an den furchtbaren Juckreiz und an die Schmerzen erinnern!«

»Dann haben wir beide die gleiche Schwachstelle«, denke ich laut. »Die Haut.«

»Schwachstelle? Meine Haut ist stark! Sehr stark! Schau sie dir an. Fühl sie an. Sie ist nicht dünn geworden von dem Cortison, im Gegenteil. Sie hat mir einfach etwas sagen wollen, und ich habe es verstanden. Was meinst du will deine Haut dir sagen?

»Dass ich sehr empfindsam bin und auf mich aufpassen soll. Dünnhäutig eben.«

»Leicht verletzt?«

»Ja. Allerdings bin ich dabei zu lernen, damit umzugehen. Wenn mich etwas trifft, dann muss es eine Stelle in mir geben, die verletzt ist und um die ich mich kümmern sollte. Wenn es nicht so wäre, würde ich nicht damit in Resonanz gehen, oder? Das Gute daran ist, dass es eine Gelegenheit ist, etwas zu heilen. Aber dass Menschen sich manchmal benehmen, als hätten sie noch nie etwas von Mitgefühl und Mitmenschlichkeit gehört, das ist sehr, sehr schlimm!«

Er nickt. »Und was ist die starke Seite deiner Haut?«

»Die Durchlässigkeit. Ich kann sehr gut Schwingungen aufnehmen. Das tut zwar manchmal weh, weil ich so viel sehe und mitfühle – aber es ist auch ein großes Geschenk.«

Er nickt vor sich hin. Wir schauen im warmen Nachmittagslicht übers Wasser und am anderen Ufer leuchtet es und glimmt, wie wenn Strand und Häuser mit Gold eingesprüht wären.

»Kann es sein, dass du deine Hände nicht magst?«

»Nicht sehr ... Jedenfalls ihr Aussehen nicht. Die roten Flecken, die schuppigen Stellen, die hervortretenden Adern ... Aber ihre Geschicklichkeit, ihr unglaublich vielseitiges Können mag ich sehr.« Noch während ich das sage, geht mir auf, *was* ich da sage. »Scheint, dass sie etwas leisten müssen, um von mir gemocht zu werden.«

Santhu guckt mir in die Augen und nickt vielsagend.

»Danke, dass du mich darauf gebracht hast.« Ich lache. »So gehe ich also mit meinem Körper um! Das war mir nicht klar.«

Wieder nickt Santhu. »Ich hab meiner Haut jeden Tag Liebe gegeben. Ich hab liebevoll zu ihr gesprochen, in Gedanken. Und vor allem hab ich mich bedankt, dass sie überhaupt da ist. Ich hab nichts dafür bezahlt und nichts dafür tun müssen. Ich habe sie einfach geschenkt bekommen. So wie meinen ganzen Körper. Er ist ein einziges Wunder. Keine noch so prachtvoller Palast, kein noch so teures und gediegenes Auto kommt da ran.«

»Ja, ich weiß, dass Gedanken mächtig sind, dass wir mit ihnen unser ganzes Leben gestalten. Ich habe mich oft in graue Zeiten hinein manövriert, nur mit grauen Gedanken. Ich hab es aber nicht gemerkt. Jetzt weiß ich darum, und jetzt weiß ich auch, wie ich da wieder raus komme.«

Ich habe das alles laut vor mich hingesagt, den Blick abwechselnd draußen auf dem mit blaugoldenen Meer und den kleinen, sich leise und sacht auf den Strand ergießenden Wellen. Jetzt rutsche ich zu ihm hinunter, stütze mich wie er mit dem Ellbogen ab. Wir liegen einander zugewandt. Er legt den Arm um mich und drückt sein Gesicht an meine Schulter.

»Es ist schön mit dir«, flüstert er, setzt sich im nächsten Moment abrupt auf und beginnt, kleine Steinchen übers Wasser flitzen zu lassen. Ich greife mir auch ein paar aus der nächsten Umgebung, aber ich merke schnell, dass ich im Sitzen jämmerlich versage. Ich kann es nur im Stehen, und auch das gelingt mir nicht so wie ihm, dessen Steinchen drei, vier Mal aufditschen, bevor sie endgültig im Wasser verschwinden. Das konnte ich auch mal, und ich glaube nicht, dass ich es verlernt habe. Ich zittere innerlich. Ich habe Angst. Wovor? Dass ich mich verlieben könnte?

*

Wir gehen zurück zum Auto, immer noch mit einem gewissen Abstand zwischen uns. In mir ist noch das gleiche Durcheinander wie auf dem Hinweg.

»Du weißt ja, ich bin für die romantische Liebe nicht mehr zu haben«, sagt er plötzlich und bleibt stehen. »Aber vielleicht können wir Freunde werden.«

Hochnäsig kommt er mir plötzlich vor und arrogant.

Nein, so höre ich es. Und damit höre ich sofort auf!

Herrgott, was ist bloß los mit mir? Der Mann bringt mich völlig durcheinander! Oder habe ich ein Schema im

Kopf, was jetzt mit uns passieren sollte, und ist das etwas ganz anderes als Freundschaft? Ich habe keine klaren Gedanken dazu, nur sehr unklares Fühlen.

»Und was ist die romantische Liebe für dich?« Ich weiß das, aber ich muss das fragen, vielleicht ist es Trotz.

»All das, was sich als Liebe verkleidet und keine ist.«

Ich nicke vor mich hin, ohne ihn anzusehen. Wir müssen aufpassen auf dem steinigen Strand, leicht kann man sich einen Fuß verletzen.

»Ja. Denn die wirkliche Liebe verkleidet sich nicht. Angst verkleidet sich. Mal als Wut, mal als Grausamkeit, mal als Bosheit, mal als Falschheit und vieles mehr«, sage ich und weiß nicht, woher das kommt. »Die Liebe bekleidet sich mit nichts. Sie kommt so daher, wie sie ist. Sie ist Güte, sie ist Zärtlichkeit, sie ist Freude und Glück. Alles das und viel mehr noch schenkt sie uns, aber keins davon und auch nicht alles zusammen ist sie. Wir können sie nicht begreifen und nicht erklären.«

»Das hast du schön gesagt.« Ich spüre Santhus Seitenblick. »Aber eins weiß ich über sie: Wenn etwas sich als Liebe ausgibt und mich festhalten will, ist es keine Liebe. Liebe ist frei.«

Wieder nicke ich, wieder mag ich ihn nicht ansehen. Weil ich es kaum aushalte, dass einer *das* sagt. Worte, nach denen ich mich so lange schon sehne. Ragnar hätte so etwas sagen können. Aber wer sonst?

In mir überschlägt sich alles und ich habe mehr als genug damit zu tun, auf dem steinigen Strand den Halt nicht zu verlieren.

*

Wir sind auf der Rückfahrt zu meinem Appartement. Ich erzähle ihm, dass alles, was ich gerade sehe, Orte aus meiner Kindheit sind. Fast an jedem hängt eine Erinnerung.

»Vielleicht kommst du mir deshalb so jung vor«, sagt er und lacht. »Sehr jung.«

Ich mir auch, hätte ich fast gesagt. Wie ein Kind.

Als er bei meinem Appartementhotel anhält, um mich aussteigen zu lassen, bedankt er sich. Es ist schon fast eine Dankesrede. Die schöne Zeit miteinander, das Vertrauen, das ich ihm geschenkt habe, er dankt mir für meinen Mut und für meine Offenheit und die angenehme Gesellschaft. Ich bedanke mich also auch bei ihm.

»Sehen wir uns wieder?«, frage ich.

»Klar! Wir haben doch gerade erst angefangen.«

Ich nicke und öffne die Wagentür.

»Bist du enttäuscht?«

Ich halte inne. Drehe mich noch einmal zu ihm um – und während dieser Drehung entscheide ich mich. Ich kenne ihn nicht und es ist schwer, ihn einzuschätzen. Aber ich will trotzdem ehrlich sein, absolut ehrlich, und nicht, um ihn vielleicht doch noch zu kriegen. Um meinetwillen.

»Ja.« Ich kann ihn nicht ansehen bei diesem Ja. Es sticht mir ins Herz. Und dann hebe ich doch den Blick und sage ihm mit leicht bebender Stimme in die Augen: »Gleichzeitig bin ich zwar erleichtert, weil deine Ansage Druck rausnimmt. Aber ich mag es nicht, wenn man irgendetwas, was auch nur entfernt mit Beziehung oder gar Liebe zu tun hat, schon von vornherein begrenzt.«

Er lächelt. Und ich sehe es. Kein Ozean wie bei Ragnar. Hinter Santhus Augen ist nichts dergleichen, es ist eher, als wäre dort etwas in Dunkelheit gehüllt. Doch scheint er sich mir nicht zu verschließen. Eher lockt es, als wollte es von mir aus dieser Dunkelheit ausgewickelt und angeschaut werden.

Er hat etwas für mich, denke ich und weiß nicht, was ich mit diesem Satz anfangen soll. Vielleicht nur ein Versuch, mich selbst zu trösten.

Ich sehe seinem alten Volvo noch eine Weile nach, während er langsam aus dem Hafengelände kurvt. Das goldene Licht wird nach und nach rötlich. Der Abend legt sich auf die schweren Lider der Sonne.

51

Ein neuer Tag. Der Morgenhimmel bleibt hinter diffusem Grau verborgen. Wahrscheinlich habe ich neuerdings ungeheure Kräfte, die dafür sorgen, dass ich das ganze Universum oder wenigstens das Wetter hier an der Förde mit dem beeinflusse, was in mir ist: Grau.

Ein müdes Grinsen schleicht sich über mein Gesicht, kaum zu spüren. Witzig sein zu wollen ist wohl im Moment das Gegenteil von einer Medizin gegen schlechte Laune.

»Aber vielleicht können wir Freunde werden ...«

Ich springe fast aus dem Bett bei diesem Gedanken. Auch er also! Macht der Liebe genauso Vorschriften wie die anderen. Wenn man schon beim Kennenlernen festlegt, in welcher Form sie gelebt werden darf und in welcher nicht, wie soll dann noch Liebe sein? Das ist ein Nein zur Liebe. Sie muss frei sein und fließen können, er selbst hat es gesagt ...

Ich angele mir den Laptop herüber, schreibe genau diese Gedanken in eine Mail an Santhu und schicke sie sofort ab.

Wenigstens hat der Gedankenstrudel in mir sich beruhigt. Und auch das fortlaufende Selbstgespräch. Gestern Abend ging es noch lange. Meist sogar laut. Hoffentlich hat mich niemand gehört! Es ist nicht wirklich erlösend gewesen. Aber was verlange ich von mir? Ich bin aufgemischt von dieser merkwürdigen Situation, sie hat mich im Griff und es ist nicht einfach, sich wieder daraus zu befreien. Mir fehlt die Zauberformel ...

Das kleine Buch vom Denken kommt mir in den Sinn. Die stand doch da irgendwo, diese Zauberformel, oder? Ich muss über mich selbst lachen und klicke mich trotzdem zu der Mail von Stine, mit der das kleine Buch gekommen ist.

Das »Pling!« des Laptops erschrickt mich.

Liebe Carla,
ich lege nichts fest, ganz bestimmt nicht, ich weiß einfach,
dass die typischen Formen von Beziehung bei mir nicht

mehr vorkommen. Ich verliebe mich nicht. Ich mache mein
Herz auf, und das ist anders, ganz anders als Verlieben
oder eine Liebschaft. Das hab ich doch auch in meinem
Profil geschrieben. Und ich finde, Freundschaft ist ein
Oberbegriff. Für mich jedenfalls. Ich weiß, dass viele das
anders sehen, aber für mich setzt jede Liebschaft und erst
recht die sogenannte große Liebe erst mal Freundschaft
voraus.
Ich umarme dich, Santhu«

Ich komme mir dumm vor. Beschließe, mich von mir
aus nicht mehr bei ihm zu melden. Es passt eh nicht.
Auch nicht für Freundschaft. Wenn die Resonanz zwischen uns stimmen würde, wäre ich nicht unbeholfen
wie ein Trampel, sondern eloquent und voller Wärme.
Wir würden einander zum Leuchten bringen, und daran
würde auch Unsicherheit nichts ändern.

Alles schlaue Gedanken. Aber sie stimmen nicht. Oder
zumindest fehlt etwas. In mir sieht es nämlich ganz anders aus. Ja, ich bin gehemmt und unbeholfen in seiner
Gegenwart – aber seit wir auseinander gegangen sind,
gab es noch nicht eine Minute, in der ich nicht an ihn
gedacht hätte.

Bin ich aus einem anderen Grund so unsicher? Ist es
nicht eher so, dass mich Erwartungen im Griff haben?
Unerfüllbare natürlich. Und Hoffnungen?

»Na klar möchtest du mehr, Carla! Guck ihn dir doch
an! Schräg wäre, keinen Appetit zu kriegen! Kannst du
nicht endlich mal zu dir selbst stehen, statt dich dauernd
zu verurteilen?«

»Jolin?«

»Wer sonst?«

»Und du?«

»Das brauchst du eigentlich nicht mehr zu fragen! Stell
dir doch einfach vor, du wärest ich – und gönn ihn dir!«

»Dazu müsste er das erst mal wollen, und danach
sieht es ja nun nicht aus. Aber vor allem will ich es nicht.
Gerade nicht mit ihm. Wir haben eine andere Ebene miteinander betreten: Er will wie ich kein Habenwollen
mehr.«

»Ist es doch auch gar nicht!«

Der Himmel ruht weich auf der unscharfen Linie des Horizonts. Weiße Segel stehen auf dem stillen Blau, als seien sie nicht zur Fortbewegung, sondern allein dazu gedacht, dass die schlanken Boote nicht nur das Wasser, sondern die Masten und Segel auch die Luft berühren. Drüben am anderen Ufer glühen die Häuser von Laboe im warmen Nachmittagslicht.

Ich sitze vorm »Möwenschiss« und warte auf Martin. Als ich wusste, dass ich in die alte Heimat komme, habe ich ihm sofort geschrieben.

Eremitin an Eremit: bin in deiner Nähe, kommst du auf einen Tee bzw. Kaffee ins Möwenschiss? Würdest deine Freundin damit glücklich machen.

Gestern hat er geantwortet.

Rauchzeichen ...
Liebe Mitmenschin,
du machst also eine Pause bei der Safari auf Homo Masculinus? Ja, gern können wir uns morgen treffen.
Was meinst Du, 16 Uhr?
Der alte Mann

Lieber Mitmensch und nicht Bejagbarer,
das passt gut. Ich reserviere uns einen Tisch ganz vorn im Möwenschiss. Freu mich sehr auf dich!!
Carla

Ich sehe ihn schon von weitem kommen mit seinem leicht wackelnden, krummbeinigen Gang, der braungrauen Schiebermütze, dem einfachen, langärmeligen hellroten Hemd, das er über der Jeans trägt, den hinten offenen schwarzen Schuhen – alles wie ich es kenne und doch anders. Weil man sich immer wieder fremd wird, wenn man einander länger nicht sieht, sage ich mir. Nein, zwischen uns ist immer ein leichtes Fremdsein, es gehört dazu. Es bleibt auch bestehen, wenn wir drei

Stunden miteinander geredet haben. Und doch gibt es Momente, in denen wir uns sehr nah kommen. Martin ist manchmal noch mein Therapeut und der einzig übriggebliebene Freund aus meinem alten Leben hier.

Es rührt mich an, ihn so gehen zu sehen, ganz allein, und sein Gang, dass das Alter immer mehr nach ihm greift. Mein Blick muss zurück aufs Meer, da ist genug Weite für die Gefühle, die mich plötzlich überschwemmen. Es ist die Liebe, die leise in mein Herz eintritt, und es ist ein so seltsames Gefühl, Tränen lockt es hervor, es hat auch Ähnlichkeit mit Traurigkeit – und doch ganz anders.

Ich nehme noch einen tiefen Zug Meeresluft, blinkere und wische mir das Feuchte von den Unterlidern, bevor ich mich umwende. Noch fünf Schritte entfernt vom Tisch bleibt Martin stehen, nimmt die Schiebermütze vom kahlen Kopf, deutet nur mit einer Neigung des Kopfes eine Verbeugung an und setzt die Mütze wieder auf. Er lächelt mich an – auf seine Art: Mit ernstem Gesicht, in dem sich die Falte auf der rechten Seite nahe dem Kinn schief nach oben zieht. Ich bin indes aufgestanden, habe meine Arme weit geöffnet und spüre nun seine Brust an meiner, seinen runden Bauch an meinem und seine glatte Wange an meiner. Noch mehr strömt es aus meinem Herz zu ihm hinüber, nun ohne Rührung, fast nüchtern und sehr klar.

»Na, meine Schöne«, sagt er nah an meinem Ohr, als wüsste er, wie sehr ich es mag, wenn eine tiefe Männerstimme durch mich hindurch vibriert.

»Na, mein lieber, lieber Freund!«

Wir küssen uns kurz auf den Mund. Volle, männliche Lippen ... Erinnerung an Vaterküsse ...

Martin setzt sich mit übertriebenem Altmänner-Ächzen halb mir gegenüber und zugleich so, dass er aufs Meer schauen kann. Sein zweiter, jetzt sehr intensiver Blick überfliegt mich, als müsste er nachsehen, ob ihm beim ersten etwas entgangen sein könnte.

»Erzähl, wie geht es dir?«, frage ich. Wenn ich nicht schneller bin und er die Eröffnung macht, komme ich mir wie in einer Therapiestunde vor. Martin ist immer in seinem Job. Er ist sein Leben.

Er lacht verhalten auf. »Na, diesmal geht's ja wohl erstmal um dich!«, grinst er. »Auf jeden Fall ist positiv zu bemerken, dass du endlich wieder Fahrt aufzunehmen scheinst.« Die Andeutung eines Lächelns spielt um seinen Mund, so fein, dass jemand, der ihn nicht kennt, es vielleicht gar nicht sehen würde. Sein berlinerisch singender Ton verrät obendrein seine Freude. »Sehe ich doch richtig, oder?«, setzt er nach und schaut noch intensiver zu mir herüber. Sein Lächeln wird breit und offen.

Ich nicke und erzähle erst ein wenig bröckelnd von meinen Dating-Erfahrungen, auch von meinem Buchprojekt, er zieht erstaunt die Brauen hoch, dann laufe ich mich warm und rede und rede, von kurzen Kommentaren oder hier und da mal einer Frage seinerseits begleitet. Als ich fertig bin mit allem außer der Begegnung mit Santhu, gibt er mir Tipps zur Internet-Partnersuche: Nicht lange hin und her telefonieren oder gar mailen, sondern sich möglichst bald persönlich kennenlernen. Sich beim ersten Mal an einem neutralen Ort treffen mit gegrenzter Zeit. All das, was ich eigentlich weiß. Nur habe ich mich nie daran gehalten.

»Woher kennst du dich damit so gut aus?«

Er hebt seine Mütze und fährt mit der anderen Hand über den leicht geneigten, kahlen Kopf, lässt sie einen Moment dort oben auf der höchsten Stelle liegen und schaut mich in dieser Haltung von unten hoch an, was mich zum Grinsen bringt. »Ich muss doch wissen, womit ich es zu tun habe! Es gibt immer mehr Klienten, die nicht loskommen davon«, sagt er ernst.

»Wie – nicht loskommen?«

»Von solchen Partnersuche-Seiten zum Beispiel.«

»Sie machen *deswegen* Therapie bei dir?«

»Ja! Es gibt natürlich auch Internetsüchtige, die auf andere Seiten abfahren. Aber Onlinedating ist eines der häufigsten Probleme.«

»Erzähl!«

»Da ist nicht viel zu erzählen«, sagt er wie immer, wenn es um ihn geht – und erzählt. Eine ganze Weile hat er sich dort mit eigenem Profil und entsprechenden Möglichkeiten umgetan. »Ich wollte zwar wissen, wovon meine Patienten reden, aber ich fand es für mich selbst auch ganz spannend.«

Er ist auf etlichen Plattformen gleichzeitig online gewesen, auch auf einigen, die ich noch gar nicht kenne. Ich frage ihn aus: Wieso wird man süchtig? Wo ist die Trennlinie zwischen Süchtigen und normalen Nutzern?

»Die gibt es nicht. Die meisten haben Momente, in denen sie nicht mehr aufhören können oder so viele anschreiben, dass sie das gar nicht bewältigen können.«

»Aber die kommen doch nicht alle zu dir, oder?«

»Nein. Das sind dann schon andere Probleme. Es gibt Menschen, die bauen sich eine ganz eigene Identität auf für die jeweilige Internet-Welt. Für die ist dieses Profil, das man ja so ehrlich wie möglich anlegen soll, wie eine Art Rolle, auf die sie viel mehr Lust haben als auf ihre eigene Persönlichkeit. Sobald sie sich im Onlinedating anmelden, werden sie jemand anderes. Da können sie sich dann allerdings nicht wie ein lebender Mensch bewegen. In ihrer Scheinidentität können sie eben nur ein virtuelles Dasein führen, was meist aber gar nicht als so tragisch empfunden wird, im Gegenteil. Etliche fahren so darauf ab, dass sie sogar mehrere Scheinpersönlichkeiten anlegen und in deren Rolle agieren.«

»Und das geht? Merkt das denn keiner?«

»Nee. Wie denn? Es läuft alles wie bei einer echten Suche. Selbst Verabredungen werden getroffen. Aber die sind natürlich nicht ernst gemeint.«

»Was?«

»Ja. Das gehört zwangsläufig dazu. Da die Scheinidentität ja nun mal keinen Körper hat, liegt es in der Natur der Sache, dass es auch nur Schein-Verabredungen sind.« Ich sehe, dass er das Wortspiel witzig findet. Ich kann nicht mitgrinsen.

»Das – das läuft oft ab?« Mir rennt ein Spruch von Marie, oder war er von Josepha, durch den Kopf: Vielleicht will Mike sich auch gar nicht treffen. Vielleicht reicht die virtuelle Begegnung vollkommen. So ähnlich war das doch, oder? Und ich hab es nicht glauben können, einfach nicht glauben können.

»Ziemlich oft, ja. Im Moment, wenn die Verabredung getroffen wird, ist sie ganz und gar ernst gemeint. Die

Scheinidentität ist wie eine eigene Person. Sie ist sich nicht klar darüber oder nur unscharf bewusst, dass *ihre* Welt und die der Person, mit der sie kommuniziert, nicht zusammengehören.«

»Die – wissen wirklich nicht, was sie da tun?«

»Manche sind sich darüber klar, auch noch dann, wenn sie ins Spiel eingestiegen sind, andere vergessen es in dem Moment und sind nur noch in ihrer Rolle. Das macht es ja so attraktiv: Jemand sein, der man sein möchte. An nichts gebunden, alles kann aus dem Augenblick entstehen, nur leider muss man dann ein sehr gutes Gedächtnis haben, weil man ja die erfundenen Geschichten jeweils weitererzählen muss.«

»Und trotzdem kriegen die das über einen längeren Zeitraum hin? Oder sind die Kontakte immer bloß Eintagsfliegen?«

»Bei Männern ist es oft so, dass es ihnen nur darum geht, eine Verabredung zustande zu bringen. Ist das geschafft, wird das Gegenüber sofort uninteressant und die nächste Beute wird anvisiert.«

»Aber das ist doch ... Wie gruselig! Machen Frauen sowas auch?«

»Das ist ein männliches Prinzip, das sich da durchsetzt, und es sind entsprechend wohl weit mehr Männer, aber durchaus auch Frauen. Bei denen, die diese Sucht entwickeln, ist oft eine ganz normale Internet-Partnersuche vorausgegangen. Mit wirklichen Verabredungen und wirklichen Misserfolgen. Davon gab es meist viele. Zu viele. Das ist auch klar, wenn man schaut, was da passiert. Die Leute gehen auf eine Weise aufeinander zu, die nicht angemessen ist. Das Allmähliche fehlt, es darf nichts wachsen und werden, wie es hier auf Erden nun mal gegeben ist, sondern wir sind versucht, das, was wir uns wünschen, *machen* zu wollen. Liebe lässt sich aber nicht machen.

Jedenfalls deformiert sich das Ganze irgendwann, es hat nicht nur Züge einer Jagd, es wird zum Spinnennetz, in dem die Spinne sich selbst verfangen hat. Schließlich kommt so jemand, der in fünf, sechs Partneragenturen gleichzeitig agiert und merkt, dass er gar nicht mehr aufhören kann, zu mir. Das ist nicht lustig, wenn einen so was im Griff hat. Wenn man sich eigentlich nach Nähe und nach Liebe sehnt und seine Abende und Nächte am Bildschirm verbringt, mit tausenden von Frauen, aber der Mut, sich für eine zu entscheiden, sich wirklich zu engagieren, der ist längst auf der Strecke geblieben. So jemand glaubt, dass nur ein neues Desaster auf sie oder ihn zukäme, und darauf lässt man sich natürlich gar nicht erst ein.«

»Was solche Männer mit einem machen!« Ich japse nach Luft. Und fange an zu erzählen, was ich vorhin nur kurz angedeutet habe: von Mike. Schon nach wenigen Worten ist es mir peinlich, überhaupt auf ihn abgefahren zu sein. Ja, ich habe sofort gedacht, dass er viel zu dick aufträgt, dass es mehr als übertrieben ist, was er alles schon gesäuselt hat, ohne dass wir je telefoniert hatten. Aber ich *wollte* das nicht sehen! Blauäugiger geht es schon nicht mehr ...

»Und genau das ist die andere Seite des Spiels«, sagt Martin. »Du hast den Gedanken weggedrängt. Das Gefühl, dass er dich meint, wirklich dich, war zu schön. Dabei war es offensichtlich: viel zu schnell viel zu innig. Stimmt's?« Ich nicke beklommen. »Spätestens da merkt man, dass da was nicht stimmen kann.« Er hebt die Brauen und sieht mich eindringlich an. Es ist einer dieser Momente, in denen ich wütend werden und mich gleichzeitig verteidigen, mich wieder ins gute Licht setzen will, indem ich die Überlegene gebe mit einem Spruch wie: Ich hab das mit Mike natürlich hauptsächlich für den Roman ausprobiert, so bekloppt bin ich ja nicht wirklich, nur in der Rolle von Jolin.

Ich will das nicht. Ich kann auch nicht. Wozu sollte ich irgendwelche tieferen Gespräche führen, wenn ich nicht ehrlich bin? Und wann, wenn nicht jetzt, habe ich die beste, auch noch staatlich geprüfte Unterstützung, mir darüber klar über das alles zu werden?

»Er war drei, vier Mal am Tag online«, fange ich an. »Aber es kam nichts. Kein Ton! Das hat mich derartig getroffen, dass ich mich schon für verrückt gehalten habe. Aber gut, ich weiß ja, dass ich hochsensibel bin, ich weiß ja, dass mir alles bis ins Mark geht. Was mich vor allem getroffen hat, das war, wie jemand so sein kann. Immer wieder, immer wieder kam es: Wie kann man so etwas tun?«

»Aber was tut es mit *dir*? Du bist ja persönlich getroffen in so einem Moment, oder?«

»Ich fühle mich – benutzt ... Ja, das ist es. Eine Weile kann er mich gebrauchen, vielleicht habe ich ihm sogar den Tag verschönt, aber dann vergisst er mich wie ein Kind sein Spielzeug.«

»Du fühlst dich missbraucht, ist es das?«

»Weißt du, es wäre ja alles okay, wenn es ehrlich ablaufen würde. Wenn er mir schreiben würde, dass da jemand anderes aufgetaucht ist. Oder was auch immer. Einfach sagen, was IST! Na ja, nun weiß ich ja, warum solche Typen so handeln.«

»Das hilft dir aber nicht viel. Du wünschst dir, aufgeklärt zu werden, wenn die Interessenlage deines Gegenübers sich ändert, ist das so?«

»Klar.«

»Das werden die wenigsten in dieser Umgebung tun. Auch die nicht, die nicht süchtig sind.«

Der Kellner tritt an unseren Tisch und nimmt die Bestellung entgegen. Einen doppelten Cappuccino für mich, für Martin Tee.

Mein Blick ist draußen bei der Steinmole hängengeblieben, die den Hafen schützt und auf der hier und da Möwen sitzen. Eine ordnet ihr Gefieder, breitet die Flügel aus, bewegt sie ein paarmal auf und ab, scheint ein winziges Bisschen in die Knie zu gehen, um Schwung zu nehmen und hüpft dann in die Höhe. Im nächsten Moment ist sie in der Luft, stößt einen langen Schrei aus dort oben und segelt davon.

Ich sehe Martin an. Er nimmt meinen Blick entgegen, wie wenn er gespannt wartet, was nun kommt.

»Möwen haben gar keine Knie«, sage ich. »Eher so etwas wie Ellenbögen.« Ich muss darüber grinsen, aber gleichzeitig sind da zig Gedanken über Mike, über mein Verhalten, über den Satz »Wie kann man so etwas tun« und die Frage, ob ich wirklich vor allem wegen Jolin mit ihm geflirtet habe. Wäre er ein klein wenig geschickter gewesen, hätte er mich dann nicht ganz leicht gekriegt? Aber wahrscheinlich wollte er mich gar nicht kriegen ...

Martin grinst. Er kennt mich sehr gut. Er weiß genau, was gerade mit mir los ist, und wenn doch nicht so ganz genau, dann ahnt er es zumindest.

»Was ist los mit dieser Welt?«, schießt es um einiges zu laut aus mir heraus. »Es muss doch ganz selbstverständlich sein, dass Menschen einander mit größtmöglicher Menschlichkeit behandeln! Es ist doch sowas von klar, dass alles andere diese Welt zu einem Ort macht, an dem Menschen Angst voreinander haben und Menschen keinem Menschen trauen! Es ist doch sonnenklar, dass jede noch so kleine fiese Handlung dazu beiträgt, dass dieser Planet hier voller Unfrieden und Kriege ist!« Ja, ich bin wütend. Aber in Wirklichkeit bin ich traurig. Und wieder stehen mir die Tränen in den Augen.

Martin nickt. Er kennt mich eben.

»Ich ... Weißt du, ich kann mich ja jetzt darüber beklagen, solange ich will«, murmelc ich. »Es wird nichts ändern. Ich kann auch damit aufhören, mit dieser Partnersuche. Oder mir ein dickes Fell anschaffen ...«

»Du kannst auch dazu stehen, dass dir das nicht gefällt und dass du es gern anders hättest.«

»Ja, tue ich auch.« Ich nehme die große Tasse in beide Hände, tauche die Oberlippe in den Schaum, genieße das leise knisternde Kitzeln der platzenden Luftperlen und schaue dabei in die Förde hinein, die vom Sonnenlicht vergoldet ist. »Es erschüttert mich trotzdem, dass ich immer gleich so dermaßen angestochen von so was bin. Ich gewöhne mich nicht daran. Im Gegenteil. Du glaubst nicht, was für einen Stich mir das jedes Mal gibt. Wenn ich mich nochmal da reinfühle, dann ist es gar nicht das Gefühl, missbraucht worden zu sein. Es ist anders. Es hat so etwas von abgestraft zu werden!«

Martin nickt. »Hört sich nach etwas Altem an.«

»Schweigen als Strafe, genau!« Ich spreche eher zu mir selbst. »Das ist mir als Kind oft passiert. Völlig ungerecht abgestraft hab ich mich gefühlt.«

»Du warst vielleicht gar nicht gemeint.« Martin klingt sehr ruhig, fast väterlich.

»Wieso das?«

»Eltern haben ihre eigenen Probleme. Auch manchmal miteinander.«

Sofort bin ich im Film: Türenschlagen und gellendes Keifen in der Nacht, Brüllen von einem, der niemals mein Vater sein kann, aber sonst ist doch kein Mann im Haus, Klatschen wie Schläge, Schreie ...

»Ja, es gab heftige Szenen. Nicht gerade jede Nacht. Aber es gab sie.«

Martins Nicken ist wie ein unausgesprochenes ›Siehst du, hab ich es mir doch gedacht.‹

»Und noch was, Carla: Schieb deiner Hochsensibilität nicht alles in die Schuhe. Du empfindest sehr viel und sehr tiefgehend, aber das verleitet dazu, vieles auf sich zu beziehen, was gar nichts mit einem zu tun hat.«

»Oh, da sagst du etwas! Ich wundere mich schon die ganze Zeit, dass ich nicht einfach mit den Schultern zucke und mir sage: Wenn jemand sich so mies verhält wie diese Typen im Dating, dann muss das doch *mir* nicht zu schaffen machen, das ist doch deren Makel ...«

»Na, da würde ich schon unterscheiden! Ein solches Verhalten ist grausam. Vielleicht hast du früher versucht, das wegzudrängen, wenn deine Eltern das mit dir gemacht haben. Sie sollten die guten Eltern sein, also hast du es verdrängt. Aber du siehst es ja jetzt beim Onlinedating: Keine Antwort zu bekommen oder vom anderen einfach aus dessen Profil geworfen zu werden, das ist *nicht nichts*! Jeder offene Streit ist weniger grausam. Du solltest gut hinschauen, wann und wo es im Internet anfängt, schmerzhaft für dich zu werden. Manches mag zu viel für dich sein, einfach, weil du zart besaitet bist, aber vielleicht ist es auch mal an der Zeit, dir klar darüber zu werden, was dahinter ist.«

Er hebt die Brauen. Schaut mich groß und auch irgendwie fragend an.

Der Kellner stellt einen kleinen Eisbecher mit drei Kugeln: Erdbeere, Vanille und Schokolade vor Martin hin. Ich kann gar nicht fassen, dass ich nicht mitbekommen habe, wie er den bestellt hat. Es muss wohl Zeichensprache gewesen sein.

»Lass mal als erstes den Gedanken von Täterschaft weg!«, hebt Martin erneut an, als der Kellner gegangen ist. »Du denkst, *du* bist gemeint. Aber das bist du nicht. Diese Männer wollen dieses Gefühl, das ist alles. Und natürlich müssen sie zur nächsten Blüte fliegen, sobald die Euphorie sich legt. Kümmere dich um dich. Ziehe lieber du dich zurück, sobald es dir nicht entspricht.«

»Da muss ich mich aber fast immer zurückziehen.«

Martin sagt nichts dazu, wendet sich seinem Eis zu, begutachtet es, nimmt die Waffel heraus und beißt hinein, ohne ein Auge von dem Becher mit den drei Kugeln in weiß, braun und rot zu nehmen

»Hast du denn auch solche Erfahrungen gemacht, als du dich da umgeschaut hast?«

»Na ja – ich bin anders dort unterwegs gewesen und habe dadurch andere Menschen getroffen. Aber dass dieses Medium dazu verführt, Kontakte schlichtweg zu konsumieren, ist eine offenkundige Tatsache.«

»Und dir ist das nicht passiert?«

»Nur ansatzweise. Bei Frauen ist das wohl nicht so ausgeprägt wie bei Männern, aber es kommt vor. Solange die erotischen lustvollen Gefühle da sind, läuft es. Aus Erfahrung wissen sie aber, dass sie dem Ganzen gar nicht mehr weiter nachgehen müssen, wenn die Gefühle nachlassen – die sterben dann ohnehin ab. Das bestimmt die Länge eines Kontakts mit so jemandem. Eine Kleinigkeit kann das Kribbeln ersterben lassen, und dann kannst du noch so viel und noch so erotisch flirten – es ist vorbei, und sie oder er wird sich nicht mehr melden. Ich hatte eine einzige Begegnung dieser Art mit einer Frau. Ich habe es gemerkt und es sehr schnell beendet.«

»Woran hast du es gemerkt?«

»Einfach an der Art, wie sie geschrieben hat. Was genau das ist, kann man so allgemein gar nicht sagen, es äußerst sich wohl immer anders. Aber ich bin sicher, dass du es ab jetzt auch merken wirst. Und du kannst es testen. Versuche, ein ernsthaftes Gespräch zu initiieren oder eine Verabredung in naher Zukunft zu treffen, und zwar in der Öffentlichkeit eines Cafés oder Restaurants.« Martin lacht. »Du guckst mich an, als wär das alles ein Riesendrama.«

Ich nicke vor mich hin. Er schaut mir erneut intensiv in die Augen. »Wie auch immer«, sagt er. »Dir ist beim Onlinedating doch auch Schönes geschenkt worden.«

»Ja. Leider ziehe ich bloß immer die Falschen an.«

»Muss es genauso sein, wie du es dir vorgestellt hast, damit es richtig ist? Oder ist es nicht viel richtiger, das Leben so zu leben, wie es ist?«

Ich sehe ihn an. Murmele: »Ja, das ist gut gesagt!«

Martin löffelt die letzten Reste von seinem Eis, scheint so darin versunken, dass ich an einen kleinen Jungen denken muss. Er leckt sich ausführlich die Lippen und schiebt das Schälchen von sich weg. „Das mit dem Anziehen von Menschen oder Situationen, das musst du nicht so hoch und schon gar nicht esoterisch aufhängen. Es ist psychologische Praxis. Menschen haben ihre Glaubenssätze. Aus denen bilden sie ihre Sichtweisen. Und was du dir durch deine Sichtweisen in deinem Inneren erschaffst, wird sich in deinem äußeren Leben wiederspiegeln. Das kannst du nachlesen. Ich sehe in meiner Praxis jeden Tag, dass es so ist. Das ist Therapie: Glaubenssätze erkennen. Man wird sie nicht los, aber man kann den Fokus auf andere Sichtweisen setzen.«

»Kann ich das schaffen? Ganz allein?«

»Du bist ja nicht allein.« Er senkt den Kopf. Schaut mich tief an. Ich bin berührt, muss einen Moment die Augen schließen. Ich weiß, er versteht mich.

Lieber, lieber Freund, wenn ich dich nicht hätte. Schon manches Mal bist du mein Engel gewesen. Ich kann das jetzt nicht laut sagen, mir würde die Stimme brechen, und nur zu leicht kann aus Dankbarkeit etwas Kitschiges werden. Also sage ich einfach nur »Danke.« Lächele ihn an und werfe ihm einen zarten Luftkuss zu.

Martin nickt leicht zur Seite hin, wie man höfliche jemandem ein ›gern geschehen‹ bedeutet, und winkt den Kellner heran.

»Martin? Habe ich eine realistische Chance, in absehbarer Zeit im Reinen zu sein?«

»Klar! Ich sag dir mal das Zauberwort.« Er sieht mir in die Augen. Ich kann nicht weg mit meinem Blick und möchte es so sehr. Er sagt es sehr ernst, beinahe hart:

»Verzicht!«

53

Ich trage dieses Wort wie eine Bombe mit mir. Ich weiß, was er meint. Verzicht darauf, dass die Welt mir etwas geben soll, was ich als Kind nicht bekommen habe. Nicht die Welt wird diese Wunde heilen. Sie bietet mir eine Menge Gelegenheiten dafür – aber *tun* muss ich es.

Verzicht darauf, etwas ganz Bestimmtes erfahren zu dürfen und das auf jeden Fall mit einem Mann. Auch Frauen kann man lieben, und die Liebe, die ich will, ist zwar nicht ohne Erotik, aber nicht daran aufgehängt.

Verzicht darauf, mich abzustrampeln. Die Liebe will eingeladen sein – aber nicht errungen!

In solchen Gedanken gehe ich durch die niedersinkende Dunkelheit zurück zu meinem Appartement. Dieses Gefühl, das in meinem Bauch liegt, drückt und schmerzt und sagt immerzu:

Verzicht!

Verrückt: Ich möchte, dass diese Männer sich anständig benehmen, finde, das ist mehr als recht und billig. Und Martin sagt: Das beste Mittel, um vom Habenwollen frei zu sein, ist aufzuhören, haben zu wollen.

Wahrscheinlich das einzige Mittel ...

*

Wir sind noch eine Weile auf der Promenade spaziert, und Martin hat von sich erzählt. Von seinen beiden Liebschaften übers Onlinedating, die virtuell geblieben sind.

»Dann bist du ja auch so einer!«

»Nein, ich hab gemerkt, dass es nicht passt und mich von der jeweiligen Dame verabschiedet.«

Als wir schließlich an seinem Auto standen, als wir uns nach der Umarmung noch einmal angesehen haben, war in seinen Zügen etwas so Zugewandtes, dass ich hinterher lange dagestanden und meinem Einsiedler-Freund nachgesehen habe. Wir können uns beide nicht mit Ersatz abgeben. Wahllos irgendjemanden an unserer Seite holen, nur um nicht allein zu sein, geht nicht. Dazu ist das Verlangen nach dem Echten viel zu groß.

So ist es, wenn man die wirkliche Liebe erfahren hat, und sei es nur für einen Augenblick.

Aber wir sind fast alle auf anderes konditioniert. Bist du brav, hat Mami dich lieb. Bist du fleißig und schlau, ist Papi stolz auf dich. Deine Liebhaber lieben deine Augen, deinen Körper, auch ein bisschen dich ... Früh lernt man, dass Liebe erworben werden muss. Herr im Himmel, das ist weiter entfernt von der wirklichen Liebe als das fernste Gestirn im Universum von unserer Erde! Nichts will sie haben, ihr größtes Glück ist, etwas zu geben, und zwar sich selbst! Nicht geliebt werden, sondern lieben ist das Schönste auf der Welt. Und das größte Wunder: Sie ist einfach da. In solch einer Fülle, dass das Herz gar nicht so viel fassen kann, wenn es von ihr ganz ergriffen wird. Wenn ich innerlich weit werde wie ein Meer, ist das Glück so groß ist, dass ich es an jeden verschenken will. Dann gibt es auch keinen einzigen lieblosen Gedanken mehr, dann braucht mir kein Gesetz, keine Ordnung, keine Regel und schon gar keine Moral zu sagen, was gut und richtig ist. Dann werde ich niemandem schaden, ich werde es gar nicht können, dann werde ich niemanden kränken und niemals sein, jemandem etwas wegnehmen. Ich werde jedem nur Gutes wollen und voller Vertrauen ins Leben sein. Meine Ängste werden dahinschmelzen, ich brauche mich nicht mehr hinter einer Maske zu verstecken, ich kann gar nicht anders, als echt und ganz ich selbst zu sein.

Die Liebe ist da. Ich brauche nur offen für sie zu sein. Immer wieder schließt man seine Herztür zu, und immer wieder muss man sie öffnen. Denn es tut nur etwas weh, wenn man die Liebe verlässt – sie verlässt einen nicht.

So kann es gehen. So kann diese Welt ein guter Ort sein, und ich will nicht zu denen gehören, die darauf warten, dass andere es tun. Auf mich kommt es an. Auf mich und jeden.

Inzwischen sitze ich im warmen Bett, schaue hinaus aufs blinkende Nachtmeer und genieße einen samtigen Rotwein. Die dunkle See ist mit erlesener Bläue überzogen. Das letzte Licht spielt ein stummes Nachtlied darauf. Nur für mich.

54

Ich habe eine Antwort auf eine Frage bekommen, die ich gar nicht gestellt habe, die einfach in mir war, schon immer. In der Buddha Lounge bin ich auf das Profil von jemandem gestoßen, dessen Pseudonym »Kleiner Junge« ist. Das lockte mich nicht gerade, weckte aber dennoch meine Neugier, weil sein Foto – ein Mann in einem Spiegel bei diffusem Licht – geheimnisvoll aussah.

Kleiner Junge - Beschreibung

Über mich:
Ich liebe die freie Natur, ausgelassen sein, Sonne im Gesicht und auf der Haut, das Meer, den See, den Bach, den Fluss, einfach jedes Wasser, besonders, wenn ich drin baden kann!
Ich mag Spazierbummeln im Wald, mit genug Zeit und Raum zum Lauschen in diese Welt und gleichzeitig in die innere Welt. Ich liebe das Knacken und Knistern des Lagerfeuers, seine Wärme und sein loderndes Leuchten. Ich liebe das Wilde und Ungezähmte.

An dich:
Meine Worte hier richten sich eher an eine Frau, die den Mut hat, auch mit ihrem eigenen inneren Kind, dem kleinen Mädchen in dir, einen interessierten ehrlichen Kontakt zu haben – so wie ich zu dem kleinen Jungen in mir – ohne, dass die innere Erwachsene verloren geht. Das macht für mich Erwachsen-Sein aus: offen dafür zu sein, dass sich immer wieder neue Anteile melden, die integriert werden wollen: Eben auch welche aus der kindlichen inneren Welt. Das innere Kind, unser unbewusstes Dauergespräch.
Jedes einzelne Wort, das ich hier lese, in jedem Profil, hat eine Wirkung auf mich: Ich empfinde Sympathie oder Abneigung, Interesse oder Desinteresse.
Wow, was für ein drastischer Filter! Dem liefere ich mich jetzt selbst aus: Deinem Filter. Das macht Angst. Wohl vor

Ablehnung. Die gehört zum großen Teil zu meinem inneren Kind.

Ich gehe davon aus, dass ich meine Welt ständig dadurch selbst erschaffe, wie ich sie sehe, wie ich sie denke. Leider ist sie nicht so toll, wie ich sie gern hätte. Es muss also Gedanken in mir geben, die meine Wünsche für ein schönes Leben torpedieren. Diesen »Torpedos« auf die Spur zu kommen und herauszufinden, wie sie sich auflösen lassen, finde ich spannend, nützlich und heilsam.

»Wenn du hier abschaltest, will ich dich auch gar nicht kennenlernen«, tönt es plötzlich in mir. Hm, das ist wohl erneut der kleine Junge. Wirkt verletzt und bockig … Ja – ich erlebe gerade live, wie ich eine unerwünschte Welt für mein eigenes Leben erschaffe!

Zunächst entstand ein Bild davon in meiner Phantasie: Ich werde abgelehnt. Diesen Schmerz gestehe ich mir aber nicht ein, sondern baue aus abgewehrtem Schmerz heraus eine generelle Abwehr auf: »Wenn du hier abschaltest, will ich dich auch gar nicht kennenlernen«.

Nach meiner Erfahrung gibt es einen Weg, das Unerwünschte aufzulösen: Er geht mitten durch. Denn was wirklich gefühlt wird, kann sich auflösen. Es hat seinen Sinn erfüllt. Es kann nun von meinem Unbewussten in mein Bewusstsein fließen. Das ist meine Erfahrung. Kein Wunder-Rezept, aber ein lohnender Weg.

Danke, dass du bis hierher da geblieben bist!

Wenn du Lust auf Kontakt hast, freu ich mich sehr.

Ich bin beglückt, bin dankbar. Jemand, der denkt wie ich, der sogar zu fühlen scheint wie ich. Ich bin nicht allein! Unglaublich! Ich höre auf, etwas zu wollen – und schon ist es da …

Es ist wie Platzmachen. Manchmal mach ich das mit dem Kleiderschrank. Ich sortiere einiges aus. Und dann? Stimmt, die schönen neuen Sachen kommen nicht von selbst, vielleicht auch nicht sofort, aber sie kommen.

Und der Umkehrschluss? Kommt etwas, wovor ich Angst habe, *nicht*, wenn ich aufhöre Angst zu haben?

*

Ein spiegelnder Sonnenstrahl blendet. Plötzlich erkenne ich darin zwei Gestalten, eine groß, eine klein. Ein kleines Mädchen, das zu seinem Vater aufschaut. Er sieht grau aus. Starrt nach vorn. Beachtet ihre Hand nicht, die sich nach seiner ausstreckt, sich in seine zu legen versucht. Seine halb geöffnete Faust bleibt reglos. Was hat sie getan? Tränen schießen ihr in die Augen. Aber wenn sie weint, schimpft er. Was heulst du? Sie dreht sich um. Zuerst geht sie langsam. Als sie um die Ecke ist, rennt sie. Rennt durch Gestrüpp und Brennnesseln. Bis zu ihrem geheimen Platz. Es ist weit. Viele Kratzer holt sie sich, bis sie dort ist. Dort, wo keine Häuser mehr stehen. Dort, wo sie niemandem mehr begegnen kann. In ihrer Mulde im Knickgebüsch zwischen den Feldern. Tiere haben sie hineingedrückt. Vielleicht schlafen die Rehe darin. Die Kleine kriecht hinein. Krümmt sich zusammen wie ein Igel, der sich einrollt zum Schutz. Die Traurigkeit ist dunkel und schwer. Viel zu schwer für Tränen. Doch ist sie auch ihr Zuhause. So wie die Mulde im Knick. So wie das Alleinsein.

Abends am Tisch sitzt Vati ihr wie immer gegenüber. Viele Male schielt sie zu ihm hin. Sein Blick, wenn er ihn hebt, trifft auf sie – und wendet sich sofort ab. Was hat sie getan? Sie traut sich nicht zu fragen. Etwas an ihr ist schlecht, so schlecht, dass er sie nicht einmal ansieht. Etwas hat sie getan! Vati ist sonst ganz anders. Wenn sie krank ist, kommt er nach der Arbeit gleich an ihr Bett. Sagt etwas Schönes. Hat ihr etwas mitgebracht. Ein Spielzeug. Oder Schokolade. Legt es ihr mit einem Lächeln auf die Bettdecke. Sie ist oft krank.

Ich sehe die hellhäutige Kleine mit den blauen Augen, die wie zwei große Tintentupfer im schmalen Sommersprossengesicht sind. Sie schaut auf. Zaghaft. Schaut ihren Vater an. Hat so Angst, dass seine Züge wieder starr werden könnten, sein Blick weit weg. Ich schüttele mich. Das Bild lässt sich nicht abschütteln. Es bleibt wie ein durchsichtiger Film vor meinen Augen.

Eine Erinnerung, Carla. Einfach eine Erinnerung.

Ja ... Aber genauso.

Ist es gewesen.

55

Ich gehe am Wellensaum entlang, neben mir leise gur-
gelndes, zischendes, sacht auf den Strand leckendes,
Steinchen schiebendes, blubberndes, schäumendes,
sich immer, immer veränderndes Wassergeräusch.

Ich möchte nichts denken und schon gar keine Erinnerungen, möchte das Gespräch mit Martin in mich einsinken lassen, und was könnte besser sein, als dabei in
die Klarheit des Wassers und durch es hindurch auf den
sandigen Grund zu schauen. Es klärt meinen Verstand.
Er wird still. Es kommen nur Bilder, noch mehr Kind-
heitsbilder. Sie sind von Stimmungen gefärbt. Ich versuche, keine Bedeutung hineinzulegen und merke schnell,
dass die Szenen nicht bedeutungslos sind. Sie kommen
und kommen, und ich sehe nicht zu, es ist ganz anders.
Die Kleine von damals spielt im Sand mit ihren Stein-
puppen, und ich lasse deren feucht-glitschiges Seegrashaar durch meine Finger gleiten; die Kleine steht bis zum
Bauchnabel im Wasser und ich spüre, wie bibberkalt es
ist, die Kleine plumpst mit ihrem nassen Po auf die warmen Oberschenkel ihrer Mutter, die mit ausgestreckten
Beinen und nach hinten mit den Armen abgestützt auf
einem Handtuch im Sand sitzt und die jetzt nach meinem Badetuch angelt, und ich spüre, wie sie mir die Trä-
ger des Badeanzugs von den Schultern streicht und mich
einhüllt in das Tuch, und ich sitze noch eine Weile da
und schaue mit ihr und mit Stine aufs Meer, und es gibt
keine Zeit, nicht dort im Damals und nicht hier im Jetzt,
es gibt auch kein Dort und kein Hier, alles ist ein großes
Ein- und Ausatmen – und als ich das denke und darüber
lächele, ist der Moment vorbei.

Es wird kühl. Dramatisches Wolkengeschiebe über
dem Meer. Ich mache mich auf den Rückweg. Ein wenig
noch will ich im Krähennest sein, bevor es zu kühl wird,
und sacht in mich einsinken lassen, was ich von diesem
Tag behalten möchte.

*

Im warmen Pullover sitze ich oben über dem Hafen, obendrein mit einer Decke über den Beinen. Ich sehe Martin vor mir, wie er mich anschaut im Gespräch, in vielen Gesprächen. Ich sehe uns beide, als er mich damals zu sich geholt hat, damals nach jener Nacht im Februar. Wie er nichts von mir wissen wollte, mich einfach gelassen hat und da war. Und ich weiß, ich muss Jolins Vergangenheit zu Ende schreiben. Ich muss das endlich fertig bekommen. Jetzt.

Februar 2006

Wie kann er das tun? Wie kann er so grausam sein? Einfach gehen und weg, und nichts kann ich mehr sagen, nichts können wir klären ...

Mit klappernden Zähnen hocke ich am Boden. Krümme mich wie ein krampfendes Kind. Brülle. »Wie kannst du so grausam sein?« Erstarre. Für Stunden? Bis es wieder in mir grollt. Bis ich schreie, dass die Gläser im Schrank klirren. Bis ich unter die Dusche muss. Mich eiskalt abdusche. Nichts spüren. Nichts. Unter dem Wasserstrahl brennt es weiter.

Ich weiß nicht, wie ich ins Bett gekommen bin.

Und die Nacht beginnt. Kein Laut im Wald. Nicht einmal die Eule. Kein Wind. Die Sterne, die mich sonst in den Schlaf blinken, sind von Wolken verhangen. Aus dem Weltraum fällt es eisig kalt auf mich nieder. Was es ist, weiß ich nicht, aber was es sagt, höre ich: Das darf nicht sein. Das darf nie, nie geschehen.

Und ich denke: ja, das darf es nicht. Und vielleicht ist es auch gar nicht passiert. Vielleicht habe ich es mir nur eingebildet. So ist Ragnar nicht. Er kann sich schräg benehmen, aber so kalt, so grausam ist er nicht.

Ich muss trotzdem eingeschlafen sein. Der Mond ist das erste, was ich sehe, als ich hochschrecke. Der volle Mond, der zwischen weißen Wolken geistert.

Es klingelt wie rasend in meinem Ohr. Langsam erst wird mir klar: Das Telefon.

Ich kann nicht. Kann jetzt nicht sprechen. Kann nicht noch mehr anhören. Soll still sein, das Ding. Endlich still.

Ich gehe zur Toilette, als wäre mein Haus ein schwankendes Schiff. Halte mich am Türrahmen. Ragnars Schlüssel liegt auf dem kleinen Tisch neben der Tür zum Flur. Es ist wirklich geschehen. Ich halte mich an den Wänden im Flur. Komme irgendwie wieder zurück ins Bett. Weiß, dass ich wach bin. Weiß, dass das Telefon geklingelt hat.

Ich liege da und die Stille trommelt mir ins Ohr.

Schreit mir all die Sätze zu, die ich schon so lange kenne.

Im Stich lässt er dich! Im Stich! Egal bist du ihm. Egal.

Wenn es ernst wird, wenn es überhaupt erst Liebe wird, rennt er weg!

Zu feige.

Zu kalt.

Und alles, was wir abgemacht haben, unser Versprechen, dass uns nichts wichtiger ist als die Liebe – alles gelogen!

Wir haben gewusst, dass es Schwierigkeiten geben wird! Wir haben sogar gewusst, welche! Und wir haben uns versprochen, gemeinsam da durch zu gehen!

Was habe ich ihm denn getan? WAS?

Nicht einmal sagen kann er es mir! Nicht einmal das!

Knallt nur den Schlüssel auf den Tisch...

Ich halte mir die Ohren zu. Es geht weiter. Wie rasend immer weiter. Ich stehe auf. Gehe nach nebenan ins Wohnzimmer. Öffne die Terrassentür. Trete einen Schritt hinaus. In die Kälte. In die Nacht. Atme tief.

Kein Laut hier draußen. Ich lebe am stillsten, am friedlichsten Ort der Welt. In mir ist Lärm. Auch das Atmen in der kalten Luft macht mich nicht still.

Rasender Lärm.

Rasende Worte.

Drehen sich.

Drehen mich.

Im Strudel.

Hinunter.

Weiter. Weiter hinunter.

Es gibt keinen Grund, auf dem ich landen kann.

Ein Meer ohne Boden. Schwarz. Alles schwarz.

Der Mond schimmert hinter Wolken. Zeigt sich nicht. Es ist Vollmond. Heute ...

Wie oft hat er das schon mit mir gemacht? Und er weiß, wie weh es tut! Er weiß es! Hält mich auf Armeslänge von sich weg. Lässt mich da verhungern! Gibt mir nur Kälte. Nur Eis. Tut, als hörte er nicht, wie mir die Zähne aufeinander schlagen. Tut, als sähe er nicht, wie ich blau werde und steif. Tut, als fühle er nicht, wie mein Herz sich zusammenkrampft. Wie kann ein Mensch so etwas tun?

Wie kann jemand so viel Angst haben vor der Liebe?

Ist meine Liebe nicht gut genug?

Oder ist diese Liebe zu groß für ihn?

Kann er nicht ertragen, was mich so glücklich macht?

Gemacht hat.

Bis vor wenigen Stunden.

Was sonst habe ich ihm getan? Ein Wort zu viel. Einen Schritt zu nah. Was ist es gewesen?

Oder bringt es ihm sogar eine grimmige Zufriedenheit, mich am Boden zu sehen? Tiefer als am Boden.

Wovon bin ich hochgeschreckt? Habe ich doch geschlafen? Der Vollmond glimmt durch die Wolken.

Ein Geräusch!

Ich weiß sofort, was es ist. Springe auf. Stehe im Bett. Die Stirn an der Fensterscheibe. Starre ins Dunkel da draußen. Ein langer Schatten. Auf dem Rasen. Ein menschlicher Schatten. Den Vorhang zu!

Leise Tritte. Man hört sehr gut durch Holzhauswände!

Finger trommeln an die Fensterscheibe.

»Carla!« Halblaut gerufen.

Mein Herz rast, als sei da draußen ein Mörder.

Es ist Ragnar. Ich weiß es doch.

Ich atme wie wild.

Nein! Ich lasse ihn nicht herein. Ich DARF ihn nicht hereinlassen!

Ich taste mich mit der Hand an der Wand entlang vom zugezogenen Fenster weg. Breitbeinig stehe ich in der Mitte des Bettes. Meine Atemstöße wie aus einer Herz-Lungenmaschine.

»Ich bin es! Ragnar! Carla, mach auf! Mach bitte auf!«

Er ruft leise. Er ruft, als ob er niemanden sonst wecken will. Nicht Marie, nicht Josepha.

»Verschwinde!«

Ist das meine Stimme, die sich kreischend überschlägt? Schrill wie ein Glasschneider, der über Glas kratzt.

Das winzige Schlafzimmer ist übervoll mit meinem Keuchen.

»Verschwinde!«

Ich springe vom Bett. Reiße die Schranktür auf. Greife sie. Greife die Axt.

Der Stiel ist glatt. Ich hebe die Axt heraus. Lasse sie am langen Arm nach unten hängen. Stehe und lausche. Atme laut. Atme schnell. Flüstere in einem fort. Heiser und mit rasender Stimme. »Geh weg! Verschwinde! Du machst mir nichts vor. Ich lass mich nicht wieder kriegen! Nicht von dir. Von niemandem!«

Jetzt trommelt er nebenan gegen die Terrassentür.

»Mach auf!« Immer noch halblaut. »Bitte, Carla!«

Mir jagt das Mark aus den Knochen.

»Bitte! Mach auf! BITTE«

Die Stimme ist gebrochen. Weint er? Soll ich glauben, dass er weint?

»Es tut mir leid! Bitte!«

Das ist nicht echt! Ich muss sehen, was er tut da draußen! Vielleicht macht er sich schon an der Tür zu schaffen, vielleicht ist sie gar nicht richtig zu …

Aber wenn ich ins Wohnzimmer gehe, sieht er mich.

Nur um die Ecke schauen. Von hier aus. Nur den Kopf ein wenig vorstrecken. Ich bewege mich sehr langsam. Er nimmt mich trotzdem wahr. Und ich sehe ihn. Er steht dicht vor der Terrassentür. Er hebt die Hände. Legt sie wie zum Gebet aneinander. Fleht: »Ich habe einen furchtbaren Fehler gemacht!« Seine Stimme überschlägt sich. Er schluchzt. »Mach bitte auf!«

Übertrieben! Falsch! Das kann ich nicht glauben! Das darf ich nicht glauben!

»Verschwinde! Geh weg hier! Weg!« Ich schreie, dass es mir in den Ohren wehtut.

»Bitte!«, brüllt er draußen. Geht auf die Knie. Auf die Knie! Hebt bettelnd die zusammengelegten Hände.

»Bitte!«

Ich stehe auf der anderen Seite der Glastür. Sehe auf ihn hinab. Mit holperndem Herz. Mit rasendem Atem.

Was führt er da auf, da draußen? ... oder bin ich das?

Bin ich aus dem Echten ins Falsche verrückt?

Bin ich es, in der nur noch ein Gedanke kreist:

Das kenne ich! Nur ein falsches Wort, und er stößt mich weg. Aber diesmal nicht! Diesmal nicht!

Was denke ich da? Das ist Ragnar! Der Mann, den ich liebe. Er will zurück zu mir!

Mit einer Hand öffne ich die Tür. Schiebe sie ein winziges Stück auf. Was tue ich? Er spielt mir einen Film vor. Das sehe ich doch!

Zu spät.

Ich stehe breitbeinig. Gespannt wie eine Raubkatze vorm Sprung. Er ist schon auf den Füßen. Tritt einen Schritt ins Zimmer. Hält dabei die Hände geöffnet vor sich. Ich tue dir nichts, soll das heißen. Wozu diese Geste?

»Bleib stehen! Sag was du zu sagen hast!«

Noch nie habe ich ihn so angeherrscht. Hat er deshalb diesen Schritt auf mich zu gemacht? Den einen Schritt zu viel? Wie in einem Theaterstück. Ruft meinen Namen. Macht diesen Schritt und fällt auf die Knie. Im Fallen ist es passiert. Wie kann ich wissen, dass er sich fallen lässt? Vor mir. Auf die Knie. Wie kann ich das wissen? Ich habe die Axt nicht einmal gehoben. Oder? Sie nur gehalten. Am langen Arm. Ich habe doch nicht ausgeholt! Habe doch nicht versucht, ihn zu treffen!

Das habe ich doch nicht getan – oder?

Wie kann ich wissen, dass er sich vor mir niederwirft. Wie kann ich wissen, dass es solch eine Szene geben wird? Während sich in mir der Gedanke dreht und dreht. Der immer gleiche Gedanke: Ich kenne das! Ich kenne das! Es wird wieder passieren. Wieder passieren.

Ich habe die Axt nicht angehoben, oder? Nicht einmal ein klein wenig ... Oder? Sie hat doch nur neben mir gestanden. Direkt neben meinem Fuß.

*

Wir liegen auf dem Bett. Es ist nur ein Kratzer, hat kaum geblutet, aber dick ist die Stelle geworden da ganz oben an seiner Stirn. Er wollte kein Pflaster und keinen Verband. Er will mir erklären, was in ihm vorgegangen ist, als er mir den Schlüssel zurückgegeben hat.

»Was passiert ist, ist passiert«, sage ich. Und denke: Das darf nicht geschehen. Immerzu denke ich: das darf niemand einem anderen antun.

»Verzeih mir!« Seine Stimme ist unförmig.

Mir sind die Worte eingetrocknet. Auch meine Hand tastet nicht nach seiner. Nichts ist vertraut an dem Mann, der neben mir liegt. Als sei das nicht er. Schlimmer: als gäbe es Ragnar nicht mehr.

Am Morgen friere ich, so nüchtern sind wir und so karg. Als er geht, atme ich auf. Ich will nicht, dass er wiederkommt. Ich will es so sehr nicht, dass er es spürt. Er spricht es aus. Ich brauche nur zu nicken.

*

56

Die stille Förde ist steingrau mit stahlblauen Schlieren. Wie gut, dass mein Strandkorb vorm Möwenschiss nicht besetzt ist. Ich musste raus aus meinem Krähennest, und ich musste genau hierher, wo ich den Tisch sehen kann, an dem ich gestern mit Martin gesessen habe. Er ist leer, und das macht es mir leichter, das zu erspüren, was von uns dort zurückgeblieben ist.

Meine Gedanken sind wie verhuschte Vogelschwärme, hierhin, dahin, dorthin. Vom Blick auf »unseren« Tisch werden sie ruhiger. Jolins Vergangenheit ist endlich fertig, sage ich mir. Es kommt keine Erleichterung, ich bin noch aufgewühlt, und nicht nur davon. Ich wollte mich ein wenig ablenken, vielleicht war es auch einfach Gewohnheit, jedenfalls hab ich, bevor ich gegangen bin, noch in der Buddha Lounge vorbeigeschaut. Andreas war gestern Abend online, heute Morgen auch – aber keine Antwort auf meine Mail.

Ich bin darüber weggegangen. Ich will dieses Thema nicht mehr. Hab mir lieber etwas Schönes als Belohnung gönnen wollen und im Internet nach einem Buch gesucht, einem schönen Roman. Bin zufällig auf ein Sachbuch gestoßen, eins über Hochsensibilität, der Titel hat mich angezogen:

»Die feinen Zarten mit den großen Herzen«.

Als ich den Klappentext zu lesen begann, dachte ich schon, dass es doch bloß die üblichen Stichworte sind:

»Es geht um Menschen, die mehr spüren und sehr viel intensiver fühlen als die meisten anderen ...«

Das kenne ich zur Genüge, aber wie es dann weiterging, ließ mich aufhorchen: »... weil sie mit ihrer Intuition tief verbunden sind.«

Das habe ich sinngemäß auch schon in anderen Büchern gefunden, nur dass es hier durch »weil« mit dem intensiven Fühlen verbunden ist, ließ mich aufhorchen und tut es noch. Weiter ging es wieder ähnlich wie in anderen Büchern:

»Es geht um Menschen, die von ihren enormen Sinneseindrücken oft überfordert sind und darum mitunter den Reichtum, den das auf der anderen Seite bedeutet, gar nicht ausschöpfen können.

Es geht um Menschen, die Ungerechtigkeit und Missstände viel früher und viel krasser wahrnehmen als andere und die dazu auch meist kein Blatt vor den Mund nehmen. Sie können gar nicht anders. Es ist ihnen unerträglich, wenn Dinge falsch laufen, besonders, wenn daraus Leid entsteht. Denn ihr intensives Fühlen bezieht sich keineswegs auf sie allein, sie sind von Natur aus äußerst mitfühlend. Gedankt wird ihnen das selten, meist werden sie als spitzfindig, mäkelig und übertrieben schwarzsichtig gesehen, sehr oft auch ausgenutzt.

Und natürlich sind sie die belächelten Sensibelchen, denn leicht sind sie berührt, und es genügen ein paar herzliche Worte oder Gesten oder gutherzige Taten, um sie zum Weinen zu bringen.«

Ich merke, dass ich innerlich wieder im Gespräch mit Martin bin, dass mir ist, als hätte er diese Worte gerade gesagt, und der innere Martin wiederholt noch einmal diesen einen Satz:

... Wenn Dinge falsch laufen, besonders, wenn daraus Leid entsteht ...

Ich muss nicht mehr darüber nachdenken, ich habe das mit dem wirklichen Martin und mit mir selbst genug besprochen.

Ich möchte mich lieber wundern. Und dankbar sein. Es ist nicht das erste Mal, dass ich nach einem Buch greife oder es im Internet entdecke, und es sagt mir genau die Worte, die das, womit ich gerade beschäftigt bin, rund machen und zum Abschluss bringen. Manchmal sind es auch Menschen, die solche Worte direkt zu mir sagen oder es sind Szenen von Filmen.

Aber plötzlich geht es doch noch einmal los: Wenn diese Männer beim Dating nicht mehr antworten, obwohl sie ständig online sind, dann ... Es ist falsch! So vollkommen falsch. So *darf* man sich nicht benehmen! Es schadet dem anderen, aber es schadet auch einem selbst und es schadet der ganzen Gesellschaft. Das Internet ist noch relativ jung, es verbreitet sich rasant, wird immer wichtiger und wenn so etwas »normal« wird, sich übers Internet auch noch wie nichts verbreitet, dann heißt das, dass die gesamte Gesellschaft ein Stück mehr verroht. Und das wieder heißt, dass sie immer tiefer in ihr eigenes Unglück rennt und es noch nicht einmal merkt! DAS kann ich nicht mitansehen! Ich ertrage es nicht, dabei zuzusehen, ohne etwas zu tun. Das macht mich schier wahnsinnig. Denn es wäre so leicht zu ändern! Am leichtesten da, wo es anfängt – so wie man einen Waldbrand noch austreten kann, wenn nur ein bisschen trockenes Gras zu zündeln begonnen hat.

So rede ich in meinem Inneren mit Martin, und er nickt und fragt, was er als Therapeut fragen muss: Bist du nicht vielleicht deshalb so betroffen davon, weil dir selbst auch solche Dinge unterlaufen sind?

Dass solche Dinge mir mit Ragnar unterlaufen sind, meint er natürlich. Ich nicke und sage Ja und schäme mich sehr dafür. Man kann die Hochsensibilität nicht für alles hernehmen, da hat er Recht, dafür jedenfalls nicht. Schon gar nicht sollte man damit etwas vor sich selbst vertuschen, dem es besser täte, gesehen zu werden. Ich habe Dinge zu Ragnar gesagt und mit ihm gemacht, die haben ihm nicht gutgetan, die haben mir nicht gutgetan und die haben diesem heranwachsenden, zarten Wesen, das wir hüten wollten, unserer Beziehung schließlich die Luft zum Atmen genommen.

Der sommersprossige Kellner mit dem üppigen roten Zopf steht vor mir, die Miene so ernst, dass ich erschrecke.

»Alles gut bei Ihnen?«, fragt er.

Hey, was ist los, ich bin nicht verrückt und ich werde auch nicht gleich umkippen, weil ich vielleicht blass aussehe, ich muss mich nur sortieren ...

Ich bringe ein Lächeln zustande, nicke und sage so unaufgewühlt ich kann: »Ich merke bloß gerade, was für einen Riesenhunger ich hab! Und wenn ich mich nicht täusche, haben Sie hier weit und breit den leckersten selbstgemachten Kartoffelsalat und das köstlichste und saftigste panierte Fischfilet dazu. Gibt's davon noch?«

Er grinst und steckt mich damit an. »Ja-ha«, nickt er. »Und dazu?«

»Ein eiskaltes Bier!« Ich sage das halb gehaucht, als würde ich schon danach lechzen, und er lacht, steckt sein Eingabegerät, auf dem er eilig herumgetippt hat, weg und trollt sich. Ich trinke fast nie Bier, aber jetzt scheint es mir das beste Getränk überhaupt zu sein. Es passt wie kein anderes zu diesem Essen – und überhaupt: Warum hab ich mir nicht schon längst mal etwas gegönnt statt immer nur die selbstgemachte Variante im Appartement. Schließlich habe ich etwas zu feiern! Ich habe geschafft, wovor ich so lange Angst hatte. Es war nicht leicht – aber jetzt hab ich es hinter mir! Und das, was davon noch wehtut und was ich bedaure, das erlöse ich auch noch, da fällt mir bestimmt etwas ein.

Ich lehne mich wieder ganz in den Strandkorb zurück, fühle mich geborgen wie in einer Muschel, schließe die Augen und horche in mich hinein, horche so innig, dass alle Gedanken verstummen, und irgendwann kommt ein einziger, und der hat es in sich.

Du musst noch etwas tun, so etwas wie damals, als du die Seele, die zu dir kommen wollte, beerdigt hast.

Unser Kind, hat Ragnar gesagt, das Wort Beziehung mag er nicht. »Das klingt so tot.« Unser Gemeinsames hat er auch manchmal gesagt. Und den wichtigsten, den allerwichtigsten Satz: »Wir wollen so gut damit umgehen, als wäre es unser Kind.«

Ich fand das schön und finde es noch. Aber ich kann mir nicht vorstellen, es zu beerdigen. Es lebt doch noch. Die Liebe stirbt nicht. Man kann sie wegziehen von jemandem, aber selbst das habe ich nicht getan. Nach dem Schock damals, als ich nicht wusste, was da passiert war, warum ich Ragnar von einem Moment zum anderen nicht mehr ertragen konnte, warum es keine Worte mehr gab, nicht einmal den Versuch, es wieder ins Reine zu bekommen, und dabei hatten wir das doch schon oft geschafft, als Martin mich zu sich geholt hat, als das schlimmste Weh nach einer Nacht in Tränen ein wenig abklang, hat er mir etwas gesagt: »Halt dich mal eine Weile ganz und gar fern von der Männerwelt. Das Leben hat dich zwar konditioniert, eine Menge wegzustecken – aber tatsächlich bist du wie das Rotkehlchen da drüben. Siehst du es? Manchen harten Winter hat es überstanden, aber wenn die Katze es erwischt und nur einmal kräftig die Krallen hineinschlägt, ist es tot.«

Ich habe ihn wohl erschrocken angesehen, jedenfalls hat er gesagt, ich würde riesengroße Kinderaugen machen. Es war kein Schreck, es war Wachwerden.

»Weißt du, ich hab immer geglaubt, dass ich stark bin«, hab ich versucht zu erklären. »Ich bin es auch. Aber gerade begreife ich, dass ich Starksein mit Hartsein verwechselt hab ...« Ich konnte nicht weiter. Dabei waren so viele Worte in mir, die wollten raus, die mussten raus. Damals nach jener Nacht im Februar, hatte Martin angerufen, zufällig, er wusste nicht, was passiert war, und als ich es kurz andeutete, mehr ging nicht, da sagte er bloß: »Komm her. Kannst du fahren oder soll ich dich abholen?« Und dann war ich hier in meiner alten Heimat und bei ihm. Ich durfte einfach da sein, ich musste nichts tun, und Martin tat auch nichts. Aber er schaute mich mit einer solch wachen Aufmerksamkeit an, so zugewandt und warm, dass mir die Tränen kamen. Ich musste den Blick von ihm wegnehmen, aber da war noch etwas.

»Wie auch immer das gekommen ist«, fing ich leise an. »Ich habe einen Panzer, der mich vielleicht schützt, aber mein Rotkehlchen-Ich ist darin eingesperrt, und es weint, weil es sich so sehr sehnt zu fliegen.«

Martin nickte, als hätte er nur darauf gewartet, dass ich das sage. »Und du brauchst keine Angst zu haben, es freizulassen.« Er senkte leicht den Kopf und sah mich von unten her eindringlich an. »Du weißt doch: Wenn es hart wird, ist das Zarte oft viel stärker als das Harte.«

*

Das Kellnergesicht erscheint vor meiner Strandkorbmuschel. Wieder der falsche Moment: Meine Augen schwimmen. Diesmal nicke ich nur. Ich bin ehrlich dankbar für das wunderbar duftende Essen, und ziehe gleichzeitig leicht die Schultern hoch, damit er weiß: ja, ich bin gerade berührt und dennoch okay. In seiner Miene mischen sich Anteilnahme mit brüderlichem Schutzinstinkt. Ich lächele und schließe kurz die Augen, damit er es auf diese Weise gesagt bekommt: Danke!

Und jetzt keine Erinnerungen mehr, am liebsten nicht einmal Gedanken, nur noch das Essen zusammen mit dem Bier und zwischendrin das samtige, abendstille Meer. Als der letzte Bissen gegessen ist, wirklich der allerletzte, erscheint wieder ein Gesicht in der Muschelöffnung meines Strandkorbs. Ich erschrecke vor Überraschung.

»Hey!«, sagt er bloß und setzt sich neben mich.

»Santhu!«, flüstere ich, und doch klingt es wie herausgerufen. Ich möchte Dinge sagen wie: Warum kommst du? Was bedeutet das? Denn es erscheint mir sehr bedeutungsvoll, dass er hier ist. Ja, ich hab meinen Lieblingsplatz beim Möwenschiss mal erwähnt, aber nur ganz nebenbei.

Santhu fängt an zu lächeln, breit und immer breiter. Ich auch. Und sehe in seine Augen, die trotz ihrer Dunkelheit hell sind. Ist hinter ihnen doch derselbe Ozean, den ich in Ragnars Augen gesehen habe? Dann erkenne ich ihn nicht, bin vielleicht zu geblendet vom wirklichen Meer. Aber ich sehe etwas anderes, etwas, das mich beunruhigt und das sich zugleich vollkommen vertraut anfühlt. Wenn ich eine wäre, die an Wiedergeburt glaubt, und manchmal tue ich das, dann würde ich denken, wir kennen uns aus einem früheren Leben. Wer bist du, dass du mich so tief verstehst, dass ich mir nicht zwölf Jahre älter, sondern zwanzig Jahre jünger vorkomme? Wer bist du und was ist deine Rolle in meinem Leben?

Er setzt sich neben mich und küsst mich auf die Wange. »Was machst du?«

»Ich hab – eine wichtige Passage für mein neues Buch abgeschlossen. Und zur Belohnung hab ich etwas Köstliches gegessen.«

»Du siehst ernst aus. Bedrückt.«

Ich lache leise. »Kein Wunder. Dieses Stück Text war etwas sehr Schweres aus meinem eigenen Leben, es beschreibt das Ende einer großen Liebe, und ich frage mich, ob der Grund wirklich so einfach war wie: Wir haben verschiedene Lebenspfade eingeschlagen. Wir wussten das damals zwar nicht und täuschten uns noch lange drüber weg, aber irgendwann spitzte es sich zu. Da mussten wir es merken und wir mussten entsprechend handeln. So reime ich mir das jedenfalls jetzt zusammen. Aber wenn ich anders darauf schaue, dann sehe ich nur, wie viele und was für dumme Fehler ich gemacht habe.«

»Fehler?«

»Ach, ich … Wenn mich irgendetwas verletzt hat, dann hab ich in meinen Gedanken regelrecht auf ihm herum geprügelt. Sie haben sich ständig im Kreis gedreht und alles immer noch schlimmer gemacht. Das hat uns weiter und weiter auseinander gebracht.«

»Kann es sein, dass du dir schnell Schuld gibst? Ohne zu schauen, ob du wirklich schuldig bist?«

Ich stutze. Kann das sein? »Ich möchte jedenfalls nicht zu denen gehören, die alles dem anderen anlasten.« Ich höre mich kleinlaut an.

Er sieht mich freundlich, aber zweifelnd an. »Sei vorsichtig damit. Selbstvorwürfe können auch eine Art von Selbstgerechtigkeit sein.«

Ich weiß nicht wohin mit meinem Blick, lasse ihn frei, dass er sich auf dem Meer erholen kann.

Santhu sagt: »Eins ist gewiss: Man kann sich lieben, total lieben, und trotzdem passt man nicht zueinander. Dann kann es passieren, dass man verzweifelt um die Beziehung zu ringen glaubt und sie in Wahrheit zerstört. Ich glaube, was die Liebe in so einem Moment will, ist, dass wir einander freilassen, damit jeder auf seine Weise glücklich werden kann.«

Ich starre ihn an. »Wo hast du diese Reife her?«.

»Das hast du mich schon einmal gefragt.« Er lächelt. »Und ich hab dir gesagt, dass manches Erlebte eine harte, aber hilfreiche Schule für mich war.«

»Magst du erzählen? Was war so hart?«

»Vor allem die Geschichte meiner Tochter. Sie gilt als behindert. In Wirklichkeit ist sie ausgezeichnet.«

Der Kellner steht plötzlich vor unserem Strandkorb und nickt Santhu zu. »Hey! Hab dich gar nicht kommen sehen. Möchtest du was?«

»Nein, danke.« Santhu grinst ihn kurz an und wendet sich gleich wieder mir zu. »Sie gehört zu den Menschen, die als Autisten bezeichnet werden.«

»Wie alt ist sie?«

»Vor zehn Tagen ist sie neun geworden.«

»In meiner Vorstellungen ist Autismus so etwas, wie in sich selbst eingeschlossen sein – aber das ist auch alles, was ich darüber weiß.«

»Es äußert sich sehr unterschiedlich. Mila ist von ihrer Mutter und mir erreichbar, sie spricht, sie gibt sogar Auskunft über sich selbst, manchmal jedenfalls. Dann kann sie nicht bloß sagen, was sie möchte, sondern auch, was sie fühlt. Aber sobald jemand ihr fremd ist, verschließt sie sich. Sie spielt stundenlang allein, aber nie mit anderen Kindern. Nicht kontaktfähig heißt das dann. Und nicht beschulbar. Das macht eigentlich nichts. Sie bringt sich nämlich alles selbst bei. Sie weiß wahrscheinlich längst sehr viel mehr als ihre Mutter und ich, aber das Gesetz spricht von Schulpflicht, und es ist ein Kampf, sie davor und vor irgendwelchen Ersatz-Beschulungen und vielem sonst zu bewahren.

Es war erst Recht ein Kampf, nicht zu verzweifeln. Zuerst war es gar nicht mal so sehr das, was von außen kommt und was ich inzwischen abzuwehren versuche, so gut ich kann. Zuerst war es das langsame Erkennen, dass mit diesem kleinen, wunderhübschen Wesen mit rotem Lockenkopf und grün-braunen Augen etwas nicht stimmt. Das war der erste Schritt. Der nächste war zu begreifen, dass alles mit ihr stimmt, dass keine ihrer Saiten falsch gestimmt ist. Manchmal kommt es mir so vor, als wenn die Harmonie, in der sie ist, eine weit höhere ist als wir sie entwickeln können. Uns fehlt einfach die Möglichkeit, Mila zu begreifen. Mir jedenfalls. Ihr nicht. Sie durchschaut uns und alle anderen jetzt schon derartig tief, dass du denkst, sie hätte einen angeborenen Röntgenblick. Hat sie auch. Aber mit ihrer so durchlässigen Membran ist sie in dieser Welt verloren. Wir schirmen sie ab, so gut es geht. Leider gibt es immer wieder Situationen, in denen ich Riesenangst habe, dass sie daran zerbricht. Neulich ein kleiner Auffahrunfall, nicht weit weg. Es gab einen heftigen Knall, man denkt bei sowas ja gleich, es ist sonst was passiert, die beiden Fahrer stiegen aus und fingen an, sich anzuschreien, andere Autos hupten – und meine kleine Tochter stand da, die Arme erhoben, als hätte sie noch ihre Ohren schützen wollen, bevor sie erstarrt war. Sie hatte die Augen geschlossen, die Tränen liefen ihr über die Wangen und sie zitterte am ganzen Leib. Wir hatten mit dem Unfall nichts zu tun, er war auch nicht direkt neben uns, wir gingen in einiger Entfernung im Park, konnten aber alles sehen ...« Santhu hält plötzlich inne. Ich lege meine Hand auf seine, lasse sie einfach dort liegen. Er hat die ganze Zeit aufs Meer geschaut, das still und weich vor uns liegt. Nun kommt er mit dem Blick langsam zu mir herüber. »Ich habe immer Angst, dass sie einmal allein ist, wenn so etwas passiert.«

Ich nicke nur. Dabei hätte ich Worte für ihn, die ihm vielleicht guttäten, Worte von Martin. Ich bin einfach still, schaue auf meine Hand, die auf seiner liegt, und warte. Und jetzt erst merke ich, dass ich diesmal kein bisschen unsicher und kein bisschen trampelig bin.

»Außen kämpfen, mit Behörden, mit allem Möglichen, und zu Hause sanft und achtsam sein – das hab ich nicht immer hingekriegt, kannst du dir ja vorstellen. Und Milas Mutter und ich waren uns nicht immer einig. Wenn wir gestritten haben, hat Mila reagiert wie bei dem Unfall – und schlimmer. Manchmal ist sie für Tage in sich selbst verschwunden. Wir leben nicht mehr zusammen.« Santhu hält inne, wendet sich mir zu. Sein Blick dringt mit einer Intensität in meinen, dass ich zusammenzucke. Ich denke noch ›Er sucht Hilfe, er sucht Verständnis‹, da sehe ich es: Ein kleines Flämmchen, das im dunklen Braun seiner Augen umher irrlichtert, es findet seinen Platz in der Mitte, es wird heller, größer – und verschwindet hinter einem langen Lidschlag. Er schaut nach unten, auf unsere Hände, als er weiterspricht oder vielmehr flüstert: »Weißt du, das hört sich vielleicht an wie eine Leidensgeschichte, aber wenn ich sie dir ganz und gar erzählt hätte, dann hättest du eine Liebesgeschichte zu hören bekommen. Ein solches Kind, obwohl es einem so viel Sorgen und auch Kummer bereitet, das kannst du gar nicht anders als es immer tiefer zu lieben. Ich habe eine große Gabe bekommen, die größte: Durch Mila habe ich lieben gelernt.«

In mir kommt eine Frage hoch. Ohne zu überlegen, spreche ich sie aus: »Um es wirklich zu lernen, braucht es wohl einen anderen Menschen, nicht?«

»Es findet sich immer ein Weg. Und dass der Weg das Ziel sei, ist zwar ein Gedanke, der gerade in Mode ist. Aber wenn es um Liebe geht, musst du wissen, wohin du willst. Und du musst es wollen.«

»Nichts hab ich je so sehr gewollt.«

Er schaut mich ganz kurz an, wie wenn er prüfen wollte, ob ich wirklich meine, was ich da sage. Dann geht sein Blick hinaus. Gerade kommt der Bäderdampfer drüben von Laboe herüber auf die Dampferbrücke zu und verlangsamt so plötzlich, als würde er unter Wasser von etwas gestoppt.

»Was ist Liebe für dich?« Santhu wendet sich mir zu und sieht mich an, als sei ihm im Moment nichts wichtiger als meine Antwort.

»Das Größte.« Ich halte inne, suche nach weiteren Worten. Es gibt keine. »Mehr kann ich dir dazu nicht sagen. Nur, was sie *nicht* ist. Zum Beispiel ist sie kein Gefühl. Sie ist viel mehr.«

»Vor allem ist sie ein Kind der Freiheit.«

Ich lache auf. »Den Spruch kenne ich auch! Warum müssen wir dauernd versuchen, die Liebe klein zu machen? Weil sie so unfassbar groß ist? Auf jeden Fall ist die Freiheit nicht die Mutter der Liebe, sondern die Liebe ist die Mutter der Freiheit! Und sie hat noch viele, viele weitere Kinder: die Gnade, die Barmherzigkeit, die Schönheit ...« Erschrocken halte ich inne. Ich bin zu belehrend, ich bin bevormundend, ich bin ...

»Die Zärtlichkeit, die Großzügigkeit, die emotionale Wärme ...«, fällt Santhu mit ein.

»Das Verstehen, das Staunen, das Wundern«, ergänze ich. »Mitgefühl. Fürsorge, Freude ...«

»Und Glück!«, ruft er. »Kein Mensch kann glücklich sein ohne Liebe!«

»Ja. Aber leider wissen viele das nicht. Sie glauben, sie brauchen etwas, um glücklich zu sein.«

»Und du? Wolltest du das auch schon mal?« Santhu sieht mich an, dass ich wegsehen muss.

»Du stellst Fragen ...«

»Musst ja nicht antworten. Eine große Liebe, die zu Ende gegangen ist – warum?«

»Die Geschichte ist zu Ende, nicht die Liebe.«

Noch während ich das sage, erinnere ich mich an etwas. An ein Stück Text, über das ich im Tagebuch gestolpert bin. Ich hatte es Wochen vor Ragnars letztem Besuch bei mir geschrieben. Ich hab mir ein Lesezeichen hineingetan, weil ich es noch einbringen wollte in Jolins Geschichte. Ich greife in die Tasche, nehme das Buch heraus und lese ihm die Stelle einfach vor.

»Ich bete, wenn Ragnar wieder in diesem Mantel aus Eis steckt, dass ich mich dann erinnern werde, wie verletzt er ist. Dass seine Verschlossenheit nichts mit mir zu tun hat. Dass er wieder auftauen wird, irgendwann. Ich muss mich nicht verlassen fühlen. Ich finde immer Zuflucht in meinem eigenen Herz. Dort ist alles, was ich brauche, sogar noch viel mehr. Das habe ich gesehen und gefühlt, wenn ich in das Meer hinter seinen Augen geschaut habe.

Ich bete, dass ich das nie vergesse, und auch nicht, dass Ragnars Wunden ihn genau zu dem einfühlsamen Mann gemacht haben, den ich liebe.«

Ich schließe das Tagebuch. »Ich *habe* es vergessen«, sage ich leise. »Ich habe angefangen, über ihn zu urteilen, weil ich nicht bekommen habe, was ich brauchte. Ich habe alles vergessen, was wir schon längst konnten. Am Anfang war er mir so nah, dass ich nie auch nur einen einzigen schlechten Gedanken über ihn hatte. Er war kein anderer, er war mein anderes Ich.«

Santhu nickt.

Plötzlich erscheint mir alles so klar, so einfach und klar. »Weißt du, als ich damals zu ihm gezogen bin, allein in die Fremde, als ich nur ihn hatte, und er sollte mir alles erfüllen, mir Schutz geben und Geborgenheit, als ich glaubte, ganz viel von ihm zu brauchen, da dachte ich, es ist Liebe, wenn er es mir gibt, und wenn er das nicht kann oder will, dann liebt er mich nicht. Und je mehr ich das dachte, desto weniger konnte ich ihn selbst sehen, und immer weniger war er mein anderes Ich. Stattdessen wurde er nach und nach mein Gegenüber, das nicht richtig war, nicht genügte, und manchmal war er sogar mein Feind. Und immer noch dachte ich: Er müsste mir nur geben, was ich brauche – mehr will ich ja gar nicht, und das muss doch selbstverständlich sein!

Ich halte inne. Flüstere: »Haben wollte ich. Und wer haben will, dem kann man nichts mehr schenken.«

Santhu fängt an zu lächeln. »Das meinte ich mit der romantischen Liebe. Wenn man einmal das Verliebtheitsgefühl gekostet hat, will man mehr davon, immer mehr. Und der andere gibt es einem natürlich. Am Anfang. Aber Gefühle vergehen, wenn man sie fordert.«

»Ja. Ich gehe sogar noch weiter«, sage ich. »Liebe kann man nicht geben und nicht nehmen. Das ist ein Riesenirrtum. Man kann Liebestaten tun und das hat Ähnlichkeit mit geben. Aber die Liebe selbst kann man nicht schenken. Sie ist kein Ding, das man zur Ware machen kann. Dann wäre lieben ein Handel.« Ich schließe die Augen und ziehe heftig die Luft ein. »Wenn so die Liebe wäre«, rufe ich, »dann wäre sie nur ein Rinnsal! Aber sie ist ein Meer! Sie ist *alle* Meere!«

»Das hast du schön gesagt.« Santhu strahlt mich an. »Weißt du, für mich ist lieben, dass ich dem anderen aus voller Kehle die Melodie meines Herzens vorsinge. Und wenn dann die stille Liebe in dir aufwacht und du einstimmst und die zweite Stimme singst, dann wird aus meiner Melodie ein wunderschöner Gesang.«

»Ja, und je mehr wir singen, desto größer und voller und reiner wird er.«

»Genau. Die Liebe wird mehr, je mehr man liebt.«

Mir werden die Augen feucht. »Das sind meine Gedanken, Santhu, meine Worte! Und das Schönste ist, dass das Herz auch ohne einen anderen Menschen sein Lied singt – ich muss es nur lassen.«

Er sieht mich an und schüttelt ein wenig den Kopf. »Der Engel, der ins Meer der Liebe eintauchen will«, sagt er leise. »Eigentlich ein Widerspruch, oder?«

»Na ja, ich heiße nur Engel.«

»Da bin ich mir nicht so sicher.« Er schaut sehr ernst. Hinter dem Dunkel seiner Augen tanzen die Irrlichter. Es ist, als lachten seine Pupillen.

57

Wir gehen den längeren Weg zu mir, unten am Hafenbecken entlang, aber zuerst zieht es Santhu offenbar genauso wie mich auf die breite Dampferbrücke hinaus. An deren Ende, wo es hinunter zu der Plattform geht, auf der die Dampfer ihre Gangway auflegen, setzen wir uns auf eine der Stufen, nebeneinander und doch mit einem kleinen Abstand, und mich, die ich unter Abständen schon so viel gelitten habe, finde es richtig und stimmig so. Die Steinmole auf der anderen Seite der Hafeneinfahrt lässt den Blick nicht weit kommen, hält ihn schon gleich bei den Möwen an, die davor auf dem schwimmenden Treidelsteg ihren Abendplausch halten und sich dabei die Federn ordnen, und immer mal fällt eine davon auf das dunkle Holz des Stegs und immer mal auch ein Möwenschiss, und diese Mischung aus weißen Hügelchen und weißen Federn ist mir so vertraut. Kommt man in der Flaute mit seiner Jolle bis an den Treidelsteg gepaddelt, dann kann man aussteigen und sein Boot den Rest des Weges ziehen. Aber schon, wenn man sich aus dem niedrigen Boot auf den Steg hinüberbeugt, sucht man meist vergeblich nach einer Stelle ohne diese Mischung, um sich dort mit den Händen abzustützen und den Po hinüberzuhieven, und wenn es regnet, ist diese Mischung auch noch nass und glitschig ...

Ich hätte fast laut gelacht über diese Erinnerung, aber als ich Santhus tiefen Atemzug höre und sein Gesicht sehe, bin ich froh, dass ich es nicht getan habe.

»Was ist?«

»Ach – Erinnerungen ...« Er macht eine Handbewegung, als wollte er sie wegschieben, hält aber mitten darin inne und schaut mich an. »Es dauert, bis du so ein seltsames kleines Wesen begreifst«, sagt er, und ich höre Tragik heraus und kann sie zutiefst nachvollziehen, als er weiterredet. »Dieses autistische Schaukeln annehmen zu können, das ist heftig gewesen.«

Ich ziehe die Luft ein. Mit halb geöffneten Augen versteinere ich. Aber was mich angekommen ist, tritt in meine Gedanken ein und erzählt mir, was ich eigentlich weiß, was zu meiner Geschichte gehört und doch weg war, verschwunden, verdrängt, vielleicht sogar verboten. Vor meinen Augen erscheinen zahllose Momente, in denen ich auf einem Sessel, einer Couch, einem Stuhl gesessen und mich vor und zurück geschaukelt habe, und ich weiß wieder, dass ich das als Kind und noch lange danach jeden Tag gemacht habe, ich habe es gebraucht. Vielleicht war ich sogar süchtig danach, mir mit der Gleichmäßigkeit dieser Bewegung, mit dem Rhythmus des Schwungs, der sich am liebsten auf eine Musik bezogen hat, mit der leicht hypnotischen Wirkung aufs Gehirn, die wohl die beruhigenden, wohltuenden Alpha-Wellen erzeugt hat wie bei einer Meditation, süchtig, mir mit diesem seltsamen Tun einen Kokon zu erschaffen, in dem ich geborgen war, in dem meine Gedanken losfliegen und mir die schönsten Fantasien zeigen konnten, ich brauchte Momente, in denen ich nicht fremd war, nicht anders und schon gar nicht falsch. Ich brauchte meine eigene Welt. Es war Halt, Geborgenheit und eine unerschöpfliche Welt von Bildern und Geschehnissen. Für andere wäre es ein Grund gewesen, mich in eine Anstalt zu stecken, hätte ich es nicht ganz im Verborgenen getan. Das hatte ich früh begriffen. Diese Anderen waren immer um mich, und ich war froh, wenn ich irgendwo ungestört ein paar Momente haben durfte, immer zugleich die Ohren weit offen, ob nicht meine Mutter oder jemand anderes käme, mich entdeckte, mich anschrie und mir drohte, dass ich weg müsse, mal in die Anstalt, mal ins Heim, würde ich noch einmal dabei erwischt, und obwohl ich wusste, dass es leere Drohungen waren, hatten sie eine dunkle Wahrheit. Wenn mich mein Vater erwischte, dann sagte er gar nichts. Und dieses Schweigen war das Schlimmste: kein Wort zu mir, nur der eine Blick, und seine traurigen Augen, die, während sie sich von mir abwendeten, noch trauriger wurden.

Ich komme aus der Starre zurück und weiß: DAS ist es, was bis heute in mein Leben hineinwirkt, obwohl ich seit vielen, vielen Jahren dieses Bedürfnis, mich zu schaukeln, nicht mehr kenne. Es war nicht vorbei, als meine Kindheit vorüber ging, es hat noch weit bis in mein Erwachsenenleben überdauert, aber irgendwann habe ich es nicht mehr gewollt und auch nicht mehr gebraucht.

Mit dem Blick im bewegten Wasser zu unseren Füßen wird mir klar, dass ich außerhalb von diesem Kokon nur die alleroberste Schicht meiner Gefühle zulassen konnte. Bis ich mich an die Arbeit gemacht und sie befreite.

Leise sage ich: »Ich hab es noch nie jemandem gesagt: Genau das hab ich auch gemacht als Kind. Wahrscheinlich bin ich haarscharf am Autismus vorbeigeschrammt. Für mich sind Autisten hoch-hoch-hoch sensible Menschen, die sich weit mehr, als ich es damals getan habe, gegen ihre Umwelt abschotten, weil sie sie anders nicht ertragen. Ich bin nur hoch-hoch sensibel. Das ist nicht weit entfernt, aber immerhin.« Ich wende mich zu ihm. Er starrt mich an.

»Du?«

»Ja. Zu viel Lärm zum Beispiel kann mich auch in Panikzustände katapultieren, ebenso zu viele Menschen auf einmal oder zu viele Informationen. Aber es ist nicht so schlimm wie bei Mila. Du weißt es ja sicher inzwischen: Wir können nicht nur das wahrnehmen, was für uns von Belang ist, wir haben keine Filter, die alles andere ausgrenzen oder wenigstens abschwächen, sondern wir nehmen immer alles auf einmal und in allen Einzelheiten wahr, und die Überforderung erzeugt Gefühle von Bodenlosigkeit, für manche sogar wie von rasend schnellem Fallen, wie es in Träumen vorkommt, oder es fühlt sich an, wie ein Feuerwerkskörper zu explodieren und in Fetzen gerissen zu werden.«

»Danke«, sagt Santhu. »Das hilft mir.« Er drückt sich mit den Händen auf den Knien wieder hoch auf die Beine. Ich tue es ihm nach.

Wir sind schon bei den beiden Kränen am hohen Kai des hinteren Hafenbeckens, immer ein Stück weit auseinander, und ich muss mal wieder an Abstände und zugekehrte Rücken denken, da fasst Santhu im Gehen nach meiner Hand, behält sie in seiner und sagt: »Man kann noch so viel erklärt bekommen und manche Sachen kann der Verstand ja gut verstehen, aber annehmen kann man sie nur mit dem Herz. Dann erst tun sie nicht mehr weh. Auch das hat Mila mir beigebracht.«

Ich schaue ihn an. Offenbar sehe ich fassungslos aus. Er bleibt stehen und öffnet weit die Arme. Ich gehe einfach den einen Schritt in sie hinein, und als sie sich um mich schließen, möchte ich nur dort bleiben, in dieser Umarmung, an dieser Brust.

*

Als wir in meinem Appartement sind, dunkelt es schon. Ich hantiere in der winzigen Küchenzeile, hole zwei Gläser und den Rotwein heraus und trage beides ins Krähennest, wo Santhu steht und sich vom Leuchtturmblinken hypnotisieren lässt.

Wir trinken beide nur Miniaturmengen von dem Wein. Es ist kein besonders guter. Aber das ist nicht der Grund. Wir stehen nebeneinander am Balkongeländer, die jeweils freie Hand erst in der des anderen, dann bewegt sich seine mit kleinen Fingerschritten meinen Arm hoch bis zu meinem Nacken, wo die Fingerschritte mir zeigen, dass ich sie genauso gut Kraulen nennen kann, allerzartestes Kraulen, das mir augenblicklich wie knisterndes Öl den Rücken und die Seiten hinunterrinnt und überall sein Knistern verbreitet, in alle Richtungen.

»Willst du dich auf etwas einlassen, dass nichts mit Kriegen sie sich oder kriegen sie sich nicht zu tun hat und trotzdem mit Liebe?«, flüstert er mir ins Haar.

»Ja«, rufe ich im Flüsterton zu den beiden Leuchttürmen hin, die sich all die Zeit schon die Hände reichen und doch nie berühren müssen, um sich ihrer Liebe zu vergewissern. Aber Leuchttürme haben auch nicht so schöne, geschmeidige, weiche, warme Körper wie wir. Ich grinse in mich hinein und wende den Kopf ein wenig zu ihm um. »Wir haben uns doch schon, und deshalb können wir uns auch immer wieder loslassen – wie die Leuchttürme da draußen.«

Du und deine Ideale, Carla, sagt es in meinem Hinterstübchen, aber ich höre nicht richtig hin. Dazu streichelt Santhu mich viel zu schön. Eine Weile kann ich es einfach nur genießen. Aber allzu lange geht das nicht, ich will ihn auch berühren und ich will mehr, viel mehr spüren. Ich mag es nicht, sich gegenseitig die Kleidung zu streicheln. Und so beginne ich, mich auszuziehen, und er tut es mir nach. Im Moment, in dem wir uns umarmen, in dem Santhu mich beinahe an sich reißt und drückt, in dem Moment, in dem ich mit dem Gesicht in seinen braunen Locken versinke, blind, aber von wunderbaren Düften berauscht und einem Körper, von warmer Haut an meiner Haut, von heißem Atem auf meiner Schulter, da bin ich wie ein Schiff, dem kein Leuchtturm mehr blinkt, das weit draußen von den Wogen hin und her geworfen wird und dennoch seinen Weg macht – vielleicht gerade, weil es sie nimmt und sich von ihnen nehmen lässt wie ein wild galoppierendes Pferd die Unebenheiten des Bodens ...

Und doch sind wir sanft miteinander, denn wir wissen beide um die Intensität der feinen, hohen Schwingungen.

Und doch pressen wir uns fest aneinander, wieder und wieder, wie Ertrinkende.

Und doch schweben wir, schweben ein gutes Stück über dem Laken, lassen uns ein Feuerwerk sein und explodierend in tausend Teilchen.

Und doch kriegen wir uns immer wieder ein, bis wir am Ende tief atmend daliegen, hingestreckt, als seien wir gerade dem Ertrinken entronnen und eben nackt auf den feuchten Strand gespült.

Äonen sind dahingegangen.

*

»Weißt du, warum du es wollen musst?«, fragt er mich.

»Was?«

»Dass die Liebe dich auserwählt, damit du ihr Meer sein kannst, in das sie sich ergießt?«

»Warum?«

»Weil sie dich niemals vereinnahmen wird. Sie lässt frei, also musst du dich frei für oder gegen sie entscheiden. Und damit macht sie dich frei.«

»Niemals vereinnahmt sie mich?« Ich lache auf. »Das hab ich schon sehr anders erlebt. Warst du nie verliebt?«

»Doch. Aber das ist die romantische Liebe. Die wirkliche Liebe erfüllt dich so sehr, dass du glaubst, es ist zu viel für dich, es zerreißt dich. Das ist etwas vollkommen anderes, als wenn du glaubst, ein bestimmter Mensch gibt dir diesen Zustand. Er gibt dir Gefühle, aber dieser Zustand ist viel, viel mehr. Nach Gefühlen hast du Verlangen, wirst vielleicht sogar süchtig danach – von der vollkommenen Liebe, die in jeder deiner Zellen wohnt, bist du bis ans Ende deines Lebens gesättigt, selbst wenn du sie nur für einen Augenblick erlebt hast.«

Ich habe ihn die ganze Zeit angesehen, drehe jetzt den Kopf zur anderen Seite, schaue zum Fenster und in den roten Morgenhimmel. ›Selbst wenn du es nur für einen Augenblick erlebt hast ...‹

Ich weiß, was er meint. Ich weiß es sehr gut. Ich war verliebt damals, ich war süchtig nach den schönen Gefühlen, die Ragnar mir geschenkt hat – aber ich durfte auch diese anderen Augenblicke erleben. Seitdem bin ich eine andere. Zwar Aber habe ich noch lange zwischen den Welten geschwankt, habe noch oft geglaubt, es sei Ragnar, von dem und durch den die Liebe zu mir kommt. Dabei hatte ich sie in mir! Und das in unvorstellbarer Fülle. All die Zeit, auch in den dunkelsten Momenten, war sie da – ich hätte nur die Tür zu öffnen brauchen.

Aber der andere ist doch trotzdem wichtig! Wie soll sie gehen, die Liebe – ohne ihn ...

Ein leises, umso dringlicheres Sehnsuchtsgefühl sticht in meiner Brust. ›Wie schön wäre es, wenn wir immer zusammen wären ...‹

Laut stöhne ich auf. Santhu hat die Stelle wiedergefunden, an der er mich so kitzeln kann, dass ich ausrasten könnte. Das hat er heute Nacht entdeckt und in immer neuen Variationen ausprobiert. Aber jetzt zeige ich ihm eine meiner Spielarten! Ich drehe mich um zu ihm, berühre ihn dort, wo er besonders empfindsam ist und zünde das Feuerwerk nach und nach an vielen solchen Stellen an, bis es von neuem Funken sprühend hoch in die Lüfte aufsteigt.

*

»Ich müsste längst arbeiten!«, ruft er, als er aus dem Bad kommt, die nassen Haare mit dem Handtuch rubbelnd. Im nächsten Moment bleibt er stehen und sagt gar nichts mehr. Die Sonne steigt eben aus dem Meer und breitet ihre Strahlen wie weit geöffnete Arme aus. Genauso scheint er es auch zu empfinden. Er tritt hinaus auf den Balkon und breitet die Arme aus. Steht lange so da. Ich trete hinter ihn und schaue über seinen Arm hinweg der Sonne ins Angesicht. Und ihr glitzernder Seidenschal liegt auf dem Meer, dass es weiß aussieht, so weiß und schimmernd wie das Meer, das ich einmal in Ragnars Augen gesehen habe. Ich schaue, als wäre ich gerade erst zum Sehen erwacht, und es ist wie vergehen und wiedergeboren werden. Bessere Worte finde ich nicht, aber sie erfinden sich selbst. Ich höre sie in meinem Inneren. Es sind Worte, die es in unserer Sprache nicht gibt. Vielleicht *noch* nicht, denke ich und lächele.

*

Als er geduscht hat, habe ich Kaffee gemacht. »Ich muss los!«, Er zieht bedauernd die Augenbrauen hoch und leert seine Tasse im Stehen, drückt mich an sich, küsst mich auf den Scheitel und strebt zur Tür. Und während er mir durch den sich schließenden Türspalt noch einmal zulächelt, begreife ich, was sich da so unglaublich schön anfühlt in mir. Ich liebe.

58

Sie ist mir heilig und wird es immer sein. Aber die Liebe ist überhaupt nicht so ernst und ehrfurchtgebietend, wie ich gedacht habe. Im Gegenteil. Sie kommt mit viel Lachen daher. Mein Herz ist schon voll mit unserem Lachen.

Etwas wie Rührung will sich anschleichen. Ich schüttele mich. Lache leise. Schüttele alles ab, was nicht frei und leicht ist. Und nehme einen Schluck von dem köstlichen Cappuccino, mit dem ich im Bett sitze, alle verfügbaren Kissen im Rücken, die Balkontür weit offen und vor mir das Meer. Ein zarter Hauch sehr hellen, silbrigen Blaus, ebenso der Himmel, und darüber die Sonne wie Milch.

Und verschlucke mich fast, als das SMS-Piepen meines Handys über den ganzen Hafen zu schrillen scheint.

DAS WAR EIN SEHR BESONDERER MOMENT – ALSO, ES GAB VIELE, DIE GANZE NACHT WAR EINER – ABER EBEN AUF DEINEM BALKON, DU HALB HINTER, HALB NEBEN MIR, DIE SONNE IN MEINEN AUGEN, DA WAR ES WIE MIT ALLEM VERSCHMOLZEN ZU SEIN, AUCH MIT DIR. DU WARST – NEIN, DU BIST MEIN ANDERES ICH.

*

Ich dusche lange und mit viel Geplantsche und Gestöhn, mache mir dann noch einen von meinen weltbesten Cappuccinos, schenke ein Glas Orangensaft ein, wobei mir schon das Wasser im Mund zusammenläuft, als ich ihn aus dem Kühlschrank nehme, und beim ersten Schluck wachsen meine Geschmacksnerven über sich selbst hinaus und schenken mir einen Genuss, den ich so schnell nicht vergessen werde. Ich schneide mir einen Apfel in viele kleine Scheibchen, fische jeden Apfelkern aus dem Gehäuse und lege ihn dazu – die sind das Beste, ich mag sie nicht nur sehr gern, sie stecken auch voller biologischer Wunder. Im Minibackofen werden schon zwei Brötchen goldbraun, die Butter, die halbsüße Erdbeermarmelade, eine Scheibe milder Gouda – ich fühle mich wie im Luxushotel, und als ich mit alldem auf dem kleinen Tisch im Krähennest sitze, tippe ich zuerst eine Nachricht an Stine ins Handy mit einem Foto vom jungfräulichen Meer und meinem Festmahl und einem großen Danke an sie.

Das Lotsenboot zieht meine Aufmerksamkeit in den Hafen des Nachbardorfs, wo es seinen Liegepatz hat, direkt vor dem Schiff, mit dem Seebestattungen gemacht werden. Das läuft gerade aus. Auf ihm ist auch Vati auf seine letzte Reise ...

Ich möchte nicht weiterdenken. Es war sein Wunsch, aber wäre es so schlimm gewesen, wenn wir dabei gewesen wären, Stine und ich? Ich weiß, wo die Asche ins Meer gelassen wird, da hinten, hinter dem schwarzweißen Leuchtturm, wo es schon in die nächste Förde geht. Ich schaue nicht oft dorthin. Es tut noch immer weh, dass seine zweite Frau niemanden dabei sein lassen hat, ein stummer, leiser, wehmütiger Schmerz, und ich habe mich oft genug gefragt, ob sie mir damit etwas erspart oder etwas angetan hat. Man konnte seinen letzten Willen so, aber auch anders deuten. Erst als alles erledigt war, hat sie uns seinen Tod mitgeteilt und jedem eine Kopie der Sterbeurkunde geschickt. Seltsam, unsere Mutter hat das mehr als Stine und mich getroffen, obwohl sie schon lange von ihm geschieden und nicht gerade in gutem Einvernehmen mit ihm war. Sie war wütend und verletzt und fand das unmöglich. Das fand Stine auch. Ich wusste nicht, wie ich es finden sollte, und ich hab immer noch keine Ahnung. Was hilft es, irgendetwas irgendwie zu finden? Ich muss an Santhus Worte denken: Er versucht, möglichst ohne andere zu kritisieren auszukommen. Ich nenne es urteilen. Und allzu schnell ist es verurteilen. Wem hilft es? Meist schadet es sogar. Haben wir nicht alle schon genug Angst voreinander? Jemand könnte mir etwas wegnehmen, jemand könnte mir etwas tun ... Die Angst ernährt sich von uns und bürdet uns ihre Kinder auf: Wut, Gewalt, Unterdrückung, Ungerechtigkeit. Um uns vor unserem Nächsten zu schützen, zahlen wir einen hohen Preis: unzählige Regeln und Gesetze, die uns die Freiheit nehmen ...

Die Liebe steht weit darüber. Sie wird niemals jemandem schaden, sie kann das gar nicht. Im Gegenteil: In ihre Arme darf ich mich immer flüchten. Und ein einziger Augenblick von Liebe nährt ein ganzes Leben.

Das weiß ich, das habe ich erfahren. Und darüber haben mein Vater und ich oft gesprochen – und über unzählige andere Themen. Meinen jungen Jahren, in denen ich mich ungeliebt gefühlt hatte, waren ganz andere gefolgt.

Ich sehe die junge Carla vor mir, sie war siebzehn, als sie das Anschweigen mit ihrem Vater und den ewigen Streit mit der Mutter nicht mehr ausgehalten hat, als sie weggegangen ist von Zuhause und in einem Abrisshaus gelandet ist und in kürzester Zeit in Bens Armen, als sie glaubte, ihn retten zu können aus seiner Sucht, als sie glaubte, wenigstens diesen einen Menschen gut genug zu lieben, so gut, dass ihre Liebe ihm helfen kann. Es hat sich alles verdreht und verkehrt, so sehr, dass er sie umbringen wollte. Als sie mit zerschmettertem Becken im Krankenhaus lag und ihr totes Kind nicht einmal beerdigen konnte, da war der Mann, den sie von sich weg geschwiegen hatte, plötzlich da. Auch er schwieg; so hatte er ihr Schweigen all die Zeit beantwortet, nur ein paar Begrüßungsworte, dann stand ein Vater an ihrem Bett und schaute sie an, der sie nicht hatte beschützen können, nahm sich einen Stuhl und setzte sich zu ihr, und als er seine Hand auf ihre legte und leise sagte: »Ich hätte viel vorsichtiger sein müssen mit dir, von Anfang an. Du warst so fein und zart.«, als so viel Schuld und Trauer in seinen Augen war, da fing es an zu fließen. Es floss aus ihr heraus, und was wie Tränen aussah, das waren Augenblicke, all die Augenblicke von früher Kindheit an, in denen sie wieder und wieder beschlossen hatte: »Auch wenn du mich noch so schlecht behandelst, ich höre nicht auf dich zu lieben.«

Erst später habe ich erfahren, dass er sich geweigert hat, mich wieder zurück nach Hause zu holen aus diesem Abrisshaus. Ich war noch nicht volljährig, als meine Mutter mich schlug und ich nur sagte: »Das war das letzte Mal«, sie niederrang, die nötigsten Sachen nahm und ging. So oft meine Mutter von ihm verlangt hatte, die Polizei einzuschalten, mich suchen und zurückbringen zu lassen, sagte er: »Für drei Monate? Dann ist sie eh achtzehn,« Das hat Stine mir erzählt. Wenn sie zu mir in die Wohnung kam, wenn sie mir den Umschlag mit Geld von ihm brachte, nie viel, es gab nicht viel, aber es hat geholfen, hat sie erzählt, dass er das Schweigen zwischen uns achten wolle, aber er hätte auch gesagt: »Sie soll ihre Erfahrungen machen, das kann ihr niemand abnehmen.« Stine hat Angst um mich gehabt. Er hat mir vertraut.

Er war nicht plötzlich ein anderer Mensch geworden. Aber wir sind beide älter geworden und das Wunder von Liebe und Gegenliebe hat das seine dazugetan. Nach dem Unfall war ich eine andere. Und er war da. Immer da. Unzähliges haben wir in endlosen Gesprächen miteinander geteilt, schön und tief war unser Miteinander. In seinen letzten Jahren hat er manchmal geweint hat vor Freude, wenn ich ihn besuchen kam. Ich höre noch, wie er dann meinen Namen rief, sobald er mich sah. »Carla!« Seine sonst so tiefe Stimme war hell wie die eines Jungen, hell wie die Freude selbst.

Als er plötzlich nicht mehr da war, plötzlich, auch wenn es vorhersehbar gewesen ist, ohne Trauerfeier, nur ein Brief, bin ich taub geworden. Wieder und immer wieder hab ich mich gefragt: Warum fühle ich nichts, nicht einmal Trauer? Ich habe mich so sehr geschämt, dass ich die Frage schnell wieder im Nichtbewussten verschwinden lassen. Es war die Zeit, in der ich jeden Tag ein Stück tiefer ins Burnout gefallen bin. Ich hatte mehr als genug mit mir zu tun und ich wusste noch nicht, dass der Abdruck meiner Eltern in meinem Inneren mich weit mehr ausmacht, als ich mir vorstellen kann.

Und jetzt blättert mein altes Zuhause all diese Buchseiten meines Lebens vor mir auf und so vieles ist wieder da, scheint eben erst vergangen – und ich komme kaum hinterher, all das anzufühlen. Aber ich kann mein Herz bitten, dass es das für mich tut. Wenn es groß genug ist, die ganze Welt zu umarmen, dann schafft es das mit meiner Kindheit und Jugend doch mit Leichtigkeit.

*

Das Handy gibt einen SMS-Lockruf von sich. Will ich jetzt irgendetwas lesen, irgendetwas tippen? Nein, ich habe noch zu tun, bevor ich wieder nach Hause fahre. Und das geht nicht hier. Es ruft mich regelrecht. Ich muss an den Strand.

Heute spiele ich mein altes Spiel anders: Barfuß und immer ganz nah am Wellensaum, aber das Ziel ist, dass die Füße möglichst bei jedem Schritt überspült werden, obwohl ich nur in den Bereich treten darf, wo die schaumigen Bögen auslaufen. Das ist genauso schwierig wie andersherum.

Mehr hüpfend als gehend komme ich an die Stelle, wo früher oben auf der Steilküste unser Haus stand und wo die kleine Carla so oft gespielt hat, mal nah am Steilküstenfuß, mal direkt am Wasser. In ihrer Sandburg, über die andere weggerannt sind, so dass sie nur noch zu ahnen ist, sehe ich sie hocken. Langsam gehe ich auf sie zu, bleibe in einigem Abstand stehen. Sie scheint mich nicht zu bemerken – aber sie spürt mich. Sie spürt, etwas ist da. Etwas, das fühlt, was sie fühlt. Ich weiß das. Ich bin ja sie.

Ich beginne zu sprechen. Dazu brauche ich nicht meinen Mund, nicht meine Stimme. Zart, vorsichtig erzähle ich mich mit meinen Gedanken in ihre hinein. Erzähle ihr nicht, wie schwer es war. Erzähle ihr nur, dass es lange, sehr lange brauchen wird. Mein kleiner Engel, denke ich, du glaubst, dass deine Liebe nicht gut genug ist. Nicht groß genug. Es ist ganz anders. Dein Vater kann sie manchmal nicht spüren. Er trägt noch den Krieg in sich, auch wenn der lange vorbei ist.

Aber du trägst einen wunderbaren Satz in dir, den du dir immer wieder sagst, wenn es schlimm für dich ist:

Und wenn du mich noch so schlecht behandelst, ich höre nicht auf dich zu lieben!

Und jetzt sage ich dir etwas, das du gleich wieder vergessen wirst, aber ein Hauch davon wird in dir bleiben, und der wird nach und nach aus deiner Sehnsucht, aus deiner Hoffnung die Gewissheit machen, dass es keine bessere Entscheidung geben konnte. Schau, so wenig Vati dem Frieden um sich hat trauen können, so wenig kann er sehen, wie sehr du in liebst. Du hast nie damit aufgehört damit. Selbst nicht, als du schon dabei warst, groß zu werden und so verletzt warst und so genug hattest davon, dass er dir wieder und wieder den Rücken zugekehrt hat, dass du nicht mehr mit ihm gesprochen hast.

Aber eines Tages, und dieser Tag ist für dich noch weit hin, weicht der Schorf auf seinem Herzen auf, und kaum ist es frei, da schenkt er es dir, und er schenkt es dir mit den Worten »Ich wollte dich nicht verletzen und hab dich doch so oft verletzt.«

Die Kleine schaut auf. Etwas huscht über ihr Sommersprossengesicht. Sehr fein nur, kaum zu bemerken. Ich weiß, dass sie sein höhnisches Lachen hört, das ihr gilt, sie sieht, wie sein Blick kalt wird, bevor er sich von ihr abwendet. Das ist der Vater, der so müde, traurige Augen hat. Er sieht genauso aus wie ihr richtiger Vater. Aber der ist ganz anders. Der lacht lieb, nie höhnisch, und er hat ihr eine Angel gebaut, eine lange Bambusrute mit einer richtigen Angelschnur daran.

Die Kleine springt auf, klettert die Steilküste hoch und holt einen Kindereimer und die Angel, nimmt sie über die Schulter und läuft am Wellensaum entlang zu dem Steg, den es damals noch gibt, läuft immer im Zickzack, dass die sacht leckenden Wellen ihre Füße nicht berühren. Dabei wäre es gar nicht schlimm, weil sie ja barfuß ist. Es ist ihr Spiel, nur ihrs und sie spielt es nur mit sich allein. Die lange Rute wippt auf ihrer Schulter, dippt hinter ihr auf den Boden und gibt ihr jedes Mal einen leichten Schlag auf die Schulter. Ich folge ihr, gehe schneller, fasse das Ende der Angel, lege es in meine Hand, so dass sie nicht mehr auf den Boden trifft und die zarte Schulter keine Schläge mehr bekommt. Die Kleine ist zu sehr mit ihrem Spiel beschäftigt, um mich zu bemerken. Sie wird Krebse fangen, dort von der Brücke aus, wird sie in ihren Eimer tun und sie ihm zeigen, wenn er heimkommt. Und vielleicht ist heute so ein Tag, wo er mit ihr hinein sieht in den Eimer und mit ihr staunt und sich mit ihr wundert, und vielleicht kommt er sogar mit an den Strand und ans Wasser, wenn sie die Tiere wieder in die Freiheit lässt. Und vielleicht wird es sogar einer der Abende, an denen er die Badehose anzieht und schnell noch ins

Meer springt, bevor die Abendkühle kommt, und lange wegtaucht und weit draußen hochschießt und prustet, und wenn er zurück kommt und das Wasser von ihm perlt und er sich abtrocknet, erzählt er ihr von dem, was er dort unten beim Tauchen gesehen hat. Und ganz vielleicht ist es ein Abend, an dem er sie auf dem Rückweg am Steilküstenfuß plötzlich hochnimmt und auf seine noch kühlen Schultern setzt und nach oben trägt, und sie hält sich in seinen nassen Haaren fest, aber sie passt gut auf, dass sie ihm nicht wehtut.

Ich öffne die Augen. Es ist hell auf dem Meer. Im sanften Plätschern der Wellen scheint es zu flüstern – aber natürlich bin ich es, die flüstert: »Ich bin nie ohne dich, meine Kleine. Aber ich bin nicht du.«

59

Mit dem Herz denken

Du weißt nun alles, was dieses kleine Buch übers Den-
ken-Lenken dir zu sagen hat – fast alles. Vollständigkeit
wird hier auch nicht angestrebt und schon gar nicht ver-
sprochen. Doch noch fehlt das Wesentliche.

Dein Denken kann dich zu dir hin oder von dir weg füh-
ren, das weißt du inzwischen. Das lässt sich auch anders
ausdrücken: Dein Denken kann dich in die Liebe führen
oder weg von ihr.

Du weißt sehr gut, was davon dich glücklich macht.

Alles, was du bis hierher gelernt hast, ist sicherlich hilf-
reich für dich, doch den Siebenmeilensprung mit einem
einzigen Schritt kannst du dann tun, wenn du dein Den-
ken mitten in dein Herz springen lässt.

Nenne es Herzdenken. Nenne es, wie immer du willst.
Nur frage nicht, was es ist und wie du es machen sollst.
Es gibt kein Rezept, denn es gibt nichts zu tun. Es geht
darum, etwas geschehen zu lassen.

Sei dir nur klar, dass du Verstand hast, den wir zu-
meist im Gehirn ansiedeln, und dass du Gefühl hast, und
das wohnt im Herz. Es gibt Dinge, die kann der Verstand
sehr gut, rechnen zum Beispiel. Aber alles, was darüber
hinausgeht, um es mal stark verkürzt zu sagen, kriegt der
Verstand allein nicht hin. Er glaubt es bloß und vor allem
tut er so. Er mischt sich sogar in Liebesdinge ein, und
kaum tut er das, richtet er auch schon Schaden an: Er
stellt Bedingungen wie zum Beispiel, dass der Partner gut
aussehen und gebildet sein soll …

Der Verstand weiß zwar, dass wir unbedingt glücklich
sein wollen, aber wie das geht, davon hat er so gut wie
keine Ahnung. Er braucht dazu das Gefühl, auch wenn er
es nicht zugibt. Darüber kannst du nachdenken und her-
ausfinden, dass es stimmt – oder nicht stimmt, je nach-
dem, wie gut du hinschaust und ob du dich selbst belügst
oder nicht. Und dabei lernst du schon ein wenig, wie du
mit dem Herzen oder ohne es denkst.

Das Herz ist immer ehrlich. Es kann gar nicht anders.
Darum ist es auch so treffsicher, wenn du es fragst, ob du

dich so oder so entscheiden sollst. Der Verstand dagegen kommt mit tausend Argumenten dafür und dagegen, wägt ab und wägt ab und glaubt, so der Wahrheit auf die Spur zu kommen. Doch das gelingt ihm nicht oder nur sehr selten. Das liegt weniger daran, dass er sich oft verirrt, weil er sich selbst verwirrt, sondern daran, dass Verstand und Wahrheit zusammenpassen wie herrliche, kostbare Schneekristalle und Feuer. Bevor er sie erkennen kann, hat er sie schon geschmolzen. Du weißt es: ein sezierter Schmetterling ist kein Schmetterling.

Das Herz dagegen kennt nichts anderes als die Wahrheit. Es fragt nicht, was Wahrheit ist, es spricht sie aus und es erkennt sie rundum in allen Dingen. Das Herz ist einfach und ehrlich. Und das ist seine Größe.

Und du musst dich fragen – heute noch – ob du dein Denken dem Verstand überlassen willst. Er ist ein sehr gutes Werkzeug – aber soll dein Werkzeug auch das Sagen haben? Das geschieht leider allzu oft, wir merken es gar nicht. Schau dir die Welt an, so wie sie ist, frag dich, wie es sein kann, dass wir so klug sind und so viel wissen und uns trotzdem immer weiter gegenseitig umbringen, so klug, dass wir unser Raumschiff Erde, auf dem wir durchs All rasen, immer mehr zerstören, während wir einander töten, quälen und bestehlen. Sieh es dir an:

Das ist, was passiert, wenn der Verstand und nicht die Liebe regiert!

Du kannst die Schultern hochziehen und sagen: Ich werde nichts daran ändern können, auch wenn ich selbst anders denke und handele. Wer sagt das wohl?

Das Herz liebt. Es fragt nicht, ob das Sinn macht oder nicht. Es liebt immer weiter. Denn es weiß, dass nichts anderes Sinn macht.

Und du weißt, wenn du ehrlich auf all das schaust, dass die Welt noch ganz anders aussehen würde, gäbe es die Liebe nicht und gäbe es nicht all die Menschen, die sich jeden Tag und jeden Moment für sie entscheiden. Das macht die Freiheit aus, die die Liebe uns lässt. Wir müssen es selbst wollen – sonst ist ein Ja nichts wert.

Entscheide dich also. Entscheide dich bei jedem deiner Gedanken.

Und vergiss nicht: Liebe ist kein Gefühl, aber zahllose Gefühle drücken Liebe aus. Liebe ist auch kein Gedanke, *aber es gibt viele Gedanken, die öffnen ihr die Türen. Und je mehr sie fließt, je mehr du sie verschenkst, desto reicher wirst du sein.*

Achte auf dein Denken. Es ist der Boden, auf dem heute all das wächst, was du morgen dein Leben nennen wirst.

Dein Felix Agape
und »Das kleine Buch vom Denken«

60

Die junge Sonne steht noch nicht sehr hoch. Das Meer ist still, fast weiß und vollkommen leer. Umso mehr fällt das grell hellrote Lotsenboot ins Auge, das mit schäumender Bugwelle und weit auseinanderlaufender Hecksee ausläuft, um wieder einmal einen Lotsen abzusetzen oder abzuholen. Seine Lichter am Mast leuchten. »Weiß über rot: Lotsenboot«, sage ich leise. Außer den Positionslaternen tragen solche Boote noch ein rotes und darüber ein weißes Licht am Mast. Mir kommt das Wort »Lotsenbrüderschaft« in den Sinn. Es gehörte zu meiner Kindheit wie so vieles, was mit der Seefahrt zu tun hat.

Nur in T-Shirt und Slip lehne ich auf der Krähennest-Brüstung und schaue hinunter auf den Hafen, all die Masten, all die weißen, blauen, roten Bootsrümpfe, der Kai, die Kräne – mir fällt die kleine Szene mit dem Mann, der vor mir posierte, wieder ein, und ich muss lächeln und lächele alles an, was ich sehe und spüre und rieche, die Möwenschreie besonders, schon immer schenken sie mir Geborgenheit – auch wenn ich nicht weiß, warum.

Gut, dass ich gestern noch mal in das Buch vom Denken geschaut habe. Das hat mir beim entscheidenden Schritt geholfen. Aber noch viel besser war, dass ich diesen Schritt auch getan habe. Es war nichts als ein Gedanke und er heißt:

Es wird nicht weitergehen mit Santhu. Keine Freundschaft, das ist nach dieser Nacht nicht mehr möglich, und keine Liebesgeschichte. Er hat Recht damit.

Während ich das in meinem Inneren wiederhole, fährt, als hätte er vorher geschlafen, der Schmerz in mich ein. Tiefer, grausamer Schmerz. Warum muss das so sein? Wem würde es schaden, wenn Santhu jetzt hier wäre? Ihm? Mir?

Gestern Abend habe ich Wein getrunken und geschrieben, aber die Frage ›Warum ruft er nicht an? Warum rufe ich ihn nicht an?‹ war ständig da, und ich kam mir noch toll vor, dass ich nicht darauf geachtet habe, dass ich mich nicht an diesen Mann klebe, dass ich ihn lassen, loslassen kann. Und das ist wirkliche Liebe? Verzicht?

Ich muss lächeln und bin raus aus dem Drama.

Nein, die Liebe verlangt keinen Verzicht. Das, was Martin gemeint hat, ist ein anderer Verzicht. Einer, der die Liebe einlädt, und dazu ist es oft klug, auf etwas zu verzichten. Auf das, was der Natur der Liebe widerspricht. Auf Selbstaufgabe und Selbstverleumdung zum Beispiel.

Warum also soll es nicht weitergehen mit Santhu und mir? Weil es eine Liebschaft sein würde und wir beide das nicht wollen? Weil wir bei allem Verstehen und aller Herzensgröße für den Alltag nicht kompatibel genug wären? Sind diese Fragen überhaupt beantwortbar? Jedenfalls nicht vom Verstand. Der weiß es nicht, der denkt es sich bloß aus.

Die Liebe weiß, auf welche Weise sie gelebt werden will. Und sie macht es unmissverständlich klar. Und ist das nicht Sehnsucht, was ich fühle? Sehnsucht nach dem Liebsten. Und Schnsucht ist der Ruf der Liebe: Lass mich frei!

*

Ich hab im Vorbeigehen den Laptop gestartet, er steht drinnen auf dem Tisch und meldet nun mit ein paar hellen Tönen einige Posteingänge. Es ist noch so still hier, dass mir ist, als würden die Töne überall im Hafen zu hören sein, selbst dort ganz hinten beim Möwenschiss. Ist das schon Sucht, wenn ich sofort nach drinnen gehe? ›Nein‹, sagt Martins Stimme in mir. Das würde ich einfach Neugier nennen.‹

Wie wunderbar, dass ich ihn habe! Dass ich ihn fragen kann, wenn ich mich nicht mehr zurechtfinde zwischen »normal für eine Hochsensible« und »Sensibelchen«, was manchmal klingt wie zwischen echt und übertrieben.

Mir fällt ein, dass ich Martin etwas zu fragen vergessen habe: Muss ich mir nicht auch einen ebenso sensiblen Mann suchen, damit wir überhaupt eine Chance haben, es miteinander auszuhalten? Ich weiß die Antwort auch so: Ja.

Ich sause mal eben durch die eingegangen Mails. Marie bittet um ein Lebenszeichen. Ihr geht es gut, aber es sei bei ihnen auf dem »Hexenberg« so leer ohne mich. Als

Hexen kann ich uns nun nicht sehen, denke ich, will das auch gleich schreiben, aber etwas weiter unten ist eine Mail, die muss ich unbedingt zuerst ansehen.

Liebe Jolin!
Hier in Berlin ist das Wetter miserabel – aber in der urbanen Welt gibt es ja ausreichend Gelegenheiten, sich zu wärmen ...
Museen, Ausstellungen – das finde ich das Schöne an der Hauptstadt – die Kulturszene ist großartig! Vor allem aber treffe ich immer wieder Menschen, die sich hier im Häusermeer eingerichtet haben. Miteinander sprechen, die Atmosphäre aufsaugen.
Ich wünsche dir viel Freude in deinem Zimmer mit Aussicht aufs Meer.
Dir nur das Beste, Andreas

Beim Lesen merke ich schon, dass all mein Glauben und Hoffen einer Nüchternheit Platz gemacht hat, die mit Santhu zu tun hat: Ich denke nicht an Andreas, sehe nicht sein Bild vor mir, sondern Santhus.

Aber dass er sogar aus Berlin schreibt ...

Lieber Andreas,
ja, Berlin ist nicht so leicht zu toppen. Meine Schwester wohnt dort und füttert mich mit tollen, interessanten Impressionen, wenn ich bei ihr bin.
Ich möchte sehr gerne mehr über dein Schreiben erfahren. Was, wie, warum ... Wenn du irgendwann Lust und Zeit hast, ein bisschen mehr zu erzählen – ich würde mich freuen.
Herzensgruß, Jolin

*

Ich bin ein Stück spazieren gegangen, einfach am Hafen und in der Nähe, hab eine schöne Postkarte ausgesucht, mit Strand und Meer darauf, an Marie adressiert und nur einen Satz darauf geschrieben: »Ich hab dich sehr lieb.« Oben auf der Promenade gibt es einen Briefkasten, die Karte ist schon unterwegs an sie. Es zog mich zu meinem Strandkorb vorm Möwenschiss. Und jetzt sitze ich hier, warte auf ein kleines Essen und warte in Wahrheit darauf, dass Santhu plötzlich kommt und sich neben mich setzt.

Ich weiß, dass er mindestens vierzehn Stunden am Tag zu tun hat. An zwei Bildschirmen gleichzeitig arbeitet. Ich brauche nicht, dass er sich zwischendurch mal kurz meldet. Ich brauche nicht, dass wir von nun an so tun, als seien wir ein Paar. Und ich bin froh darüber. Das alte Thema »Er meldet sich nicht!« ist von mir abgeblättert wie eine sonnenverbrannte Haut, die, zu Pergament vertrocknet und überflüssig geworden, nicht mehr schützt, sondern nur noch juckt.

Ich schreibe und arbeite an Jolins Text, der nun ihre Gegenwart erzählt, ich lese und korrigiere, was schon da ist, und schaue hinaus mit Gedanken so weit wie der Blick.

War es gut, dass ich Santhu begegnet bin? Plötzlich fühlt es sich an, als sei dadurch eine Wunde wieder aufgerissen – und die Wunde hat mit Ragnar zu tun.

Wenn sie aufreißt, dann ist sie nicht verheilt …

Nein, ist sie nicht, das spüre ich. Es war gut, alles aufzuschreiben, was es aufzuschreiben gab. Ragnar und ich haben am Ende noch einmal eins unserer zahllosen Dramen miteinander aufgeführt. Ich bin sicher, auch er hat danach irgendwann wieder zu sich selbst gefunden. Aber es gab nie einen wirklichen Abschied. Und das fühlt sich an, als ob etwas nicht richtig wäre. Es fühlt sich ganz ähnlich an wieder dieser Abschied ohne Verabschiedung von meinem Vater. Und genauso fühlte es sich an, als mir klar wurde, dass mein ungeborenes Kind kein Grab bekommen hatte …

Ich fange schon an zu schreiben.

*

Lieber Ragnar,

keinen Moment wollte ich dich verletzen und habe es doch getan. Keinen Moment wollte ich über dich urteilen und dir meine Schiedssprüche auch noch aufdrängen, und doch habe ich es getan.

Als unsere Liebe noch jung war, hatte ich keinen einzigen Gedanken über dich, der nicht liebevoll gewesen wäre. Eigentlich gab es gar kein Denken über dich. Mein Denken ging zu dir hin, es war bei dir, es war mit dir. Jetzt weiß ich: Wenn man daran rührt, rührt man sein eigenes Unglück an.

Es beschämt mich, dass ich dich verändern wollte, als die ersten Schwierigkeiten kamen. Ich dachte, wenn du anders wärst, könnte ich dich besser lieben.

Vielleicht war ich blind, weil ich so sehr von dir abhing, als ich zu dir gezogen war. Fast allein in der Fremde – ich glaube, meine Angst, ich könnte dich verlieren, war sehr groß. Ich hab es gar nicht gemerkt. Ich hab immer nur dich als Auslöser im Fokus gehabt, aber nie meine Angst, und je mehr ich in diesen Irrsinn geraten bin, desto mehr hast du dich verschlossen. Dadurch schien mir umso deutlicher, dass meine Gedanken stimmten. Dass du dich bedrängt gefühlt hast, darauf bin ich gar nicht gekommen. Und so hab ich immer häufiger mit Argwohn und Angst auf dich geschaut und nicht in Liebe.

Eigentlich ist es so einfach: Angst erzeugt Angst und obendrein Wut, Hass, Argwohn, Missgunst und vieles mehr. Liebe erzeugt Liebe.

Du hast mir einmal die Geschichte von dem alten Indianer erzählt, den sein Enkel fragt, was in ihrem Stamm los sei, die Erwachsenen hätten sich so gestritten. Der Großvater schaut lange in den Himmel, dann erzählt er, dass es in jedem Menschen zwei Wölfe gibt, einen weißen und einen schwarzen. Der weiße Wolf ist die Stimme des Herzens, der schwarze die des Hasses. Immerzu kämpfen sie miteinander, und manchmal kommt der Streit nach außen.

Der kleine Indianer sinnt einen Moment nach, dann fragt er: »Und welcher Wolf wird gewinnen?«

Der Großvater hat auf diese Frage gewartet. Leise sagt er: »Der, den du fütterst.«

Weißt du, Ragnar, nach jener Nacht im Februar, in der unsere Geschichte zu Ende ging, habe ich begriffen, dass ich den falschen Wolf gefüttert hatte. Nichts ist je so tief in mich eingeschlagen. Lange habe ich geglaubt, ich hätte alles kaputt gemacht. Nun sehe ich die Wahrheit: Wir haben beide Fehler gemacht, aber unsere Geschichte ist zu Ende gegangen, weil sie zu Ende WAR.

Ich hab das schon gewusst, als wir nebeneinander lagen in unserer letzten Nacht, nur konnte ich es nicht begreifen. Denn meine Liebe zu dir war nicht zu Ende. Sie hat sich nur verändert. Du hast auch gewusst, dass unsere Zeit vorüber war, sonst hättest du so schnell keine neue Frau an deiner Seite gehabt.

Inzwischen hat das Leben mir etwas Wichtiges zu der Geschichte von den Wölfen gezeigt: Es geht nicht, nur den weißen Wolf zu füttern und den anderen nicht. Und weißt du, warum? Der weiße wird den schwarzen niemals hungern lassen. Und er wird den schwarzen auch nicht angreifen. Er versteht ihn und weiß, dass einer, der die Zähne fletscht und droht, Angst hat. Er wird sich um ihn kümmern.

Du hast mal zu mir gesagt: Wenn man seiner Angst ins Auge schaut, verliert sie ihren Schrecken. Wenn der schwarze Wolf keine Angst zu verhungern haben muss, keine Angst, angegriffen zu werden, muss er nicht mehr knurren und Zähne fletschen und beißen.

Ich danke dir aus ganzem Herzen, dass du mir geholfen hast, den weißen Wolf zu finden. Ich danke dir für die kostbaren Momente, die wir hatten. Ich danke dir für dein Verstehen.

Danke, dass du in mein Leben gekommen und so lange geblieben bist, bis ich wusste, was Liebe ist.

Ich wünsche dir alles Glück, das auf dich wartet!

Carla

61

Im Nachmittagslicht sieht das Meer dunkel, der Himmel sogar trübe aus. Die Sonne ist jetzt hinter dem Appartementhochhaus, ich kann sie nicht sehen, aber ich vermute, dass es dort bewölkt ist oder zumindest eine einzelne Wolke sie verdeckt.

Eine Schar winziger Jollen ist aus dem Hafen ausgelaufen. Die kleinen, viereckigen Segel schaukeln draußen im freien Wasser direkt hinter der Hafenmole. Ein Schlauchboot brummt zwischen ihnen umher. Jemand brüllt durch ein Megafon Segelkommandos. In jeder Jolle sitzt ein Kind in leuchtend orangefarbener Schwimmweste, und jedes versucht bei einem neuen Kommando sofort und richtig zu reagieren. Ich sehe es daran, was dann mit den Schiffchen passiert, hierhin oder dorthin mit dem Bug, hierhin oder dahin die Segelstellung geändert, und noch mehr Gebrüll, wenn etwas nicht richtig war. In solch einer Jolle habe ich früher auch gesessen, und manchmal haben wir wie diese Kinder hier für Regatten geübt, aber eher spielerisch, und wenn ein Erwachsener im Boot dabei war, dann vor allem bei stärkeren Winden aus Sicherheitsgründen und vielleicht, um uns hinterher Tipps zu geben. Aber meistens bin ich allein an der Küste entlang gesegelt. Dann war sie für mich ein fernes Land, auf das noch jemand einen Fuß gesetzt hatte, und ich würde die erste sein, die an Land ging, sobald sie eine günstige Stelle dafür entdeckt hatte ... Gut, dass ich in einer Zeit aufgewachsen bin, in der Kinder noch genug Raum für ihre Fantasien hatten. Auch wenn es sonst Schwieriges genug gegeben hat – lieber das als dressiert werden ...

Ich merke erst gar nicht, wo ich mit meinen Gedanken bin und welche Färbung sie haben, und als ich es merke, ist mein Gemüt schon genauso grau wie der Himmel.

Ich weiß auch sofort, wo das innere Grau her kommt. Es wird mir nun doch zu lang, dass Santhu sich nicht meldet. Oder besser zu lang, dass ich nicht weiß, wie es mit uns weitergeht oder vielmehr, ob es weitergeht. Der zweite Tag schon so gut wie vorbei. Ich vermisse einen

Anruf von Santhu. Wie geht es dir, wie hast du geschlafen, wie hat unser Abend in dir nachgewirkt. Tja, er ist sehr, sehr beschäftigt, das weiß ich ja. Und er hat gesagt, ich dürfe ihn anrufen, wann immer ich will. Das Wort »dürfen« hat mich gestört ... Bin ich deshalb jetzt zu stolz, mich von mir aus zu melden? Na gut, ehrlicher wäre zu fragen: bin ich zu unsicher, zu ängstlich. Ich spüre in mich hinein, will meine Angst fragen, wovor sie sich fürchtet, aber da drinnen ist nur die Sehnsucht. Groß schaut sie mich an. Und fragend.

Ich lächele und nehme das Handy. Wähle seine Nummer. Höre dem langgezogenen Ton zu. Noch mal. Noch mal. Lasse mich davon hypnotisieren. Denn sonst hätte ich doch längst aufgelegt, oder? Plötzlich nimmt er doch ab.

»Hallo! Hier ist Carla.«

»Ah ... Geht es dir nicht gut?«

»Do-och ... Wieso?«

»Du hörst dich irgendwie so an.«

Ich bin so erstaunt, dass ich zu erklären anfange. Mache viele Worte. Viel zu viele. Erzähle, dass ich müde bin und zugleich aufgekratzt, sage endlich das einzig Sinnvolle: »Und wie geht es dir?« Eigentlich will ich sagen: Wie klingt unser Zusammensein in dir nach? Willst du mich wieder treffen? Oder ist es das für dich gewesen?

Er erzählt sofort von der Arbeit. Die ersten Ergebnisse seien geschafft. Die ersten Programmseiten. Und das Plakat. Nicht fertig, aber so weit, dass er beides vorzeigen und mit dem Auftraggeber besprechen, ob dieser Weg so weiter gehen kann. Er beschreibt mir das Plakat. Der Kunde braucht das alles für eine Veranstaltung, es geht vor allem um Musik, aber kein Konzert im herkömmlichen Sinn, eher etwas wie ein Festival.

Santhu ist vollkommen da drin. Und ich bin vollkommen draußen. Während er redet und redet, schweife ich ab, bin wieder mit der kleinen roten Jolle unterwegs, schaukele an der Küste entlang, fasziniert von dem Spiel des Lichts mit den Wellen. Warte geduldig, bis Santhu zu Ende ist. Lenke dann vorsichtig das Gespräch in die Richtung, die mich einzig interessiert: Wie fühlt es sich jetzt an, was du mit mir erlebt hast? Und eigentlich,

merke ich, will ich nur eins wissen: Willst du mich wiedersehen?

Er kommt ins Drucksen. Ich lenke schnell ein.

»Ich hätte gern Klarheit, soweit das möglich ist«, sage
ich. »Aber bei dir ist wohl gerade nicht der richtige Moment, hab ich Recht?«

»Ja, so ist es. Ich hab Besuch.«

Nett und höflich verabschieden wir uns voneinander.

Und ich frage mich, ob ich im richtigen Spiel bin. Ob
ich mir nicht etwas zumute, auf irgendeine Erwartung
oder Hoffnung hin, ob das für mich vielleicht ein Training
ist, raus aus dem alten Habenwollen, aus dem alten
Schmerz auch, der mich noch vor kurzem zur Raserei
gebracht hat.

Keine Hoffnungen machen.

Im Moment leben.

Genießen, was ist.

Raus aus all dem Zweifeln ...

... Und wo rein?

62

Noch einen allerletzten Schluck Rotwein – ich will endlich müde werden. Aber ich freue mich zu sehr. Es kam noch eine Mail von Andreas, und daraus ist mehr geworden und allmählich ist es immer zärtlicher und ganz leise erotisch geworden. Er ist zurück in Hamburg, und das liegt auf dem Weg, wenn ich morgen wieder heimfahre ...

So spannend und aufregend und so sehr erotisch ich das alles inzwischen finde – Andreas kriegt mich nicht, wie Mike mich gekriegt hat. Da bin ich sicher. Seine Mails sind nicht mit Leim eingestrichen, auf dem der Schmetterling kleben bleibt, sie sind ehrlich und duften nach Frühling.

Oh – ich dachte, mit der letzten Mail hätte er sich verabschiedet, aber da kommt noch etwas.

Ich hoffe, dass du mir auch berührend begegnen magst.

Begegnen auf jeden Fall, lieber Andreas, und ich habe auch gewisse Wünsche, die deinen wohl ähnlich sind ... Was aber mit uns geschieht, wenn wir uns gegenüberstehen, wird sich zeigen. So lange freue ich mich einfach.

Das hört sich doch sehr schön und entspannt an!

Während ich noch überlege, ob ich mich wirklich für morgen mit ihm verabreden will – ob ich es könnte, so schnell nach Santhu – wie sich das anhört: nach Santhu – kommt schon die nächste Mail.

Bei dir im Profil sind ja einige Fotos, die ich aber nicht ansehen kann, ich sehe nur das Hauptbild, weil ich nicht Mitglied bin. Schade ... Aber ich freue mich sehr auf unsere Begegnung!

Ich suche die Fotos zusammen, kopiere sie und schicke sie ihm. Schon wieder ist zwischendrin etwas von ihm gekommen.

Magst du auch erotische Bilder?

Ja, aber nicht alle. Es ist ja sehr stark Geschmackssache.

Das stimmt. Deine Bilder sind angekommen. Sie gefallen mir sehr. Du bist eine interessante, attraktive Frau.

Die Nachricht enthält einen Anhang. Ich klicke darauf, sehe ein Foto, erkenne es erst nicht genau, nur allmählich kriecht die Erkenntnis in mich hinein, dass es ein Penis ist, sein Penis wahrscheinlich. Die nächste Mail meldet sich, wieder ein Foto, derselbe Penis noch etwas vergrößert, jetzt sofort und eindeutig zu erkennen - und Andreas bittet um ein Foto, dass *ich* erotisch finde.

Ich hatte mir unlängst eins aus der Buddha Lounge kopiert, das Foto einer schönen Frau mit langem, dunklem Haar, die nackt im Meer schwimmt, aufgenommen von unter Wasser, so dass sie zu schweben scheint. Er antwortet sehr schnell.

Findest du DAS erotisch?

Ja, denke ich, hundertmal erotischer als deinen Schwanz, und während ich das noch denke, fragt er, ob er ein Nacktfoto von mir haben dürfe. Meine Antwort springt mir sofort in die Finger:

Können wir bitte mal innerhalten? Das ist mir jetzt zu schnell zu viel.

Einen Atemzug später ist wieder eine Mail von ihm da.

Ich steige eh jetzt aus ALLEM hier aus ... Ist insgesamt nicht das, was ich eigentlich will! Ich lösche alle Mails inkl. Fotos und bitte dich das gleiche zu tun! Merci

Ich bin fassungslos. Vollkommen fassungslos. Und es tut weh. Es tut so verdammt weh, dass in mir eine Armee von Gedanken aufmarschiert und alle Soldaten schlagen auf Andreas ein. Wut kann guttun, heißt es. Meine tut weh. Aber ich kriege sie nicht abgeschaltet.

63

Ein bisschen aufgeschnittener Käse steht vor mir. Noch in den kleinen Laden auf der Promenade zu gehen und ein Baguette zu besorgen, war mir zu viel. Käse und Rotwein, das genügt. Und das Schauspiel der Leuchttürme heute von drinnen, das Wetter ist ungemütlich geworden.

Das mit Andreas nagt und nagt. Wie kann man so sein? Wie kann dieser eine Satz von mir genügen, dass er alles hinwirft? Das passt doch überhaupt nicht zu dem, was sonst von ihm kam. Sind denn alle Männer, die sich im Netz auf die Suche begeben, gestört? Manchmal kommt es mir so vor. Oder einfach schon so oft enttäuscht worden, dass sie sich gar nicht mehr einlassen, wie Martin sagt – oder überreagieren.

Ich brauche ein Gegenmittel gegen diese Gedanken, sonst hören sie nicht mehr auf. Und ich weiß auch eins. In dem niedrigen Schrank, auf dem der Fernseher steht, gibt es Briefpapier in schönem Blau mit einem rot-weiß geringelten Leuchtturm auf den Umschlägen und den Briefbögen. Stine hat mir das mal gezeigt und dazu erzählt, dass sie es liebt, noch richtig handgeschriebene Briefe zu schreiben und dass sie es im Urlaub hier zu gerne tut. Ich schreibe meinen Brief an Ragnar ab. Und nicht, weil ich ihn beerdigen will. Morgen schicke ich ihn ab.

Und wieder lande ich bei Andreas. Anders jetzt. Es ist gut, dass das passiert ist. Lieber jetzt als später. Lieber eine klare Sache, die wehtut, als eine unklare, die genauso wehtut.

Ich versuche, ein Grinsen über diesen Gedanken abzuzweigen. Es geht nicht. Hinter den Gedanken an Andreas warten noch andere. Schwebezustände sind die größten Versucher. Unmöglich, *nicht* an Santhu zu denken, unmöglich, mir *nichts* zurecht zu dichten: Mal dichte ich, dass Santhu nur zu feige war, mir zu sagen, dass er mich nicht wiedersehen will. Dann wieder dichte ich, dass wir uns natürlich wiedersehen, dass es für ihn selbstverständlich ist und er sich darum auch nicht rückversichern muss, ob ich noch will. Vielleicht ist das sogar eine Art Probe für ihn, ob ich seine weite, offene Liebe überhaupt annehmen kann.

Ich beschäftige mich viel zu viel damit! Je mehr ich das mache, umso mehr verheddern sich meine Gedanken darin.

Statt einfach abzuwarten ...

Aber in mir ist nicht nur eine ruhige, besonnene, reife Erwachsene: Da ist ein fröhliches Kind, das voranstürmen will. Da ist ein ängstliches Kind, das sich verstecken will. Und da ist ein verletztes Kind, das schon jetzt weiß, dass es wieder verletzt werden wird.

Ich halte inne, drücke beide Hände auf mein Herz, versuche, nur zu lauschen. Und da ist sie endlich, diese leise Stimme in mir. ›Du bist in dem Telefonat vorhin nicht in die Verbindung mit Santhu gekommen, in die du gern gekommen wärst. Das macht dir zu schaffen. Mach dir keine Vorwürfe, dass du nicht offen mit ihm warst. So vertraut seid ihr noch nicht miteinander. Es ist nichts falsch daran, sich zu fühlen, wie du dich fühlst. Es passt zu dem, was ist.‹

Und wie fühle ich mich? Als würde ich auf eine harte Probe gestellt. Dabei hat er mich beschenkt. Diese innigen Gespräche und beieinander liegen, sich einfach nur im Arm halten – alles war kostbar, ganz besonders unser Sex. Was da so wehtut, ist ... Ich will mehr davon! Ich will es immer. Jeden Tag. Für den Rest meines Lebens!

Ich will *haben*.

Nein. Niemals ist das meine Wahrheit.

Ich will lieben!

Kaum denke ich das, bin ich ruhig. Ich sitze völlig bewegungslos und kann es nicht fassen. Aber es ist wahr. Nichts tut mehr weh, alles hat sich geglättet, ich bin einfach nur sehr ruhig. Verdattert greife ich mir eins der Rückenpolster von der Couch als Kopfteil fürs Bett, lege mich hin und schaue den beiden Leuchttürme zu.

Jetzt bin ich auch ein Leuchtturm.

Aber vielleicht gibt es noch jede Menge Rückfälle.

Und? Die gehören doch dazu.

64

Als das Handy klingelt, erschrecke ich, dass ich mir den Wein übers Shirt kippe und das Laken bekommt auch einiges ab.

»Carla! Schön, dass du noch ran gehst, danke! Ich konnte einfach nicht reden vorhin. Die ganze Zeit seit wir uns zuletzt gesehen haben, hab ich quasi in einem durch gearbeitet. Ich musste unbedingt einen bestimmten Stand erreichen. Morgen sehe ich meine Tochter. Es ist mir wichtig. Sehr wichtig. Da bin ich dann auch vollkommen konzentriert. Aber dieses winziges Zeitfenster, das mir dazwischen bleibt, das würde ich gern mit dir verbringen. Wenn du magst, wenn du kannst, wenn du den Mut hast.«

Ich antworte etwas, das ich selbst nicht verstehe: »Du weißt, dass es mein letzter Abend ist?«

»Ja, darum ja. Hast du Besuch? Willst du allein sein? Wir können uns auch am Telefon verbschieden.«

»Nein, nein, ich – ich würde mich sehr freuen, wenn wir uns noch mal sehen.«

»Ja?« Santhu klingt zweifelnd.

»Ja, natürlich!«, setze ich nach.

»Ich steh schon mit dem Wagen unter deinem Balkon.« Er sagt das in einem Ton, als würde er eine Übergriffigkeit eingestehen und zugleich dafür um Verzeihung bitten.

»Du bist aber auch immer für eine Überraschung gut!«, rufe ich und meine: Oh, ist das schön! »Komm hoch«, setze ich nach, und das klingt schon sehr viel echter.

*

Er steht an der Tür wie beim ersten Mal: sein Gesicht ist ein einziges Lächeln, eine Wärme, die mich sofort berührt. Er breitet seine Arme aus, und ich gehe hinein in seine Umarmung, fühle mich schon wie zuhause bei ihm und bin dennoch leise aufgeregt. Nur ist es diesmal keine Ängstlichkeit. Es ist Vorfreude, es ist Erotik, es ist Neugier.

Als ich mich von ihm löse, seine Hand nehme und ihn hinein führe, ist es wie vorgesehen, dass wir zuerst ins Krähennest hinaustreten. Alles scheint wie vorgesehen, so überraschend es kommt. Er schaut hinaus, atmet tief durch, einen Moment genießen wir zusammen den Zauber von Meer und Himmel und Wind und Weite. Dann dreht er sich zu mir, nimmt meine Hände und schaut mich an. Seine Augen scheinen in meinen den Punkt zu suchen, in dem Blick und Blick sich ineinander verschränken können, und ich lasse ihn ein, meine Augen sind Teiche, in denen er tiefer und immer tiefer tauchen kann bis in mein Herz, und zugleich trete ich ein in seinen Blick, und plötzlich ist es, wie geblendet zu sein von einem weiß schimmernden Meer. Ein Jubel bricht in mir los, ich möchte lachen und weinen – und bin doch ganz still, nur still.

Es ist ein Meer aus Güte. Ein Meer aus Verstehen. Es ist Liebe.

Ich muss atmen, atmen, damit Platz genug in mir ist, damit es mir mein Herz nicht sprengt, dieses große Strömen. Ein ganzer Ozean ... Und mein Herz hält stand.

Spring!

Ja, flüstere ich. Und springe.

*

Mir ist die Zeit abhandengekommen. Waren es Stunden, die wir so dagestanden haben?

Santhu regt sich ein wenig, und das holt mich zurück. Er lässt meinen Blick los, und schaut auf unsere Hände, die immer noch ineinander liegen.

»Ich hab mir Gedanken gemacht eben auf der Fahrt. Über uns«, sagt er leise. »Ich hab dich sehr lieb.«

Er lässt meine Hände los, wendet sich ein wenig zu den Leuchttürmen hin, und ich weiß, was nun kommt: dass er frei bleiben möchte.

»So nebenher in einer Art Liebschaft-Freundschaft, so will ich nicht mit dem umgehen, was zwischen uns ist. Es ist etwas sehr Schönes, sehr Kostbares. Und ich hab dir ja gesagt, dass ich nicht mehr so liebe wie früher. Meine Liebe muss nicht haben, was sie liebt.« Er spricht andächtig. »Ich bin dankbar für das, was uns geschenkt worden ist. Sehr dankbar.«

Mein Herz ist noch immer weit. Es umarmt ihn, ohne ihn zu berühren und doch tausendmal inniger, als ich jemals einen Menschen umfangen habe. Ich stehe nur da und schaue ihn an und staune unendlich über mich. Ich bin kein bisschen traurig. Leicht bin ich. Vielleicht könnte ich fliegen, so leicht.

Meine Liebe muss nicht haben, was sie liebt.

Ich lausche dem Satz hinterher, wie er fortschwebt, dorthin, wo die Leuchttürme sind und noch ein Stück weiter bis dahin, wo meines Vaters Asche dem Meer geschenkt worden ist, und wer weiß, vielleicht ist seine Seele manchmal noch dort.

Weißt du noch, wie gern wir uns miteinander gewundert haben?

Wieso haben? Wir tun es doch noch ...

»Du strahlst, als wenn die Sonne durch dich hindurch scheint.« Santhu sieht mich an, als hätte er mich vorher nie gesehen. »Ich würde jetzt gehen, wenn du es willst. Ich würde aber auch sehr gerne noch bleiben.«

»Natürlich feiern wir!«, lache ich, halte inne, um in seinen Augen zu lesen – und ziehe mein Shirt über den Kopf. Lächelnd greift er um mich herum, streichelt meinen Rücken und beginnt, meinen BH aufzuknüpfen.

*

Es ist wie schwebend untergehen. Immer noch. Dabei ist Santhu schon vor einer Weile gegangen. Ich schwimme in dem Meer aus Glanz und Gnade. Nicht mal meinen Leuchttürmen kann ich jetzt zuschauen. Ich muss die Augen geschlossen halten, damit ich es sehen kann, dieses Meer in mir. Mein Herz ist sanft wie Santhus letzter Kuss. Es jubelt wie eine Silbermöwe, die auf den Lüften segelt. Es ist weit wie das Weltall. Und nichts Böses kann hinein. Dazu ist es viel zu voll.

65

Mein letzter Morgen hier. Mit diesem Gedanken erwache ich. Ich richte mich ein wenig auf und ziehe mir ein zweites Kissen unter den Kopf. Es muss früh sein, das Licht ist noch weich und rosig. Die zarten Wolken überm Horizont sehen aus wie die Schemen großer Segelberge, die gemächlich dahinziehen. Gibt es auch auf dem Meer so etwas wie Fata Morgana?

Die große Frage um Santhu ist geklärt. Da finde ich endlich mal einen, der sogar meine kühnsten Hoffnungen übertrifft, hätte ich früher gejammert. Das ist vorbei. Ich bin nur dankbar. So wie Santhu auch. Viele Male hat er sich bedankt, als wir schon in der Appartementtür standen und uns zum Abschied umarmten, und ein letztes Danke zusammen mit einem zugeworfen Kuss schenkte er mir aus der Fahrstuhltür. Als sie sich schloss, merkte ich erst, dass ich wie betäubt war. Ich bin in unser zerwühltes Bett gesunken und jetzt stehe ich nackt, unseren gemeinsamen Schweiß noch auf der Haut, im Krähennest und lächele den beiden Leuchttürmen zu. Es ist ein melancholisches Lächeln, aber irgendwo in mir wohnt ein großes Glück.

Dieser letzte Tag gehört mir. Dem Meer. Den Gedanken. Und vielleicht ein paar neuen Seiten für meinen Roman über Jolin und die Liebe in den Zeiten des Internets.

Teil III

Du durstest und hungerst nach mir und suchst mich noch
an den entlegensten Stellen.
Weißt du es denn nicht?
Du brauchst mich nicht zu suchen.
Ich bin da.
Du brauchst mich nicht haben zu wollen.
Ich bin dein.
Du brauchst mich nur zu lassen:
Da sein.
Dein sein.

66

Ich wusste, dass auf der Heimfahrt alles noch einmal hochkommt, ich wusste auch, dass ich traurig werde. Dass ich so traurig werde, habe ich nicht geahnt. Santhu ist heute Morgen für immer gegangen. Der Gedanke ist noch nicht zu Ende gedacht, da merke ich schon, dass es sich anhört, als sei Santhu gestorben. Und es hat doch auch Ähnlichkeit damit: Ich habe ihn zu lieben begonnen, und nun muss ich ihn ganz schnell vergessen, sonst werde ich vor Sehnsucht vergehen. Aber ich will ihn nicht vergessen! Und ich kann es auch nicht.

Ich wusste, dass es Rückfälle geben wird. Also gut, da ist der erste ...

Einander lieben heißt nicht, dass man auch zusammenpasst – das hat Santhu sehr früh schon gesagt, und nicht einfach so. Ich hab es ja auch von Anfang an gespürt: Es sind nicht nur die Jahre, die uns trennen. Für einige heilige Augenblicke durften wir tief in der Liebe sein – aber für den Alltag hätte es nicht gepasst.

Was für ein Geschenk! Ich kann es! Ich kann lieben, auch wenn ich nicht haben kann, was ich liebe.

Die Geschichte mit Andreas hat natürlich sehr mitgeholfen. Er war mein Rettungsanker. Vielleicht passt es ja mit ihm, hab ich gedacht, ganz hinten in meinen Gedanken, versteckt vor mir selbst. Dann bekommt eben er all die Liebe, die ich so gern, so dringend verschenken möchte.

Aber wieder bin ich an einen Mann geraten, dem das, was ich will, zu weit zu gehen scheint. Meine Ideale sind einfach zu hoch.

»Nein« Das ruft mein Herz. »Nein! Deine Ideale sind Wegweiser, und so, wie Wegweiser nicht verantwortlich sind für das, worauf sie zeigen, so sind deine Ideale nicht zu hoch, das können sie gar nicht sein, denn sie zeigen auf das Höchste.«

Ich lächele. Muss sogar ein wenig lachen. Im Wagen, der mich gerade überholt, schaut die junge Beifahrerin skeptisch zu mir herüber. Ich lächele sie an, und sie lächelt vorsichtig zurück. Sie kann ja nicht ahnen, was für ein Moment das ist. Wie glücklich ich bin. Und dabei bin ich doch eigentlich traurig. Sehr traurig. Ich bin auf dem Weg nach Hause, aber es fühlt sich an, als führe ich in die Fremde und ließe mein Zuhause hinter mir. Ich höre das Flüstern der Brandung immer noch, doch ich kann es nicht mehr verstehen. Und die Kleine dort am Strand – ob ich jemals wieder so mit ihr sprechen kann? Ob ich jemals wieder einen Mann treffen werde, mit dem ich so verbunden sein kann wie mit Santhu? Warum muss aber auch immer ein Haken dabei sein! Und ausgerechnet ein so großer!

Hey! Ich liebe! Das ist das Einzige, was zählt! So lange habe ich mich danach gesehnt. Gut, es waren keine Jahre, nur Monate, aber auch das ist doch schon viel zu lang. Endlich wieder bis in alle Tiefen die Liebe spüren, nicht bloß ein Rinnsal: die wirkliche Liebe, das weite Meer mit all dem Glänzen und Leuchten. Wenn mir das bleiben kann, wenigstens als Erinnerung, dann ist der Abschied von Santhu längst nicht so schwer. Und es wird bleiben. Es waren nur ein paar Augenblicke, ja, aber manche Augenblicke vergehen und bleiben doch.

Ich lächele vor mich hin. Bin ich verrückt?

Nein. Ich bin endlich richtig!

»Und du, Jolin?«, fällt mir ein zu fragen.

»Ach, du erinnerst dich noch an mich?«

Meine Güte, wie echt Romanfiguren sein können ...

»Ja, ich hab dich zwar etwas aus dem Blick verloren, aber jetzt will ich es wissen. Wie ist *dir* mit alldem?«

»Du hast mich nicht gefragt, als noch Zeit war. Nun ist es zu spät.«

»Wie meinst du das?«

»Du hast dich abgefunden. Ich hätte gekämpft.«

»Du verstehst nicht, worum es geht, nicht?«

»Nein! Das kann auch keiner verstehen. Mensch, Carla, das ist doch nicht bloß Einbildung gewesen! Da war eine unsagbare Zärtlichkeit zwischen euch, und diese Freude, diese Gelassenheit, das tiefe Verstehen – das lässt man doch nicht sausen, weil irgendetwas nicht passt! Der Verstand hat tausend Einwände, aber wer lieben will, der hört auf sein Herz und nur auf sein Herz. Das sind *deine* Worte. Deine! Ja, vieles hat nicht gepasst, aber deshalb steigt man doch nicht aus! Damit muss man sich wenigstens erst mal auseinandersetzen! Wenigstens das.«

Das trifft. Mitten hinein. Tränen stehen mir in den Augen. »Jolin! Ich fahre Auto!«

Ich muss von der Autobahn. Irgendwo sitzen. Zu mir kommen.

Da hinten ist eine Ausfahrt. Gas weg. Blinken. In welche Richtung jetzt? Egal. In beiden geht es zu irgendwelchen Orten, in einem davon wird es schon einen Cappuccino geben. Oder ein bisschen Natur, vielleicht sogar Wald. Dann kann ich gehen, gehen. Alles noch mal durchgehen … Ist es richtig, was wir tun? Müssen wir auseinander? Santhu will es, ich nicht! Muss ich es hinnehmen wie ein Lamm? Nein, das tut weh, schreien meine Gefühle.

Mein Herz ist ruhig.

Vor mir lichte Hügel, die Straße läuft wie ein Band auf und ab, hier und da schon goldene Stoppelfelder. Da vorn ist ein Parkplatz. Blinker setzen, bremsen, lenken. Im Augenwinkel ist es nur ein Schatten. Aber mein Kopf weiß, was gleich passiert.

67

»Sind Sie in Ordnung? Können Sie aussteigen?« Eine
Männerstimme. Jetzt eine Hand auf meiner Schulter. Sie
zieht mich nach hinten. Ich liege mit dem Gesicht auf
den Armen. Die liegen auf dem Steuerrad. Ich möchte
weinen. Ich möchte so dringend weinen. Die Hand zieht
mich hoch ins aufrechte Sitzen. Ich öffne die Augen und
schließe sie sofort wieder: Alles weiß. Wie ein total über-
belichteter Film. Der Himmel, die Bäume: weiß. Die Gestalt über mir auch.

»Sie haben sich gedreht und stehen quer zur Fahrbahn.«

»Ich?«

»Wir müssen den Wagen hier von der Straße bringen!
Können Sie aussteigen?«

»Uh! So hell. Viel zu hell!« Ich halte die Hand vor die
Augen.

Der Mann beugt sich über mich. Ich höre, dass er die
Schließe des Sicherheitsgurts löst.

»Versuchen Sie auszusteigen!«

Ein Film. Ist er mit Absicht so überbelichtet? Um es
noch dramatischer wirken zu lassen? Eine Frau im Auto.
Setzt ein Bein auf die Straße. Ein Mann zieht sie herum.
Das andere Bein kommt nach. Der Mann fasst sie unter.
Hilft ihr ins Stehen.

»Tut irgendetwas weh?«

Ich bewege den Kopf hin und her. Dann die Arme.

»Nein. Ist okay. Es ist so hell.«

»Können Sie gehen?«

»Ja.«

Jemand schiebt meinen Fuß vorwärts. Ich?

So gleißend hell. Ist etwas mit meinen Augen?

»Ich bringe Sie zum Parkplatz. Da sind Bänke. Dann
fahre ich ihr Auto von der Straße.«

»Ich kann alleine gehen.«

»Wirklich?«

»Ja.«

Die Bäume gelb. Nicht grün. Immerhin nicht mehr
weiß. Der Parkplatz wie unter Flutlicht. Der Mann hält

mich am Arm. Nach unten sehen. Direkt vor die Füße. Die Hand löst sich. Ich gehe langsam, aber ich gehe.

Weißer Asphalt? Na gut. Hellgrau.

Die Bank. Da hinten. Geradeaus. Fuß vor Fuß.

Sitzen. Die Augen fest zu.

Trotzdem so hell.

Und dieses ohrenbetäubende Blätterrascheln! Stürmt es? Im Gesicht ist kein Wind zu spüren. Eine Amsel singt. So laut, als würde sie auf meiner Schulter sitzen.

Vielleicht bin ich von Außerirdischen entführt worden? Die mir superempfindliche Hörgeräte in die Ohren gesetzt haben und in die Augen spezielle Linsen, mit denen man bei Tag und Nacht sehen kann.

Ein Auto kommt langsam gefahren. Ich kann die Augen nicht aufmachen. Höre das Knirschen der Räder auf dem Sand. Das berstende Knacken, wenn kleine Steine zur Seite gekickt werden. Schritte.

Die Bank duckt sich, als der Mann sich neben mich setzt.

»Soll ich einen Krankenwagen rufen?«

»Nein! Alles okay.« Ich lasse die Augen geschlossen.

»Aber Sie zittern am ganzen Körper.«

»Ja?«

»Atmen Sie ganz langsam und ganz tief. Genauso. Und nicht bloß einmal! Weiter!«

Ich atme durch den offenen Mund. Die Luft schmeckt! Nach Pflanzen. Nach Erde. Nach dem Holz der Bank. Auch ein bisschen nach dem Mann neben mir, aber nicht nach Rasierwasser oder sonstigem Parfüm. Sie schmeckt ganz fein nach einem menschlichen Körper. Noch ein Atemzug. Das ist ein neues Atmen, das ist wie trinken.

»Ich hab schon vorher gezittert«, murmele ich.

»Was?«

»Ja. Ist auch kein Wunder, wenn man unterwegs ist und Männer trifft, um darüber zu schreiben. Kein Wunder, wenn man sich dabei ein blaues Auge holt und gar nicht merkt, dass man blind durch die Gegend fährt.«

»Sie haben einen Schock. Die Polizei kommt gleich.«

»Und die hilft? Gegen Schock?«

Meine Worte rieseln in mein Ohr, dass es juckt. Ich fange an zu grinsen, dann zu lachen. Das Lachen ist wie eine Hängematte. Ich möchte weiter und weiter darin schaukeln. Verhalten lacht der Mann mit.

»Da berührt einen die Liebe, die wirkliche Liebe«, lache ich heraus. »Aber es geht nicht!«

»Geht nicht?«

»Nicht mit diesem Mann.«

»Das klingt nach echtem Liebeskummer, nicht nach jemandem, der nur darüber schreiben will.«

»Ja?« Ich drehe mich zu ihm hin. Öffne vorsichtig die Lider. Er ist dunkelhaarig. Kurzer Bart. Olivenaugen. Jünger als ich.

»Und?«, fragt er. Legt den Kopf leicht auf die Seite. »Schwindelig?«

»Nein. Es ist auch nicht mehr ganz so hell. Die Flutlichtanlage haben sie jetzt ausgeschaltet.«

Er grient. Nickt. »Ah, gut.«

»Es tut mir total leid!«, fällt mir endlich ein zu sagen. »Hat Ihr Wagen sehr viel abbekommen? Und Sie? Ist mit Ihnen überhaupt alles in Ordnung?«

»Ja, alles okay. Mein Auto hat allerdings eine Beule. War mehr ein Streifschuss. Bei Ihnen ist es auch nicht so schlimm. Eigentlich nur der linke Kotflügel. Sie haben wohl vor Schreck das Steuer verrissen. War 'ne ziemlich elegante Pirouette.«

»Scheint, wir haben ein Riesenglück gehabt.«

»Allerdings! Vor allem, dass niemand in Sie reingefahren ist. Sie standen mitten auf der Fahrbahn.«

»Gottseidank ist hier wenig Verkehr.«

»Landstraße eben. Aber jetzt hör ich was. Bestimmt die Polizei.« Er steht auf, geht zur Straße, steht vorn an der Einfahrt zum Parkplatz, beschattet die Augen mit der Hand, schüttelt den Kopf und kommt zurück. Das Auto fährt vorbei. Er setzt sich wieder neben mich. Reicht mir unvermittelt die Hand. Als er spricht, merke ich zum ersten Mal, dass sein Tonfall norddeutsch ist. Vielleicht ist er mir deshalb gleich so vertraut gewesen.

»Matthis Hansen.«

Ich greife zu. Eher klein für eine Männerhand.

»Carla Engel.«

»Im Ernst? So heißen Sie?«

Ich nicke.

Sein Bick versenkt sich in meinen. Ich spüre, wie schutzlos ich bin. Kann nicht wegschauen. Kann nur seinen Blick in mich hineinlassen. Und es ist ganz leicht. Millionen solcher Blicke hätten in mich hineingekonnt. Allen könnte ich begegnen. Ich bin offen wie der Himmel. In mir ist Lachen, ein großes, weißes Lachen, und es muss nicht heraus, es ist einfach da. Ein wenig davon ist wohl auch auf meinem Gesicht. Matthis Hansen sieht sofort weg. Ich lächele weiter. Ich habe eben einen Unfall verschuldet, wir haben jeder eine Beule, das wird kosten. Und ich bin so unsagbar froh.

»Auch Engel haben mal einen schlechten Moment, hm?«, brummelt er, als wollte er mich wieder herunterholen von da oben, wo ich schwebe.

»Wenn irgendetwas in der letzten halben Stunde ein schlechter Moment gewesen wäre, dann würden wir jetzt nicht hier sitzen«, sage ich, und noch immer ist dieses Lachen in mir, viel zu groß, als dass es laut herauskommen müsste. Es ist auch nicht leise. Es ist wie ein Chor aus lauter Freude, und mitten darin ein Erkennen.

Ich muss mir Mühe geben, es in Worte zu übersetzen. Etwa so: Ich habe Santhu in mein Herz gelassen, und er wird immer darin bleiben. Dennoch werde ich ihn nie wiedersehen. Das hat eben noch grausam wehgetan. Jetzt fühlt es sich an wie ein Anfang. Ja, Liebe will geteilt werden, sie will es unbedingt. Aber nicht unbedingt mit dem, der sie aufgeweckt hat! Das ist ein Riesenirrtum. Das glauben wir nur immer und es ist schon zwanghaft. Wenn ich sie freilasse, meine Liebe, und das ist ja ihre Natur, dann kann ich genauso gut diesen Matthis Hansen lieben. So, wie ich auch Andreas hätte lieben können. Ich kann auch den Wind lieben oder die Amsel oder mich.

Ich kann es. Und ich mache es. Jetzt.

68

Ich fahre durch das leuchtende Land und lächele, und zugleich fließt ein sachter Tränenstrom meine Wangen hinunter. Warum die vielen Tränen? Spülen sie alles aus mir heraus, was noch nicht leicht ist, was noch brennt, noch übelnimmt, was noch haben will?

Dennoch sehe ich gut. Sehr gut und sehr klar.

Ich *muss* alles sehen! Jede Kleinigkeit muss ich sehen. Jeden Halm, der sich der Sonne hinstreckt und durch sie leuchtet. Jedes Blatt. Jede Wolke. Jedes Auto, das mir entgegenkommt. Jeden Menschen darin. Alles muss ich anschauen mit diesem neuen Blick, der so voll Staunen ist, so voll überirdischer Freude.

Die Welt ist, wie sie immer ist: Eine hügelige Landschaft, eine Straße, ein Himmel mit kleinen, weißen Wolken. Aber alles ist verwandelt, ist von erlesener Schönheit, ist erhaben und exquisit. Jeder Grashalm ein Kunstwerk aus Glanz und Licht, und jeden von ihnen liebe ich mit einer solchen Macht, dass ich mir die Hand aufs Herz drücke, damit es mir nicht auf und davon fliegt. Ich liebe den leichten Schwung der Hügel und das frische, glatte Grün, und ich bin so dankbar, dass dies alles da ist und dass ich Sinne habe, um es wahrzunehmen. Farben. Licht. Luft. Und die Schatten. Ohne sie gäbe es keinen Glanz, gäbe es keine Formen. Ich liebe jeden noch so kleine Schatten. Sie alle helfen mir, die Sonne selbst auf der Straße noch zu sehen und überall ihr Leuchten. Es kommen immer neue Wiesen und Bäume und frisch bestellte Äcker. Und mein Herz kann jeden Grashalm, jedes Blatt umarmen, mühelos, kann alles lieben, und jedes ganz für sich, ist voll, ist übervoll und hat doch noch unendlich Platz.

Ich liebe die kleine Wolke, die mir den Weg zu zeigen scheint. Ich liebe den Mann in dem Auto vor mir, der mir eigentlich zu langsam fährt und den ich längst überholen möchte. Stattdessen fließt diese große Zärtlichkeit aus mir und zu ihm hinüber und wünscht ihm, dass er glücklich sein möge, so glücklich wie ich. Ich danke ihm, dass er da ist. Jemand, dem ich von der Liebe abgeben kann. Ich hab so viel davon, so viel, und sie strömt und strömt.

Wie kann das sein? Woher kommt das plötzlich?

Die Antwort ist noch mehr Zärtlichkeit. Sie streichelt die Straßenbäume, sie liebkost das Himmelsblau und sie umarmt die Frau, der dies alles geschieht, und flüstert ihr ins Ohr: »Weißt du, Liebe ist wie die Luft, sie ist immer da und überall. Du bist die, die atmet. Ein und aus. Dein Leben lang hast du nur flach geatmet. Jetzt endlich atmest du tief!«

*

Da vorn blinkt ein See. Das Gebüsch an den Straßenrändern weicht zurück, und für einen Moment ist er ganz und gar zu sehen: Die untergehende Sonne breitet ihre goldenen Schleier auf dem Wasserspiegel aus. Eine solche Schönheit ...

Das Bild bleibt mir. So wie dieser Tag, der bald zu Ende geht. Meine Reise in einer halben Stunde auch. Seltsam, bei all der Freude und der unbändigen Zärtlichkeit bin ich dennoch traurig, nur anders als sonst. Die Traurigkeit sitzt neben mir. Sie trägt ein lichtgraues Kleid und hat ihr langes, dickes, dunkles Haar geflochten. Ich habe nie gewusst, wie schön sie ist. Oft schon war sie bei mir, und es hat wehgetan. Und doch war sie immer mein Zuhause.

Ich lächele sie an. Sie lächelt zurück und nickt, und es ist, als umarmten wir einander.

Da kitzelt es plötzlich in meiner Kehle und knistert. Lachperlen steigen auf, ich spüre es. Aber jetzt ist doch kein Moment zum Lachen ...

Die Perlen halten es nicht mehr aus. Sie platzen alle gleichzeitig aus mir heraus – zusammen mit einem Meer von Tränen.

69

Ein zart-weißer Mond klettert über die Wipfel. Unten bei Marie flackert Feuerschein durch die Stämme. Ich steige aus, schließe die Augen, atme den Waldduft ein und lausche mich zurück in das warme Schweigen der Bäume. Dann laufe ich hinunter, begrüße dabei mit dem Blick meine Beete und das hohe Gras und die von mir und Marie ausgetretene Spur zwischen Baumstämmen und Farn, den Wildwechsel unserer Freundschaft.

»Hallo Süße!«

Sie hat mit Sicherheit mein Auto kommen hören, aber dass ich schon bei ihr bin, zaubert frohes Erstaunen auf ihr vom Feuer leuchtendes Gesicht.

»Hey!«, ruft sie. Ich gehe vor ihr auf die Knie, wir nehmen einander in die Arme, und ihr Duft nach frischem Seewind und salzigem Meer sagt mir, dass meine beiden Welten mehr miteinander zu tun haben, als ich glaube.

Worte tanzen auf meinen Lippen, und ich sage sie Marie alle ins Ohr: Wie schön es ist, dass sie da ist und dass ich mich in ihrer Freundschaft geborgen fühle und dass ich ihr dankbar dafür bin, sehr dankbar und dass ich wieder hoch muss und erst mal ankommen und verdauen und dass ich glücklich bin und froh und dass ich mehr noch nicht sagen kann. Sie lacht leise.

»Und *ich* bin froh, dass du wieder da bist!«, ruft sie und klingt wie ein Kind. Und wie ein Kind schiebt sie die Unterlippe vor und sagt: »Ich hab dich vermisst!«

»Ich liebe dich!«, antworte ich.

Ich nehme ihr Lächeln und ihr »Ich dich auch« mit zu mir nach oben.

Still sitze ich im Mondlicht. Ich sehe Santhu, wie er mich zum letzten Mal angeschaut hat. Und ein Gefühl steigt in mir auf, es ist Sehnsucht, es ist Dankbarkeit, es ist Freude, es ist Zärtlichkeit – und viel mehr: Es ist ein anderes Sein, so unbestimmt und tastend noch und doch voller Zuversicht wie das erste hereinstreuende Licht, wenn ein neuer Tag beginnt.

Epilog

So ist es gewesen – und vielleicht auch anders. Die Erinnerung hat eine Geschichte daraus gewebt. Heute lebe ich eine andere. Aus meinen Gedanken geboren, von meinen Gefühlen geformt ist mein Leben vorangeschritten, immer auf der Suche nach Augenblicken, in denen alles wie verzaubert und zugleich so – richtig ist.

Und alles war wichtig und hat eine Wirkung gehabt: die kleine Carla mit der großen Wunde genauso wie all die anderen Carlas, die nach und nach geworden sind. Und ebenso Jolin und Marie und Josepha und der Wald und das rote Häuschen im Wald mit den hellblauen Fensterläden. Und ist doch alles längst Vergangenheit.

Meine Geschichte jedoch ist nicht zu Ende. Denn die Liebe hat kein Ende. Als ich sie im Internet zu finden versuchte und endlich begriff, dass sie längst da ist – in dem Moment habe ich sie singen hören. Sie sang mir, dass sie mir Zeit lassen wird. Genug Zeit, in meiner neuen Freiheit zu Hause zu sein. Genug Zeit, bereit zu werden für das, was sie mir noch schenken möchte. Und in mir ist ein Versprechen aufgeblüht, ein Versprechen an sie und an mich: Wohin du mich führst, ich folge dir. Wie oft ich auch vom Weg abkomme und wieder im Habenwollen lande oder in einer von all den anderen Täuschungen, ich werde mir nicht mehr die Augen zuhalten und es mir in einer Liebesgeschichte bequem machen.

Trotzdem liebe ich Liebesgeschichten, auch wenn die Liebe keine Geschichte ist und erst recht kein Gefühl. Aber alle Liebesgeschichten sind ihr Werk. Und alle Liebesgefühle. Denn eins habe ich begriffen: Die Liebe ist so groß, dass sie auch klein sein kann.

Es gibt nur die *eine* Liebe, auch das habe ich begriffen, aber unendlich viele Arten, sie zu leben. Und das ist nicht immer leicht. Vieles sieht aus wie sie, doch es fesselt und fordert und will Verträge schließen. Wirkliche Liebe wird niemals fesseln und niemals etwas fordern. Es wäre ja auch dumm. Nur ein freies Herz kann sich wirklich binden. Und daran werde ich sie immer erkennen: Sie ist frei und sie macht frei.

Ich habe nun eine dritte Kunst neben dem Staunen und dem Freuen. Ich lausche. Lauschend rufe ich.

Wenn sie einmal nicht in mir klingt, dann lausche ich nach ihr so innig, wie ich auch staunen oder mich freuen kann.

Die Bäume singen von ihr, der Wind, das Meer, das Gras – und manchmal singt ein Mensch mir ihr Lied. Wenn ich es höre, steigt sie in mir auf und macht mich licht wie die junge Sonne das Meer.

Ich habe nie aufgehört zu lauschen. Und eines Tages hat meine Sehnsucht gefunden, was sie so lange gesucht hat: Der Mann ist an meine Seite gekommen, der an diesen Platz gehört. Es hat als Liebesgeschichte begonnen. Wie immer.

Hand in Hand schreiten wir nun voran, weiter und weiter. Und wir sammeln Augenblicke, all die kostbaren Augenblicke, die in Wahrheit ein einziger sind.

Weitere Bücher der Autorin

Bis meine Seele an mich schrieb, Verlag Via Nova, 2003, Neuauflage 31.1.2021

Federflaum, 2020

Mehr Infos zu den Büchern und der Autorin unter www.Christa-Eckert.org

Vita

Christa Eckert, geboren 1954 in Kiel, studierte Freie Kunst (Malerei und Grafik), ist Tischlerin und Wirtschaftsinformatikerin, fuhr als Steuerfrau auf historischen Segelschiffen zur See und hat den Glanz der Welt aus vielen Perspektiven zu sehen gelernt, auch aus dem Schatten. Heute lebt und schreibt sie im Wendland und am Ufer der Ägäis.